EN EL TIEMPO DE LAS MARIPOSAS

EN EL TIEMPO DE LAS MARIPOSAS

Traducción:
ROLANDO COSTA PICAZO
(Premio Konex 1994)

JULIA ALVAREZ

Editorial ATLÁNTIDA
BUENOS AIRES • MÉXICO • SANTIAGO DE CHILE

Adaptación de tapa: *Silvina Rodríguez Pícaro*

Título original: IN THE TIME OF THE BUTTERFLIES
Copyright © 1994 by Julia Alvarez.
Copyright © EDITORIAL ATLÁNTIDA, 1995.
Derechos reservados. Sexta edición publicada por
EDITORIAL ATLANTIDA S.A., Azopardo 579, Buenos Aires, Argentina.
Hecho el depósito que marca la ley 11.723.
Libro de edición argentina.
Impreso en Argentina. Printed in Argentina. Esta edición se terminó de imprimir
en el mes de marzo de 1998 en los talleres gráficos de Indugraf S.A.
Buenos Aires, Argentina.

I.S.B.N. 950-08-1446-3

Para distrubución y venta exclusiva en los países de América del Sur.

*Esta obra de ficción está basada en hechos históricos
a los que se refiere la autora en la nota final.*

Para Dedé

In memoriam

PATRIA MERCEDES MIRABAL
Febrero 27, 1924–Noviembre 25, 1960

MINERVA MIRABAL
Marzo 12, 1926–Noviembre 25, 1960

MARÍA TERESA MIRABAL
Octubre 15, 1935–Noviembre 25, 1960

RUFINO DE LA CRUZ
Noviembre 10, 1923-Noviembre 25, 1960

Índice

I

II

III

I

1938 a 1946

Dedé

1994

y

alrededor de 1943

Le está cortando las ramas secas a su ave de paraíso, asomándose cada vez que oye un auto. La mujer jamás encontrará la vieja casa detrás de la cerca de hibiscos altísimos en la curva del camino de tierra. ¡Jamás una gringa dominicana en un auto alquilado, con un mapa de carreteras, preguntando los nombres de las calles! Dedé había recibido la llamada en el pequeño museo esa mañana.

¿Podía ir a hablar con Dedé acerca de las hermanas Mirabal? Ella es de aquí, originariamente, pero ha vivido muchos años en los Estados Unidos, por lo que, lamentablemente, no habla muy bien el español. Allí nadie conoce a las hermanas Mirabal, cosa que también lamenta, porque nadie debería olvidarlas. Heroínas anónimas de la oposición clandestina, etc.

¡Dios mío, otra más! Ahora, después de treinta y cuatro años, las conmemoraciones y entrevistas y presentaciones de honores póstumos casi se han terminado, de modo que durante meses Dedé puede reasumir su vida normal. Pero ya está resignada a lo que pasa cada noviembre. Año tras año, cuando llega el 25, aparecen los equipos de televisión. Se produce la infaltable entrevista. Luego tiene lugar la gran celebración en el museo, con delegaciones que llegan hasta del Perú y el Paraguay. Una verdadera ordalía, tener que preparar tantos sandwiches. Y los sobrinos y las sobrinas no siempre llegan a tiempo para ayudar. Pero estamos en marzo ahora. ¡María santísima! ¿No puede tener siete meses más de anonimato?

—¿Qué le parece esta tarde? Tengo algo que hacer antes —miente Dedé en el teléfono. Se ve obligada. De otro modo, nunca terminan las preguntas impertinentes.

Hay un verdadero alboroto de gratitud en el otro extremo de la línea, y Dedé se ve obligada a sonreír ante algunas tonterías importadas en el español de la mujer. —Estoy tan agradecida —le dice— por la franqueza de su cálido tratamiento.

—¿De modo que si voy desde Santiago, debo pasar Salcedo? —le pregunta la mujer.

—Exactamente. Y donde encuentra un gran árbol de anacahuita, allí dobla a la izquierda.

—Un... gran... árbol... —repite la mujer. ¡Lo está escribiendo todo! —Doblo a la izquierda. ¿Cómo se llama la calle?

—Es sólo el camino del anacahuita. No tiene nombre —le dice Dedé, garrapateando para contener la impaciencia. En el reverso de un sobre que han dejado junto al teléfono del museo dibuja un árbol enorme, cubierto de flores, con ramas que llegan hasta la solapa del sobre. —Por estos lugares la mayoría de los campesinos no sabe leer, de modo que no serviría de nada poner nombre a los caminos.

Se oye una risita turbada. —Por supuesto. Usted debe de pensar que yo estoy tan afuera de la cosa. Tan afuera de la cosa.

Dedé se muerde el labio. —Nada de eso —miente—. La veré esta tarde, entonces.

—¿Como a qué hora? —quiere saber la voz.

Ah, sí. Los gringos necesitan una hora. Pero no hay una hora de reloj para este tipo de cosas.

—A cualquier hora después de las tres. A las tres y media. O las cuatro.

—Tiempo dominicano, ¿eh? —dice la mujer, riendo.

¡Exactamente! Por fin, la mujer empieza a entender cómo se hacen las cosas allí. Aun después de colgar el tubo, Dedé sigue agregando detalles a las raíces del anacahuita, sombreando las ramas y luego, nada más que por divertirse, levanta y cierra la solapa del sobre para ver cómo se desintegra el árbol y luego se vuelve a componer.

———————

En el jardín, Dedé se sorprende al oír la radio de la cocina que anuncia que sólo son las tres de la tarde. Espera con ansiedad desde el almuerzo, arreglando el pedazo del jardín que la mujer estadounidense verá desde la galería. Esa es una razón por la que no le gustan las entrevistas a Dedé. Sin darse cuenta, arregla su vida como si fuera un objeto de exposición prolijamente etiquetado para que todos los que saben leer lo vean: LA HERMANA QUE SOBREVIVIÓ.

Por lo general, si lo hace bien —si prepara una limonada

con limones del árbol plantado por Patria, y ofrece una recorrida rápida por la casa en que se criaron las hermanas— los visitantes se van satisfechos, sin hacer las preguntas espinosas que sumen a Dedé en los recuerdos durante semanas enteras, en busca de respuestas. Inevitablemente, de una u otra manera, siempre preguntan por qué fue ella quien sobrevivió.

Se inclina sobre su belleza especial, la orquídea mariposa que trajo de contrabando desde Hawai hace dos años. Durante tres años seguidos Dedé ha ganado un viaje como premio por hacer más ventas que nadie en la compañía donde trabaja. Su sobrina Minou ha comentado en más de una oportunidad acerca de la ironía de la "nueva" profesión de Dedé, en la que se embarcó hace ya diez años, después de su divorcio. Es vendedora de seguros en una compañía. Todo el mundo quiere comprarle una póliza a la mujer que se salvó de morir junto con sus tres hermanas. Y no hay nada que ella pueda hacer al respecto.

El golpe de la portezuela de un auto al cerrarse sobresalta a Dedé. Cuando se tranquiliza se da cuenta de que ha dado un tijeretazo a su orquídea mariposa. Recoge la flor caída y recorta el tallo, dando un respingo. Quizás ésa sea la manera de lamentarse por las cosas importantes, con tijeretazos, pellizcos, sorbitos de dolor.

En realidad esa mujer no debería cerrar el auto de un portazo, y no alterar los nervios de alguien que está envejeciendo. Y no sólo yo, piensa Dedé. Cualquier dominicano de cierta generación hubiera dado un salto al oír ese ruido, como de un disparo.

———

Recorre la casa rápidamente con la mujer. "El dormitorio de mamá, el mío y de Patria, pero más tiempo mío, pues Patria se casó tan joven; el de Minerva y María Teresa." No dice que el otro dormitorio era el de su padre después de que él y su madre dejaran de dormir juntos. Allí están las fotografías de las tres muchachas, antiguas fotos favoritas que ahora resplandecían en los carteles cada noviembre, haciendo que esas instantáneas, antes íntimas, parecieran demasiado famosas para ser de las hermanas que conoció.

Dedé ha colocado una orquídea de seda en un florero sobre la mesita junto a ellas. Todavía se siente culpable por no continuar con el tributo de mamá, de poner una flor fresca en honor de las chicas todos los días. Pero la verdad es que ya no tiene tiempo, debido al museo, su trabajo, la casa. No se puede ser una mujer moderna y perpetuar los antiguos sentimentalismos. Y de todos modos, ¿para quién era la orquídea fresca? Dedé contempla los rostros jóvenes, y sabe que a quien echa más de menos es a sí misma a esa edad.

La mujer de la entrevista se detiene frente a los retratos, y Dedé espera que le pregunte cuál era cuál o cuántos años tenían cuando les sacaron la foto, datos que Dedé tiene preparados, pues los ha repetido tantas veces. Pero, en cambio, la mujer delgada con aspecto de expósita pregunta:

—Y usted, ¿dónde está?

Dedé se ríe, incómoda. Es como si la mujer le hubiera leído el pensamiento.

—Reservo este vestíbulo para las chicas —dice. Por encima del hombro de la mujer nota que ha dejado la puerta de su dormitorio entreabierta, y se ve el camisón arrojado al descuido sobre la cama. Ojalá hubiera revisado la casa y cerrado las puertas de los dormitorios.

—No, me refiero a dónde está ubicada con respecto a edad. ¿La mayor, la menor?

De modo que la mujer no ha leído los artículos ni las biografías que circulan. Dedé siente alivio. Eso significa que pueden pasar el tiempo hablando de los hechos simples que le dan la ilusión de que su familia también fue una familia común y corriente, con cumpleaños, bodas y nacimientos como picos en el gráfico de la normalidad.

Dedé le da la secuencia.

—Tan seguidas —observa la mujer.

Dedé asiente. —Las tres primeras somos muy seguidas, aunque muy distintas en muchos sentidos.

—¿Sí? —pregunta la mujer.

—Sí, muy distintas. Minerva siempre se preocupaba por lo que estaba bien o mal. —Dedé se da cuenta de que le está hablando al retrato de Minerva, como si le estuviera asignando el papel en una obra, describiéndola con un puñado de adjetivos. La bella, inteligente, noble Minerva. —Y María Teresa, ay, Dios —suspira Dedé, emocionada a pesar de sí misma—. Todavía era una niña cuando murió. Acababa de cumplir veinticinco años. —Dedé sigue hasta el tercer retrato y endereza el marco. —La dulce Patria, para quien la religión era siempre tan importante.

—¿Siempre? —pregunta la mujer, con un dejo de desafío en el tono.

—Siempre —afirma Dedé, acostumbrada a ese idioma fijo y monolítico de los entrevistadores y mitologizadores de sus hermanas—. Bien, casi siempre.

Acompaña a la mujer hasta la galería, donde aguardan las mecedoras. Hay un gatito imprudente bajo la enredadera, y lo ahuyenta.

—¿Qué quiere saber? —pregunta bruscamente. Y luego, porque la pregunta pide de manera tan grosera que la mujer se justifique, agrega:

—Porque hay tantas cosas de qué hablar.

La mujer se ríe. —Cuéntemelo todo.

Dedé mira el reloj como un cortés recordatorio de que la visita está circunscripta.

—Hay libros y artículos. Le diré a Tono, en el museo, que le muestre las cartas y diarios.

—Eso sería estupendo —dice la mujer, observando la orquídea que Dedé aún tiene en la mano. Es evidente que quiere más. Levanta la mirada, con timidez. —Debo decir que es muy fácil hablar con usted. Quiero decir, usted es tan abierta y animada. ¿Cómo hace para que esta tragedia no la deprima? No sé si me expreso en forma clara.

Dedé suspira. Sí, tiene sentido lo que dice la mujer. Se acuerda de un artículo que leyó en el salón de belleza, escrito por una señora judía que sobrevivió a un campo de concentración. —Hubo muchos, muchos años felices. Recuerdo eso. Por lo menos, lo intento. Me digo: Dedé, concéntrate en lo positivo. Mi sobrina Minou me dice que hago una especie de meditación trascendental, algo por el estilo. Ella siguió un curso en la capital.

—Me digo: Dedé, en tu memoria es tal y tal día, y empiezo a rememorar un momento feliz. Es mi forma de cine; aquí no tengo televisión.

—¿Funciona?

—Por supuesto —responde Dedé, casi con ferocidad. "Y cuando no funciona —piensa—, me tranco reviviendo el mismo mal momento. Pero ¿para qué hablar de eso?"

—Cuénteme acerca de uno de esos momentos —le pide la mujer, el rostro iluminado por la curiosidad. Baja los ojos como para disimular.

Dedé vacila, pero su mente ya ha empezado a correr hacia atrás, año tras año tras año, hasta el momento que ha fijado en su memoria como cero.

————

Recuerda una noche clara, iluminada por la luna, antes de que empezara el futuro. Están sentados en las mecedoras en medio de la fresca oscuridad, bajo el anacahuita, en el jardín del frente, contando cuentos y bebiendo jugo de guanábana. Es bueno para los nervios, dice siempre mamá.

21

Están todos. Mamá, papá, Patria-Minerva-Dedé. Bang-bang-bang. A su padre le gusta bromear, y les apunta con una pistola imaginaria a cada una, como si estuviera disparando y no jactándose de ser su padre. ¡Tres muchachas, cada una separada de la otra por un año! Y luego, nueve años después, María Teresa, el último intento de su padre para que llegara un varón.

El padre tiene puestas las pantuflas, y ha enganchado un pie dentro del otro. De vez en cuando Dedé oye el ruidito de la botella de ron contra el borde de su vaso.

Muchas noches, y esta noche no es diferente, una vocecita tímida surge de la oscuridad, disculpándose. ¿Podrían, dentro del acopio de su bondad, darle un calmante para un niño enfermo? ¿No tienen un poco de tabaco para un anciano cansado que se ha pasado el día entero rallando mandioca?

Su padre se levanta, vacilando un tanto debido a la bebida y al cansancio, y abre la tienda. El campesino se va con su remedio, un par de cigarros, unos cuantos caramelos de menta para los ahijados. Dedé le dice a su padre que no sabe cómo les va tan bien, con todo lo que regala él. Pero su padre la rodea con el brazo, y le dice:

—Ay, Dedé. Para eso te tengo a ti. Todo pie blando necesita un zapato duro.

—Nos enterrará a todos —agrega su padre, riendo— con seda y perlas. —Dedé vuelve a oír el tintineo de la botella de ron. —Sí, con seguridad, nuestra Dedé será la millonaria de la familia.

—¿Y yo, papá, y yo? —dice con claridad la vocecita de niña de María Teresa. No quiere que la dejen fuera del futuro.

—Tú, mi regalito, serás nuestra coqueta. A muchos hombres...

La madre tose para llamarle la atención.

—...Se les hará agua la boca por ti —termina su padre.

María Teresa gruñe. A los ocho años, con sus largas trenzas y blusa a cuadros, el único futuro que quiere es un futuro en que se le haga agua la boca a ella, con caramelos de los que vienen en cajas con sorpresa.

—¿Y yo, papá? —pregunta Patria, más sosegada. Es difícil imaginarla no casada y sin un bebé sobre la falda, pero la memoria de Dedé está jugando a las muñecas con el pasado. Ha dispuesto a su familia sentada en esa noche clara y fresca, antes de que empezara el futuro: mamá y papá y las cuatro niñas, nadie más agregado, y nadie quitado. Papá acude a mamá para que lo ayude con el pronóstico del futuro. Sobre todo —aunque no lo dice— por si ella censura la clarividencia de sus varios vasos de ron.

—¿Qué dirías tú de Patria, mamá?

—Sabes, Enrique, que no creo en leer el destino —dice mamá con voz apacible—. El padre Ignacio dice que eso es para los que no tienen fe. —En el tono de su madre Dedé ya puede oír la distancia que surgirá entre sus padres. Mirando hacia atrás, le ruega a su madre que se olvide un poco de los mandamientos. Que recuerde la matemática cristiana, según la cual se da un poco y se recibe cien veces lo que se da. Pero al pensar en su propio divorcio Dedé reconoce que esa matemática no siempre funciona. Si se multiplica por cero, el resultado es cero, y un millar de dolores de cabeza.

—Yo tampoco creo en adivinar el futuro —dice Patria. Ésa es tan religiosa como mamá. —Pero papá no está adivinando el futuro.

Minerva está de acuerdo. —Papá no hace más que confesar cuáles son nuestros puntos fuertes. —Enfatiza "confesar" como si su padre fuera pío al mirar hacia el futuro de sus hijas. —¿No es así, papá?

—Sí, señorita. Papá eructa, y pronuncia con dificultad. Ya casi es hora de entrar.

—Además —agrega Minerva—, el padre Ignacio objeta a adivinar el futuro sólo si se cree que las personas pueden saber lo que sólo Dios sabe.

Ésa no queda nunca satisfecha.

—Algunos lo saben todo —dice mamá con frialdad.

María Teresa defiende a su adorada hermana mayor.

—No es pecado, mamá. No lo es. Berto y Raúl tienen un juego de Nueva York. El padre Ignacio jugó con nosotros. Es un tablero con una copita que se mueve, y dice el futuro. —Todos se ríen, hasta la madre, porque la voz de María Teresa está cargada de excitación. Deja de hablar de pronto, y hace un puchero. Es tan sensible. Animada por Minerva, prosigue, con su vocecita. —Le pregunté al tablero que habla qué sería de grande, y dijo que abogada.

Esta vez todos contuvieron la risa, pues María Teresa no hace más que repetir los deseos de su hermana mayor. Durante años, Minerva ha venido diciendo que quiere ir a la facultad de derecho.

—¡Ay, Dios mío, líbrame de esto! —exclama mamá con un suspiro, pero su voz vuelve a estar animada—. ¡Justo lo que necesitábamos, la ley con faldas!

—Es lo que este país necesita. —La voz de Minerva tiene la firme seguridad que adquiere cuando habla de política. Y habla mucho de política. Mamá dice que se junta demasiado con esa muchacha Perozo. —Es hora de que las mujeres participemos en el gobierno del país.

—Tú y Trujillo —dice papá un poco fuerte, y en esa noche clara y apacible todos se quedan callados. De repente, la oscuridad se llena de espías pagados para escuchar y denunciar a Servicio de Inteligencia. *Don Enrique asegura que Trujillo necesita ayuda para gobernar el país. La hija de Don Enrique dice que es hora de que las mujeres tomen el gobierno.* Palabras repetidas, distorsionadas, palabras recreadas por quienes les guardan rencor, palabras cosidas con otras palabras hasta formar la sábana con que envolverán los cadáveres de toda la familia cuando los tiren a una zanja, con la lengua cortada por hablar demasiado.

Ahora, como si hubieran empezado a caer unas gotas —por más que la noche es tan clara como el tintineo de una campanilla— se apresuran a juntar chales y vasos. Sólo dejan las reposeras para que las entre el muchacho que cuida el jardín. María Teresa da un gritito cuando pisa una piedra.

—Creía que era el Cuco —gime.

Mientras Dedé ayuda a su padre a subir los peldaños de la galería se da cuenta de que en realidad su padre sólo ha hablado del futuro de ella. Lo de María Teresa fue en broma, y no llegó a hablar de Minerva ni de Patria debido a la desaprobación de mamá. La atraviesa un escalofrío, porque siente en los huesos que el futuro está empezando ahora. Para cuando termine ya será pasado, y ella no quiere ser la única que quede para relatar la historia.

CAPÍTULO DOS

Minerva

1938, 1941, 1944

Complicaciones
1938

No sé quién convenció a papá a que nos mandara a estudiar afuera. Parece que hubiera sido el mismo ángel que le anunció a María que estaba embarazada de Dios, e hizo que se alegrara con la noticia.

Las cuatro teníamos que pedir permiso para todo: para ir hasta los campos a ver cómo iban creciendo los tabacales; para llegar a la laguna y poder mojarnos los pies un día de calor; para pararnos en el frente de la tienda y acariciar los caballos cuando los hombres cargaban la mercadería en los carros.

Algunas veces, cuando observaba a los conejos en su corral pensaba que no era demasiado diferente de ellos, pobrecitos. Una vez abrí una jaula para soltar una conejita. Tuve que pegarle para que saliera.

¡Pero no quería moverse! Estaba acostumbrada a su jaula. Yo no hacía más que pegarle, cada vez más fuerte, hasta que empezó a gimotear como una niña asustada. Yo era quien la lastimaba al insistir en que fuera libre.

"Conejita tonta —pensé—. No te pareces en nada a mí."

Empezó con Patria, que quería ser monja. Mamá estaba entusiasmada con tener una religiosa en la familia, pero papá no aprobaba la idea. Más de una vez dijo que Patria monja sería un desperdicio, pues era tan bonita. Sólo lo dijo una vez delante de mamá, pero a mí me lo repitió muchas veces.

Por fin, papá cedió. Dijo que Patria podía ir a una escuela religiosa si no era sólo un convento. Mamá estuvo de acuerdo.

Así que cuando llegó el momento de que Patria fuera a la Inmaculada Concepción, le pregunté a papá si yo también podía ir. De esa manera podía acompañar y cuidar a mi hermana mayor, que ya era una señorita. (Y me había contado cómo las muchachas se hacen señoritas.)

Papá se rió, y se le iluminaron los ojos de orgullo. Las otras decían que yo era su favorita. No sé por qué, pues yo era la única que le hacía frente. Me sentó en su falda. —Y ¿quién te cuidará a ti? —me preguntó.

—Dedé —dije, para que las tres fuéramos juntas. Él puso la cara larga. —Si todas mis pollitas se van, ¿qué será de mí?

Pensé que estaba bromeando, pero estaba serio. —Papá —le informé—, es mejor que te acostumbres. En unos cuantos años todas nos casaremos y nos iremos.

Durante días citó mis palabras, meneando la cabeza. —Una hija es una espina en el corazón.

A mamá no le gustaba que dijera eso. Pensaba que lo decía porque su único hijo había muerto a la semana de nacer. Y hacía sólo tres años había nacido otra niña, María Teresa, y no un varón. De todos modos, mamá no pensaba que era una mala idea enviarnos a las tres a la escuela.

—Enrique, estas niñas necesitan educación. Fíjate en nosotros. —Mamá nunca lo había admitido, pero yo sospechaba que no sabía leer.

—¿Qué hay de malo con nosotros? —Con un ademán papá señaló la ventana, a través de la cual se veían los carros que esperaban su carga frente a nuestro depósito. En los últimos años, papá había ganado mucho dinero con su granja. Ahora teníamos clase. Y, argumentaba mamá, necesitábamos una buena educación para acompañar nuestra fortuna.

Papá volvió a ceder, pero aclaró que una de nosotras debía quedarse para ayudar con la tienda. Siempre debía agregar algo a lo que decía mamá. Según mamá, lo hacía para que nadie dijera que Enrique Mirabal no era el que llevaba los pantalones en esa familia.

Yo me di cuenta muy bien de lo que se proponía. Cuando papá nos preguntó cuál de nosotras se quedaría como su ayudante, me miró directamente a mí.

Yo no dije ni una palabra. Seguí estudiando el piso como si las lecciones de la escuela estuvieran escritas en la madera. No necesitaba preocuparme. Dedé siempre se esforzaba por complacer.

—Yo me quedaré a ayudar, papá.

Papá se mostró sorprendido porque de hecho Dedé era un año mayor que yo. Ella y Patria eran las que debían ir. Pero papá lo pensó mejor y dijo que Dedé también podía ir. Así que quedó arreglado: las tres iríamos a la Inmaculada Concepción. Patria y yo empezaríamos en el otoño, y Dedé se nos reuniría en enero, pues quería que la luz en matemática lo ayudara con los libros durante la atareada estación de la cosecha.

Y fue así cómo quedé en libertad. No me refiero al hecho de que fui en tren, con un baúl lleno de cosas nuevas, como pupila a una escuela. Quiero decir en mi mente, cuando llegué a la Inmaculada y conocí a Sinita y vi lo que le pasaba a Lina y me di cuenta de que acababa de abandonar una jaula pequeña para entrar en una más grande, del tamaño de todo nuestro país.

————————

La primera vez que vi a Sinita estaba sentada en la sala en la que Sor Asunción saludaba a todas las nuevas alumnas y a sus madres. Estaba sola, una niña pequeña de aspecto agrio y codos huesudos. Vestía de negro, lo que era extraño, pues a ninguna niña le ponían luto antes de los quince años, por lo menos. Y esa niñita no parecía mayor que yo, que tenía doce años. Aunque yo me habría peleado con cualquiera que me dijera que era una mocosa.

La observé. Parecía tan aburrida como yo con la charla cargada de cortesía de la sala. Era como que a una le echaran talco en el cerebro oír cómo las madres se decían cumplidos mutuos con respecto a sus hijas y hablaban en un castellano perfecto a las hermanas de la Madre Misericordiosa. ¿Dónde estaría la madre de esa niña? Estaba sentada sola, mirando con cara de pocos amigos a todo el mundo, dispuesta a buscar pelea si alguien le preguntaba adónde estaba su madre. Sin embargo, noté que estaba sentada sobre sus manos y que se mordía el labio inferior para no llorar.

Me puse de pie y simulé estudiar los cuadros sobre las paredes, como si fuera una amante del arte religioso. Cuando llegué a la Madre Misericordiosa, justo sobre la cabeza de Sinita, saqué del bolsillo el botón que había encontrado en el tren. Era como un brillante, con un agujerito en la parte de atrás, de modo que podía pasársele una cinta y usarlo como esos collares pegados al cuello que llevaban las damas románticas. Eso no era algo que yo haría, pero me daba cuenta de que podía ser un buen canje para alguien a quien le gustara ese tipo de cosas.

Se lo ofrecí. No sabía qué decir, pero nada habría ayudado mucho, de todos modos. Ella lo tomó, lo dio vuelta, y luego volvió a ponerlo sobre la palma de mi mano. —No quiero tu caridad.

Yo sentí rabia en el pecho. —Es un botón de amistad.

Me miró un momento, para decidir acerca de mí, como que no podía estar segura de nadie. —¿Por qué no lo dijiste? —Sonrió, como si ya fuéramos amigas y pudiéramos tomarnos el pelo.

—Lo acabo de decir —le dije—. Abrí la mano y volví a ofrecerle el botón. Esta vez lo tomó.

———————

Después de que se fueron nuestras madres, nos pusieron en fila mientras anotaban todo lo que teníamos en las maletas. Noté que no sólo no la había llevado su madre, sino que parecía tener muy pocas pertenencias. Todo lo que tenía estaba envuelto en un fardo, de modo que cuando Sor Milagros escribió sus cosas, ocupó un par de renglones: "3 mudas de ropa interior, 4 pares de medias, cepillo y peine, toalla y camisón". Sinita presentó el botón brillante, pero Sor Milagros dijo que no era necesario incluirlo.

Según los chismes que circularon, era una alumna de caridad.

—¿Y? —dije, desafiando a la niña de rulos, toda risita, que me lo susurró. Se calló bien rápido. Me alegré de haberle regalado el botón a Sinita.

Luego nos llevaron a un salón y nos dieron una gran bienvenida. Después Sor Milagros, que estaba a cargo de las niñas entre diez y doce años, condujo a nuestro grupo más pequeño arriba, al gran dormitorio que compartiríamos. Nuestras camas, una al lado de la otra, ya estaban preparadas para la noche, con mosquiteros. Parecía una habitación llena de velos de novia.

Sor Milagros dijo que nos adjudicaría las camas según los apellidos. Sinita levantó la mano y preguntó si su cama no podía estar al lado de la mía. Sor Milagros vaciló, pero luego su expresión se dulcificó. Seguro, contestó. Sin embargo, cuando otras chicas se lo pidieron, les dijo que no. Yo hablé, entonces.

—No me parece justo que haga una excepción por nosotras.

Sor Milagros pareció muy sorprendida. Supongo que, como era una monja, no había muchas personas que le dijeran lo que estaba bien o mal. De repente me di cuenta de que esta monja regordeta con un poco de pelo gris que le asomaba por el tocado no era como papá o mamá, con quienes yo podía discutir. Estuve a punto de disculparme, pero Sor

Milagros se limitó a sonreír con esa sonrisa que mostraba sus dientes separados.

—Está bien, permitiré que todas elijan su cama. Pero a la primera señal de discusión (algunas chicas ya habían saltado sobre las mejores camas junto a la ventana y luchaban acerca de cuál había llegado primero) volveremos al orden alfabético. ¿Está claro?

—Sí, Sor Milagros —respondimos a coro.

Se acercó a mí y me tomó la cara. —¿Cómo te llamas? —quiso saber.

Le di mi nombre, y ella lo repitió varias veces como si lo estuviera saboreando. Luego sonrió, como agradada por el sabor. Miró a Sinita, que al parecer le caía simpática, y me dijo:

—Cuida a nuestra querida Sinita.

—Lo haré —le contesté, irguiéndome, como si me hubiera encomendado una misión. Y eso resultó ser, después de todo.

————————

Unos pocos días después, Sor Milagros nos reunió para hablarnos de algo. De higiene personal, dijo. Me di cuenta en seguida de que se trataría de cosas interesantes descriptas de la manera menos interesante.

Primero, dijo que había habido algunos accidentes. Cualquiera que necesitara una lona impermeable debía requerírsela. Por supuesto, la mejor manera de prevenir un percance era asegurarnos de usar las bacinillas todas las noches antes de acostarnos. ¿Alguna pregunta?

Ninguna.

Luego su expresión se tornó tímida y turbada. Nos explicó que existía la posibilidad de que nos convirtiéramos en señoritas ese año escolar. Se embarcó en una explicación muy arrevesada acerca del cómo y el por qué, y terminó diciendo que, si comenzaban las dificultades, debíamos recurrir a ella. Esta vez no se interesó por si había preguntas.

Yo tenía ganas de ponerla en su lugar, explicándole la situación de una manera sencilla, como lo había hecho Patria, pero pensé que no era buena idea tentar la suerte dos veces la misma semana.

Cuando se marchó, Sinita me preguntó si yo entendía de qué diantres estaba hablando Sor Milagros. La miré sorprendida. Se vestía de negro, como una señorita, y no sabía nada de nada. Sin perder tiempo, le expliqué todo lo que yo sabía acerca de las hemorragias y de tener bebés entre las piernas.

Pareció escandalizada pero agradecida a la vez. Se ofreció a devolverme la atención confiándome el secreto de Trujillo.

—¿Qué secreto es ése? —le pregunté. Yo creía que Patria ya me había contado todos los secretos.

—Todavía no —dijo Sinita, mirando por encima del hombro.

Pasaron dos semanas antes de que Sinita me confiara su secreto. Yo ya me había olvidado, o lo había sepultado en el fondo de la mente, temerosa de lo que podía llegar a saber. Estábamos atareadas con las clases, y haciendo nuevas amigas. Casi todas las noches alguna chica venía a visitarnos debajo del mosquitero, o íbamos nosotras. Dos eran visitantes regulares, Lourdes y Elsa, y pronto las cuatro empezamos a hacer todas las cosas juntas. Al parecer, éramos algo distintas: Sinita era alumna de caridad y todas se daban cuenta; Lourdes era gorda, aunque nosotras las amigas le decíamos que sólo un poquito, cuando nos preguntaba, y preguntaba todo el tiempo; Elsa era bonita, como si necesitara convencer de ello a los demás; al parecer, no esperaba serlo, y ahora se veía obligada a demostrarlo.

La noche que Sinita me confió el secreto de Trujillo no pude dormir. Ese día no me había sentido bien, pero no le dije nada a Sor Milagros por temor a que me encerrara en la enfermería y tuviera que quedarme en la cama, escuchando a Sor Consuelo leer novenas para los enfermos y moribundos. Además, si se enteraba papá, podía cambiar de idea y tenerme en casa, donde ya no habría aventuras.

Estaba de espaldas, mirando la carpa blanca del mosquitero y preguntándome quién más estaría despierta. En la cama contigua, Sinita empezó a llorar despacio, como si no quisiera que nadie se diera cuenta. Esperé un poco, pero no dejaba de llorar. Por fin, me acerqué a su cama y levanté el mosquitero.

—¿Qué te pasa? —le pregunté.

Tardó un segundo en tranquilizarse antes de contestar.

—Es por José Luis.

—¿Tu hermano? —Todas sabíamos que había muerto el verano pasado. Por eso Sinita estaba de luto ese primer día.

Su cuerpo se estremeció por los sollozos. Me subí a su cama y le acaricié el pelo, igual que me hacía mamá cuando tenía fiebre.

—Cuéntamelo, Sinita, a lo mejor te hace bien.

—No puedo —susurró—. Pueden matarnos a todos. Es el secreto de Trujillo.

Pues todo lo que había que decirme era que no podía saber algo para que fuera absolutamente imprescindible que lo supiera.

—Vamos, Sinita. Yo te conté cómo nacen los bebés.

Necesité usar mi persuasión, pero al final empezó a hablar.

Me dijo cosas acerca de ella que yo no sabía. Pensaba que siempre había sido pobre, pero resultó que su familia antes era rica e importante. Tres de sus tíos hasta eran amigos de Trujillo. Pero se volvieron contra él cuando vieron que estaba haciendo cosas malas.

—¿Cosas malas? —la interrumpí—. ¿Trujillo estaba haciendo cosas malas? —Era como si me hubiera enterado de que Jesús había golpeado a un bebé o que Nuestra Santa Madre no hubiera concebido sin pecado. —No puede ser cierto —le dije, pero en el corazón empezaba a sentir un resquicio de duda.

—Espera —susurró Sinita, y sus dedos delgados encontraron mi boca en la oscuridad—. Déjame terminar.

—Mis tíos tenían un plan para hacerle algo a Trujillo, pero alguien los delató, y los mataron en el acto. —Sinita inhaló hondo, como para apagar las velitas de la torta de cumpleaños de su abuela.

—Pero, ¿qué cosas malas hacía Trujillo para que ellos quisieran matarlo? —volví a preguntar. No podía dejarlo pasar. En casa, Trujillo colgaba de la pared junto al cuadro de Jesús Nuestro Señor rodeado de bellísimos corderos.

Sinita me contó todo lo que sabía. Para cuando terminó, yo estaba temblando.

Según Sinita, Trujillo llegó a presidente de una manera solapada. Primero, estaba en el ejército, y todos los oficiales superiores a él fueron desapareciendo hasta que sólo quedó uno al frente de las fuerzas armadas.

Este hombre, el general más antiguo, se había enamorado de la esposa de otro hombre. Trujillo era amigo de él, de modo que conocía ese secreto. El marido de la mujer en cuestión era muy celoso. Trujillo se hizo amigo de él, también.

Un día, el general le dijo a Trujillo que se iba a reunir con la mujer esa misma noche, debajo del puente de Santiago donde la gente se reúne a hacer cosas malas. Trujillo fue y se lo contó al marido, que esperó a la mujer y al general debajo del puente y los mató cuando llegaron.

Poco después, Trujillo se convirtió en el jefe de las fuerzas armadas.

—A lo mejor Trujillo pensaba que el general hacía algo malo al andar con la mujer de otro —le dije para defenderlo.

Oí suspirar a Sinita. —Espera antes de decidir —me dijo.

Después de convertirse en jefe de las fuerzas armadas, Trujillo empezó a hablar con unas personas que no querían al viejo presidente. Una noche, esa gente rodeó el palacio y le dijo al presidente que debía marcharse. El viejo presidente se rió y mandó llamar a su buen amigo, el jefe de las fuerzas armadas. Pero el General Trujillo no venía y no venía. Pronto, el viejo presidente pasó a ser el ex presidente a bordo de un avión con rumbo a Puerto Rico. Luego sucedió algo que sorprendió hasta a las personas que habían rodeado el palacio: Trujillo anunció que ahora él era el presidente

—¿Nadie le dijo que eso estaba mal? —pregunté yo, pues eso era lo que yo habría hecho.

—La gente que abría su bocaza no vivía mucho —dijo Sinita—. Como esos tíos de que te conté. Luego lo mismo les pasó a otros dos tíos míos, y después a mi padre. —Sinita volvió a echarse a llorar. —Luego, este verano, mataron a mi hermano.

Volvía a dolerme el estómago. O quizá no había dejado de dolerme, sólo que me había olvidado mientras trataba que Sinita se sintiera mejor.

—¡Basta, por favor! —le rogué—. Creo que voy a vomitar.

—No puedo —dijo ella.

La historia de Sinita manaba como sangre de una herida.

———

Un domingo del verano pasado, toda su familia volvía a su casa caminando, después de misa. Toda la familia eran las tías viudas de Sinita, su madre, y un montón de primas; su hermano José Luis era el único hombre que quedaba. A todas partes adonde iban, las chicas lo rodeaban. Su hermano había andado diciendo que iba a vengar la muerte de su padre y de sus tíos, y por la ciudad corría el rumor de que Trujillo se la tenía jurada.

Mientras caminaban alrededor de la plaza se les acercó un vendedor ambulante a ofrecerles un billete de lotería. Era el enano al que siempre le compraban, de modo que confiaban en él.

—¡Ah, lo he visto! —exclamé. A veces, cuando íbamos a San Francisco en el coche, y pasábamos por la plaza, lo veíamos: un hombre adulto, pero no más alto que yo a los doce años. Mamá nunca le compraba nada. Decía que Jesús ordenaba que no jugáramos, y comprar billetes de lotería era jugar.

Pero cada vez que iba sola con papá, él compraba un montón de billetes y decía que era una buena inversión.

José Luis le pidió un número de suerte. Cuando el enano fue a darle el billete se vio que algo plateado relampagueaba en su mano. Eso fue todo lo que alcanzó a ver Sinita. José Luis empezó a gritar de una manera horrible mientras su madre y sus tías pedían a gritos un médico. Sinita miró a su hermano: la pechera de la camisa estaba cubierta de sangre.

Me eché a llorar, pero me di un pellizco en el brazo para dejar de hacerlo. Tenía que ser valiente, por Sinita.

—Lo enterramos al lado de mi padre. Mi madre no ha sido la misma desde entonces. Sor Asunción, que conoce a mi familia, nos ofreció que viniera al colegio gratis.

El dolor me apretaba el estómago de una manera horrenda.

—Rezaré por tu hermano —le prometí—. Pero hay una cosa, Sinita. ¿De qué forma es esto el secreto de Trujillo?

—¿No te das cuenta? ¡Minerva! ¡Es Trujillo quien manda matar a la gente!

Me quedé despierta la noche entera, pensando en el hermano, los tíos y el padre de Sinita, y en este secreto de Trujillo que nadie parecía conocer, salvo Sinita. Oí dar las horas al reloj de la sala. Ya estaba amaneciendo cuando me quedé dormida.

Sinita me despertó a los sacudones a la mañana siguiente.

—Rápido —me decía—. Llegarás tarde a maitines. —En todo el dormitorio, las chicas, medio dormidas, hacían sonar las chinelas al dirigirse a los lavabos en el cuarto de baño. Sinita tomó su toalla y jabonera de la mesa de luz y se unió al éxodo.

Cuando me desperté del todo, noté la sábana mojada debajo. "Ay, no —pensé—. ¡Me oriné! Después de decirle a Sor Milagros que no necesitaba una lona sobre el colchón."

Levanté las frazadas. Por un momento no pude comprender qué eran esas manchas oscuras sobre la sábana de abajo. Luego me toqué con la mano. No había duda de que habían empezado mis complicaciones

¡Pobrecita!
1941

La gente de campo alrededor de la granja dice que el clavo no cree en el martillo antes de que lo golpee. Todo lo que me contó Sinita lo archivé como un terrible error que no volvería a repetirse. Luego el martillo cayó con toda su fuerza en nuestro propio colegio, sobre la cabeza de Lina Lovatón. Sólo que ella dijo que era amor, y partió, feliz como recién casada.

Lina era un par de años mayor que Elsa, Lourdes, Sinita y yo, pero ese último año que pasó en la Inmaculada todas estábamos en el mismo dormitorio de las muchachas entre quince y diecisiete años. Todas la queríamos, y ella también nos quería a nosotras.

Todas la respetábamos como si fuera mayor que las otras chicas de diecisiete años. Parecía de más edad, alta, de pelo rubio rojizo y una piel como de pan recién horneado, de un dorado tibio. Una vez, cuando Sor Socorro estaba en el convento y Elsa la empezó a molestar en el cuarto de baño, Lina se quitó el camisón y nos mostró cómo seríamos en unos pocos años.

Cantaba en el coro con una voz clara y hermosa, como la de un ángel. Escribía con una letra de trazo elegante, como la de los viejos misales con cierres de plata que Sor Asunción había traído de España. Lina nos enseñó a ondularnos el pelo, y hacer una reverencia cuando conociéramos a un rey. Nosotras la observábamos. Todas queríamos a nuestra bella Lina.

Las monjas también la amaban; siempre la elegían para que leyera la lección durante las comidas silenciosas o para que llevara la Virgencita en las procesiones de la Hermandad de María. Con la misma frecuencia que a mi hermana Patria, a Lina le otorgaban la cinta semanal de buena conducta, y ella la llevaba con orgullo, en bandolera, cruzada sobre la parte delantera de su uniforme de sarga azul.

Todavía recuerdo la tarde en que todo empezó. Estábamos afuera, jugando al voleibol, y Lina, nuestra capitana, nos llevaba a la victoria. Se le estaban deshaciendo las trenzas, y tenía la cara rosada de tanto correr aquí y allá tras la pelota.

Sor Socorro vino, apurada. Lina Lovatón debía ir de inmediato. Había llegado a visitarla una persona importante. Eso era muy desusado, pues no se permitían visitas entre semana, y las hermanas eran muy estrictas con el reglamento.

Lina obedeció. Sor Socorro le iba arreglando las cintas del pelo y enderezando los pliegues de la falda del uniforme. El resto de nosotras siguió con el partido, pero ya no era muy divertido ahora que no estaba nuestra querida capitana.

Cuando volvió Lina, vimos que llevaba una medalla brillante prendida al uniforme sobre el seno izquierdo. La rodeamos, queriendo saber quién había sido la importante visita.

—¿Trujillo? —le preguntamos—. ¿Vino a visitarte Trujillo? —Sor Socorro vino por segunda vez ese día, haciéndonos callar. Debíamos esperar a esa noche, cuando apagaran las luces, para oír la historia de Lina.

Resultó que Trujillo había ido a visitar la casa de un oficial al lado del colegio, y atraído por los gritos de nuestro partido de voleibol, salió al balcón. Cuando vio a la bella Lina, se dirigió de inmediato al colegio, seguido por sus sorprendidos edecanes, e insistió en conocerla. Debía verla. Sor Asunción terminó por ceder y mandó a buscar a Lina Lovatón. Lina dijo que los rodearon los soldados. Trujillo se quitó una de sus medallas y se la prendió sobre el pecho.

—¿Qué hiciste tú? —preguntamos a coro. En la luz de la luna que entraba por las persianas abiertas, Lina Lovatón nos lo mostró. Levantando el mosquitero, se puso de pie frente a nosotras e hizo una profunda reverencia.

Pronto, cada vez que Trujillo llegaba a la ciudad —y estaba en La Vega con mayor frecuencia que nunca— venía a visitar a Lina Lovatón. Le enviaba obsequios al colegio: una bailarina de porcelana, botellitas de perfume que parecían joyas y olían a un jardín de rosas, una caja de satén con un dije que era un corazón de oro para una pulsera que ya le había regalado antes y que tenía un dije que era una "L" gigantesca.

Al principio las monjas estaban asustadas. Pero luego empezaron a recibir regalos ellas también: piezas de muselina para hacer sábanas, y tela de toalla, y una donación de mil pesos para una nueva estatua a la Madre Misericordiosa que estaba tallando un artista español que vivía en la capital.

Lina siempre nos contaba acerca de las visitas de Trujillo. Cuando él iba, era excitante para todas. Por empezar, suspendían las clases, y la escuela era invadida por soldados que revisaban nuestros dormitorios. Cuando terminaban, montaban guardia mientras nosotras intentábamos arrancar una sonrisa a sus caras de piedra. Lina desaparecía: iba a la sala, la misma en que nuestras madres nos habían entregado aquel primer día. Según nos informaba Lina, la visita empezaba por lo general con unos versos que le recitaba Trujillo; luego le decía que llevaba en su persona una sorpresa, que ella debía buscar. Algunas veces le pedía que cantara o bailara. Lo que más le gustaba era que ella jugara con las medallas sobre su pecho, que las sacara y las volviera a poner.

—Pero, ¿tú lo amas? —le preguntó Sinita una vez. La voz de Sinita sonaba tan asqueada como si le estuviera preguntando si se había enamorado de una tarántula.

—Con todo mi corazón —le respondió Lina con un suspiro—. Más que a mi vida.

———————

Trujillo siguió visitando a Lina y enviándole regalos y esquelas de amor, que ella compartía con nosotras. Excepto

35

Sinita, creo que todas nos estábamos enamorando del héroe fantasmal creado por el dulce y simple corazón de Lina. Nos habían dado un retrato de Trujillo en la clase de Cívica. Ahora lo busqué en el fondo del cajón, donde lo había sepultado por consideración a Sinita, y lo puse debajo de la almohada, para que me protegiera contra las pesadillas.

Cuando Lina cumplió los diecisiete años, Trujillo ofreció una fiesta en la nueva casa que acababa de construir en las afueras de Santiago. Lina estuvo ausente toda una semana en esa ocasión. Publicaron una foto de Lina de toda una página en los diarios, y abajo un poema escrito por Trujillo:

> Nació reina, no por dinástico derecho
> sino por el de la belleza
> que la divinidad envía al mundo sólo raras veces.

Sinita afirmaba que lo había escrito alguien por él, porque Trujillo apenas si sabía garrapatear su propio nombre.

—Si yo fuera Lina... —decía siempre, y extendiendo la mano derecha parecía apretar un racimo de uvas hasta quitarle todo el jugo.

Pasaban las semanas y Lina no volvía. Por fin, las hermanas anunciaron que por orden del gobierno se le otorgaría a Lina su diploma *in absentia*.

—¿Por qué? —le preguntamos a Sor Milagros, que seguía siendo nuestra favorita—. ¿Por qué no vuelve con nosotras? —Sor Milagros meneó la cabeza y volvió la cara, pero no antes de que alcanzáramos a ver sus lágrimas.

Ese verano descubrí por qué. Papá y yo íbamos a Santiago con un reparto de tabaco en el camión. Papá señaló una alta verja de hierro, y detrás una mansión enorme con muchas flores en los bordes cortadas con formas de animales.

—Mira, Minerva: una de las novias de Trujillo vive aquí, tu antigua compañera, Lina Lovatón.

—¿Lina? —Sentí una opresión en el pecho, como si no pudiera respirar. —Pero Trujillo está casado —dije—. ¿Cómo puede Lina ser su novia?

Papá me miró un rato largo antes de hablar.

—Tiene muchas novias, en toda la isla, en casas inmensas y elegantes. Lina Lovatón es un caso triste, porque la pobrecita lo quiere de verdad. —Aprovechó la oportunidad para darme un sermón con las razones por las que las gallinas no deben alejarse de la seguridad del gallinero.

Ese otoño, de vuelta en el colegio, durante una de nuestras sesiones nocturnas, salió a relucir el resto de la historia. Lina

Lovatón estaba embarazada en la mansión. Doña María, la esposa de Trujillo, se enteró y la corrió con un cuchillo. Entonces Trujillo envió a Lina a una casa que le puso en Miami, donde estaría a salvo. Ahora vivía allí, sola, esperando que él la llamara. Al parecer, ahora había otra muchacha bonita que acaparaba su atención.

—Pobrecita —coreamos todas, como diciendo amén.

Nos quedamos calladas, pensando en el triste fin de la hermosa Lina. Sentí que me faltaba el aliento otra vez. Al principio creía que se debía a las vendas que me ataba alrededor del pecho, para que no me crecieran los senos. Quería asegurarme de que no me pasara lo mismo que a Lina Lovatón. Pero cada vez que me enteraba de un nuevo secreto acerca de Trujillo sentía que se me estrujaba el pecho, aunque no tuviera los vendajes.

—Trujillo es un demonio —dijo Sinita mientras caminábamos en puntillas hasta nuestras camas, que otra vez estaban juntas ese año.

Pero yo estaba pensando. No, es un hombre. Y a pesar de todo lo que había oído, le tenía lástima. ¡Pobrecito! Por las noches debía de tener pesadillas, igual que yo, al pensar en todo lo que había hecho.

Abajo, en la sala oscura, el reloj daba las horas como golpes de martillo.

La representación
1944

Era el centenario de nuestra patria. Desde el día de la Independencia, el 27 de febrero, había habido celebraciones y representaciones. Patria celebró su vigésimo cumpleaños ese día, y dimos una gran fiesta en Ojo de Agua. Esa fue la manera en que nuestra familia organizó un acto patriótico para demostrar su apoyo a Trujillo. Simulamos que la fiesta era en su honor, con Patria vestida de blanco, su hijito Nelson de rojo, y Pedro, su marido, de azul. Ah, sí, su sueño de ser monja no había resultado.

No sólo mi familia hacía una gran demostración de lealtad, sino todo el país. Ese otoño, de vuelta en el colegio, recibimos nuevos libros de historia con un retrato de ya saben quién grabado en relieve en la tapa de modo que hasta un ciego se daba cuenta a quién se referían todas esas mentiras. Nuestra historia ahora seguía el argumento de la Biblia. Los dominicanos habíamos aguardado durante siglos el advenimiento de nuestro Señor Trujillo. Era un asco.

En toda la naturaleza hay una sensación de éxtasis. Una extraña luz sobrenatural impregna la casa; huele a trabajo y santidad. El 24 de octubre de 1891 la gloria de Dios hizo carne el milagro. ¡Ha nacido Rafael Leonidas Trujillo!

En nuestra primera reunión, las hermanas anunciaron que, gracias a una generosa donación de El Jefe, se había agregado una nueva ala de recreación bajo techo. El gimnasio se llamaría Lina Lovatón, y en unas pocas semanas tendría lugar allí un concurso de recitación para todo el colegio. El tema sería nuestro centenario y la generosidad de nuestro benigno Benefactor.

Cuando se hizo el anuncio, Sinita, Elsa, Lourdes y yo nos miramos, decidiendo en ese momento hacer nuestra participación juntas. Juntas habíamos ingresado en la Inmaculada hacía seis años, y ahora todas nos decían las cuatrillizas. Sor Asunción siempre decía que cuando nos recibiéramos, en un par de años, iba a tener que separarnos con un cuchillo.

Trabajamos duro para nuestra participación, practicando todas las noches, cuando se apagaban las luces. Habíamos escrito lo que decía cada una, para poder decir lo que queríamos y no lo que los censores querrían que dijéramos.

No porque fuéramos estúpidas como para decir algo malo del gobierno. Nuestro cuadro estaba ambientado en la antigüedad. Yo desempeñaba la parte de la Madre Patria esclavizada, y debía permanecer atada durante toda la representación hasta ser liberada por Libertad, Gloria, y la narradora. El objeto era recordar al público cómo ganamos nuestra independencia hacía cien años. Luego, todas cantábamos el himno nacional y hacíamos la reverencia que nos había enseñado Lina Lovatón. Nadie podría molestarse por eso.

La noche del concurso casi no pudimos comer, de tan nerviosas y excitadas que estábamos. Nos vestimos en una de las aulas, ayudándonos con los trajes y maquillaje, permitido para la ocasión. Por supuesto, no nos lavamos bien después, de manera que al día siguiente seguimos con los ojos sombreados, los labios pintados y todo lo demás, como si no estuviéramos en un colegio religioso sino ya saben dónde.

Y las cuatrillizas fuimos las mejores, por mucho. Debimos saludar tantas veces que todavía estábamos en el escenario cuando salió Sor Asunción para anunciar quiénes habían ganado. Empezamos a retirarnos cuando ella nos indicó que no lo hiciéramos. El auditorio estalló en aplausos y silbidos, que estaban prohibidos por no ser propios de niñas bien. Pero Sor Asunción parecía haber olvidado sus propias reglas. Levantó la cinta azul porque nadie se callaba para oír el anuncio de las ganadoras.

Lo que oímos cuando por fin el público se tranquilizó fue que nos enviarían con una delegación de La Vega a la capital, para representar el acto premiado ante Trujillo en ocasión de su cumpleaños. Nos miramos las cuatro, atónitas. Las monjas no habían dicho nada acerca de esta segunda representación. Más tarde, cuando nos desvestíamos en el aula, discutimos la posibilidad de rechazar el premio.

—Yo no voy —anuncié. Quería protestar, pero no sabía cómo hacerlo.

—Hagámoslo, por favor —suplicó Sinita. Había tanta desesperación en su cara que Elsa y Lourdes la secundaron.

—¡Pero hemos sido engañadas! —les recordé.

—Por favor, Minerva, por favor —insistió Sinita con tono lisonjero. Me abrazó, y cuando intenté separarme me dio un beso en la mejilla.

No podía creer que Sinita quisiera realmente hacer eso, considerando la manera en que pensaba su familia acerca de Trujillo.

—Sinita, ¿por qué quieres representar para él?

Sinita se irguió con tanto orgullo que en realidad parecía la Libertad. —No es para él. Nuestro acto es acerca de un tiempo en que éramos libres. Es como una protesta disimulada.

Eso decidió el asunto. Acepté ir, con la condición de que hiciéramos el acto vestidas como muchachos. Al principio, mis amigas protestaron porque teníamos que hacer cambios del género femenino al masculino, de modo que las rimas no funcionarían. Pero a medida que se iba acercando el gran día, más nos abrumaba el fantasma de Lina. En el gimnasio, su bello retrato miraba a través del espacio al cuadro de El Jefe, en la pared opuesta.

Fuimos a la capital en un auto grande provisto por el partido Dominicano de La Vega. En el camino, Sor Asunción nos leyó la epístola, como llamaba ella a las reglas que debíamos observar. Nuestro acto era el tercero, a las cinco. Debíamos permanecer hasta el final y estar en el colegio para tomar el jugo a la hora de ir a dormir.

—Deben demostrar a la nación que son sus joyas, las niñas de la Inmaculada Concepción. ¿Está claro?

—Sí, Sor Asunción —respondimos a coro, abstraídas. Estábamos demasiado excitadas por nuestra gloriosa aventura para prestar atención a las reglas. Cuando nos pasaba algún muchacho apuesto con su veloz auto elegante, lo saludábamos con la mano y fruncíamos la boca. En una oportunidad un auto aminoró la velocidad, y los muchachos que iban en él nos gritaron piropos. La hermana los miró con un gesto adusto y se dio vuelta para ver qué estaba pasando en el asiento trasero. Nosotras miramos inocentemente el camino. Eramos verdaderos ángeles, y no necesitábamos el acto para dar una buena representación.

A medida que nos acercábamos a la capital, Sinita se puso muy callada. Había una expresión triste y pensativa en su rostro. Sabía en qué estaba pensando.

Cuando nos dimos cuenta, estábamos esperando en la antesala del palacio, junto con otras muchachas provenientes de otros colegios del país. Sor Asunción entró, haciendo crujir su hábito de manera importante, y nos indicó que avanzáramos. Nos condujo a una gran sala, más grande que ningún salón que yo hubiera visto nunca. Por un espacio abierto entre las sillas, llegamos al centro del recinto. Dimos vueltas en círculos, para tratar de ver dónde estábamos. Entonces lo reconocí bajo un palio de banderas dominicanas: el Benefactor, de quien había oído hablar toda mi vida.

En su gran trono dorado parecía más pequeño de lo que yo imaginaba, pues siempre lo veía, inmenso y amenazante, sobre alguna pared. Llevaba un elegante uniforme blanco con charreteras doradas y una coraza de medallas. Parecía un actor que desempeñaba un papel.

Nos ubicamos en nuestros lugares, pero él no pareció notarlo. Estaba vuelto hacia un hombre joven, sentado a su lado, que también usaba uniforme. Yo sabía que era su apuesto hijo Ramfis, coronel del ejército desde los tres años de edad, cuyo retrato siempre aparecía en los diarios.

Ramfis nos miró y le susurró algo a su padre, que se rió fuerte. "Qué groseros", pensé. Después de todo, nosotras estábamos allí para hacerles un cumplido. Lo menos que podían hacer era fingir que no parecíamos unas tontas con nuestras togas como globos, nuestras barbas y arcos y flechas.

Con una indicación de cabeza, Trujillo nos ordenó empezar. Nos quedamos congeladas, mirando con la boca abierta, hasta que Sinita por fin nos infundió valor al tomar su lugar. Por suerte yo tenía que estar reclinada en el suelo, porque me temblaban tanto las rodillas que temía que la Patria se desmayara en cualquier momento.

Por milagro, recordamos nuestras líneas. Mientras las decíamos en voz alta, nuestras voces iban ganando confianza y se tornaban más expresivas. En una oportunidad, cuando miré por un instante, vi que el apuesto Ramfis y hasta El Jefe estaban entusiasmados con nuestra representación.

Avanzamos sin novedad hasta el momento en que Sinita debía ponerse delante de mí, la Patria esclavizada. Después que yo dijera

> Por más de un siglo, languideciente, encadenada,
> ¿puedo aspirar a ser de mi dolor liberada?
> ¡Ay, libertad, despliega tu arco brillante.

Sinita debía dar un paso adelante y mostrar su arco brillante. Después de arrojar flechas imaginarias a enemigos imaginarios, debía desatarme, y de esa manera, liberarme.

Pero cuando llegamos a esta parte, Sinita siguió avanzando y no se detuvo sino cuando llegó frente a Trujillo. Lentamente levantó el arco, y apuntó. Se hizo un silencio agobiante en el salón.

Veloz como una saeta, Ramfis saltó de su asiento y se interpuso entre su padre y nuestro congelado cuadro. Le arrancó el arco a Sinita y lo partió en dos sobre su rodilla. El crujido de la madera al quebrarse hizo aflorar un tumulto de murmullos y susurros. Ramfis miró fijamente a Sinita, que le devolvió la mirada, furiosa.

—Esa no es una manera correcta de comportarse —dijo él.

—Es parte de nuestro acto —dije yo. Seguía atada, sobre el piso—. No tenía ninguna mala intención.

Ramfis me miró, luego miró a Sinita. —¿Cómo te llamas?

—Libertad —respondió Sinita.

—¡Tu verdadero nombre, Libertad! —gritó él, como si ella fuera un soldado en su ejército.

—Perozo —contestó ella con orgullo.

Él levantó una ceja, intrigado. Y luego, como el héroe de un cuento, me ayudó a levantarme.

—Desátala, Perozo —le ordenó a Sinita. Pero cuando ella se agachó para aflojarme los nudos, él le tomó las manos y se las puso en la espalda. Escupiendo las palabras, ordenó:

—¡Usa tus dientes caninos, perra!

Sus labios formaron una sonrisa siniestra al ver que Sinita se arrodillaba y me aflojaba los nudos con los dientes.

Una vez que tuve las manos libres logré salvar la situación, según me dijo luego Sinita. Desplegué mi capa con un floreo, mostrando mis brazos pálidos y cuello desnudo. Con voz temblorosa empecé un canto que fue seguido por un coro a viva voz:

41

¡Viva Trujillo! ¡Viva Trujillo! ¡Viva Trujillo!

En el camino de vuelta, Sor Asunción nos reprendió.

—No fueron las joyas de la nación. No obedecieron mi epístola.

A medida que se iba oscureciendo el camino, los faros proyectaban luces que se iban llenando de cientos de luciérnagas enceguecidas. Cuando se estrellaban contra el parabrisas dejaban marcas borrosas, hasta que me pareció que estaba contemplando el mundo a través de una cortina de lágrimas.

CAPÍTULO TRES

Este librito pertenece a
María Teresa

1945 a 1946

Querido Librito:

Eres un regalo que me hizo Minerva hoy, para mi Primera Comunión. Eres tan bonito, con una cubierta de madreperla y un brochecito, como el de los misales. Me divertiré tanto, escribiendo en tus hojas de papel de seda.

Minerva dice que llevar un diario es una manera de reflexionar, y la reflexión profundiza el alma. Suena tan serio. Supongo que ahora que tengo algo de lo que soy responsable, debo esperar ciertos cambios.

Domingo 9 de diciembre

Querido Librito:

He tratado de reflexionar, pero no se me ocurre nada. Me encantan mis nuevos zapatos de Primera Comunión. Son de cuero blanco, con un poquito de tacón, como los de las señoritas. Practiqué mucho antes, y debo decir que no trastabillé ni una sola vez camino al altar. Estoy tan orgullosa de mí misma.

Mamá y Dedé y Patria y mi sobrinito Nelson y mi sobrinita Noris viajaron desde Ojo de Agua para asistir a mi Primera Comunión. Papá no pudo venir. Está muy atareado con la cosecha de cacao.

Miércoles 12 de diciembre

Querido Librito:

Es difícil escribir aquí en el colegio. Por empezar, casi no tengo tiempo libre, excepto para rezar. Además, cuando tengo un minuto, Daysi y Lidia vienen solapadamente y te arrebatan. Te menean y te sacuden y yo corro para tratar de reconquistarte. Por fin te devuelven, riendo todo el tiempo como si yo fuera una tonta por llevar un diario.

Y quizá no lo sepas, Librito, pero siempre lloro cuando la gente se ríe de mí.

Festividad de Santa Lucía

Querido Librito:

Esta noche tendremos ardiendo la vela y nuestros ojos quedarán bendecidos por Santa Lucía. Y ¿sabes qué? ¡He sido elegida para ser Santa Lucía por todas las hermanas! Usaré mi vestido de la Primera Comunión con los zapatos otra vez y conduciré a todo el colegio desde el patio oscuro hasta la capilla iluminada.

He estado practicando, recorriendo las estaciones de la Cruz con una mirada santa en el rostro, lo que no es fácil cuando se está haciendo equilibrio. Yo creo que las santas vivían antes de que se inventaran los tacones altos.

Sábado 15 de diciembre

Querido Librito:

¿Qué significa que yo ahora realmente tenga un alma? Todo lo que se me ocurre es pensar en el retrato que hay en nuestro catecismo de una persona con sarampión. Así es el alma cuando se cometen pecados mortales. Los pecados veniales son más leves, como una urticaria en vez de sarampión. La urticaria se va hasta sin la confesión, cuando decimos el acto de contrición.

Le pregunté a Minerva qué significa para ella tener alma. Estábamos hablando de Daysi y Lidia y de lo que yo debería hacer.

Minerva dice que el alma es como un gran anhelo que una nunca logra satisfacer, pero lo intenta. Por eso hay poemas conmovedores y héroes valientes que mueren por lo que está bien.

Yo tengo ese anhelo, me parece. A veces, antes de una vacación o una fiesta de cumpleaños siento que voy a estallar. Pero Minerva dice que eso no es lo que ella quiere decir.

Querido Librito:

No sé si te das cuenta de lo avanzada que soy para mi edad. Yo creo que es porque tengo tres hermanas mayores, así que he crecido rápido. ¡Sabía leer antes de ir a la escuela! De hecho, Sor Asunción me puso en cuarto grado, aunque debería estar en tercero, con las otras chicas de diez años.

Mi letra también es muy linda, como habrás notado. Gané el premio de caligrafía dos veces, y también lo habría ganado esta semana, sólo que decidí no ponerle el punto a unas íes. No es bueno para con las otras chicas ganar todo el tiempo.

Al principio, mamá no quería que saliera de casa. Pero luego dijo que sí, porque éste es el último año de Minerva en la Inmaculada Concepción, de modo que todavía estaría aquí en el colegio para cuidarme durante mi primer año.

No se lo digas a nadie: no me gusta demasiado estar aquí. Pero después de convencer a mamá que me dejara venir como pupila, tengo que fingir. Al menos Minerva está aquí conmigo, aunque duerma en otro pabellón.

Y también te tengo a ti, querido Librito.

Jueves 20 de diciembre

Querido Librito:

Mañana Minerva y yo tomaremos el tren a casa para las vacaciones. ¡No llega nunca mañana! Ahora sí tengo el alma llena de anhelo.

Ansío ver a papá, a quien hace tres largos meses que no veo.

Y a mis conejos, Nieve y Coco. ¿Tendré conejitos nuevos?

Y a Tono y Fela (trabajan en casa) excitados porque llego.

Y mi cuarto (junto con Minerva) con las ventanas que se abren al jardín con el arco de buganvilla como una entrada al reino mágico de un libro de cuentos.

Y que me digan Mate. (Aquí no se permiten sobrenombres. A Dedé le decían Bélgica, cuando nadie la llama así.)

Creo que también voy a echar algunas cosas de menos aquí.

Como la querida Sor Milagros que siempre me ayuda a trenzarme el pelo con cintas. Y a Daysi y a Lidia que han estado tan amorosas últimamente. Resultó bien que Minerva hablara con ellas.

Pero NO echaré de menos tener que levantarme a las seis, ni los maitines, ni dormir en un dormitorio inmenso con personas groseras que roncan, ni la hora de descanso y silencio todos los días ni usar el uniforme de sarga azul cuando hay tantas telas y colores bonitos en el mundo.

Y el chocolate hecho sin bastante chocolate.

Domingo 23 de diciembre

Mi querido:

Minerva me lo explicó todo en detalle con diagramas cuando volvíamos a casa en el tren. No me sorprendió ni un ápice. Por empezar, ya me había contado acerca de los ciclos, y, por otra parte, vivimos en una granja, y los toros no son muy reservados con lo que hacen. Aun así, no tiene que gustarme. Espero que descubran una nueva manera para cuando tenga edad de casarme.

Ay, me están llamando para que vea el cerdo que Tío Pepe trajo para la fiesta de Nochebuena, mañana.

Continuará, Librito.

Más tarde

Más acerca del tren de regreso a casa. Un muchacho empezó a seguirnos, diciendo que Minerva era la mujer más hermosa que había visto. (Siempre le dicen piropos cuando caminamos por la calle.)

Justo cuando Minerva y yo nos íbamos a sentar, el muchacho corre y pasa el pañuelo por el asiento. Minerva le da las gracias, pero no lo complace del todo, porque no le dice que se siente con nosotras, que es lo que él quiere.

Creíamos habernos librado de él. Habíamos terminado de hablar de esa cosa, y el tipo vuelve con un cucurucho de castañas de cajú que compró en la última parada. Me lo ofrece, aunque yo tampoco debo aceptar regalos de hombres desconocidos.

Y sin embargo, y sin embargo... esas castañas huelen tan deliciosas y me suena el estómago. Levanto los ojos y dedico a Minerva mi mirada de cachorrito triste, y ella asiente. "Muchas gracias", le digo, tomando el cucurucho, y de repente el hombre está sentado a mi izquierda, mirando la "lección" que tengo sobre la falda.

"Qué dibujo encantador", dice. ¡Casi me muero! Allí estaba, esa "cosa" y las dos bolas. Minerva y yo nos reímos tanto que casi me ahogo con una castaña, y el joven también sonrió, pensando que había dicho algo inteligente.

Queridísimo Librito:

¡Estoy tan excitada! ¡Navidad, y luego Año Nuevo, y ·después Reyes! ¡Tantas fiestas juntas! Resulta difícil quedarse quieta, reflexionando. Mi alma sólo quiere divertirse.

Mis sobrinitos se quedan con nosotros hasta después de Reyes. Sí, a los diez años, soy dos veces tía. Mi hermana Patria tiene esos dos hijos, y está embarazada de un tercero. Noris es tan mona; tiene un año, mi muñequita. Nelson tiene tres y su cosita es la primera que veo tan de cerca, aparte de los animales.

Primer día de 1946

Querido Librito:

Puse tres papelitos debajo de la almohada para predecir mi suerte para el Año Nuevo, y saqué "Regular". Mamá dice que eso no está permitido por el Papa, pero yo creo que eso de la suerte es verdad. Mi primer día del año no fue Bueno ni fue Malo, sólo Regular.

Empezó con Patria retándome por contarle historias de fantasmas a Nelson. Sé que Patria está embarazada y no se siente muy bien. Aun así, ¿no se acuerda que jugaba a Pasajes Oscuros conmigo cuando yo tenía cuatro años?

Y fue Fela quien me contó la historia del zombie, y yo la repetí.

Empaña la alegría de mis resoluciones, pero aquí van.

Resoluciones de María Teresa Mirabal para 1946:

Resuelvo no asustar a Nelson con cuentos de miedo.

Resuelvo ser diligente con mis tareas y no quedarme dormida cuando digo mis oraciones.

Resuelvo no pensar en la ropa cuando estoy en la iglesia.

Resuelvo ser casta, porque es muy noble. (Sor Asunción dijo que todas debemos hacer esta resolución como jóvenes de la santa Iglesia Católica y Apostólica.)

Resuelvo no ser tan susceptible porque hasta Minerva dice que llorar saca arrugas prematuras.

Creo que ya son bastantes resoluciones para un año "Regular".

Viernes 4 de enero

Queridísimo Librito:

Fuimos a las tiendas en Santiago. Estaban atestadas. Todo el mundo haciendo compras de Reyes. Hicimos una lista con las cosas que necesitábamos. Papá me dio dinero por ayudarlo con la tienda. Dice que soy su pequeña secretaria.

Convencí a mamá que me dejara comprar otro par de

zapatos. Ella no entendía para qué necesitaba otro par, ya que acaba de comprarme los de la Primera Comunión. Pero estos nuevos son de charol, algo que siempre quise. Debo reconocer que Minerva me ayudó a convencerla.

Minerva es tan inteligente. Siempre encuentra la vuelta para convencer a mamá.

Como hoy. Minerva encontró un traje de baño monísimo, a cuadros rojos y blancos, con una pollerita. Cuando quiso comprarlo, mamá le recordó la "promesa" Anoche, en la comida, Minerva anunció que este año no nadará en la laguna a cambio de recibir ayuda divina para ser abogada. Minerva da noticias que caen como bombas, como dice papá.

"No pienso usarlo —le explicó Minerva a mamá—. Pero, ¿cómo hago que sea una promesa difícil de cumplir si no tengo un traje de baño bonito para tentarme?"

"Tú discutirás hasta con San Pedro en la puerta del Cielo", le dijo mamá. Pero sonreía, meneando la cabeza.

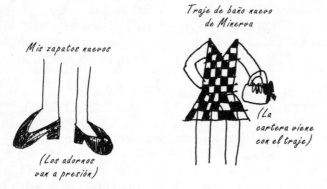

Mis zapatos nuevos

(Los adornos van a presión)

Traje de baño nuevo de Minerva

(La cartera viene con el traje)

Sábado 5 de enero

Mi querido Librito:

El primo Berto es un tesoro. Raúl, su hermano mayor, también, pero Berto es especialmente especial, si eso se puede decir.

Ayer, cuando la tía Flor se levantó con los muchachos, mamá empezó a quejarse de sus rosales, tan esmirriados, diciendo que este año no iban a dar sus flores favoritas. Justo después del desayuno, Berto vino con un ramo de rosas hermosísimas que él mismo cortó. En el jardín de la tía hay toda clase de variedades. Berto las arregló tan bien en la canasta. Las cortó con los tallos largos. ¿No es algo desusado para un muchacho?

La casa entera huele a perfumería esta mañana.

Querido Librito:

Me costó decidirme esta mañana entre los zapatos blancos y los de charol para ir a la iglesia. Por fin me decidí por los blancos, porque fueron los que me eligió mamá para la Primera Comunión, y yo quería que ella creyera que siguen siendo mis predilectos.

Después, en la comida de Reyes, con todos los tíos y mis monísimos primos, hubo un momento curioso. Tío Pepe nos recordó el gran desfile del próximo domingo con motivo del Día del Benefactor, y Minerva dijo algo como que por qué no vamos a celebrarlo al cementerio. Sí que se hizo un silencio de tumba.

Me parece que tengo una reflexión. ¿Por qué deberíamos celebrar el Día del Benefactor en el cementerio? Se lo pregunté a Minerva, pero ella me dijo que era un mal chiste, y que lo olvidara.

Día del Benefactor

Mi querido Librito:

Esperamos al tío Pepe en cualquier momento. Vendrá en el viejo camión, para llevarnos a los festejos en Salcedo. Después del desfile habrá recitaciones y una gran fiesta en la municipalidad. ¡Papá pronunciará el discurso en nombre de los Sembradores de Trujillo!

Esta vez estreno mis zapatos de charol y un vestido de poplín celeste con una chaquetita haciendo juego que me hizo Patria. Yo elegí la tela.

Mientras esperamos, aprovecho los minutos para desearle a El Jefe feliz Día del Benefactor con todo mi corazón. Estoy tan feliz de que lo tengamos como presidente. Yo hasta he nacido el mismo mes que él (octubre), con sólo nueve días (aunque cuarenta y cuatro años) de diferencia. No dejo de pensar que eso demuestra algo especial en mi carácter.

Lunes 14 de enero

Mi querido amigo Librito:

De vuelta en el colegio luego de las vacaciones, extraño mi casa. Escribo, en realidad, para no llorar.

Ahora Daysi es la mejor amiga de Rita. Las dos viven en Puerto Plata, así que se hicieron amigas en las vacaciones.

A lo mejor ahora Lidia llegue a ser mi mejor amiga. Ella no vuelve hasta después del día de la Virgencita, el 21, porque toda su familia va de peregrinaje a Higüey.

Estamos en Descanso y Silencio antes de que apaguen las

luces. Debemos quedarnos calladas, no visitarnos entre nosotras, y pensar en nuestra alma inmortal.

Yo estoy tan cansada de la mía.

Lunes 18 de febrero

Querido Librito:

Esta mañana, sin aviso, me llamaron de la oficina de la Directora, y se me vino el corazón a los pies cuando vi a Minerva allí también. Al principio, pensé que había muerto alguien de la familia, hasta que me di cuenta de que Minerva me miraba con una expresión especial, como diciéndome cuidado con lo que dices, chica.

Entra Sor Asunción y me dice que a mi hermana mayor la descubrieron saliendo del colegio sin permiso. Luego, antes de que alcance a captar lo primero, me pregunta si nuestro tío Mon, que vive en La Vega, está enfermo. Sí o no. Miro de reojo la cara descompuesta de Minerva y digo que sí con la cabeza: nuestro tío Mon está enfermo, y agrego que con sarampión, según me enteré.

La cara de Minerva recobra el color. Mira a la Directora como diciendo "te lo dije".

Me parece que mejoré la mentira. Ahora Minerva puede explicar por qué salía del colegio. El sarampión es tan contagioso que las hermanas nunca le hubieran permitido irlo a visitar.

Jueves 21 de febrero

Querido Librito:

He estado preocupada por Minerva, por escaparse y mentir acerca del tío Mon. Hoy, después del rezo del rosario en el patio, la arrinconé detrás de la estatua de la Madre Misericordiosa. "¿Qué está pasando?" le pregunté, pero ella trató de zafarse con un chiste. "No querrás hablar a espaldas de la Virgen hermanita, ¿no?

Le dije que sí. De manera que Minerva me dijo que yo era muy chica para enterarme de algunas cosas. Eso me hizo enojar. Le dije que si iba a cometer un pecado mortal, porque mentirle a una religiosa no puede ser venial, lo menos que ella podía hacer era contarme por qué yo estaba arriesgando mi alma inmortal.

Pareció muy impresionada con mi argumento. Siempre me dice que haga valer mis derechos, pero supongo que no frente a ella.

Prometió contármelo después, cuando pudiéramos tener una conversación privada.

Domingo 24 de febrero

Querido Librito:

El colegio entero fue al Parquecito de los Muertos hoy. Minerva y yo tuvimos oportunidad de conversar, y ella me lo contó todo. Ahora vuelvo a estar muy preocupada. ¡Le juro a mi hermana que esto va a terminar conmigo!

Resulta que ella y Elsa y Lourdes y Sinita han estado yendo a unas reuniones secretas en la casa de Don Horacio. Don Horacio es el abuelo de Elsa, que anda en problemas con la policía porque no hace las cosas como debería, como colgar el retrato de nuestro presidente en su casa. Minerva dice que la policía no lo mata porque es muy viejo, y que pronto morirá solo, sin que tengan que ocuparse ellos.

Le pregunté a Minerva por qué hacía algo tan peligroso. Y ella me dijo algo extrañísimo. Quiere que yo crezca en un país libre.

"Y ¿éste no es un país libre, acaso?", le pregunté. Sentía una opresión en el pecho, como si me estuviera por venir un ataque de asma.

Minerva no me contestó. Creo que se dio cuenta de que yo ya me sentía mal. Me tomó de las dos manos, como si estuviéramos por saltar juntas a lo hondo de la laguna de Ojo de Agua. "Respira lento y profundo —me dijo repetidas veces—. Lento y profundo."

Imaginé que era un día de calor y que las dos caíamos, lenta y profundamente, en el agua fría. Me sostuve de las manos de mi hermana, sin temer nada si no me soltaba.

Lunes 25 de febrero

Queridísimo Librito:

Es tan extraño ahora que sé algo que se supone no debería saber. Todo parece distinto.

Veo un guardia y me pregunto a quién habrá matado. Oigo la sirena de la policía, y pienso a quién irán a matar. ¿Te das cuenta?

Veo el retrato de nuestro presidente con esos ojos que me siguen por todo el cuarto, y pienso que trata de pescarme haciendo algo malo. Siempre he pensado que nuestro presidente es como Dios, y que vigila todo lo que hago.

No digo que no ame a nuestro presidente, porque lo amo. Es como si pensara que papá es capaz de hacer algo malo. Todavía lo querría, ¿no?

¡Ay, Querido Librito!

Hoy, en la hora de visita, vino el tío Mon con unas cartas y un paquete para nosotras, y las primeras palabras de Sor Asunción fueron: "Y ¿cómo se siente, don Ramón?" Casi me muero de pasmitis, si esa palabra existe. Minerva, que es mucho más rápida, lo tomó del brazo, diciéndole "Tío Mon, un paseíto te hará bien". El tío Mon pareció confundido, pero no dijo nada.

Acerca de las cartas que me trajo. Querido Librito, ya tengo novio a los diez años. Berto volvió a escribirme. Le he mostrado todas sus cartas a Minerva y ella sonríe y dice que son cartas muy lindas, de chicos.

Confieso que no le mostré esta última.

No por sentimental, sino porque me dio un poco de vergüenza. Yo le he contado que extraño mi casa, y Berto me escribió cosas muy lindas acerca de eso, y firmó "Tu Fortaleza".

Me gusta cómo suena.

Queridísimo Librito:

Hilda, la nueva amiga de Minerva, es realmente grosera. Usa pantalones y una boina inclinada sobre la cabeza, como si fuera Miguel Ángel. Minerva la conoció en una de sus reuniones secretas en casa de Don Horacio. Pronto la tal Hilda empezó a estar continuamente en la Inmaculada. Creo que las hermanas le tienen lástima, porque es una especie de huérfana. Yo estoy segura de que ella misma se hizo huérfana. ¡Sus padres deben de haber muerto del susto al oírla hablar!

Dice las cosas más espantosas, como que no está segura de que Dios exista. Pobre Sor Asunción. No hace más que darle folletos que explican todo. He visto lo que pasa con esos folletos cuando la directora da vuelta la espalda. Las monjas le han permitido portarse como una fresca todo este tiempo, pero hoy, por fin, actuaron con firmeza.

Sor Asunción le preguntó a Hilda si no querría comulgar con nosotras, e Hilda le contestó que preferiría una comida más contundente. Así que se le pidió que se fuera y no volviera más. "Su actitud es muy inadecuada —según explicó Sor Asunción—, y tus hermanas y sus amigas se están contagiando." Por más que no me gusta que nadie critique a Minerva, en este caso estoy de acuerdo con respecto a Hilda.

Mi querido Librito secreto:

Toda la semana han estado viniendo los guardias, buscando a Hilda.

Minerva me ha contado toda la historia.

Hilda apareció hace unas noches buscando refugio. Sucedió que ella escondió unos papeles en el baúl de un auto que le prestaron, y se quedó sin nafta en la carretera. Vino una amiga a socorrerla, y compraron una lata de combustible en una estación, pero cuando llegaron de vuelta al auto vieron que estaba rodeado por la policía, con el baúl abierto. Hilda consiguió que su amiga la llevara hasta la Inmaculada, donde despertó a Minerva y sus amigas. Todas discutieron qué hacer. Por fin, decidieron pedir ayuda a las hermanas.

Esa noche, muy tarde, llamaron a la puerta del convento. Apareció Sor Asunción, de camisón y gorro de dormir, y Minerva le contó el problema.

Minerva dice que todavía no sabe si Sor Asunción aceptó ayudar a Hilda por bondad o porque es una buena lección para enseñarle a una jovencita. ¡Imagínate! ¡A Hilda, que ni siquiera cree en Dios!

La policía volvió hoy. Pasaron junto a Sor Hilda, con las manos metidas en las mangas y la cabeza gacha delante de la imagen de la Madre Misericordiosa. Si yo no estuviera tan asustada, me reiría.

Jueves 4 de julio
¡Por fin en casa!

Querido Librito:

Minerva se graduó el domingo pasado. Todos fueron a La Vega a presenciar la entrega del diploma. Hasta Patria, con la panza grande como una casa. Espera para cualquier día de estos.

Estamos en casa para el verano. No veo las horas de ir a nadar. Minerva dice que me llevará a la laguna donde nos zambulliremos. Ella se pondrá su traje de baño "tentación". Dice: ¿por qué cumplir la promesa si papá y mamá no la dejan ir a estudiar leyes a la capital?

Pasaré el verano aprendiendo cosas que quiero aprender realmente. Como (1) aprender a bordar con Patria, (2) a llevar libros con Dedé, (3) a hacer tortas con la tía Flor (y así podré ver más a mi lindo primo Berto, y también a Raúl), (4) a hacer conjuros con Fela (mejor no se lo cuento a mamá), (5) a discutir para tener razón, y todo lo que Minerva me quiera enseñar.

Ay, Librito:

Acabamos de volver del cementerio, de enterrar al bebé de Patria, que ayer nació muerto.

Patria está muy triste, y llora todo el tiempo. Mamá le dice que el Señor sabe lo que hace, y Patria asiente, como si no lo creyera del todo. Pedrito no hace más que hacer sonar los nudillos, y la consuela diciéndole que pueden tener otro en seguida. Imagínate hacer esa torpe promesa a alguien que la está pasando tan mal.

Se quedarán con nosotros hasta que ella se sienta mejor. Yo trato de ser valiente, pero cada vez que pienso en ese bonito bebé muerto en un cajón, sin alma y todo eso, me echo a llorar.

Es mejor que no siga hasta que se me pase todo esto.

Miércoles, a toda prisa

Mi querido Librito, Ay, queridísimo:

Minerva me pregunta si estoy dispuesta a entregarte. Yo le digo que me dé un minuto para explicar y despedirme.

¡Apresaron a Hilda! La policía la atrapó cuando trataba de salir del convento. A los del grupo de Don Horacio les han dicho que deben destruir todo lo que pudiera inculparlos.

Minerva está enterrando todos sus poemas, papeles y cartas. Dice que no era su intención leer mi diario, pero lo vio sin querer, y leyó el nombre de Hilda. Dice que no estuvo bien leerlo, pero algunas veces hay que hacer algo malo por un bien superior. (Esas cosas de abogados que le gusta tanto decir.) Dice que debemos enterrarte a ti también.

No será para siempre, querido Librito. Te lo prometo. No bien se mejoren las cosas, Minerva dice que podremos desenterrar nuestra caja de tesoros. Le ha contado nuestro plan a Pedrito, y él tiene un lugar entre el cacao donde cavará un agujero para que enterremos nuestra caja.

Así que, querido Librito, ahora lo sabes.

Minerva tenía razón. Mi alma es mucho más profunda desde que empecé a escribir. Pero hay algo que quiero saber, que ni siquiera Minerva sabe.

¿Qué haré ahora, para llenar ese vacío?

Aquí termina mi Librito

Adiós
por ahora, no para siempre
(espero).

CAPÍTULO CUATRO

Patria

1946

Desde el principio sentí a la perla de gran valor en mi corazón. Nadie debía decirme que había que creer en Dios y amar todo lo que existe. Lo hacía de manera automática, como un brote que se abre camino hacia la luz.

Inclusive desde que nací salí primero con las manos, como buscando algo. Gracias a Dios, la partera revisó a mamá a último momento y me bajó los brazos, así como se le pliegan las alas a un ave cautiva para que no se lastime al querer volar.

De manera que se puede decir que nací, pero que en realidad no lo hice del todo. Uno de esos bebés espirituales, un alelá, como los llama la gente de campo. Tengo la mente, el corazón y el alma en las nubes.

Fue necesario hacer y deshacer muchas cosas para traerme a la tierra.

—————

Desde el principio yo era tan buena que mamá decía que ni siquiera se acordaba de que yo estaba allí. Dormía la noche entera, y si me despertaba y no había nadie me entretenía sola. Al año nació Dedé, y un año después llegó Minerva. ¡Tres bebés en pañales a la vez! La casa estaba atestada. Papá aún no había terminado el nuevo dormitorio, de modo que mamá nos puso a Dedé y a mí en una cunita en el corredor. Una mañana me encontró cambiándole los pañales mojados a Dedé, pero lo cómico era que, como no quise despertar a mamá, me saqué mis propios pañales y se los puse a mi hermanita.

"Eras capaz de dar tu ropa tu comida, tus juguetes", me decía mamá. Se corrió la voz, y cuando ella salía la gente del campo enviaba a sus chicos a pedir una taza de arroz o de aceite. Porque yo no sentía necesidad de quedarme con nada.

"Yo tenía miedo —confesaba mamá—, de que no vivieras mucho, porque ya eras la persona plena que debemos llegar a ser en la tierra."

El padre Ignacio aplacó sus temores por fin. Dijo que quizá yo estaba llamada para la vida religiosa, y eso se manifestaba desde temprano. Con su sabiduría y su humor característicos le decía: "Déle tiempo, doña Chea, déle tiempo. He visto muchos angelitos que al madurar se convertían en ángeles caídos."

Su sugerencia fue lo que hizo rodar la pelota. Hasta yo creía que había sido llamada. Cuando jugábamos a los disfraces me ponía una sábana sobre los hombros y fingía recorrer largos corredores, rezando el rosario, con mi hábito almidonado.

Escribía mi nombre religioso con distintos tipos de letra —Sor Mercedes— de la misma manera que las otras chicas escribían su nombre con el apellido de algún muchacho buen mozo. Al ver a esos muchachos, yo pensaba: Ah, sí, acudirán a Sor Mercedes cuando estén en dificultades, pondrán su cabecita enrulada sobre mi regazo y yo podré consolarlos. ¡Mi alma inmortal quiere acoger al bendito mundo en su totalidad! Pero, por supuesto, era mi cuerpo, ávido, esperando su oportunidad para rebelarse contra la tiranía de mi espíritu.

A los catorce años fui a la Inmaculada Concepción, y toda la gente del campo pensó que entraba en el convento. "Qué lástima —decían—. Una chica tan linda". Fue entonces cuando empecé a mirarme en el espejo. Me quedé atónita al encontrar, no a la niña que había sido, sino una jovencita de pechos altos y firmes y dulce rostro ovalado. Cuando sonreía se le formaban hoyuelos bonitos, pero los húmedos ojos oscuros estaban cargados de anhelo. Puse las manos contra el cristal para recordarle que ella también debía aspirar a cosas que no comprendía.

En el colegio las monjas me observaban. Veían cuánto me costaba mantener la espalda erguida en la primera misa, con las manos en posición de plegaria por propia volición, sin recostarme sobre el respaldo del banco como si la petición fuera una conversación. Durante la Cuaresma veían que ni un bocado de carne atravesaba mis labios, ni siquiera un caldo caliente cuando un fuerte catarro me confinaba en la enfermería.

No había cumplido aún los dieciséis años aquel febrero cuando Sor Asunción me mandó llamar a su despacho. Recuerdo que los flamboyanes habían florecido en pleno. Al entrar en el sombrío estudio alcancé a ver el brillo flamígero de los árboles y, detrás, amenazadoras nubes de tormenta.

—Patria Mercedes —dijo Sor Asunción, poniéndose de pie y viniendo hacia mí desde atrás de su escritorio. Me arrodillé para recibir su bendición y besé el crucifijo que llevó a mis labios. Estaba emocionada, y sentía que las lágrimas me anegaban los ojos. Acababa de empezar la Cuaresma, y yo siempre estaba muy excitada durante esos cuarenta días de la pasión de Jesucristo.

—Vamos, vamos —me dijo, ayudándome a que me pusiera de pie—. Tenemos mucho de qué hablar. —Me condujo, no a la silla de respaldo rígido dispuesta, como para un interrogatorio, frente a su escritorio, sino al sillón junto a la ventana, con sus almohadones de terciopelo carmesí.

Nos sentamos, cada una en un extremo. Hasta en la luz disminuida alcancé a ver sus pálidos ojos grises veteados de sabiduría. Aspiré su olor a hostia y supe que estaba en presencia de un ser sagrado. El corazón me latía con rapidez, temeroso y excitado.

—Patria Mercedes, ¿has pensado en el futuro? —me preguntó con su voz susurrante.

¡De seguro sería arrogancia pretender tener una vocación a una edad tan temprana! Meneé la cabeza, sonrojándome, y me miré las palmas de las manos, marcadas, según dice la gente de campo, con el mapa del futuro.

—Debes rezarle a la Virgencita para que te guíe —dijo ella.

Yo podía sentir la ternura de su mirada, y levanté los ojos. Detrás de ella vi el primer zigzagueo del relámpago y, distante, oí el retumbar del trueno.

—Lo hago, Hermana. Rezo todo el tiempo para conocer la voluntad del Señor, para que sea cumplida.

Ella asintió. —Hemos notado desde el principio con cuánta seriedad tomas tus obligaciones religiosas. Debes escuchar con mucha atención, en caso de que el Señor te esté llamando. Si fuera ésa su voluntad, nosotras te acogeríamos de buen grado como una de nosotras.

Sentí el dulce fluir de las lágrimas. Tenía la cara mojada.

—Bueno, bueno —dijo ella, dándome una palmadita en la rodilla—. No nos pongamos tristes.

—No estoy triste, Hermana —le dije cuando recobré un poco de compostura—. Son lágrimas de alegría, con la esperanza de que el Señor me haga conocer su voluntad.

—Lo hará —me aseguró ella—. Escucha en todo momento. En la vigilia, en el sueño, cuando trabajas y cuando juegas.

Asentí. Ella agregó:

—Ahora recemos juntas para que lo sepas muy pronto.

Y recé con ella un Ave María y un Padre Nuestro, y por más que lo intenté no pude apartar la mirada de los árboles flamígeros con sus flores que se desmoronaban en el viento de la tormenta inminente.

Había una lucha, pero nadie se daba cuenta. Se producía en la oscuridad, en las horas malignas, cuando las manos se despiertan con vida propia. Me recorrían el cuerpo crecido, tocaban la madurez de mis pechos, el monte del vientre, y hacia abajo. Trataba de detenerlas, pero se liberaban, noche tras noche.

Para Reyes pedí que me pusieran un crucifijo sobre la cama. Por las noches lo ponía junto a mí para que mis manos, al despertarse, pudieran tocar su carne sufriente y refrenar sus vagabundeos vergonzosos. La treta resultaba, las manos se volvían a dormir, pero otras partes de mi cuerpo empezaban a despertarse.

La boca, por ejemplo, anhelaba caramelos, higos en pesado almíbar, dulces de coco, blandos y dorados flanes. Cuando iban a la tienda los jóvenes cuyos apellidos habían sido apropiados durante años por mis fantasiosas amigas, y yo veía sus manos grandes tamborileando sobre el mostrador, tenía ganas de meterme sus dedos en la boca, uno a uno, y sentir sus callos con la lengua.

Mis hombros, mis codos, mis rodillas ansiaban ser tocados. Sin mencionar la espalda y la nuca.

—Toma esta peseta —le decía a Minerva—. Juega con mi pelo. —Ella se reía, y pasaba los dedos por mi pelo. —¿Crees que es verdad lo que se dice en el Evangelio? —me preguntaba—. ¿Que Dios sabe cuántos pelos tenemos en la cabeza?

—Vamos, vamos, hermanita —le respondía yo, reprendiéndola—. No juegues con la palabra de Dios.

—Los contaré —decía Minerva—. Quiero ver si en verdad su trabajo es tan difícil como se dice.

Y empezaba, como si no se tratara de una empresa imposible.

—Uno, dos, tres.

Pronto sus gratificantes dedos y su voz cantarina me adormecían.

Fue después de mi reunión con Sor Asunción, una vez que empecé a rezar para descubrir mi vocación, cuando de repente, como una calma pasajera en medio de una tormenta, las ansias cesaron. Todo permanecía tranquilo. Dormía toda la noche. La lucha había terminado, pero no estaba segura de quién había ganado.

Pensé que eso era un signo. Sor Asunción había dicho que el llamado vendría en diversas formas: en sueños, visitaciones, una crisis. Al poco tiempo de nuestra reunión fue el receso de Semana Santa. Las monjas se secuestraron en el convento para sus mortificaciones anuales en recuerdo de la crucifixión de su esposo y Señor Jesucristo.

Yo fui a casa a hacer lo propio, segura en lo más íntimo de mi ser de que ahora oiría el llamado de Dios. Me sumé a las actividades de Semana Santa del Padre Ignacio: asistí a la novena vespertina y a la misa diaria. El jueves santo llevé mi palangana y mis toallas junto con las demás penitentes para lavar los pies de los parroquianos en la puerta de la iglesia.

Esa noche las filas eran largas. Lavé pies tras pies, sin molestarme en levantar la mirada, embelesada, a la espera de la respuesta. De pronto noté en el agua un pie, joven y pálido, lujuriante de vellos oscuros, y se me ablandaron las piernas.

Lavé ese pie con esmero, levantándolo del talón para enjabonar la planta, igual que se levantan las piernas de un bebé para limpiarle el traste. Luego me dediqué al otro. Trabajé diligentemente, sin pensar en la larga fila que se extendía en la oscuridad. Cuando terminé ya no pude evitarlo, y levanté los ojos.

Un hombre joven estaba ante mí y me miraba, y su rostro me atraía con la misma fuerza animal que sus pies. Tenía las mejillas sumidas en la permanente oscuridad, y sus espesas cejas se juntaban en el medio. Cuando se inclinó para darme un fajo de billetes para poner en la alcancía de los pobres pude ver los músculos de sus anchos hombros bajo la delgada guayabera.

Más tarde, él me dijo que le dediqué una sonrisa beatífica. ¿Por qué no? Acababa de ver al hombre más bello después de Jesús. Mi esposo terrenal. La lucha había concluido, y ya tenía mi respuesta, aunque no era la esperada. Para la misa de Pascua me vestí de amarillo glorioso, con un pimpollo de flamboyán en el pelo. Llegué temprano para prepararme para cantar el Aleluya con las otras chicas, y allí estaba él, esperándome junto a la escalera del coro.

––––––––

A los dieciséis años todo quedó arreglado, aunque no intercambiamos ni una sola palabra. Cuando volví al colegio, Sor Asunción me saludó en la puerta. Sus ojos me escudriñaron el rostro, pero yo no me permití darle una respuesta.

—¿Lo has oído? —me preguntó, tomándome la cara con las dos manos.

—No, Hermana.

Pasó abril, y llegó mayo, el mes de María. A mediados de mayo llegó una carta: mi nombre e Inmaculada Concepción en el sobre, con trazos bruscos. Sor Asunción me llamó a su despacho para entregármela. Era una precaución nada usual, pues las hermanas se limitaban a vigilar la correspondencia, preguntándonos qué noticias habíamos recibido de casa. Me observó cuando tomaba el sobre. Sentí el peso del pie del muchacho en mi mano. Olí el sudor y el suelo y el jabón en la tierna piel. Me ruboricé entera.

—¿Bien? —preguntó Sor Asunción, como si ya hubiera hecho su pregunta y yo demorara mi respuesta. —¿Has oído ya, Patria Mercedes? —Su voz se había tornado severa.

Me aclaré la garganta, pero no pude hablar. Me apenaba tanto decepcionarla, pero sin embargo no sentía que hubiera necesidad de disculparme. Por fin, mi espíritu descendía a mi carne, y había más en mí, y no menos, para alabar a Dios. Me hacía cosquillas en los pies, me entibiaba las manos y las piernas, fulguraba en mi vientre.

—Sí —confesé al fin—. Lo he oído.

———————

No volví a la Inmaculada en el otoño con Dedé y Minerva. Me quedé a ayudar a papá con la tienda y le hice vestidos a María Teresa, mientras esperaba que él viniera.

Su nombre era Pedrito González, y era hijo de una antigua familia de granjeros de un pueblo vecino. Trabajaba la tierra de su padre desde muchacho, así que no había recibido educación formal. Pero sabía contar hasta miles, usando los diez dedos. Leía libros, despacio, formando las palabras con la boca, sosteniéndolas con reverencia como un monaguillo sostiene el misal para el cura que oficia la misa. Había nacido para la tierra, y algo en su cuerpo fuerte, en sus manos gruesas, en su boca bien formada se asemejaba a la rotundez de las colinas y el fértil valle ondulado de El Cibao.

Y ustedes podrán preguntarse por qué la espiritual y devota Patria se sentía atraída por una criatura así. Se los diré. Sentía la misma excitación que cuando lograba que un ave salvaje o un gato sin hogar viniera a comer de mi mano.

Nuestro noviazgo era decoroso, no como el de Dedé y Jaimito a quienes, según me contaba mamá, había que vigilar para que no se metieran en dificultades. Él venía después del día en el campo, bien lavado, con rastros del peine en el pelo mojado, incómodo con su guayabera nueva. La lástima ¿es siempre un componente del amor? Era la que me impedía tocarlo.

Una sola vez, aquella Navidad, estuve a punto de soltar los frenos. La boda estaba planeada para el 24 de febrero, tres días antes de que yo cumpliera los diecisiete años. Papá había dicho que debíamos esperar a que los cumpliera, pero consintió en darme esos tres días como dispensa. De lo contrario ya entraríamos en Cuaresma, cuando ya no es correcto casarse.

Íbamos caminando hacia la parroquia, para la misa del gallo, con mamá, papá, y mis hermanas. Pedrito y yo caminábamos detrás, hablando en voz baja. Él me hacía sus declaraciones sencillas, y yo lo embromaba, haciéndoselas repetir. No podía amarme mucho, protestaba yo, porque todo lo que decía era que me amaba. Según Minerva, los verdaderos enamorados recitaban poemas a sus amadas.

Él se detuvo, y me tomó de los hombros. Apenas alcanzaba a ver su rostro esa noche sin luna.

—Pedrito González no es un hombre fino, de grandes palabras —me dijo con voz áspera—. Pero es un hombre que te adora como adora la tierra que pisas.

Se agachó, levantó un puñado de tierra y me lo puso en la mano. Y luego me empezó a besar. Me besó la cara, el cuello, los pechos. ¡Y tuve, tuve que detenerlo! No estaría bien, no en esa noche en que el verbo recién se encarnaba (el niño Jesús de porcelana del Padre Ignacio) en su cuna en medio del pesebre. Y nos apresuramos por el camino.

————

Pensarán que no había otra cosa, excepto la lucha privada que se debatía en mi carne y mi espíritu, pues no me he referido al resto de mi vida. No es así. Pueden preguntar por estos alrededores cuál era la más amigable, la más agradable y simple de las hermanas Mirabal, y les dirán: Patria Mercedes. El día que me casé, toda la población de Ojo de Agua fue a desearme felicidad. Me puse a llorar, echando ya de menos a mi pueblo, aunque sólo viviría a quince minutos de viaje.

Al principio resultó duro vivir en San José de Conuco, lejos de mi familia, pero me acostumbré. Pedrito llegaba del campo al mediodía, hambriento. Después hacíamos la siesta, y había que satisfacer un hambre distinta. Los días empezaron a llenarse. Nació Nelson, y dos años después, Noris, y pronto, por tercera vez, día a día empezó a agrandárseme la barriga. Dicen por aquí que eso causa ciertos antojos y aversiones. Bien, las dos primeras veces fueron sencillas: todo lo que se me antojaba eran ciertos alimentos, pero ahora empecé a preocuparme por mi hermana Minerva.

La manera en que hablaba contra el gobierno era peligrosa. Hasta en público atacaba al presidente o a la Iglesia, por apoyarlo. Una vez, el vendedor que estaba tratando de venderle un auto a papá trajo un Buick costoso. Al ponderar sus muchas virtudes, el vendedor le dijo que era el auto preferido de El Jefe. De inmediato, Minerva le dijo a papá que ésa era otra razón para no comprarlo. La familia vivió aterrorizada por un tiempo.

Yo no podía entender por qué Minerva estaba tan excitada. El Jefe no era ningún santo, como todo el mundo sabía, pero entre los bandidos que habían ocupado el Palacio Nacional, éste por lo menos construía iglesias y escuelas, y pagaba la deuda externa. Aparecía en las fotos de los diarios todas las semanas junto a Monseñor Pittini, en relación con alguna buena obra.

Pero yo no podía razonar con la razón misma. Intenté otra táctica.

—Es un asunto sucio, tienes razón. Por eso nosotras las mujeres no debemos involucrarnos.

Minerva me escuchaba con la expresión de quien espera que una termine de hablar.

—No estoy de acuerdo contigo, Patria —me dijo, y luego, con su forma usual de ver las cosas, que siempre llegaba al fondo de la cuestión, me dijo que las mujeres debíamos salir de la edad del oscurantismo.

Se puso de tal manera que ya no quería ir a la iglesia, a menos que mamá hiciera una escena. Sostenía que estaba más cerca de Dios leyendo a Rousseau que en misa, escuchando al padre Ignacio entonando el Credo Niceno. Se burlaba de él.

—Parece que estuviera haciendo gárgaras —decía.

—Me preocupa que estés perdiendo la fe —le dije—. Esa es nuestra perla de gran valor. Sabes que sin ella no somos nada.

—Deberías preocuparte más por tu amada Iglesia. Hasta el padre Ignacio reconoce que hay curas que reciben dos sueldos.

—Ay, Minerva —fue todo lo que pude decir. Me acaricié la barriga, que me dolía. Hacía días que sentía una pesadez. Y las cosas que decía Minerva empezaban a afectarme. Ahora la voz del padre Ignacio me parecía carente de animación, sentía el tedio entre el Evangelio y la Comunión, y sobre mi lengua la hostia me daba una sensación de papel. Mi fe se tambaleaba, y eso me daba miedo.

—Ponte cómoda —me dijo Minerva, al ver signos de cansancio en mi rostro—. Déjame terminar de contar tus cabellos.

Y, de repente, me eché a llorar en sus brazos, porque sentía que estallaba el dique de contención de las aguas y perdía la perla de gran valor. Me di cuenta de que iba a dar a luz a algo muerto que llevaba dentro de mi ser.

———————

Después que perdí al bebé sentí un extraño vacío. Era una casa abandonada, con un cartel en la fachada. "Se vende". Cualquier vagabundo podía atraparme.

Me desperté aterrorizada en el medio de la noche, segura de que un brujo me había hecho un conjuro, por lo que había muerto mi bebé. Todo esto provenía de Patria Mercedes, que nunca había creído en supersticiones tan bajas.

Me quedé dormida y soñé que habían vuelto los yanquis, pero no era la casa de mi abuela la que quemaban, sino la de Pedrito y mía. Mis bebés, los tres, estaban envueltos en llamas. Salté de la cama gritando:

—¡Fuego! ¡Fuego!

¿Y si el bebé muerto era un castigo porque yo había dado la espalda a mi vocación religiosa? Empecé a repasar mi vida, complicando las hebras, enredando todo.

Fuimos a vivir con mamá hasta que recuperara las fuerzas. Ella hacía lo indecible por consolarme.

—¡Ese pobre bebé! ¡Quién sabe de qué se libró!

—Es la voluntad de Dios —decía yo, pero las palabras sonaban huecas en mis oídos.

Minerva se daba cuenta. Un día estábamos recostadas juntas en la hamaca, en la galería. Me vio mirando el cuadro del Buen Pastor hablando con sus corderos. Al lado estaba el cuadro de El Jefe, retocado para que luciera mejor de lo que era.

—Hacen un buen par, ¿no? —comentó ella.

En ese momento comprendí su odio. Mi familia no había sido perjudicada por Trujillo de manera personal, así como, antes de perder el bebé, Jesús no me había quitado nada. Pero otras personas habían sufrido grandes pérdidas. En la familia Perozo no quedaba ni un solo hombre. Martínez Reyna y su mujer habían sido asesinados en la cama, y miles de haitianos masacrados en la frontera, tiñendo el río de rojo con su sangre. ¡Ay, Dios mío!

Yo había oído todo eso, pero no lo había creído. Acariciando la perla en mi corazón, tranquila, había ignorado su gritos de desesperación. ¿Cómo podía permitir nuestro amante Padre Todopoderoso que sufriéramos tanto? Levanté la mirada, desafiante. ¡Y vi los dos rostros confundidos en uno!

———————

Volví a casa con mis chicos a principios de agosto. Retomé mis tareas, puse buena cara a pesar del corazón dolorido, cubriendo el sol —como dicen aquí— con un dedo. Y, despacio, empecé a emerger de entre los muertos. ¿Qué me devolvió a la vida? No fue Dios, no señor. Fue Pedrito, cuya pena era callada, como la de un animal. Hice a un lado mi propio dolor para rescatarlo a él.

Todas las noches le daba mi leche, como si fuera mi hijo perdido, y después dejaba que hiciera cosas que jamás le había permitido.

—Ven aquí, mi amor —susurraba, y lo hacía cruzar el dormitorio a oscuras cuando llegaba de trabajar en los campos. Entonces yo era quien se subía a caballo, y cabalgaba con fuerza hasta alejarme de mi sufriente corazón.

El dolor de él persistía. Nunca hacía ninguna alusión, pero yo me daba cuenta. Una noche, unas pocas semanas después del entierro del bebé, noté que se levantaba de la cama tratando de no hacer ruido. Sentí que se me desgarraba el corazón. Buscaba consuelo en los ranchos de los alrededores. Yo necesitaba saber hasta dónde llegaban mis pérdidas, de modo que no dije nada y lo seguí.

Era una de esas noches claras y luminosas de agosto. Pedrito salió del cobertizo con una pala y un cajoncito. Caminaba con cautela, mirando por encima del hombro. Por fin se detuvo en un lugar resguardado y empezó a cavar una tumba pequeña.

Me di cuenta ahora de que su dolor era oscuro y extraño. Debía hacerlo volver con mucho cuidado. Me agaché detrás de un ceibo, tapándome la boca con un puño, y escuché el ruido sordo de los terronazos al caer sobre la madera del cajón.

Al día siguiente, después que se fue a los campos, busqué y busqué, pero no pude encontrar el lugar. ¡Ay Dios! Me preocupaba que pudiera haber sacado el cajón de nuestro bebé de tierra consagrada. ¡Su pobre almita quedaría condenada al limbo por toda la eternidad! Decidí asegurarme primero, antes de insistir en que Pedrito excavara el cajón.

Fui al cementerio y contraté a un par de campesinos, con el pretexto de que había olvidado de ponerle al bebé el medallón de la Virgencita. Después de cavar un rato, las palas dieron con el cajón.

—Ábranlo —ordené.

—Déjenos ponerle el medallón a nosotros, doña Patria —dijo uno, antes de abrir la tapa—. No está bien que usted vea.

—Quiero ver —dije.

Debí haber desistido. No debí haber visto lo que vi. ¡Mi hijo, un montón pululante de hormigas! ¡Mi hijo, descomponiéndose como un animal! Caí de rodillas, abrumada por el espantoso hedor.

—Ciérrenlo —dije. Ya había visto demasiado.

—¿Y la medalla, doña Patria? —me recordaron.

No le hará ningún bien, pensé, pero se la di. Incliné la cabeza, y si ésa fue una manera de rezar, entonces recé. Dije el nombre de mis hermanas, mi marido, mamá, papá. Decidí en ese momento no hacer sufrir a quienes amaba.

Y así fue que Patria Mercedes Mirabal de González fue conocida en todos los alrededores de San José de Conuco y de Ojo de Agua como una madre y esposa católica modelo. ¡A todos los engañé! Sí, durante mucho tiempo, después de perder la fe, logré fingir.

———————

No fue idea mía hacer la peregrinación a Higüey. Fue una inspiración súbita de mamá. Se había visto a la Virgencita. Una mañana temprano se le apareció a un campesino que iba al pueblo con su burro cargado de ajo. Después, una niñita había visto a la Virgencita sostenida del balde que colgaba sobre el pozo seco donde se había aparecido en el siglo XVII. Era una visión demasiado caprichosa para que el arzobispo la pronunciara como auténtica, pero aun así. Hasta El Jefe atribuyó el fracaso de la invasión de Cayo Confites a nuestra santa patrona.

—Si lo está ayudando a él... —fue lo que comentó Minerva. Mamá la silenció con una mirada que era el equivalente adulto de una buena paliza dada con la zapatilla sobre nuestras nalgas.

—Las mujeres de la familia necesitamos la ayuda de la Virgencita —le recordó mamá.

Y tenía razón. Todos conocían mi dolor público por la muerte de mi bebé, pero nadie mi pena privada por la pérdida de la fe. Luego estaba Minerva, con su mente inquieta y su espíritu rebelde. Mamá rogaba para que se estabilizara. El asma de Mate estaba peor que nunca; mamá la había transferido a una escuela más cerca, la de San Francisco. Sólo a Dedé le iban bien las cosas, pero había tomado ciertas decisiones para el futuro y quería la ayuda de la Virgencita.

De manera que hicimos los planes entre las cinco. Decidí no llevar a los chicos, para darme por entero a la peregrinación.

—¿Están seguras de que van de peregrinación? —nos preguntaba Pedrito, embromándonos. De nuevo era feliz. Sus manos se movían, frescas, sobre mi cuerpo, y había un resplandor en su rostro. —Cinco mujeres bonitas visitando a la Virgen. ¡No puedo creerlo!

Mis hermanas me miraron a mí, esperando que reprendiera a mi marido por burlarse de cosas sagradas, pero yo había perdido mi antigua severidad con respecto a la santidad. Dios, que nos había hecho la broma mayor, bien podía soportar una broma nuestra.

Levanté los ojos con coquetería. —¡Ay, sí! —dije—. ¡Veremos los gallos de Higüey!

A Pedrito se le ensombreció la cara. No era un hombre celoso. Lo diré sin reparos: no tenía imaginación, de manera que no afligían su mente ni sospechas ni preocupaciones. Pero si veía u oía algo que no le gustaba, aunque se tratara de algo que él mismo hubiera dicho, se ruborizaba y se le distendían los orificios de la nariz como a un padrillo vigoroso.

—Que cacareen todo lo que quieran —proseguí—. Yo tengo mi propio gallo apuesto en San José de Conuco. Y mis dos polluelos.

Salimos en el auto nuevo, un Ford usado que papá compró para la tienda, según decía, aunque todos sabíamos para quien era: para la única persona que sabía manejar en la familia, además de papá. Tenía la esperanza de que su premio consuelo lograría que Minerva se quedara y fuera feliz en Ojo de Agua. Pero ella se hacía al camino todos los días: a Santiago, a San Francisco, a Moca. Por asuntos de la tienda, decía. Dedé, a quien dejaba sola para que cuidara la tienda, se quejaba de que había más repartos que ventas.

María Teresa estaba en casa por el fin de semana largo en honor al cumpleaños de El Jefe, de modo que ella también fue con nosotras. Bromeamos acerca de las marchas conmemorativas y aburridos discursos de que nos libraríamos. En el auto podíamos hablar con libertad, pues no había nadie que pudiera oírnos.

—Pobre papá —dijo María Teresa—. Él tendrá que aguantarlo todo solo.

—Papá se cuidará muy bien —dijo mamá con voz cortante. Todas la miramos, sorprendida. Empecé a preguntarme por qué habría sugerido la peregrinación. Ella, que aborrecía hasta los viajes breves. Algo la preocupaba lo suficiente para hacerla salir de casa.

Nos llevó algún tiempo llegar a Higüey, pues primero dimos con el tránsito que se dirigía a la capital para las festividades, y luego empezaron los malos caminos hacia el este, que cruzan la llanura seca. Cinco largas horas, aunque el tiempo pasó rápido. Cantamos, contamos cuentos, recordamos cosas del pasado.

En un momento dado Minerva sugirió que nos refugiáramos en las montañas, igual que los gavilleros. Conocíamos las historias de los grupos de campesinos que huyeron a las montañas para luchar contra los invasores yanquis. Mamá tenía dieciocho años entonces.

—Mamá, ¿tú simpatizabas con los gavilleros? —quiso saber Minerva, mirando por el espejo retrovisor. Por poco no se llevó por delante a un hombre que iba demasiado lentamente en una carreta de bueyes. Todas dimos un grito.

—¡Estaba a un kilómetro de distancia! —se defendió Minerva.

—¿Desde cuándo tres metros son un kilómetro? —dijo Dedé, cortante. Ésa no perdía la noción de los números ni siquiera en una emergencia.

Mamá intervino antes de que siguiera la pelea entre las dos hermanas. —Por supuesto que yo simpatizaba con nuestros patriotas. Pero ¿qué podían hacer contra los yanquis? Mataban a cualquiera que se les interpusiera en su camino. Nos quemaron la casa, y dijeron que fue una equivocación. No estaban en su país, de modo que no tenían que darle explicaciones a nadie.

—No es lo mismo con los dominicanos ahora, ¿eh? —dijo con sarcasmo Minerva.

Mamá se quedó callada un momento, pero todas nos dimos cuenta de que tenía más que decir. Por fin, agregó:

—Tienes razón. Son canallas. Los dominicanos, los yanquis, todos los hombres.

—No todos —le dije yo. Después de todo, debía defender a mi marido.

—María Teresa me apoyó. —Papá tampoco —dijo.

Mamá miró por la ventanilla un instante, luchando con una emoción. Luego agregó:

—Sí, tu padre también.

Protestamos, pero mamá no dio su brazo a torcer: no se retractó, pero tampoco dijo nada más.

Ahora supe por qué había ido a la peregrinación.

————

El pueblo estaba lleno ya de peregrinos, y a pesar de que fuimos a todas las pensiones decentes, no pudimos encontrar ni un solo cuarto. Por fin recurrimos a unos parientes lejanos, que nos reprendieron por no haber acudido a ellos desde el principio. Ya era tarde, pero por la ventana, mientras comíamos lo que nos sirvieron, alcanzamos a ver las luces de la capilla, donde los peregrinos hacían vigilia. Sentí un estremecimiento de excitación, como si estuviera a punto de reunirme con un amigo del que me había distanciado y con quien quería reconciliarme.

Más tarde, en la cama que compartíamos, le recé el rosario a la Virgencita con mamá. En la oscuridad, su voz estaba cargada de necesidad. En el primer misterio doloroso dijo el nombre completo de papá, como si le estuviera pidiendo cuentas y no rezando por él.

—¿Qué sucede, mamá? —susurré cuando terminamos. No quiso decir nada, pero cuando yo aventuré si se trataba de otra mujer ella suspiró. —Ay, Virgencita, ¿por qué me has abandonado?

Cerré los ojos y sentí que su pregunta se unía a la mía. "Sí, ¿por qué?", pensé. En voz alta, dije:

—Estoy aquí, mamá.

Era todo el consuelo que podía darle.

———————

A la mañana siguiente nos despertamos temprano y salimos para la capilla, diciendo a los dueños de casa que estábamos ayunando, para no causarles más molestias. —Estamos comenzando nuestra peregrinación con mentiras —dijo, riendo, Minerva. Comimos galletas de agua y los famosos quesos de Higüey, observando a los peregrinos por los vidrios del café. A pesar de ser tan temprano, las calles estaban llenas.

La plaza frente a la capillita también estaba colmada. Nos unimos a la fila, pasando frente a los mendigos que hacían sonar sus pocillos de lata o esgrimían sus muletas o bastones. Adentro, la capillita mal ventilada estaba iluminada por cientos de velas votivas. Me sentí mareada, como cuando era niña. Usé el borde de la mantilla para secarme el sudor de la cara mientras seguía a María Teresa, Minerva, con mamá y Dedé detrás de mí.

La fila avanzó despacio por el pasillo central hasta el altar, luego, subiendo unos escalones, llegó a un descanso frente al cuadro de la Virgencita. María Teresa, Minerva y yo logramos llegar al descanso las tres juntas. Miré la caja cerrada, sucia por las huellas dactilares de las manos de los peregrinos que tocaban el vidrio.

Todo lo que vi fue un marco de plata tachonado de esmeraldas, ágatas y perlas. El objeto parecía barato e insincero. Luego vi una niña, linda y pálida, que cuidaba una cuna de paja con un bebé diminuto adentro. Detrás de ella había un hombre, con una túnica roja, tocándose el corazón con las manos. Si no hubieran tenido aureolas, podrían haber sido una pareja joven, cerca de Constanza, donde los campesinos tienen fama de ser muy blancos.

—Santa María, Madre de Dios, llena eres de gracia... —empezó a decir María Teresa.

Me volví y vi los bancos repletos, con cientos de rostros cansados, y me pareció que durante toda la vida yo había estado viviendo al revés. Mi fe se estremeció. Dio una patada y un salto dentro de mi vientre, cobrando vida. Me di vuelta y toqué el vidrio sucio con la mano.

—Santa María, Madre de Dios —dije, también.

Desafiante, miré el bonito rostro pálido. Aquí estoy yo, Virgencita. Y tú, ¿dónde estás?

Y oí su respuesta con las toses y exclamaciones y susurros de la multitud: *Aquí, Patria Mercedes, estoy aquí, a tu alrededor. Me he aparecido, con creces.*

II

1948 a 1959

CAPÍTULO CINCO

Dedé

1994

y

1948

Sobre la cabeza de la mujer que había ido a entrevistarla, Dedé ve que la chica nueva arroja cáscaras de plátanos junto al cobertizo de la cocina. Le ha dicho que no haga eso.

—Tenemos tachos de basura —le ha explicado. La nueva mucama siempre mira el barril que le señala Dedé como si fuera un objeto desconocido cuyo uso está más allá de su comprensión.

—¿Entiendes? —le pregunta Dedé.

—Sí, señora. —La joven sonríe como si hubiera hecho algo bien. A la edad de Dedé resulta difícil entrenar a una nueva sirvienta. Pero a Tono lo necesitan en el museo, para hacer pasar a los visitantes y atender el teléfono. Tono ha estado con ella desde siempre. Por supuesto, Fela igual, hasta que empezó a portarse de manera absurda cuando murieron las chicas.

¡Poseída por el espíritu de las chicas, se imaginan! La gente viajaba desde lugares tan distantes como Barahona para hablar con las hermanas Mirabal a través de la sibila de ébano renegrido. Empezó a atribuirse curas a Patria; María Teresa era muy buena para las penas de amor; con respecto a Minerva, ella competía con la Virgencita como patrona de las causas imposibles. Era un bochorno, en su propia casa. Como si ella, Dedé, diera su consentimiento para todo eso. Y ella no sabía nada. Por fin vino a verla el obispo, y Dedé se enteró.

Era un viernes, el día libre de Fela. No bien se fue el obispo, Dedé se encaminó al cobertizo en la parte posterior de la casa. Abrió la puerta, que siempre trababa para que no se cerrara del todo y poder abrirla. ¡Dios mío! Lo que vio la dejó sin aliento. Fela había instalado un altar con las fotos de las chicas cortadas

73

de los cartelones populares que aparecían siempre en noviembre. Había una mesa con velas, el infaltable cigarro y una botella de ron. Pero lo más espantoso era la foto de Trujillo que antes colgaba de la pared de Dedé y Jaimito. Dedé estaba segura de haberla tirado a la basura. ¿Qué diablos hacía allí si, como arguyera después Fela, ella sólo trabajaba con buenos espíritus?

Dedé cerró la puerta. Le daba vueltas la cabeza. Cuando regresó Fela de su salida, Dedé le dio dos alternativas. Terminar con esas tonterías y limpiar el cuarto, o... No podía darle la otra alternativa a la mujer encorvada, de pelo blanco, que había vivido con la familia a través de las malas. No tuvo que hacerlo. A la mañana siguiente, el cuarto había quedado vacío, por cierto. Fela había trasladado su teatro de operaciones camino abajo, probablemente a un lugar mejor: una tienda abandonada en la carretera por donde pasaban los ómnibus para Salcedo. Minou se puso furiosa cuando se enteró de lo que Dedé le había hecho a Fela. Sí, lo expresó de esa manera.

—¿Qué le has hecho, mamá Dedé?

—Fue una falta de respeto a la memoria de tu madre. Ella era católica, Minou. ¡Católica!

Minou no podía aceptarlo. Dedé ya le había contado acerca del alejamiento de su madre de la Iglesia. Hay veces que Dedé se preocupa por no haber ocultado parte de la verdad a los hijos. Pero quiere que sepan cómo fueron sus hermanas. Se enteran de la parte heroica por boca de los demás.

Ahora, Minou pasa por lo de Fela cada vez que viene a visitar a su tía. A Dedé se le pone la carne de gallina cuando Minou le dice:

—Hoy hablé con mamá en lo de Fela, y ella dice...

Dedé sacude la cabeza, pero siempre escucha lo que dice la anciana mujer.

La vez más extraña fue cuando Minou vino de lo de Fela preguntando por Virgilio Morales.

—Mamá dice que él todavía vive. ¿Sabes dónde está, mamá Dedé?

—¿No te lo dijo tu madre? —le preguntó Dedé, sarcástica—. ¿No saben los espíritus dónde estamos todos?

—Pareces molesta, mamá Dedé —observó Minou.

—Sabes que no creo en esto de los espíritus. Y me parece una vergüenza que tú, la hija de...

Los ojos de Minou centellearon de rabia, y Dedé volvió a ver a Minerva frente a ella.

—Soy dueña de mí misma. Estoy cansada de ser la hija de una leyenda.

La cara de su hermana se desvaneció como agua. Dedé

extendió los brazos a su querida sobrina-hija. Lágrimas negras de rímel corrían por las mejillas de Minou. ¿Acaso ella, Dedé, no conocía la sensación de ser presa de un legado?

—Perdóname —susurró—. Por supuesto, tienes derecho a hacer lo que quieras.

Después, Dedé reconoció que sí sabía dónde vivía Lío Morales. Alguien había señalado su casa la última vez que estuvo en la capital, a unas cuadras del inmenso palacio como torta de bodas del dictador que la muchedumbre había incendiado hacía ya tanto.

—¿Cuál es el mensaje que debes darle? —preguntó Dedé con tanta naturalidad como pudo.

—¿Mensaje? —Minou levantó la mirada, sorprendida. —Sólo saludarlo, y decirle que mamá siempre se acuerda de él.

—Yo también —dijo Dedé—. Dile que yo también le mando saludos.

———

—Entonces, ¿cuándo comenzaron los problemas? —La voz de la mujer de la entrevista trae a Dedé de vuelta al presente. Otra vez parece estar leyéndole los pensamientos.

—¿Cuáles problemas? —pregunta a su vez, con nerviosismo en la voz. Sus sentimientos hacia Lío nunca fueron un problema para nadie, ni siquiera para ella misma. Se había cuidado muy bien de ello.

—Me refiero a los problemas con el régimen. ¿Cuándo empezaron los problemas? —La mujer habla con la voz suave, como si sospechara que se está entrometiendo.

Dedé le pide disculpas. —Estaba pensando en otra cosa. —Se siente mal cuando no cumple con lo que considera responsabilidad suya. Ser la gran dama del hermoso, terrible pasado. ¡Pero es una tarea imposible, imposible! Después de todo, es la única que queda para manejar el terrible, hermoso presente.

—Si es demasiado, podemos dejar aquí —sugiere la mujer.

Con un ademán Dedé desecha la sugerencia.

—Estaba pensando en aquel tiempo. Sabe, todos dicen que nuestros problemas comenzaron después que Minerva tuvo ese encuentro con Trujillo en el baile del Día del Descubrimiento. Pero la verdad es que Minerva ya buscaba líos dos o tres años antes. Teníamos un joven amigo extremista. ¿Habrá oído hablar de Virgilio Morales?

La mujer achica los ojos como intentando divisar una figura a lo lejos.

—No creo haber leído nada acerca de él, no.

—Lo echaron del país tantas veces que los libros de historia no podrían llevar la cuenta. Volvió del exilio en el 47, por un par de años. Trujillo había anunciado que tendríamos un país libre, como el de los yanquis, que él trataba de adular. Nosotros sabíamos que no era más que propaganda, pero Lío —así lo llamábamos— se entusiasmó con la idea. De todos modos, tenía parientes en esta zona, así que lo vimos mucho esos dos años, antes que tuviera que volver a marcharse.

—¿Era el amigo especial de Minerva?

Dedé siente que se le acelera el corazón.

—¡Era un amigo especial mío y también de mis otras hermanas! —Ya lo ha dicho, así que ¿por qué no se siente mejor? ¡Por Dios! ¡Pelear con su hermana muerta por un novio!

—¿Por qué fue esa amistad el comienzo de los problemas? —La mujer inclina, curiosa, la cabeza.

—Porque Lío ofrecía una oportunidad real de luchar contra el régimen. Creo que, después de él, Minerva ya no fue la misma. —"Y yo tampoco", agrega para sí. Sí, años después de ver a Lío por última vez, seguía siendo una presencia en su corazón y en su mente. Cada vez que ella aceptaba obedecer alguna práctica descabellada del régimen, sentía la mirada acusadora de sus ojos tristes y sobrios.

—¿Cómo se escribe su nombre? —La mujer ha sacado un block y está haciendo ceros invisibles, tratando de convencer al bolígrafo para que escriba. —Lo buscaré.

—Le diré lo que recuerdo de él —propone Dedé, alisándose la falda, abstraída. Inhala hondo, igual que, según Minou, hace Fela antes de que las hermanas habiten su cuerpo y usen su voz para hacer sus encargos.

————————

Recuerda una tarde húmeda y calurosa a principios del año en que se casó ella. Está con Minerva en la tienda, trabajando en el inventario. Minerva está subida a un taburete, contando latas, corrigiendo cantidades, agregando "más o menos" cuando Dedé repite un número antes de escribirlo. Por lo general, Dedé no soporta tanta chapucería. Pero hoy está impaciente por terminar para cerrar e ir a lo de Tío Pepe, donde por la tarde se reúne la gente joven a jugar al voleibol.

Su primo Jaimito estará allí. Se conocen de toda la vida. Sus respectivas madres los han hecho pareja desde bebés, cuando los ponían juntos en el mismo corralito durante las fiestas de familia. Pero algo ha sucedido estas últimas semanas. Todo lo que antes fastidiaba a Dedé acerca de su primo malcriado y bocón ahora parece despertar algo en su corazón. Y si bien antes las sugerencias de su madre y de la madre de

Jaimito eran interferencias de los mayores, ahora parece que son formas de percibir el destino. Si se casa con Jaimito, continuará con la misma vida feliz que ha tenido hasta ahora.

Minerva ha estado repitiendo números sin obtener respuesta. Ahora se interpone ante la línea de visión de Dedé, agitando un brazo.

—¡Hola, hola!

Dedé se ríe: la han sorprendido soñando despierta, algo desusado en ella. Por lo general es Minerva quien tiene la cabeza en otra parte. —Estaba pensando... —Piensa qué puede inventar. Pero no es buena para urdir mentiras a corto plazo. Es Minerva la que tiene las mentiras en la punta de la lengua.

—Lo sé, lo sé—dice Minerva—. Estabas pensando en la teoría de la relatividad de Einstein. ¿Quieres que lo dejemos por hoy? —La expresión esperanzada de su rostro revela sus propios deseos.

Dedé les recuerda a ambos:

—¡Deberíamos haberlo terminado hace una semana!

—¡Esto es tan tonto! —Minerva remeda su manera de contar. —Cuatro cucharadas de dulce de leche; una, dos, veamos, siete hormigas marchando hacia ellas... —De pronto, su voz cambia. —¡Dos visitantes!

Están en la puerta. Mario, uno de sus distribuidores, y un hombre alto y pálido detrás de él, con anteojos gruesos, de aro de metal. Quizás un médico. De seguro, un estudioso.

—Está cerrado —anuncia Dedé, por si Mario ha venido por negocios—. Papá está en la casa. —Pero Minerva los invita a entrar.

—¡Vengan a rescatarnos, por favor!

—¿Qué pasa? —dice Mario, riendo y entrando en la tienda—. ¿Demasiado trabajo?

—Poco inspirador —dice Minerva con sorna.

—Pero hay que hacerlo. Nuestro inventario de fin de año es ahora un asunto para terminar en el año nuevo. —Al decirlo, Dedé se siente fastidiada consigo misma por no haber concluido el trabajo antes.

—¿Podemos ayudar? —El joven estudioso está ante el mostrador, observando los estantes detrás de Dedé.

—Éste es mi primo —explica Mario— que acaba de llegar de la capital para rescatar a las damas en apuros.

—¿Está en la universidad? —pregunta Minerva. Y cuando el joven asiente, Mario empieza a alardear acerca de su primo. Virgilio Morales acaba de regresar de Venezuela, donde obtuvo su título de médico. Ahora está enseñando en la facultad de medicina. Todos los fines de semana viene a su casa, en Licey.

—¡Virgilio, qué nombre más serio! —Dedé se ruboriza. No está acostumbrada a hacerse notar de esta manera.

La expresión seria del joven se desvanece. —Por eso todos me dicen Lío.

—Te dicen Lío porque siempre te metes en problemas —le recuerda Mario a su primo, que se ríe de buen grado.

—Virgilio Morales... —Minerva piensa en voz alta. —Tu nombre me suena familiar. ¿Conoces a Elsa Sánchez y a Sinita Perozo? Están en la universidad.

—¡Por supuesto! —Ahora él sonríe, interesado en Minerva. Pronto los dos están conversando con animación. "¿Cómo sucedió?", se pregunta Dedé. El joven, después de todo, había ido directamente hacia ella, a ofrecer su ayuda.

—¿Cómo estás, Dedé? —Mario se apoya sobre el mostrador. Intentó cortejarla hace unos meses, antes de que Dedé lo pusiera en su lugar. Mario no es, bien, no es Jaimito. Este joven médico tampoco.

—Ojalá termináramos esto. —Dedé suspira, cerrando la estilográfica y cerrando el libro. Mario pide disculpas. Han interrumpido el trabajo de las muchachas. Dedé le asegura que ya iba lento antes de que ellos llegaran.

—A lo mejor es por el calor —dice Mario, abanicándose con su panamá.

—¿Qué les parece si vamos todos a nadar a la laguna? —propone Minerva. Los jóvenes están dispuestos, pero Dedé le recuerda a Minerva:

—¿Y el voleibol?

Jaimito la estará esperando. Y si va a terminar en pareja con Mario, que es como parece, prefiere estar con el hombre con quien piensa casarse.

—¿Voleibol? ¿Alguien dijo voleibol? —pregunta el joven estudioso. Es agradable ver una sonrisa en su rostro pálido y serio. Resulta que ha jugado en varios equipos universitarios.

A Minerva se le ocurre otra gran idea. ¿Por qué no van a jugar al voleibol, y después, cuando estén sudados, van a nadar a la laguna?

A Dedé le maravilla la facilidad que tiene Minerva para arreglar la vida de los demás. Y siempre cree que papá les dará permiso. Ya las tardes de voleibol son un problema. Papá no cree que la mejor acompañante y escolta para una hermana sea otra hermana, sobre todo si ambas están ansiosas por ir al mismo lugar.

De vuelta a la casa, los dos hombres jóvenes se ponen a conversar con mamá en la galería, mientras Minerva discute con su padre.

—Pero, papá, Mario es un hombre con quien tú haces negocios, en quien confías. Vamos a lo de Tío Pepe, nuestro tío, a jugar voleibol con nuestros primos. ¿Qué más compañía necesitamos?

Papá se está vistiendo frente al espejo. Se le ve más joven, más apuesto. Algo distinto tiene. Estira el cuello para mirar por encima del hombro de Minerva.

—¿Quién es ese joven con Mario?

—Un primo de Mario que ha venido por el fin de semana —dice Minerva demasiado al descuido. Dedé nota que Minerva evita mencionar la relación de Lío con la universidad.

Y luego el golpe de gracia.

—¿Por qué no vienes con nosotros, papá?

Papá no irá, por supuesto. Todas las noches recorre su propiedad, para oír los informes de los campesinos de lo que se ha hecho ese día. Nunca lleva a sus hijas. "Negocios de hombres" dice siempre. Para eso se está preparando ahora.

—Vuelvan antes de que oscurezca. —Frunce el ceño de manera amenazadora. Esta es la señal que le dice a Dedé que ha concedido su permiso: cuando empieza a hablar del regreso.

Dedé se cambia rápido, pero no lo suficientemente rápido para Minerva.

—Vamos —la apura—. ¡Antes de que papá cambie de idea!

Mientras se encaminan por el sendero de la casa hasta el auto de los muchachos, donde las están esperando, Dedé piensa que quizá no se ha abrochado todos los botones. Siente los ojos del desconocido fijos en ella. Sabe que el vestido camisa floreado y las sandalias blancas con tacones le quedan muy bien.

Lío sonríe, divertido. —¿Vas a jugar al voleibol vestida así? Dedé se siente tonta de pronto, como un gatito enredado en un ovillo. Han descubierto su frivolidad. Por supuesto, ella no juega nunca. Todas las chicas se sientan en la galería a alentar a los muchachos. Excepto Minerva, de pantalones y zapatillas de tenis.

—Yo no juego —dice, más dócil de lo que quiere—. Miro jugar.

Recuerda en ese momento que se quedó atrás observando cómo el joven abría la portezuela de atrás del auto para la que quisiera sentarse a su lado. ¡Y Minerva se apuró!

———

Recuerda un sábado por la noche, unas pocas semanas después.

Jaimito y sus Tigres de San Francisco están jugando mal

ante los Lobos de Ojo de Agua. Durante un intervalo, él va a la galería a tomar una cerveza.

—Hola, prima —le dice a Dedé como si sólo fueran primos. Ella sigue fingiendo que no le no da ni la hora, pero no deja de mirarse en todas las superficies que la reflejan, para constatar cómo se ve. Ahora tiene las manos tensas dentro de los bolsillos de su vestido nuevo.

—Ven a jugar, prima. —La tira del brazo. Después de todo, Minerva ha estado jugando en el equipo de Ojo de Agua. —Nuestro equipo necesita ayuda.

—Yo no sería de mucha ayuda —dice Dedé, riendo. En verdad, siempre ha pensado que los deportes, igual que la política, son asuntos de hombres. Su única debilidad es su caballo Brío, que le encanta. Minerva la embroma, diciéndole que hay un psiquiatra austríaco que ha probado que las muchachas a las que les gusta andar a caballo les gusta el sexo. —Cuando juego al voleibol se me ponen los dedos de lana.

—No tienes que jugar —dice él, coqueteando—. Sólo estar de nuestro lado y distraer a los lobos con tu cara bonita.

Dedé le dedica la amplia sonrisa que la ha hecho famosa.

—Sé buena con los Tigres, Dedé. Después de todo, cambiamos las reglas para ustedes, Lobos. —Indica a Minerva y Lío, enfrascados en una conversación en un extremo de la galería.

Es verdad. Aunque Lío no es de Ojo de Agua, los Tigres le han permitido formar parte del equipo más flojo. Dedé cree que los Tigres vieron ese joven pálido, de anteojos, y llegaron a la conclusión de que no ofrecería mucha oposición. Pero Lío Morales ha resultado ser sorprendentemente ágil. Los Lobos de Ojo de Agua están venciendo a los Tigres de San Francisco.

—Tiene que ser ágil —bromea Jaimito— para escapar de la policía y todo eso. —Jaimito y sus amigos sabían muy bien quién era Virgilio Morales la primera noche que fue a jugar al voleibol. Sentían, a la vez, admiración y cautela por su peligrosa presencia entre ellos.

A Juanito se le ocurre una manera de hacer que Dedé juegue.

—Muchachas contra hombres, ¿qué te parece? —le dice, tomando una botella de cerveza. Acostumbrada a llevar las cuentas en la tienda familiar, Dedé ha notado que Jaimito ya ha bebido tres cervezas.

Las chicas ríen, tentadas. Pero se pueden arruinar el vestido, o torcerse un tobillo con esos zapatos de tacones altos.

—Sáquense los zapatos, entonces —dice Jaimito, observando con interés las bien formadas piernas de Dedé—, ¡y todo lo que les moleste!

—¡Tú! —Le quema la cara de placer. Debe admitir que está orgullosa de sus lindas piernas.

Pronto han dejado los chales en las sillas y hay una media docena de zapatos apilados al pie de los escalones. Las chicas se han arremangado los vestidos, ajustado las colitas de caballo, y con grititos de entusiasmo, las Amazonas —como se han denominado— salen al resbaloso pasto del anochecer. Los jóvenes silban y abuchean, excitados al ver las retozonas mujeres, aprestándose para jugar. Las cigarras han empezado a cantar, y los palos de voleibol se mueven con fuerza, como representando gráficamente la desbordante excitación. Pronto estará demasiado oscuro para ver bien la pelota.

Mientras se asignan los puestos, Dedé nota que su hermana Minerva no está entre las jugadoras. ¡Ahora, cuando necesitan su ayuda, la jugadora pionera las abandona! Mira en dirección a la galería, donde las dos sillas vacías, una frente a la otra, recuerdan a los que han desaparecido. No sabe si ir o no a buscar a Minerva cuando nota que Jaimito ha fijado su atención en ella. A lo lejos, casi en la oscuridad, está listo para sacar. Dedé oye un golpe fuerte, luego, sobresaltada por los gritos de las otras chicas, levanta los ojos y ve una luna brillante que viene hacia sus manos extendidas.

¿No fue en realidad un accidente?, se pregunta Dedé, retrocediendo al momento exacto cuando le dio a la pelota. Había volado por encima de las cabezas de todos los demás hacia los setos oscuros donde aterrizó con un sonido de ramitas rotas. Luego, el grito sorprendido de una pareja sobresaltada.

¿Habría sospechado que Minerva y Lío estaban entre los setos, y su tiro fue una manera simple de hacerlos salir? "Pero ¿por qué, por qué —se pregunta— iba a querer eso?" Al recordar el momento, el corazón le empieza a latir rápidamente.

Tonterías, tantas tonterías que se almacenan en la memoria, mezclando hechos, agregando un poco de esto o de aquello. Mejor pone un letrero como Fela y finge que las chicas toman posesión de ella. Mejor ellas que el fantasma de su propia juventud urdiendo historias sobre el pasado.

Hubo una pelea, eso sí recuerda. Lío emergió de entre los setos, con la pelota de voleibol en una mano. Jaimito hizo un comentario grosero, animado por sus tres cervezas y su nerviosismo por la presencia de Lío. Después el cuadro se borronea, cuando Lío le arroja la pelota a Jaimito, que le pega en el pecho y lo deja sin aliento. Luego, la imagen de Jaimito sostenido por sus compañeros. Las chicas que corren a ponerse los zapatos. Tío Pepe que baja los escalones de la galería y grita:

—¡Se acabó el partido!

Pero antes de separarse, los dos hombres llegaron al pico de su animosidad. Jaimito llamó buscabullas a Lío, acusándolo de inventar complots y de pedir asilo después en alguna embajada, dejando que sus camaradas se prudrieran en la cárcel.

—Nos estás exponiendo a todos —gritó Jaimito, acusador.

—Si me voy de mi país es sólo para seguir la lucha. No podemos permitir que Chapita nos mate a todos.

Luego sobrevino el silencio que siempre se producía cuando se decía en público algo comprometedor contra el régimen. No se podía estar seguro de quién del grupo podía informar a la policía. Se decía que todas las familias grandes tenían una sirvienta a quien le pagaban para denunciar.

—Dije que se acabó el partido por esta noche. —El tío Pepe miraba a uno y otro joven. —Dénse la mano, como caballeros. Vamos —los alentaba. Jaimito extendió la mano. Aunque pareciera extraño, era Lío, el amante de la paz, quien no quería hacer las paces. Dedé puede ver su cuerpo largo y desgarbado, tenso, y el muchacho que no dice una palabra. Por fin, extiende la mano y dice:

—Nos vendrían bien hombres como tú, Jaimito.

Ese cumplido permitió que los dos hombres convivieran e inclusive colaboraran en empresas románticas en los meses por venir.

Un incidente tan insignificante, en realidad. Una explosión tonta por un partido de voleibol estropeado. Pero hay algo que hace que Dedé vuelva a la noche de la pelea. Y a los días y noches siguientes. Algo hace dar vueltas aquellos momentos en su mente, algo. Ya no está segura de que quiera averiguarlo.

———

No importa lo que mamá dijo después; al principio, Virgilio Morales le gustó mucho. Se sentaba en la galería a conversar con el joven médico, acerca de la visita de Trygve Lie a las Naciones Unidas, las manifestaciones en la capital, si había o no gobierno en el Paraíso, y, en caso afirmativo, cómo sería. La conversación seguía y seguía, y mamá escuchaba, y decía lo que pensaba. Mamá, que siempre había dicho que toda esa cháchara de Minerva era malsana. Cuando Lío se marchaba, mamá comentaba:

—Qué joven tan refinado.

A veces, eso molestaba a Dedé. Después de todo, también había estado presente su pretendiente. Pero no había ni una palabra de ponderación para Jaimito. Que estaba muy buen mozo con su guayabera mexicana. Y que había contado una historia muy graciosa, acerca de lo que le dijo el coco al borracho. Mamá lo conocía desde que estaba en la barriga de su prima. Pero no decía otra cosa que "¡Ese Jaimito!"

Dedé y Jaimito solían apartarse, cuando nadie los notaba, y se daban algún beso a escondidas en el jardín. Jugaban a "¿Cuánta carne, carnicero?", y Jaimito fingía que le serruchaba el hombro a Dedé, para poderle tocar el cuello y los brazos. Pronto oían el grito de mamá desde la galería, con un tono de reprimenda en la voz. En una oportunidad, cuando no acudieron de inmediato (el carnicero quería carnearla entera), mamá puso un límite a las visitas de Jaimito: sólo miércoles, sábados y domingos.

Pero ¿quién podía controlar a Jaimito, hijo único de una madre que lo mimaba demasiado, jefe indiscutido de sus cinco hermanas? Aparecía los lunes para visitar a Don Enrique, martes y jueves iba a ayudar con la tienda, y los viernes llegaba con lo que les enviaba su madre. Mamá suspiraba, aceptando el flan de coco o la bolsa de cerezas del huerto. "¡Ese Jaimito!"

Luego, un domingo por la tarde, Mate le estaba leyendo el diario a mamá. No era un secreto para Dedé que mamá no sabía leer, aunque mamá seguía con el cuento de que tenía mal la vista. Cuando Dedé le leía las noticias a mamá, se cuidaba de no leerle todo lo que pudiera preocuparla. Pero ese día, Mate le leyó que había habido una manifestación en la universidad, dirigida por un grupo de profesores jóvenes, todos miembros del partido comunista. Entre los nombres que se mencionaban estaba el de Virgilio Morales. Mamá se puso color ceniza.

—Vuelve a leer eso, despacio —ordenó.

Mate releyó el párrafo, dándose cuenta esta vez de lo que estaba leyendo. —Ese no es nuestro Lío, ¿no?

—¡Minerva! —gritó mamá. Llegó desde el dormitorio, con el libro que estaba leyendo en la mano. —Siéntate, jovencita. Debes darme una explicación.

Con elocuencia, Minerva argumentó que la misma mamá había oído las ideas de Lío, y que inclusive había estado de acuerdo.

—¡Pero yo no sabía que eran ideas comunistas! —protestó mamá.

Esa noche, cuando papá llegó a casa luego de su trabajo de hombre en el campo, mamá se encerró con él en el dormitorio. Desde la galería, donde estaban Dedé y Jaimito, podían oír la voz enojada de mamá. Dedé sólo entendía partes de lo que decía.

—Demasiado atareado persiguiendo... para ocuparte de tu propia hija. —Dedé miró a Jaimito con una pregunta en la cara, pero él apartó los ojos. —Tu madre no debería culpar a tu padre. Podría culparme a mí mismo por no decir nada.

—¿Tú lo sabías? —le preguntó Dedé.

—¿Qué quieres decir, Dedé? —Parecía sorprendido por su pretendida inocencia. —Tú también lo sabías, ¿no?

Dedé sólo pudo sacudir la cabeza. En realidad, ella no sabía que Lío era un comunista, un subversivo, todas esas cosas que decía el diario. Nunca había conocido a un enemigo del estado. Suponía que eran personas malignas y egoístas, criminales de baja estofa. Pero Lío era un joven magnífico, de ideales elevados y corazón compasivo. ¿Enemigo del estado? Entonces Minerva también lo era. Y si ella, Dedé, meditaba acerca de lo que estaba bien y mal, también sería una enemiga del estado.

—No lo sabía —dijo. Quería decir que hasta ese momento no había comprendido que estaban viviendo en un estado policial, como decía siempre Minerva.

———————

Había un nuevo interés en la vida de Dedé. Empezó a leer el diario con renovado entusiasmo. Buscaba nombres mencionados por Lío.

Reflexionaba sobre lo que leía, y lo evaluaba. ¿Cómo era posible que perdiera tanto antes? Pero luego seguía una pregunta más difícil: Ahora que lo sabía, ¿qué iba a hacer al respecto?

Pequeñas cosas, decidió. Ahora, por ejemplo, le proporcionaba una coartada a Minerva. Porque después de enterarse de quién era en realidad Lío, mamá le había prohibido que lo llevara a la casa. Su noviazgo, o lo que fuera, pasó a la clandestinidad. Cada vez que Jaimito salía con Dedé, Minerva era la acompañante, por supuesto, y en el camino se reunían con Lío.

Y después de cada salida, Dedé iba al dormitorio que compartían Minerva y Mate, cuando ésta venía del colegio. Se acostaba en la cama de Mate y charlaba sin parar, todavía excitada por lo sucedido esa tarde.

—¿Te comiste un loro? —le preguntaba Minerva con voz soñolienta desde su cama. Ésta tiene nervios de acero. Dedé repasaba sus planes para el futuro: se casaría con Jaimito, en una gran ceremonia; describía el tipo de casa que tendrían, cuántos hijos... hasta que Minerva se echaba a reír. —¡No estás llenando los estantes de la tienda! No hagas tantos planes. Deja que la vida te sorprenda.

—Cuéntame acerca de tú y de Lío.

—Ay, Dedé, tengo tanto sueño. Y no hay nada que contar.

Eso dejaba perpleja a Dedé. Minerva sostenía que no estaba enamorada de Lío. Eran camaradas de lucha: una nueva manera de estar juntos, hombres y mujeres, que no tenía nada que ver con el idilio. Hmm. Dedé meneaba la cabeza. Por más interesada que estuviera, un hombre siempre era un hombre, y una mujer una mujer, y había algo que no se relacionaba con la revolución. La reticencia de su hermana se debía a ese afán de independencia que tenía.

El idilio de Dedé con Jaimito adquiría una aureola glamorosa cuando estaban con Lío y Minerva. La mayoría de las noches, cuando no tenían un lugar "seguro" para ir —un nuevo vocabulario emocionante caracterizaba ahora el discurso de Dedé— daban una vuelta en el Chevy del papá de Jaimito o en el Ford de papá, con Jaimito, Dedé y Minerva visibles, y Lío oculto en el asiento trasero. Iban a la laguna, pasando por un puesto militar, y entonces el corazón de Dedé latía con violencia. Charlaban todo el tiempo, y luego Minerva y Lío se quedaban muy callados. Entonces los únicos sonidos procedentes de atrás eran risitas y suspiros intensos.

Quizás era por eso que Jaimito continuaba con los paseos. Como la mayoría de la gente, evitaba todo lo que pudiera causar problemas. Pero debe de haberse dado cuenta de que involucrarse en ese tipo de ilegalidad aflojaba las defensas de Dedé. La presencia de Lío hacía que ella se atreviera a ir más lejos que nunca.

Pero sin un plan el coraje de Dedé se deshilaba como unas puntadas no remachadas con un buen nudo. No soportaba leer en el diario que la policía iba cercando a todo el mundo. No soportaba leer un ampuloso discurso que no entendía. Sobre todo, no soportaba tener la cabeza tan preocupada sin nada útil que hacer con las manos.

Una noche, le preguntó directamente a Lío:

—¿Cómo piensas lograr tus fines?

Al pensar en ese tiempo, Dedé recuerda una larga conferencia sobre los derechos de los campesinos, la nacionalización del azúcar y el alejamiento por la fuerza de los imperialistas yanquis. Ella ansiaba oír algo práctico, algo que pudiera usar para vencer su creciente temor. *Primero, intentamos deponer al dictador de esta y aquella manera. Segundo, hemos dispuesto un gobierno provisional. Tercero, pensamos implantar una comisión de ciudadanos privados que supervisen elecciones libres*. Ella habría entendido algo así.

—Ay, Lío —le dijo por fin, cansada de tanta esperanza y tan pocos planes—. ¿De dónde sacas el coraje?

—Dedé —dijo él—, no es coraje. Es sentido común.

¿Sentido común? ¡Quedarse sentado, soñando, mientras la policía secreta te busca! Para no regañarlo, Dedé observó que le gustaba la camisa que llevaba. Él se pasó la mano por un costado, apartando la mirada.

—Era de Freddy —dijo, con voz apagada. Freddy, su camarada, había sido encontrado ahorcado en su celda. Aparentemente, se había suicidado. Le pareció extraño a Dedé que Lío usara la camisa del muerto, y más extraño aún que lo confesara. En muchos sentidos, Lío estaba más allá de su comprensión.

¡El nombre de Lío empezó a aparecer muy seguido en los diarios. Su partido de oposición fue declarado ilegal. "Un partido de homosexuales y criminales", alegaban los diarios. Una tarde llegó la policía a la casa de los Mirabal, preguntando por Virgilio Morales.

—Lo necesitamos para aclarar un asuntito —explicaron. Mamá, por supuesto, juró que hacía meses que no veía a Virgilio Morales y que, además, no se lo recibía en su casa.

Dedé estaba asustada, y enojada consigo misma por ello. Cada vez se confundía más acerca de lo que quería. Y la incertidumbre era algo con lo que no podía vivir. Empezó a dudar de todo: si casarse con Jaimito y vivir en Ojo de Agua, si peinarse con raya a la izquierda, si tomar chocolate con galletas para el desayuno hoy como todos los días.

—¿Estás con el asunto, hija? —le preguntaba mamá más de una vez al mes cuando ella empezaba a pelear por algo.

—Claro que no, mamá —le contestaba Dedé con fastidio.

Decidió no leer más los diarios. Hacían que le diera vueltas la cabeza. El régimen se había enloquecido, imponiendo unas reglamentaciones ridículas. Había una fuerte multa para quienes usaran pantalones caqui y camisa del mismo color. Ahora era contrario a la ley llevar la chaqueta sobre el brazo. Lío tenía razón: era un régimen absurdo y demente. Había que derribarlo.

Pero cuando le leyó la lista a Jaimito, no obtuvo la reacción que esperaba. —¿Bien? —preguntó al terminar de leer, mirándolo.

—¿No es algo ridículo? ¿Absurdo, disparatado? —A diferencia de su hermana, la de la lengua de oro, Dedé no era elocuente con las razones. Y, por Dios, ¿qué razones necesitaba para explicar esas ridiculeces?

—¿Por qué te excitas tanto, amor mío?

Dedé se echó a llorar. —¿No lo ves?

Él la abrazó mientras ella lloraba. Y luego, con su voz consoladora y autoritaria, Jaimito le explicó cómo eran las cosas. Los militares eran quienes usaban pantalones y camisa color caqui, de manera que debía hacerse una distinción en la ropa. Una chaqueta sobre el brazo podía esconder un arma, y últimamente había habido muchos rumores acerca de un complot contra El Jefe. —¿Lo ves, tesoro?

Pero Dedé no lo veía. Cerraba los ojos, deseando ciegamente que todo terminara bien. Una noche, no mucho tiempo después, Lío les dijo que no bien su contacto en la capital pudiera arreglar la cuestión del asilo, él y varios otros partirían para el exilio. Minerva se sumió en un mutismo total. Hasta Jaimito, que no daba un rábano por la maldita política, comprendía la situación comprometida de Lío. —Si se tranquilizara, y dejara de alborotar tanto —le dijo luego a Dedé—, entonces podría quedarse y poco a poco lograr los cambios que quiere en el país. Si se marcha, ¿qué puede hacer?

—Él no cree en transigir —dijo Dedé, defendiendo a Lío. Ella misma se sorprendió por el enojo que había en su voz. Se sentía disminuida por el sacrificio de Lío. ¡Ay, cuánto deseaba ser tan valiente e importante! Pero no era así. Ella siempre permanecía entre bastidores.

Jaimito intentó convencerla. —¿No ves, querida, que todo es cuestión de transigir? Tú debes transigir con tu hermana, tu madre con tu padre, el mar y la tierra deben transigir para formar el borde de la playa, que varía de tiempo en tiempo. ¿No lo ves, amor mío?

—Lo veo —dijo Dedé por fin, empezando a transigir con el hombre con quien se iba a casar.

Recuerda la noche en que Lío se exilió.

Fue la noche en que consintió por fin en casarse con Jaimito.

Por idea de Jaimito, habían ido a una reunión del partido dominicano en San Francisco. Pertenecer al partido oficialista era una obligación a menos que, por supuesto, uno buscara problemas para uno mismo y su familia, como Lío. Éste, por supuesto, no fue. Minerva aceptó, de mala gana, ir como chaperona de Dedé y Jaimito, y llevó su cédula para que se la sellaran.

La velada fue insoportable. Damas encumbradas del partido leyeron pasajes de *Meditaciones morales*, un libro espantoso que acababa de publicar Doña María. Todo el mundo sabía que la esposa del dictador no había escrito ni una sola palabra del libro, pero el público aplaudía con gran entusiasmo. Hasta Minerva. Dedé le dio un codazo.

—Considera tu aplauso como un seguro de vida —le susurró al oído. Era irónico: estaba practicando para su futura profesión.

Volvieron a su casa serios por la parodia en la que acababan de participar. Los tres se sentaron en la galería con el farol de gas apagado para no atraer a los insectos. Jaimito empezó lo que Minerva denominó un interrogatorio.

—¿Te ha invitado tu amigo a que lo acompañes? —Jaimito tenía el sentido común de no mencionar el nombre de Lío en casa de mamá.

Hubo una pausa antes de que Minerva respondiera.

—Lío —pronunció su nombre sin una disminución cobarde en el volumen de su voz— es eso: sólo un amigo. Y no me ha invitado a que me vaya con él. Yo tampoco iría.

Dedé se sentía curiosa por la reserva de su hermana con respecto a Lío. Ya que arriesgaba su vida por él, ¿por qué no admitía que lo amaba?

—Hoy fueron a buscarlo a casa —susurró Jaimito. Dedé sintió que se le ponían tiesos los hombros. —No quería preocuparte, pero me llevaron a la seccional de policía y me hicieron un montón de preguntas. Por eso insistí en que fuéramos esta noche. Debemos empezar a portarnos bien.

—¿Por qué lo buscaban? —Esta vez Minerva bajó la voz.

—No lo dijeron. Pero querían saber si alguna vez me había ofrecido algún material ilícito. Así dijeron.

Jaimito hizo una larga pausa. —¿Qué les dijiste tú? —preguntó Dedé, esta vez sin susurrar.

—Les dije que sí.

—¿Qué? —exclamó Minerva.

—Confesé. —La voz de Jaimito era juguetona. —Les dije que me había dado unas revistas de chicas desnudas. Ya sabes cómo son esos guardias. Todos piensan que es un maricón, por lo que dicen los diarios. Por lo menos hoy él subió un poquito en la estimación de la policía.

—¡Eres imposible! —Minerva suspiró y se puso de pie. Había cansancio en su voz, pero también gratitud. Después de todo, Jaimito había arriesgado el cuello por un hombre cuya política él consideraba temeraria. —Mañana a lo mejor leemos en los diarios que Virgilio Morales es un maniático sexual.

Dedé recuerda un silencio repentino después de la partida de Minerva, distinto de los silencios acostumbrados. Luego, Jaimito volvió al tópico de Minerva y Lío. Era casi como si para él también se hubieran convertido en una pareja a través de la cual podía expresar sus deseos más profundos y ocultos.

—¿Crees que Minerva nos esconde algo? —le preguntó a Dedé—. ¿Crees que habrán cruzado el río Yaque?

—¡Ay, Jaimito! —Dedé lo reprende por pensar eso de su hermana.

—¡En el asiento trasero del auto no discutían acerca del caballo blanco de Napoleón, precisamente! —Jaimito le levantó el pelo para explorar las partes escondidas de la nuca.

—Nosotros tampoco discutimos acerca del caballo blanco de Napoleón en el delantero —le recordó Dedé, rechazándolo con suavidad. Los besos despertaban oleadas de placer que podían hacerle perder el control—. ¡Y no hemos cruzado el río Yaque, y no vamos a cruzarlo!

—¿Nunca, mi cielo, nunca? —preguntó él, simulando una voz dolorida. Se buscaba algo en los bolsillos. Dedé aguardó, sabiendo lo que venía. —No puedo ver con esta oscuridad —se quejó él—. Enciende el farol, ¿quieres?

—¡Para despertar a todos! ¡No! —Dedé quería demorar el momento. Debía pensarlo. Asegurarse de que hacía la elección correcta.

—Pero tengo algo que quiero que veas, cariño. —La voz de Jaimito estaba cargada de excitación.

—Vamos a la parte de atrás. Podemos subir al auto de papá y encender las luces. —Dedé no podía decepcionarlo. Recorrieron el sendero a los tropezones hasta llegar adonde estaba estacionado el Ford, una gran forma negra en la oscuridad. Mamá no podría verlos desde la ventana de su dormitorio, que daba al frente de la casa. Dedé abrió la portezuela del asiento del acompañante y encendió las luces del techo. Del otro lado, con una sonrisa, Jaimito se instaló en el asiento del conductor. Era una sonrisa que transportaba a Dedé hasta aquel día en que su travieso primo le había puesto una lagartija adentro de la blusa. La misma sonrisa con que se acercó ese día, con las manos en la espalda.

—Cordero mío —empezó a decir, buscando su mano.

A Dedé le latía con fuerza el corazón. Su hombre malcriado, gracioso, divertido. ¡Ay! ¿En qué líos se metería?

—¿Qué escondes allí, Jaimito Fernández? —preguntó, cuando él le deslizó el anillo en el dedo. Era el anillo de compromiso de su madre, que Dedé había visto en casa de él varias veces. Un pequeño brillante engarzado en el centro de una flor de filigrana de oro.

—¡Ay, Jaimito! —exclamó, ladeándolo para que reflejara la luz—. Es bellísimo.

—Corazón mío —dijo él—. Sé que tengo que pedirle la mano a tu padre. Pero diga lo que diga Minerva, soy moderno. Creo que primero hay que ir a la mujer.

Fue entonces cuando oyeron una tosecita alertándolos desde el asiento posterior. Ella y Jaimito se miraron, alelados.

—¿Quién está allí? —preguntó Jaimito—. ¿Quién? —Se dio vuelta, arrodillado sobre el asiento.

—Tranquilícense. Soy yo —susurró Lío—. Apaguen la luz, ¿quieren?

—¡Por Dios! —Jaimito estaba furioso, pero apagó la luz. Volvió a sentarse, con la cara vuelta hacia adelante como si él y su novia estuvieran solos, hablando de cosas íntimas.

—Lo siento —dijo Lío—. Se armó la podrida. Han rodeado la casa de Mario. Viajo a la capital al alba. Tengo que ocultarme hasta entonces.

—¡De modo que vienes aquí para poner en peligro a toda esta familia! —Jaimito se dio vuelta, listo para estrangular a ese tipo imprudente.

—Esperaba darle esto a Minerva.

Una mano deslizó un sobre entre Jaimito y Dedé. Dedé se adelantó a tomarlo antes que Jaimito, y se lo guardó en un bolsillo. —Yo me ocuparé —prometió.

—Ahora que ya has hecho lo que viniste a hacer, te vas. Te llevo yo. —El Chevrolet del padre de Jaimito estaba estacionado frente a la casa.

—Jaimito, escucha. —Los susurros de Lío eran misteriosos: una voz incorpórea proveniente del interior del auto a oscuras. —Si andas por la carretera en la mitad de la noche es seguro que te detengan, y revisen dentro del auto.

Dedé era de la misma opinión. Cuando por fin convencieron a Jaimito, ella lo acompañó hasta el auto.

—¿Qué piensas entonces, querida?

—Creo que debes irte a tu casa, y que él siga con sus planes.

—Estoy hablando de mi propuesta, Dedé. —La voz de Jaimito era la de un muchachito ofendido.

No era que ella se hubiera olvidado, sino que le pesaba la inevitabilidad de la propuesta. Se encaminaban a ella desde la época en que, de niños, hacían tortas de barro en el patio trasero. Todo el mundo lo decía. No había dudas —¿o sí?— de que pasarían el resto de la vida juntos.

Él la besó con fuerza, su cuerpo insistente contra el de ella, pero a Dedé le daba vueltas la cabeza, llena de preguntas.

—Sí, mi amor, por supuesto, pero debes irte. No quiero que te detengan en la carretera.

—No te preocupes por mí, tesoro —dijo Jaimito con

decisión, envalentonado al verla preocupada, pero después de un último beso prolongado, partió.

Sola, Dedé inspiró el aire fresco y miró las estrellas. Esta noche no las contaría, no. Hizo girar el anillo en el dedo, echando un vistazo al auto al final del sendero. ¡Allí estaba Lío, a salvo! Y sólo ella, y nadie más que ella, lo sabía. No, no se lo diría a Minerva. Quería que el secreto fuera sólo suyo por una noche.

En el dormitorio que una vez compartiera con Patria ardía una luz tenue. Dedé sacó la carta del bolsillo y contempló el mal cerrado sobre. Jugó con la solapa, que se abrió con facilidad. Extrayendo la carta, la leyó con vacilación, pensando detenerse después de cada párrafo.

¡Lío invitaba a Minerva a que pidiera asilo junto con él! Debía ir a la capital con el pretexto de visitar la exposición en la embajada colombiana, y luego negarse a salir. ¡Qué riesgo tremendo le proponía a su hermana! Las embajadas estaban todas rodeadas, y los que planeaban refugiarse habían sido encarcelados últimamente. Muchos habían desaparecido para siempre. Dedé no podía exponer a su hermana a ese peligro. Sobre todo si, según decía la misma Minerva, ella no amaba a ese hombre.

Dedé quitó el tubo de vidrio de la lámpara y con mano temblorosa acercó la carta a la llama. El papel tomó fuego. Las cenizas revolotearon como luciérnagas, y Dedé las aplastó contra el piso. Había resuelto el problema. Eso era todo. Al mirarse en el espejo se sorprendió al ver su expresión de ferocidad. En el dedo, el anillo le envió un recordatorio, fugaz como un relámpago. Se levantó el pelo, formándose una colita de caballo. Apagó la lámpara y durmió por intervalos, abrazada a la almohada como si fuera un hombre.

CAPÍTULO SEIS

Minerva

1949

¿Qué es lo que quieres, Minerva Mirabal?
Verano

Sé cuál fue el rumor que circuló a los pocos años de volver del colegio. Que no me gustaban los hombres. Es verdad que nunca presté mucha atención a los del lugar. Pero no era que no me gustaran. Sólo que no sabía que estaba ante lo que deseaba.

Por empezar, no levantaba los ojos de los libros. Según había leído, el amor era algo que llegaría. El hombre de mis sueños sería igual al poeta de un frontispicio, triste y pálido, con una pluma en la mano.

Además, papá desalentaba a todos mis pretendientes. Yo era su tesoro, decía, dándose palmaditas en las rodillas como si yo fuera una niñita y no una mujer de veintitrés años. Ni siquiera quería que usara pantalones fuera de casa.

—Papá —le decía yo—, estoy muy crecida para eso.

Una vez me ofreció cualquier cosa que quisiera si consentía en sentarme sobre sus rodillas.

—Ven y susúrrame al oído. —Tenía la voz pastosa por haber bebido tanto. Acepté y pedí mi recompensa. —Quiero ir a la universidad, papá. Por favor.

—Vamos, vamos —dijo, como si se tratara de un capricho mío—. No querrías dejar solo a tu viejo padre, ¿no?

—Pero, papá, tú tienes a mamá.

No había ninguna expresión en su rostro. Juntos oímos a mamá moviéndose en el frente de la casa, no lejos de donde estábamos sentados nosotros. María Teresa estaba en el colegio. Dedé acababa de casarse. Patria ya tenía dos hijos. Y yo, una mujer hecha y derecha, seguía sentada sobre las rodillas de mi padre. —Tu madre y yo... —empezó a decir, pero cambió de idea. —Te necesitamos aquí —terminó diciendo.

Habían pasado tres años desde que terminara en la Inmaculada, y me moría de aburrimiento. Lo peor eran las cartas que me enviaban Elsa y Sinita desde la capital, llenas de noticias. Cursaban una clase de Teoría de los Errores que hubiera hecho que a Sor Asunción se le pusieran todos los pelos de punta debajo de su toca. Habían visto a Tin-Tan en *Zapallitos tiernos* y habían ido al country club a escuchar a Alberti y su orquesta. ¡Además, había tantos muchachos apuestos en la capital!

Me moría de celos cuando papá me traía las cartas de la estafeta de Salcedo. Saltaba al jeep y salía a recorrer el campo a toda velocidad, sin levantar el pie del acelerador, como si eso me fuera a liberar. Me alejaba cada vez más, engañándome a mí misma con la idea de que me estaba escapando a la capital. Pero siempre algo que veía por el rabillo del ojo me hacía volver a casa.

Una tarde corría por los caminitos laterales que rodean la propiedad como telaraña, con mis acostumbradas ganas de huir. Cerca de la plantación de cacao del noreste vi el Ford de papá estacionado frente a una casita amarilla. Traté de recordar qué familia de campesinos vivía allí, aunque me pareció que no los conocía.

Empecé a tomar el mismo camino con frecuencia, vigilante. Cada vez que iba en el Ford aparecían unas niñas vestidas con harapos y corrían tras el auto, pidiendo pastillas.

Las observé con detenimiento. Eran tres, y salían cada vez que oían el auto. A veces la mayor llevaba una cuarta niña en brazos. Cuatro niñas, tres de bombachas, la cuarta desnuda. En una oportunidad me detuve en el costado del camino y durante un largo rato las miré a los ojos. Los mismos ojos de los Mirabal.

—¿Quién es su padre? —les pregunté a boca de jarro.

Hasta ese momento habían sido niñas audaces, estruendosas. Ahora que una dama les hablaba desde un auto, agachaban la cabeza, mirándome de reojo.

—¿Tienen un hermano? —les pregunté con voz más suave.

Fue una deliciosa venganza oír su respuesta.

—No, señora. —¡Papá no iba a conseguir el varón que buscaba, después de todo!

Un momento después apareció la mujer, con ruleros en el pelo y algo en la cara, como crema. Cuando me vio, cambió de expresión. Reprendió a las niñas, como si ésa fuera la razón por la que había salido. —¡Les he dicho que no molesten los autos!

—No están molestando —dije yo, defendiéndolas. Acaricié la mejilla del bebé.

La mujer me estaba examinando. Supongo que hacía un inventario: qué tenía yo que ella no tenía. Como resultado de esa sencilla aritmética quizás en unos días lograría sacarle alguna nueva promesa a papá.

A cada rato veía a esas cuatro niñas harapientas que me miraban con los ojos hundidos de papá y los míos propios.

—¡Dame, dame! —gritaban. Pero cuando yo les preguntaba qué querían se quedaban mudas, con la boca abierta, sin saber por dónde empezar.

———————

De haberme hecho ellas la misma pregunta, yo también me habría quedado muda.

¿Qué era lo que yo quería? Ya no lo sabía. Tres años estancada en Ojo de Agua, y era como la princesa dormida del cuento de hadas. Leía, y me quejaba, y discutía con Dedé, pero seguía durmiendo.

Cuando conocí a Lío me pareció despertar. Todo lo recibido, todo lo que me habían enseñado, se fue desprendiendo como las frazadas cuando una se incorpora en el lecho. Ahora, cuando me preguntaba "¿qué es lo que quieres, Minerva Mirabal?" me quedaba congelada al constatar que no tenía respuesta.

Todo lo que sabía era que no me estaba enamorando, por más merecedor de mi amor que fuera Lío. ¿Qué importa eso? me decía. ¿Qué importa más, el amor o la revolución? Pero una vocecita no dejaba de repetir: las dos cosas. Quiero las dos cosas.

Como pasa siempre, la vida decide por una. Lío anunció que pediría asilo para irse del país, y me sentí aliviada de que las circunstancias resolvieran las cosas entre nosotros.

Aun así, cuando se fue me sentí herida por no haberse despedido. Después empecé a preocuparme de que su silencio significara que lo hubieran atrapado. Veía a Lío en todas partes, por el rabillo del ojo. Y no era una visión agradable. Su cuerpo estaba magullado, con los huesos rotos, como si en La Fortaleza hubiera recibido todas las torturas de que se hablaba. Estaba segura de que se trataba de premoniciones: después de todo, Lío no había logrado escapar.

· Mamá, por supuesto, notó que estaba tensa. Le preocupaban mis dolores de cabeza y mi asma. —Necesitas descanso —decidió una tarde, y me mandó a la cama en el dormitorio de papá, el más fresco de la casa. Él había salido en el Ford para recorrer el campo, como todas las tardes.

Empecé a dar vueltas en la cama de caoba, sin poder dormir. Luego, sin pensarlo, me levanté e intenté abrir la puerta del armario. Estaba cerrada, trabada, pero logré abrirla con una horquilla.

Toqué con la mano los trajes de papá, y su olor característico inundó el cuarto. Miré sus guayaberas nuevas, y empecé a revisar los bolsillos. En el bolsillo interior de su traje de fiesta encontré unos papeles.

Recetas de remedios, la factura de un panamá que usaba cuando iba a la granja y que le daba un aspecto nuevo, de importancia. Una factura de El Gallo por siete metros de zaraza, una tela para vestidos de mujer. Una tarjeta de invitación a una fiesta en el Palacio Nacional. Luego, cuatro cartas de Lío, dirigidas a mí.

Las leí una tras otra, con avidez. No había respondido a su invitación para abandonar el país junto con él. (¿Qué invitación?) Todo estaba arreglado para que yo fuera a la embajada colombiana. Debía contestarle por intermedio de su primo Mario. En la carta siguiente seguía esperando mi respuesta. En la tercera se quejaba de no haber recibido nada. En la última me informaba que partía esa misma tarde en el avión del correo diplomático. Comprendía que para mí, en ese momento, era un paso demasiado grande. Quizás algún día en el futuro. Sólo le restaba tener esperanzas.

De repente me pareció que acababa de perder una gran oportunidad. Mi vida hubiera sido más noble de haber seguido a Lío. Pero, ¿cómo hubiera podido hacer la elección, cuando ni siquiera me había enterado? Olvidé mi ambivalencia anterior, y culpé a papá de todo: su mujer joven, el daño que le hacía a mamá, el que me tuviera encerrada cuando él andaba con sus correrías.

Me temblaban tanto las manos que me costó doblar las cartas y meterlas en sus respectivos sobres. Me las guardé en el bolsillo. Volví a poner en su lugar las facturas y demás papeles. Dejé la puerta del armario entreabierta. Quería que supiera que lo había descubierto.

————

Minutos después, sin decirle ni una palabra a mamá, salí a hacer bramar el jeep. ¿Qué podía haberle dicho? ¿Voy a buscar a mi padre sinvergüenza, para arrastrarlo de vuelta a casa?

Sabía muy bien dónde encontrarlo. Ahora que le iba mejor, se había comprado un jeep. Yo sabía que no estaba inspeccionando los campos, pues se había ido en el Ford y no en el jeep. Me dirigí a la casa amarilla.

Cuando llegué las cuatro niñitas me miraron, sorprendidas. Después de todo, la visita que esperaban ya había llegado. El auto estaba estacionado en la parte de atrás, donde no podía ser visto desde el camino. Entré en el sendero de tierra y choqué contra el Ford, torciéndole el paragolpes y haciendo añicos la ventanilla posterior. Luego me dediqué a hacer sonar la bocina hasta que apareció él, sin camisa y furioso.

Bastó una mirada para que se pusiera tan pálido como puede ponerse un hombre de piel color aceituna. Durante un momento prolongado no dijo nada.

—¿Qué quieres? —dijo, por fin.

Oí que lloraban las niñitas, y me di cuenta de que mi propia cara estaba mojada por las lágrimas. Cuando se acercó, hice sonar con furia la bocina y a toda velocidad hice marcha atrás hasta llegar al camino. Una pickup que daba vuelta la curva me esquivó y fue a dar a la cuneta, desparramando plátanos, naranjas, mangos y mandiocas. Eso no me detuvo. Pisé el acelerador. Lo vi por el rabillo del ojo: una figura que se iba empequeñeciendo cada vez más, hasta desaparecer.

Cuando llegué a casa, mamá me estaba esperando en la puerta. Me miró, y debe de haberse dado cuenta.

—La próxima vez no sales sin decir adónde vas. —Las dos sabíamos que su regaño era inútil. Ni siquiera me había preguntado dónde estuve.

Papá volvió esa noche, la cara contorsionada de rabia. Comió en silencio, como si su inspección no hubiera sido satisfactoria. No bien pude, sin hacer sospechar a mamá, me excusé. Se me partía la cabeza, dije, y me dirigí a mi habitación.

Al poco tiempo, lo oí golpear la puerta. —Quiero verte afuera. —Su voz sonaba autoritaria a través de la puerta. Me eché agua en la cara, me peiné con las manos, y fui a encontrarme con papá.

Me condujo por el sendero. Pasamos por el Ford abollado hasta llegar al jardín a oscuras. La luna era un machete delgado y brillante que cortaba las nubes. Por su luz clara pude ver que mi padre se detenía y se volvía para enfrentarme. Ahora que él se estaba encogiendo, y con mi altura, sus ojos y los míos estaban a un mismo nivel.

No hubo una advertencia. Su mano se descargó contra mi cara con una fuerza que nunca había usado sobre otras partes de mi cuerpo. Trastabillé, más aturdida por la idea de que me hubiera pegado que por el dolor que me hacía explotar la cabeza.

—¡Eso es para que recuerdes que le debes respeto a tu padre!

—No te debo nada —le dije. Mi voz era tan segura y firme como la de él. —Has perdido mi respeto.

Vi que se le caían los hombros. Lo oí suspirar. En ese momento, algo me dolió más que su bofetada: yo era más fuerte que papá. Mamá era más fuerte. Él era el más débil de todos. Era él a quien le costaba más vivir con la pobre elección que había hecho. Necesitaba nuestro amor.

—Las escondí para protegerte —dijo. Al principio, no sabía de qué hablaba. Luego me di cuenta de que había notado la falta de las cartas del bolsillo de su chaqueta.

—Sé que por lo menos tres amigos de Virgilio han desaparecido.

De modo que iba a hacer que esto pasara como mi furia por apoderarse de mi correspondencia. Y supe que para poder seguir viviendo bajo el mismo techo, yo debía fingir que ésa era nuestra principal diferencia.

Esa elegante invitación que encontré en el bolsillo de papá causó otra conmoción, esta vez proveniente de mamá. Era la invitación a una fiesta privada que ofrecía Trujillo en una de sus mansiones apartadas, a tres horas de viaje. Una nota manuscrita agregaba que la señorita Minerva Mirabal no dejara de asistir.

Ahora que papá se había vuelto rico, recibía invitaciones a toda clase de fiestas y funciones oficiales. Yo siempre acompañaba a papá porque mamá no quería ir.

—¿Quién quiere ver a una vieja? —preguntaba, quejosa.

—Vamos, mamá —decía yo, tratando de convencerla—. Estás en lo mejor de la vida. Una mujerona de cincuenta y un años. —Y chasqueaba los dedos, para darle ánimos. Pero la verdad era que mamá parecía vieja, mayor que papá con su nuevo y elegante sombrero, sus guayaberas de hilo, sus altas botas negras y el garboso bastón que más parecía un signo de autoimportancia que un sostén para caminar. El pelo de mamá había encanecido, y ella se lo echaba para atrás en un severo rodete que destacaba la expresión sufrida de su cara.

Esta vez mamá no quería que yo tampoco fuera. La nota del final la asustó. Esto no era algo oficial, sino personal. De hecho, después de la última gran fiesta, un amigo coronel había ido a la casa de la familia de Jaimito a preguntar quién era la alta dama atractiva que llevó don Enrique Mirabal de acompañante. Había atraído la mirada de El Jefe.

Mamá quería conseguir un certificado del doctor Lavandier como excusa. Después de todo, las migrañas y el asma no estaban contra la ley, ¿no?

—Trujillo es la ley —susurró papá, como hacíamos ahora cada vez que pronunciábamos el fatídico nombre.

Por fin, mamá cedió, pero insistió en que Pedrito y Patria nos acompañaran, para cuidarme, y que también fueran Jaimito y Dedé para asegurarse de que Pedrito y Patria cumplían con sus funciones. María Teresa suplicó que la llevaran a ella también, pero mamá no quiso saber nada. Exponer al peligro a otra hija joven y soltera. ¡No, señorita! Además, María Teresa no podía salir de noche hasta después de su fiesta de los quince, dentro de un año.

La pobre Mate lloró y lloró. Le prometí traerle algún recuerdo. La última vez, en la fiesta del hotel Montaña nos dieron abanicos de papel con la Virgencita de un lado y El Jefe del otro. Cada vez que María Teresa se sentaba frente a mí y se abanicaba, yo le hacía dar vuelta el abanico. Algunas veces eran los ojos inquisidores de El Jefe; otras, era la cara bonita de la Virgencita lo que me resultaba insoportable.

Como faltaba una semana para la fiesta, papá tuvo que hacer arreglar el Ford. El presidente de la rama local de agricultores de Trujillo no podía llegar a la casa de El Jefe en un jeep. A mí me parecía perfectamente apropiado, pero como era yo quien había estropeado el orgullo de papá, no era quién para discutir.

Mientras el Ford estaba en el taller, llevé a papá al consultorio del médico en San Francisco. Era triste ver que cuanto más rico era, más se deterioraba su salud. Hasta yo me daba cuenta de que bebía demasiado. Tenía el corazón débil y debido a la gota le costaba desplazarse. El doctor Lavandier lo trataba dos veces por semana. Yo lo llevaba y luego iba a visitar a Dedé y Jaimito en su nueva heladería hasta que era hora de irlo a buscar.

Una mañana, papá me dijo que fuera directamente a casa, pues tenía cosas que hacer después del médico. Jaimito lo llevaría más tarde.

—Podemos hacerlas juntos —le sugerí. Cuando apartó los ojos, imaginé lo que se proponía. Unos días antes yo había ido hasta la casa amarilla y vi que estaba clausurada

98

con tablas clavadas. ¡Por supuesto! Papá no había roto con la mujer, sino que la había trasladado a la ciudad.

No dije nada.

Por fin, él habló. —Debes creerme. Voy sólo para ver a mis hijas. Ya no tengo nada que ver con ella.

Esperé hasta tranquilizarme. Luego dije:

—Quiero conocerlas. Son mis hermanas, después de todo.

Vi que esto lo conmovió. Se acercó a mí, pero yo no estaba lista para sus abrazos todavía.

—Iré a recogerte luego.

Fuimos por calles estrechas, pasando hilera tras hilera de casas respetables. Por fin nos detuvimos frente a una bonita casa turquesa, con la galería y los adornos de madera pintados de blanco. Allí estaban, esperando a papá, las cuatro niñitas con vestidos de zaraza amarilla. Las dos mayores deben de haberme reconocido, porque adoptaron una expresión solemne al verme bajar del auto.

No bien papá bajó a la vereda, ellas corrieron a él y buscaron las pastillas de menta en sus bolsillos. Sentí una punzada de celos al verlas tratar a papá igual que mis hermanas y yo.

—Esta es mi hija grande, Minerva —dijo para presentarme. Luego, poniendo una mano sobre la cabeza de las chicas, sucesivamente me las fue presentando. La mayor, Margarita, tenía unos diez años, y había tres años de diferencia entre ella y la siguiente. Todas se llevaban tres años entre sí. La bebé tenía un chupete sostenido por una cinta sucia alrededor del cuello. Mientras papá entraba en la casa con un sobre yo me quedé en la galería, haciendo preguntas a las niñas, pero eran demasiado tímidas para contestar.

Cuando nos íbamos vi que la madre nos espiaba detrás de la puerta. Le hice señas para que saliera.

—Minerva Mirabal —le dije, extendiendo la mano.

La mujer agachó la cabeza y musitó su nombre, Carmen algo. Noté que llevaba un anillo barato, de esos ajustables que compran los chicos en la calle a los vendedores ambulantes. Me pregunté si intentaría pasar por una mujer respetable en ese barrio, que era uno de los más lindos de San Francisco.

Mientras volvíamos a Ojo de Agua, yo trataba de recordar qué habría sucedido estos diez últimos años para hacer que papá se refugiara en brazos de otra mujer. Patria, Dedé y yo acabábamos de empezar en la Inmaculada Concepción. María Teresa tendría unos cuatro años. Me dije que quizá papá nos extrañaba tanto que tuvo que reemplazarnos con una mujer joven. Lo miré, y en seguida él me miró también.

—Fuiste muy buena —dijo, vacilante.

—Sé que no vale la pena llorar por el cántaro roto —le contesté— pero, papá ¿por qué lo hiciste?

Apretó el bastón hasta que los nudillos se le pusieron blancos.

—Cosas de los hombres —dijo. De modo que ésa era su excusa: ¡ser macho!

Antes de que pudiera hacerle otra pregunta, él volvió a hablar.

—¿Por qué hiciste lo que hiciste?

Por más que yo tenía fama de ser muy rápida con la lengua, no se me ocurrió nada de inmediato, hasta que recordé sus propias palabras.

—Cosas de las mujeres.

Y al decirlo se me abrieron los ojos de mujer.

Todo el camino de regreso a casa, por el rabillo del ojo, vi a los hombres agachados sobre la tierra, a los hombres que andaban a caballo, a los hombres sentados a la vera del camino, con la silla echada hacia atrás, mordisqueando una brizna de pasto, y supe que por fin estaba mirando lo que quería.

Baile del Día del Descubrimiento
12 de octubre

Para cuando llegamos a la fiesta, es una hora tarde. Durante el trayecto papá, Pedrito y Jaimito han repasado los detalles de su historia.

—Dices que partimos temprano esta mañana, para tener tiempo suficiente, y luego tú dices que nos perdimos. —Papá asigna las distintas excusas a sus yernos.

—Y tú —se da vuelta para mirarme en el asiento posterior— te quedas callada.

—No hay que planear nada cuando se dice la verdad —les recuerdo. Pero nadie me escucha. ¿Por qué iban a hacerlo? Es probable que estén pensando que fui yo quien los puso en esta posición.

He aquí la verdad. Llegamos casi de noche a San Cristóbal, conseguimos un cuarto en el hotel local, y nos cambiamos de ropa. Teníamos los vestidos arrugados de tenerlos todo el día sobre la falda.

Luego volvimos a subir al auto y proseguimos el interminable viaje. Como Jaimito siempre sabe por dónde va, no nos detuvimos a preguntar si íbamos bien. Pronto nos perdimos en los caminos secundarios cerca de Baní. En un puesto de vigilancia, un guardia por fin convenció a Jaimito de que íbamos mal. Retrocedimos, perdiendo una hora.

Jaimito estaciona el Ford al final del largo sendero, de frente a la carretera.

—Por si tenemos que huir —dice en voz baja. Ha estado muy nervioso todo el tiempo. Supongo que lo mismo que todos.

Hay que caminar hasta llegar a la casa. A cada paso debemos detenernos en un puesto de vigilancia y mostrar la invitación. El sendero está bien iluminado, de manera que por lo menos podemos ver los charcos antes de pisarlos. Ha estado lloviendo en forma intermitente el día entero: es octubre, tiempo de huracanes. Este año, sin embargo, las lluvias son más fuertes que nunca. Todos lo dicen. Mi teoría es que Huracán, el dios del trueno, siempre se enoja para la fiesta del Conquistador, que mató a todos sus devotos taínos. Cuando se lo digo a Patria, mientras vamos caminando por el sendero, ella me mira con su expresión de Madonna dolorida.

—¡Ay, Minerva, por Dios! ¡Deja quieta esa lengua por esta noche!

Manuel de Moya se pasea en la entrada. Lo reconozco de la última fiesta; además, su foto aparece siempre en los diarios. "Secretario de Estado", dice la gente, guiñando un ojo. Todos saben que su trabajo es conseguirle mujeres bonitas a El Jefe. Cómo las convence, no sé. Dicen que Manuel de Moya es muy suave con las mujeres. Es probable que ellas crean que siguen el ejemplo de la Virgencita si se acuestan con el Benefactor de la Patria.

Papá comienza con su explicación, pero Don Manuel lo interrumpe.

—Él no hace esto nunca. Lo está esperando el Embajador de España. —Consulta su reloj, llevándoselo al oído como si le pudiera informar por dónde anda El Jefe. —¿No vieron autos por el camino? —Papá sacude la cabeza, con una expresión de exagerado interés.

Don Manuel chasquea los dedos, y varios oficiales corren a recibir instrucciones. Deben mantener una estricta vigilancia mientras él escolta a los Mirabal hasta su mesa. Nos intriga esta atención especial, y papá le ruega a Don Manuel que no se moleste.

—Es un placer —dice él, ofreciéndome su brazo.

Vamos por un largo corredor hasta un patio lleno de farolitos. La multitud se calla al vernos entrar. El director de orquesta se pone de pie, pero vuelve a sentarse al darse cuenta de que no es El Jefe el que llega. Luis Alberti trasladó la orquesta entera desde la Capital para estar a disposición del Jefe en la Casa de Caoba, la mansión que El Jefe prefiere usar para sus fiestas y donde tiene a su favorita del momento. En las últimas fiestas ha corrido el rumor por el tocador de que la casa está vacía estos días.

Sólo queda una mesa reservada frente a la tarima. Don Manuel corre las sillas para que nos sentemos, pero cuando yo me dispongo a sentarme al lado de Patria, él me dice:

—No, no, El Jefe la invita a su mesa.

Indica la mesa de cabecera sobre la tarima, donde unos cuantos dignatarios y sus esposas mueven la cabeza hacia la dirección donde estoy yo. Patria y Dedé intercambian una mirada de temor.

—En realidad, es todo un honor —agrega cuando nota mi vacilación. Papá sigue de pie, del otro lado de la mesa.

—Vaya, hija. Está haciendo esperar a Don Manuel.

Miro a papá con rabia. ¿Es que ha perdido todos sus principios?

Observo el lugar desde mi posición ventajosa sobre la tarima. En conmemoración al día del Descubrimiento, todo el patio está decorado como una de las carabelas de Colón. En cada mesa hay un centro ingenioso: una carabela diminuta de velas de papel tisú y velas encendidas en lugar de mástiles. Un recuerdo perfecto para Mate, aunque veo que no va a entrar en mi bolso.

Dedé me mira, y después de un segundo sonríe, pues debemos mostrarnos contentas. Levanta la copa y mueve apenas la cabeza. "No bebas nada que te sirvan", me recuerda con su gesto. Hemos oído las historias. Jóvenes drogadas, luego violadas por El Jefe. Pero ¿qué puede estar pensando Dedé? ¿Que Trujillo me va a drogar frente a toda una muchedumbre? Y luego, ¿qué? ¿Don Manuel de Moya me va a arrastrar hasta un Cadillac negro? ¿O serán dos Cadillacs negros, uno de ellos con un doble, exactamente igual a El Jefe? Esa es otra de las historias. Que el Servicio de Inteligencia ha introducido a un doble como medida de protección, para confundir a posibles asesinos. Pongo los ojos en blanco para Dedé, y luego, como me fulmina con la mirada, levanto la copa como en un despreocupado brindis.

Como si fuera una señal, todos se ponen de pie, levantando la copa. Hay un alboroto en la entrada: corren los periodistas, relampaguean los flashes. Una verdadera multitud se reúne a su alrededor, de modo que no lo veo casi hasta que llega a nuestra mesa.

Se ve más joven de lo que recuerdo de nuestra representación hace cinco años: el pelo más oscuro, la figura más delgada. Debe de ser por el pega palo que bebe, una mezcla especial preparada por su brujo para mantenerlo potente sexualmente.

Después del brindis, el embajador español condecora al ilustre descendiente del gran Conquistador con una nueva medalla. Se suscita el problema de dónde prendérsela en la atiborrada banda que le cruza el pecho. Los muchachos de la oposición clandestina le dicen Chapita. Lío me ha contado que el sobrenombre proviene de una costumbre de El Jefe cuando era niño: se prendía tapitas de refrescos en el pecho, para que parecieran medallas.

Por fin podemos empezar con el sancocho frío. Me sorprende que El Jefe no se siente a mi lado. Cada vez me siento más intrigada por mi papel de esa noche. A mi izquierda, Don Manuel de Moya empieza a rememorar sus días como modelo en Nueva York. Se dice que Trujillo lo conoció en uno de los viajes de compra que hace periódicamente a Estados Unidos para ordenar los zapatos que elevan su estatura, las cremas que blanquean su piel, las fajas de raso y las plumas de aves exóticas para sus bicornes sombreros napoleónicos. Contrató al modelo en el acto: un dominicano blanco, alto, pulido y que habla buen inglés para decorar su personal.

El comensal a mi derecha, un senador maduro de San Cristóbal, pondera la comida y me señala una rubia atractiva sentada a la izquierda de Trujillo. —Mi esposa —se jacta—, medio cubana.

Sin saber qué decir, muevo la cabeza y me inclino a levantar la servilleta que se me cayó cuando entraba El Jefe. Debajo de la mesa veo una mano que explora el muslo de una mujer. Me doy cuenta de que es El Jefe, acariciando a la mujer del senador.

———————

Se hacen a un lado las mesas y empieza la música, aunque me extraña que no trasladen la fiesta adentro. Hay una brisa fuerte que anuncia lluvia. De vez en cuando una ráfaga voltea una copa o una de las carabelas, y se oye un estrépito. Los soldados que patrullan los límites de la fiesta aprestan sus armas.

La pista permanece vacía, pues así debe ser hasta que El Jefe haya bailado la primera pieza.

Se levanta de su silla, y estoy tan segura de que va a invitarme que me siento decepcionada cuando se dirige a la esposa del embajador español. Oigo las palabras de advertencia de Lío. Este régimen es seductor. ¿Cómo, si no, puede toda una nación caer presa de un hombrecito?

¡Que Dios lo proteja! ¿Dónde estará ahora? ¿Consiguió asilo en la embajada, o lo apresaron y está encerrado en La Fortaleza, como me dicen mis premoniciones? Me palpita la cabeza a medida que vuela mi imaginación, tratando de encontrarle un refugio seguro.

—¿Me concede el honor? —Manuel de Moya está de pie a mi lado.

Sacudo la cabeza. —¡Ay, don Manuel, me duele tanto la cabeza! —Me divierte poder rechazarlo de manera legítima.

Una nube de fastidio le cruza la cara. Pero en un instante recupera sus buenos modales. —Debemos traerle un calmante, entonces.

—No, no. —Desecho su oferta. —Se me pasará si me quedo quieta. Destaco el quieta. No quiero hablar de mi dolor de cabeza con Don Manuel.

Cuando se marcha, dirijo la mirada a nuestra mesa. Patria alza las cejas, como preguntando "¿Cómo lo soportas?" Me toco la frente y cierro los ojos por un instante. Ella sabe de mis dolores de cabeza. "Es la tensión", dice mamá, y me manda a dormir una siesta.

Patria se acerca a la tarima con un paquete de calmantes. Esa siempre con su papel de madre. Lleva un pañuelo en la cartera por si alguien estornuda, una pastilla para alegrar a un niño, un rosario por si alguien quiere rezar.

Empiezo a contarle acerca del manoseo que vi debajo de la mesa, pero el insistente Don Manuel regresa a nuestro lado. Ha traído un vaso de agua y dos aspirinas sobre una bandeja de plata. Abro la mano y le muestro mis remedios. Cambia de color.

—Pero sí necesito el agua —le digo, para demostrar un poco de gratitud. Él me acerca el vaso con tanta ceremonia que la gratitud se me disuelve como las píldoras en el estómago.

Luego lo oigo charlar con el viejo senador acerca de los achaques que ambos han padecido. De vez en cuando me pregunta si me siento mejor. Por fin, después de la tercera vez, le doy la respuesta que espera.

—Probemos la cura del campo —le digo, y verifico que no es de fiar cuando me pregunta:

—¿Qué cura es ésa?

———————

Bailamos varias piezas, y de seguro, como dicen los campesinos, un clavo saca otro clavo. El ritmo excitado de la música de Alberti abruma el palpitar dolorido de mi cabeza. Y, aparte de todo, Manuel de Moya es un bailarín magnífico. No hago más que echar atrás la cabeza para reírme. Cuando miro nuestra mesa, veo que Patria me está estudiando, sin saber cómo interpretar mi placer.

Entonces todo se mueve muy rápido. Tocan un bolero lento, y siento que me conducen adonde está Trujillo bailando,

104

ahora, con la atractiva esposa rubia del viejo senador. Cuando estamos al lado, Manuel de Moya me suelta la mano y abre nuestra pareja.

—¿Cambiamos? —me pregunta, pero es El Jefe quien asiente. La rubia hace un mohín cuando se aleja.

—Que no sea por mucho tiempo —le recuerda a El Jefe, y le brillan los ojos por sobre el hombro de Manuel de Moya.

Me quedo quieta por un momento, con los brazos caídos a los costados. Siento el mismo temor escénico de hace cinco años. El Jefe me toma de la mano.

—¿Me concede el honor? —No aguarda la respuesta. Me atrae hacia él. El perfume de su colonia es opresivo.

Me sujeta de manera posesiva y masculina, pero no baila bien. Mucha firmeza, y demasiados floreos. Un par de veces me da un pisotón, pero no pide perdón.

—Baila muy bien —me dice con galantería—. Claro que las mujeres de El Cibao son las mejores bailarinas, y las mejores amantes —susurra, aumentando la presión de su mano en mi cintura. Puedo sentir la humedad de su aliento en la oreja.

—Su última pareja, ¿era de El Cibao? —le pregunto, alentando la conversación para que tenga que apartarse un poco. Tengo que esforzarme para no recordarle que hemos cambiado de pareja no por mucho tiempo.

Extiende los brazos y me recorre el cuerpo con los ojos, explorándolo con una mirada grosera.

—Yo me estoy refiriendo al tesoro nacional que tengo ahora en mis brazos —dice, sonriente.

Me río con ganas. Se disipa mi temor, y crece mi sensación de poder de manera peligrosa.

—Yo no me considero un tesoro nacional.

—¿Y por qué no, una joya como usted? —Sus ojos centellean de interés.

—Siento que desperdicio mi vida en Ojo de Agua.

—Quizá podamos traerla a la Capital —dice, astuto.

—Eso es exactamente lo que trato de hacer, convencer a papá de que me deje ir a la universidad —confieso, enfrentando a este hombre con mi padre. Si El Jefe dice que quiere que yo estudie, papá tendrá que dejarme. —Siempre quise estudiar derecho.

Me concede la sonrisa indulgente del adulto que oye un requerimiento desproporcionado de un niño.

—¿Una mujer como usted, abogada?

Saco provecho de su vanidad, y quizás así me convierto en una criatura de su propiedad, como las otras.

—Usted les concedió el voto a las mujeres en el 42. Alentó la fundación de la rama femenina del Partido Dominicano. Siempre ha sido un defensor de la mujer.

—Eso es verdad. —Sonríe, travieso. —De la mujer con mentalidad propia. De manera que quiere estudiar en la capital, ¿eh?

Asiento con entusiasmo, y a último momento suavizo el gesto ladeando la cabeza.

—Entonces podría ver a nuestro tesoro nacional con frecuencia. Quizá lograra conquistar a esta joya, igual que el Conquistador conquistó esta isla.

El juego ha ido demasiado lejos. —Temo que yo no puedo ser conquistada.

—¿Ya tiene novio? —Esta puede ser la única explicación. Compromiso, matrimonio: cosas que hacen más interesante a una conquista. —Una mujer como usted debe de tener muchos admiradores.

—No me interesan los admiradores antes de obtener mi diploma de abogada.

Una expresión de impaciencia le cruza la cara. Nuestro tête-à-tête no sigue el curso normal.

—La universidad no es un buen lugar para las mujeres estos días.

—¿Por qué no, Jefe?

Parece agradarle que lo llame por su título afectuoso. En este momento estamos tan absortos en nuestra conversación que casi no bailamos. Puedo ver que la multitud nos observa.

—Está llena de comunistas y agitadores que quieren derrocar el gobierno. Ellos estuvieron detrás de ese problema de Luperón. —Su mirada es feroz, como si la mera mención de sus enemigos los hubiera convocado. —¡Pero les hemos enseñado una lección!

"¡Deben de haberlo apresado!"

—¿A Virgilio Morales? —pregunto bruscamente. No puedo creer ni yo misma lo que he dicho.

Su expresión se endurece, y la desconfianza cubre como un velo su mirada. —¿Conoce a Virgilio Morales?

"¡Qué idiota que soy! ¿Cómo puedo proteger a él y a mí a la vez?"

—Su familia también es de El Cibao —respondo, escogiendo las palabras con cuidado—. Sé que el hijo enseña en la universidad.

La mirada de El Jefe se va alejando hacia alguna cámara remota de su mente donde, como mediante un procedimiento de tortura, extrae el significado a las palabras que oye. Se da cuenta de que estoy demorando una respuesta directa.

—¿Lo conoce, entonces?

—Personalmente, no —digo con una vocecita endeble. En el acto me siento avergonzada. Me doy cuenta con la facilidad que ocurre todo. Una cede en algo pequeño, y pronto está trabajando para el gobierno, marchando en sus desfiles, durmiendo en su cama.

El Jefe se relaja. —No es una buena persona para que usted la conozca. Él y los demás han convertido la universidad en un campo de propaganda. De hecho, estoy pensando en cerrar la universidad.

—Ay, Jefe, no —le suplico—. Nuestra universidad es la primera del Nuevo Mundo. ¡Sería un golpe tremendo para el país!

Parece sorprendido por mi vehemencia. Después de una larga mirada, vuelve a sonreír.

—Quizá la mantenga abierta, si eso hace que se acerque a mi lado. —Y entonces literalmente me acerca a su lado, tan cerca que puedo sentir la dureza entre sus piernas contra mi vestido.

Empujo un poco para que afloje la presión, pero él me acerca más. Siento que me hierve la sangre, que aumenta mi enojo. Lo aparto, con más decisión, pero él vuelve a apretarme contra su cuerpo. Empujo fuerte, y por fin debe dejarme ir.

—¿Qué pasa? —Hay indignación en su voz.

—Sus medallas —me quejo, señalando la banda sobre su pecho—. Me lastiman. —Demasiado tarde recuerdo el afecto que siente por esas chapitas.

Me fulmina con la mirada, luego se quita la banda por encima de la cabeza. Se aproxima un asistente para recibirla con reverencia. El Jefe sonríe con cinismo.

—¿Hay alguna otra cosa de mi vestimenta que la moleste, para poder quitármela? —Me tira de una muñeca, haciendo un movimiento vulgar con la pelvis, y veo que mi mano se levanta, como con una mente propia, y descarga una bofetada sobre la alelada, maquillada cara.

———

Y entonces se larga la lluvia. Verdaderas sábanas de agua. Se vuelan los manteles de las mesas, estrellando su carga contra el suelo. Se apagan las velas. Hay alaridos de sorpresa. Las mujeres se tapan la cabeza con sus bolsos de fiesta, adornados con cuentas, tratando de protegerse el peinado.

De inmediato, Manuel de Moya está a nuestro lado,

ordenando a los guardias que escolten a El Jefe. Colocan una lona encerada sobre nuestras cabezas.

—¡Qué cosa, Jefe! —se lamenta Don Manuel, como si el inconveniente de la naturaleza fuera culpa de él.

El Jefe me estudia mientras los asistentes recomponen su maquillaje, que gotea. Molesto, se quita las manos de encima. Yo me preparo a que él dé la orden. *Llévenla a La Fortaleza.* Mi temor está mezclado con excitación: pienso que puedo llegar a ver a Lío si él también ha sido capturado.

Pero El Jefe tiene otros planes para mí. —¡Tiene una mente independiente, la pequeña cibaeña! —Sonríe con afectación, se refriega las mejillas y se vuelve hacia Don Manuel. —Sí, sí, trasladaremos la fiesta adentro. Haga el anuncio. —Cuando sus guardias privados lo rodean, yo me alejo, chocando contra los invitados que se precipitan adentro para refugiarse de la lluvia. Veo a Dedé y Patria mirando en todas direcciones como vigías en lo alto de un mástil.

—Nos vamos —explica Patria, tomándome del brazo—. Jaimito ya fue a traer el auto.

—Esto no me gusta nada —dice papá, meneando la cabeza—. No nos debemos ir sin el permiso de El Jefe.

—Sus designios son muy claros, papá. —Patria es la mayor, así que en ausencia de mamá sus palabras tienen peso. —Estamos exponiendo a Minerva si nos quedamos aquí.

Pedrito levanta los ojos para mirar los farolitos que vuelan en el viento. —La fiesta se termina de todos modos, Don Enrique. La lluvia es la excusa perfecta.

Papá levanta los hombros y los deja caer. —Ustedes los jóvenes saben lo que hacen.

Corremos hasta la entrada cubierta, pasando por una mesa con una carabela intacta. Nadie la echará de menos, me digo, y escondo el barquito entre los pliegues de mi vestido. Es entonces cuando me acuerdo. —Ay, Patria, mi bolso. Lo dejé en la mesa.

Corremos a buscarlo, pero no lo encuentro por ninguna parte.

—Probablemente alguien lo alzó. Te lo enviarán. Nadie roba nada en la casa de El Jefe —me recuerda Patria. La carabela me pesa en la mano.

Para cuando volvemos a la entrada, el Ford espera y ya todos los demás están adentro. Una vez en la carretera, recuerdo la bofetada con temor creciente. Nadie ha dicho nada, de modo que estoy segura de que no lo han visto. Dados los nervios de todos, decido no preocuparlos más con la historia. En cambio, para distraerme —"un clavo saca otro clavo"— repaso mentalmente los contenidos de mi bolso, tratando de recordar lo que he perdido: mi vieja billetera con un par de pesos, la cédula, cuya pérdida deberé declarar, un lápiz labial Revlon, rojo brillante, que compré en El Gallo; una latita de Nivea que me dio Lío con cenizas de los mártires de Luperón que no murieron en el mar.

Y luego, recuerdo lo que escondí en el bolsillo del forro: ¡las cartas de Lío!

Durante todo el trayecto de regreso las releo mentalmente, como si fuera un oficial de inteligencia que va marcando los pasajes incriminadores. A ambos lados, mis hermanas roncan. Cuando me inclino sobre Patria, para tratar de dormir, siento algo duro contra la pierna.

Me asalta la esperanza de no haber perdido el bolso, después de todo. Pero al bajar la mano encuentro la pequeña carabela entre los pliegues de mi vestido húmedo.

Período de lluvias

La lluvia cae toda la mañana, pegando contra las persianas, apagando los sonidos de la casa. Me quedo en la cama, sin querer levantarme para enfrentar el deprimente día.

Llega al sendero un gato chapoteando agua. Alcanzo a oír voces sombrías en la sala. El gobernador de la Maza acaba de llegar de la fiesta. Se notó nuestra ausencia. Por supuesto, partir de cualquier reunión antes que Trujillo es contra la ley. El Jefe estaba furioso, y retuvo a todo el mundo hasta después del alba, quizá para destacar más nuestra partida temprana.

¿Qué hacer? Oigo sus voces preocupadas. Papá parte con el gobernador para enviar un telegrama de disculpa a El Jefe. Mientras tanto, el padre de Jaimito está llamando a su amigo el coronel para ver cómo se puede apagar el incendio. Pedrito ha ido a visitar a los parientes políticos de Don Petán, uno de los hermanos de Trujillo, que son amigos de su familia. En otras palabras, se están tocando todos los resortes posibles.

Ahora todo lo que podemos hacer es esperar, oyendo cómo cae la lluvia sobre el techo de nuestra casa.

Cuando vuelve papá, parece haber envejecido diez años. No logramos hacer que se siente para que nos cuente lo que ha pasado. Se pasea por la casa todo el día, repitiendo lo que deberíamos hacer si a él se lo llevan. Cuando pasan las horas y no llegan los guardias a nuestra puerta, se calma un poco, come sus chorizos favoritos, bebe más de lo debido, y al anochecer se va a acostar, exhausto. Mamá y yo nos quedamos levantadas. Cada vez que se oye un trueno saltamos, como si los guardias hubieran abierto fuego contra la casa.

Al día siguiente, temprano, mientras papá ha ido a ver los daños causados por la última tormenta en la cosecha de cacao, llegan dos guardias en un jeep. El gobernador de la Maza quiere ver a papá y a mí de inmediato.

—¿Por qué a ella? —pregunta mamá, señalándome.

El oficial se encoge de hombros.

—Si ella va, yo voy también —declara mamá, pero el guardia ya le ha vuelto la espalda.

En el palacio del gobernador nos espera don Antonio de la Maza, un hombre alto y apuesto, ahora de aspecto preocupado. Ha recibido órdenes de enviar a papá a la capital, para un interrogatorio.

—Yo traté de manejar el asunto acá —nos muestra las palmas de las manos— pero las órdenes llegaron desde arriba.

Papá asiente, distraído. Nunca lo he visto tan asustado.

—Nosotros... nosotros enviamos el telegrama.

—Si él va, yo voy. —Mamá se yergue con toda su estatura. Los guardias le han permitido venir con nosotros. Se interpuso en el sendero, rehusándose a apartarse del camino.

Don Antonio toma a mamá del brazo. —Será mejor para todos si seguimos las órdenes. ¿No le parece, don Enrique?

La disposición de papá es aceptarlo todo. —Sí, sí, por supuesto. Tú te quedas aquí y te ocupas de las cosas.

—Abraza a mamá, que se echa a llorar en sus brazos. Es como si todos los años en que se contuvo por fin la hubieran abrumado.

Cuando llega mi turno, le doy un beso de despedida. Desde nuestro distanciamiento, habíamos dejado de abrazarnos.

—Cuida a tu madre, ¿me oyes? —susurra. —Necesito que entregues un dinero a un cliente en San Francisco —agrega con el mismo tono de voz, con una mirada significativa—. Cincuenta pesos cada quince días, hasta que yo regrese.

—Regresará antes de lo que se imagina, don Enrique —le asegura el gobernador.

Miro a mamá para ver si sospecha algo. Pero está demasiado preocupada para prestar atención a los asuntos de papá.

—Una última cosa. —Papá se dirige al gobernador. —¿Por qué quería ver también a mi hija?

—No se preocupe, don Enrique. Quiero charlar con ella.

—¿Puedo confiarla a su cuidado? —pregunta papá, mirando al gobernador a los ojos. La palabra de un hombre es sagrada.

—Absolutamente. Me hago responsable. —Don Antonio hace una seña a los guardias. La audiencia ha terminado. Sacan a papá de la habitación. Oímos sus pasos por el corredor hasta que el ruido de la lluvia los ahoga. Sigue lloviendo fuerte.

Mamá observa a don Antonio como un animal listo para atacar si se amenaza a su cachorro. El gobernador se sienta en el borde del escritorio y me sonríe, amistoso. Nos hemos visto en un par de funciones oficiales, entre ellas las últimas fiestas.

—Señorita Minerva —empieza diciendo, indicándonos dos sillas que un guardia ha colocado delante de él—. Creo que hay una forma de ayudar a su padre.

—¡Desgraciado! —Mamá no para de insultar. Nunca la he oído decir esas palabras. —¡Dice ser un hombre honorable!

Trato de calmarla. Pero reconozco que me gusta ver este coraje en mamá.

Andamos en el auto bajo la lluvia por San Francisco, haciendo las últimas diligencias antes de salir para la capital por la tarde con el fin de solicitar que suelten a papá. Dejo a mamá en la clínica, pues quiere conseguir dosis extra de los remedios de papá, y me dirijo sola al barrio.

Pero la casa turquesa con adornos blancos no está donde yo creía que estaba. Doy vueltas y vueltas, desesperada, cuando veo a la niña mayor con un pedazo de corteza de palmera sobre la cabeza, saltando por los charcos de la calle. Verla con su vestidito mojado y harapiento me parte el corazón. Debe de estar haciendo un recado, pues lleva un trapo atado en la mano libre, que es el bolso de los pobres. Toco bocina y ella se detiene, aterrorizada. Quizá recuerde la vez que choqué el auto de papá, sin dejar de tocar la bocina.

Le indico que venga hasta el auto. —Busco a tu mamá —le digo cuando sube. Me mira con la misma expresión atemorizada que vi en papá hace un par de horas.

—¿Por dónde es? —le pregunto, echando a andar.

—Por ahí. —Señala con la mano.

—¿A la derecha?

Me mira sin entender. De modo que no sabe las direcciones. ¿Sabrá leer?

—¿Cómo deletreas tu nombre, Margarita? —le pregunto para comprobarlo.

Se encoge de hombros. Hago una nota mental: cuando

vuelva, me ocuparé de que estas niñas vayan a la escuela.

Luego de unas pocas vueltas llegamos a la casita turquesa. La madre sale corriendo a la galería, cerrándose el cuello del vestido para protegerse de la lluvia.

—Don Enrique ¿está bien? —Me cruza una duda por la cabeza: no sé si será verdad lo que me aseguró mi padre con respecto a su relación con la mujer. Esa mirada penetrante no es el resultado del recuerdo.

—Lo convocaron por un asunto urgente —le digo, con más severidad que la deseada.

Luego me ablando y le entrego el sobre. —Le traje el mes entero.

—Qué amable en acordarse de nosotras.

—Quiero perdirle un favor —le digo, aunque no pensaba pedírselo ahora.

Se muerde el labio como si supiera lo que voy a decir.

—Carmen María, a sus órdenes —me dice con voz muy suave. Su hija levanta los ojos, intrigada. Debe de estar acostumbrada a una versión más feroz de su madre.

—Las chicas no van a la escuela, ¿no? —Sacude la cabeza. —¿Puedo anotarlas cuando vuelva?

Hay una expresión de alivio en su cara. —Usted es la que sabe —dice.

—Pero usted sabe tan bien como yo que sin educación las mujeres tenemos muy pocas probabilidades en la vida. —Pienso en mis propios planes frustrados. Por otra parte, Elsa y Sinita, que acaban de empezar el tercer año en la universidad, ya están recibiendo ofertas de las mejores compañías.

—Tiene razón señorita. Míreme a mí. Nunca tuve una oportunidad para nada. —Extiende las manos vacías, luego mira a su hija mayor, y agrega:

—Quiero que a mis hijas les vaya mejor.

Le tomo la mano, y luego me parece natural terminar el gesto con el abrazo que le he negado a papá el mes entero.

———

Por suerte deja de llover para nuestro viaje a la capital. Cuando llegamos, nos detenemos en cada uno de los hoteles que nos anotó don Antonio de la Maza. Si no se ha hecho una acusación oficial, papá no irá a la cárcel, sino que lo pondrán en arresto domiciliario en uno de estos tres hoteles. Cuando en el último hotel, el Presidente, nos dicen que no tienen registrado a ningún Enrique Mirabal, mamá parece a punto de estallar en llanto. Es tarde, y las oficinas ya estarán cerradas, de modo que decidimos pedir un cuarto para esa noche.

112

—Tenemos una tarifa especial por semana —dice el hombre. Tiene una cara larga y triste.

Miro a mamá para ver qué piensa, pero como de costumbre no dice ni una sola palabra en público. De hecho, esa tarde, con don Antonio fue la primera vez que vi a mamá imponerse, en realidad, para defender a papá y a mí.

—No sabemos si necesitaremos hospedarnos por una semana —le digo al hombre—. No estamos seguras si habrá una acusación contra mi padre.

Me mira, mira a mi madre, y luego otra vez a mí.

—Tomen la tarifa semanal —aconseja en voz baja—. Les devolveré la diferencia, si se quedan menos tiempo.

El hombre debe de saber que estos casos nunca se resuelven en seguida. Lleno la tarjeta del registro, y aprieto fuerte, siguiendo sus instrucciones. Lo que escribo debe atravesar los carbónicos hasta la cuarta copia, explica.

Una para la policía, otra para Control Interno, la tercera para Inteligencia Militar y la cuarta se envía no se sabe dónde.

Un día infernal, en una u otra oficina del cuartel de la Policía Nacional. Sólo resulta gratificante el sonido de la lluvia sobre el techo, que golpea como si el viejo dios Huracán castigara por todos los crímenes maquinados adentro.

Terminamos en la oficina de Personas Desaparecidas, para denunciar lo que ahora resulta ser la desaparición de Enrique Mirabal. El lugar está atestado de gente. La mayoría ha llegado horas antes de que se abriera la oficina para conseguir un buen lugar en la fila. A medida que transcurre el día, oigo un caso tras otro, descripto ante el escritorio de interrogatorios. Es para enfermarse. De vez en cuando, voy hasta la ventana para mojarme la cara con el agua de lluvia. Pero es el tipo de dolor de cabeza que no se va.

Por fin, hacia el fin del día, somos las siguientes en la fila. Delante de nosotras, un hombre mayor está llenando una petición, denunciando la desaparición de uno de sus trece hijos. Lo ayudo a llenar la solicitud porque, según me explica, no es muy bueno para escribir.

—¿Usted es el padre de trece hijos? —le pregunto con incredulidad.

—Sí, señora —contesta con orgullo. Tengo en la punta de la lengua una pregunta: "¿Cuántas madres diferentes?" Pero sus dificultades presentes me hacen desechar las demás consideraciones. Llegamos a la parte en la que tiene que enumerar todos sus hijos.

—¿Cómo se llama el mayor? —le pregunto, pluma en mano.

—Pablo Antonio Almonte.

Escribo el nombre completo, y luego se me ocurre.

—¿No es el desaparecido, y usted me dijo que era el tercero?

Confidencialmente, el hombre me dice que le puso el mismo nombre a los trece hijos, para burlar al régimen. ¡Sea cual fuere el hijo al que apresan, siempre jura que él no es el que buscan!

Me río ante el ingenio de mi pobre compatriota atrapado. Pongo a trabajar mi propio ingenio, y se me ocurren otros doce nombres. No quiero que sean nombres verdaderos, pues puedo hacer peligrar a un inocente. Al oficial le cuesta trabajo leerlos.

—¿Fausto? ¿Dimitri? ¿Pushkin? ¿Qué clase de nombres son éstos? —Me piden que ayude, porque el viejo no puede leer lo que escribí. Cuando termino, el receloso oficial señala al viejo, que asiente cada vez que oye el nombre de uno de sus hijos. —Ahora, dígalos usted.

—Mi memoria —se queja el anciano—. Son demasiados.

El oficial lo mira con ojos entrecerrados. —¿Cómo los llama, entonces?

—Bueno, oficial —dice el astuto anciano, dando vuelta el sombrero en la mano—. A todos los llamo m'ijo.

Sonrío, y el pecho condecorado del oficial se hincha, listo para otra cosa. —Haremos lo que podamos, compay —promete, poniendo un sello a la solicitud y aceptando la "cuota" de pesos arrollados.

Ahora es nuestro turno, pero desgraciadamente el oficial jefe anuncia que la oficina se cerrará en cinco minutos. —Hemos esperado tanto —le digo, suplicante.

—Yo también he esperado toda la vida para conocerla, señorita. Así que no me rompa el corazón. Vuelva mañana. —Me mira de arriba a abajo, galanteador. Esta vez no le devuelvo la sonrisa.

Al ayudar al anciano Don Juan me he perjudicado a mí misma. He prolongado la audiencia de él, y he perdido la mía.

Mamá suspira cuando le digo que debemos volver mañana. —Ay, m'ijita —dice—. Tú vas a pelear en la pelea de todos, ¿eh?

—Es la misma pelea, mamá —le digo.

Temprano a la mañana siguiente nos despertamos con unos golpes en la puerta. Cuatro guardias fuertemente armados nos informan que deben llevarme al cuartel general para interrogarme. Trato de calmar a mamá, pero me tiemblan tanto las manos que no puedo abrocharme los botones del vestido.

114

Mamá les informa a los guardias que si yo voy, ella también va. Pero éstos son más ruines que los del norte. Cuando ella intenta seguirme, un guardia le bloquea el paso, amenazándola con la bayoneta.

—No hay necesidad de hacer eso —le digo, apartando la bayoneta. Le beso a mamá la mano. —Mamá, la bendición —le digo, como cuando era niña, antes de partir para el colegio.

Pero mamá está llorando. —Dios te bendiga —dice, entre sollozos. Luego me recuerda:

—Cuida ya sabes qué —me advierte, y me doy cuenta de que no sólo se refiere a la boca.

Estoy de vuelta en el cuartel de la Policía Nacional, pero en una oficina que no vimos ayer. Es un recinto aireado y bien iluminado, en un piso superior.

Un hombre canoso y cortés se levanta del escritorio y viene hacia mí. —Bienvenida —dice, como si yo hubiera ido de visita.

Se presenta como el general Federico Fiallo. Y luego indica a alguien detrás de mí que no vi al entrar. No sé cómo puedo no haberlo notado. Se parece tanto a un sapo como puede llegar a parecerse una persona. Un mulato corpulento, con anteojos oscuros, como espejos, que reflejan mi propio rostro atemorizado.

—Don Anselmo Paulino —dice el general. Todo el mundo conoce a Ojo Mágico. Perdió un ojo en una pelea a cuchillo, pero el ojo que le queda mágicamente ve todo lo que el otro se pierde. En los últimos años ha llegado a ser la mano derecha de Trujillo porque está dispuesto a hacer cualquier trabajo sucio.

Siento terror en el estómago vacío. Me doy ánimos al recordar los rostros sufrientes que vi ayer en el piso inferior.

—¿Qué quieren de mí?

El general sonríe con bondad. —No se quede de pie, señorita —dice, disculpándose y haciendo caso omiso de mi pregunta. La bondad desaparece por un instante cuando hace chasquear los dedos y reprende a los guardias por no traer una silla a los visitantes. Una vez que el sapo y yo nos hemos sentado, el general vuelve a su lugar detrás del escritorio. —Debe considerarme su protector. Las jóvenes son la flor de nuestra patria.

Abre la carpeta que tiene delante. Desde donde estoy sentada, alcanzo a ver la hoja rosada del registro del hotel. Luego, varias hojas de papel que reconozco son las cartas de Lío de mi bolso.

—Estoy aquí para hacerle algunas preguntas acerca de un joven que creo que usted conoce. —Me mira de frente. —Virgilio Morales.

Me siento dispuesta —como no lo estaba antes— a arriesgar la verdad. —Sí, conozco a Virgilio Morales.

Ojo Mágico está en el borde de la silla. Se le notan las venas del cuello. —Usted le mintió a El Jefe. Le dijo que no lo conocía, ¿no?

—Vamos, vamos, Don Anselmo —dice el anciano general con voz conciliatoria—. No queremos asustar a la joven, ¿verdad?

Pero Ojo Mágico no respeta estas distinciones tan refinadas. —Responda —ordena. Ha encendido un cigarro. Le sale el humo por los orificios de la nariz como una hemorragia.

—Sí, negué conocerlo. Tenía miedo —escojo las palabras cuidadosamente— de desagradar a El Jefe. —Es casi una disculpa. Toda la disculpa que pienso ofrecer.

El General Fiallo y Paulino intercambian una mirada significativa. No sé cómo puede haber comunicación entre esos viejos ojos lechosos y los anteojos negros.

El general toma una hoja de la carpeta y la examina.

—¿Cuál es la naturaleza de su relación con Virgilio Morales, señorita Minerva?

—Éramos amigos.

—Vamos, vamos —dice, tratando de engatusarme como si yo fuera una niña obcecada—. Éstas son cartas de amor. —Levanta las hojas. "¡Dios mío! ¿todo el mundo en este país ha leído estas cartas, menos yo?"

—Debe creerme: no éramos nada más que amigos. De haber estado enamorada de él, me habría ido del país con él, como me lo pedía.

—Es verdad —concede el general. Mira a Ojo Mágico, que está apagando el cigarro en la suela de la bota.

—¿No sabía usted, señorita Minerva, que Virgilio Morales es un enemigo del estado? —dice Ojo Mágico. Se ha vuelto a poner en la boca el cigarro apagado.

—No estuve involucrada en ninguna actividad traidora, si a eso se refiere. No era más que un amigo, como he dicho.

—¿Y no está en comunicación con él ahora? —Ojo Mágico ha vuelto a hacerse cargo de la entrevista. El general levanta una ceja, perturbado. Después de todo, ésta es su aireada oficina, su piso superior, su bonita prisionera.

La verdad es que le escribí a Lío después de encontrar sus cartas. Pero Mario no pudo entregar la carta pues nadie sabe dónde está Lío. —No, no estoy en comunicación con Virgilio Morales. —Dirijo mi observación al general, aunque la pregunta provino de Ojo Mágico.

—Eso es lo que quería oír. —El general se vuelve hacia Ojo Mágico. —Tenemos otro asuntito que discutir, Don

Anselmo. No relacionado con seguridad. —Sonríe, cortés, despidiéndolo. Ojo Mágico mira al general por un segundo, haciendo relampaguear sus anteojos oscuros, luego se pone de pie y se mueve furtivamente hacia la puerta. Noto que en ningún momento nos ha dado la espalda.

El general Fiallo ahora empieza a charlar acerca de la época en que estuvo destinado a El Cibao, la belleza de la zona, la bella catedral sobre la plaza. Me pregunto adónde irá todo esto, cuando se abre una puerta que está enfrente de la puerta por donde entré y aparece Manuel de Moya, alto y pulido, luciendo un traje Príncipe de Gales.

—Buen día, buen día —dice alegremente, como si estuviéramos listos para ir de safari. —¿Cómo está todo? —Se refriega las manos. —¿Cómo está usted, don Federico? —Intercambian palabras amistosas por un momento, y luego don Manuel me mira con expresión aprobadora. —Tuve unas palabras con Paulino en el vestíbulo, cuando se iba. Parece que la señorita Minerva ha sido muy cooperativa. Me alegro tanto. —Habla con sinceridad. —Odio ver a las damas en cualquier clase de problema.

—Debe de ser difícil para usted —reconozco. No capta el sarcasmo en mi voz.

—¿De modo que pensó que podía desagradar a El Jefe si reconocía su amistad con Virgilio Morales. —Asiento. —Estoy seguro de que significaría mucho para nuestro Benefactor enterarse de que usted piensa en lo que es placentero para él.

Aguardo. He estado bastante tiempo con estos tipos para saber que viene algo más.

—¿Creo que don Antonio ya habló con usted?

—Sí —le digo—. Ya habló.

—Espero que reconsidere su oferta. Estoy seguro de que el general Fiallo estaría de acuerdo —el general Fiallo ya está asintiendo, antes de que se mencione el tema con el que estaría de acuerdo— en que una reunión privada con El Jefe sería la manera más rápida y efectiva de terminar con estas tonterías.

—Sí, sí, sí. —El general Fiallo está de acuerdo.

Don Manuel continúa. —Me gustaría llevárselo personalmente a él, a su suite en El Jaragua, y terminar con toda esta burocracia. —Señala al general, que sonríe neciamente ante un comentario que equivale a una crítica.

Miro con fijeza a Manuel de Moya como para clavarlo contra la pared.

—Preferiría saltar por esa ventana a ser obligada a hacer algo contra mi honor.

Manuel de Moya hunde las manos en los bolsillos y se

pasea por la habitación. —Lo he intentado todo, señorita. Pero usted debe cooperar de alguna forma. No todo puede salir a su antojo.

—Lo que he hecho mal puedo reconocerlo personalmente ante El Jefe, sí —le digo al sorprendido secretario—. Pero mi padre y mi madre deben acompañarme para compartir el sufrimiento con motivo de mi equivocación.

Manuel de Moya sacude la cabeza. —Minerva Mirabal, usted es una mujer tan complicada como... como... —Levanta las manos, incapaz de terminar la comparación.

Pero el general la termina. —Como que El Jefe es un hombre.

Los dos hombres se miran, sopesando algo gravoso en la mente.

Como no acepto acostarme con él, pasan tres semanas antes de que El Jefe nos reciba. A toda luces, mamá y yo estamos cumpliendo un arresto domiciliario, pues no se nos permite irnos del hotel y esperar en casa. Pedrito y Jaimito han venido a vernos una docena de veces, han hecho peticiones aquí y allá, han visitado amigos con influencia. Dedé y Patria se han turnado para acompañarnos y encargarse de la comida.

Cuando por fin llega el día de nuestra entrevista, llegamos al palacio temprano, ansiosas por ver a papá, que acaba de ser liberado. Está en un estado lamentable. Tiene la cara demacrada, la voz temblorosa; su mejor guayabera está sucia y le cuelga sobre el cuerpo como si fuera varios números demasiado grande. Él, mamá y yo nos abrazamos. Puedo sentir sus hombros huesudos.

—¿Cómo te han tratado? —le preguntamos.

Hay una extraña ausencia en su mirada. —Tan bien como podría esperarse —dice. Me doy cuenta de que no nos mira al hablar.

Ya sabemos por las averiguaciones de Dedé y Patria que papá ha estado en el hospital de la prisión. Su diagnosis es "reservada", pero todas imaginábamos que se trataba de sus úlceras. Ahora nos enteramos de que sufrió un ataque al corazón en la celda el miércoles después del arresto, pero no fue sino hasta el lunes que le permitieron ver a un médico.

—Me siento mucho mejor. —Se marca la raya de los pantalones con las manos delgadas. —Mucho, mucho mejor. Sólo espero que la música no haya estropeado la mandioca mientras estuve ausente.

Mamá y yo nos miramos, luego miramos a papá. —¿Qué quieres decir, Enrique? —le pregunta mamá con suavidad.

—Cada vez que hay una fiesta dejan que todo se eche a perder. Debemos dejar de alimentar a los chanchos. Aunque son dientes humanos, después de todo.

Tengo que fingir que lo que dice papá tiene sentido. Pero la dulzura de mamá lo envuelve y lo trae de regreso.

—Los cerdos se alimentan muy bien con cocos. No cultivamos mandioca desde que Minerva era niña. ¿Te acuerdas, Enrique, que casi no nos acostábamos los días de cosecha?

Los ojos de papá se iluminan con el recuerdo. —El primer año que quisiste lucir bonita para mí te pusiste un vestido muy lindo para ir al campo. ¡Para cuando terminamos, parecía como las bolsas de arpillera donde guardábamos la mandioca!

—Mira a mamá, y sonríe.

Ella también le sonríe, los ojos húmedos de lágrimas. Le busca la mano y se la aprieta, como si lo estuviera rescatando del abismo en que lo perdió hace años.

El Jefe no se molesta en levantar los ojos cuando entramos. Está revisando una pila de papeles con varios asistentes nerviosos, siguiendo con sus manos bien cuidadas las palabras que éstos leen. Aprendió a leer tarde, según se dice, y se rehúsa a ver nada que tenga más de una página. En la oficina, los lectores oficiales se encargan de los informes voluminosos, reduciendo la información a los párrafos sobresalientes.

Detrás de él, sobre la pared, el lema famoso: MIS MEJORES AMIGOS SON LOS HOMBRES QUE TRABAJAN. ¿Qué hay de las mujeres que se acuestan contigo?

Manuel de Moya nos indica dónde sentarnos, frente al gran escritorio de caoba. Es la mesa de trabajo de un hombre disciplinado; todo está dispuesto en pilas prolijas, y hay varios teléfonos alineados en un costado, junto a un tablero con timbres eléctricos con sus respectivas etiquetas. Se oye el tic tac de unos relojes en un panel, quizá con la hora de distintos países. Frente a mí hay una balanza, como la que representa a la Justicia, con unos dados en cada platillo.

Trujillo garrapatea una última firma y con un ademán despide a sus asistentes; luego se vuelve hacia su secretario de estado. Don Manuel abre una carpeta de cuero y lee a El Jefe la carta de disculpas firmada por toda la familia Mirabal.

—Veo que la señorita Minerva la ha firmado —observa, como si yo no estuviera presente. Lee el nombre de mamá y pregunta si es pariente de Chiche Reyes.

—¡Si Chiche es mi tío! —exclama mamá. El tío Chiche siempre se ha jactado de que conocía a Trujillo cuando estaba en el ejército. —Chiche lo adora, Jefe. Dice que desde siempre usted fue un líder innato.

—Yo le tengo mucho aprecio a Don Chiche —dice Trujillo. Es obvio que le ha gustado el cumplido. Levanta los dados de uno de los platillos, desbaratando el equilibrio. —¿Supongo que nunca le contó la historia de estos dados?

Mamá sonríe con indulgencia. Nunca ha aprobado la afición de su tío por el juego. —A Chiche le encanta jugar.

—Chiche hace trampas —comenta papá—. Yo nunca juego con él.

Los ojos de mamá fulminan a papá. Nuestro único salvavidas en este tempestuoso mar, y papá está cortando la soga que ella ha tendido.

—Veo que le gusta jugar, don Enrique. —Trujillo se vuelve a papá con expresión de frialdad.

Papá mira a mamá de reojo, temeroso de reconocerlo delante de ella.

—Sé que te gusta jugar —dice mamá, desviando la atención al fingir que nuestras dificultades se deben a su travieso marido.

Trujillo vuelve a los dados que tiene en la mano.

—¡Ese Chiche! Robó un hueso de la cripta de Colón y me hizo hacer estos dados cuando me nombraron jefe de las fuerzas armadas.

Mamá simula sentirse impresionada. De hecho, nunca ha sentido demasiada simpatía por ese tío alborotador. Todos los meses un lío, por peleas, dinero o mujeres, o sin ninguna razón.

Trujillo vuelve a poner los dados en su lugar. Es entonces cuando me doy cuenta de que los platillos no están en equilibrio. Por supuesto, mi tío sinvergüenza le ha regalado dados cargados a su compinche.

—Dientes humanos —musita papá. Mira los pequeños dados con una expresión de horror.

Mamá señala a su marido con la cabeza. —Debe perdonarlo, Jefe. No está bien. —Se le llenan los ojos de lágrimas, y se las seca con el pañuelo que aprieta en la mano.

—Don Enrique volverá a estar bien cuando haya pasado unos días en su casa. Pero que esto les enseñe una lección. —Se vuelve hacia mí. La sonrisa con que pretendía engatusarme en el baile ha desaparecido. —Sobre todo a usted, señorita. He ordenado que se reporte todas las semanas ante el gobernador de la Maza en San Francisco.

Antes de que yo pueda decir nada, mamá dice:

—Todo lo que quiere mi hija es ser una ciudadana leal al régimen.

El Jefe me mira, a la espera de mi promesa.

Decido expresar lo que verdaderamente quiero. —Jefe, no sé si recuerda de lo que hablamos en el baile. —Siento que mamá me mira con fijeza.

Pero le he picado el interés de El Jefe. —Hablamos de muchas cosas.

—Me refiero a mi sueño, de ir a la Facultad de Derecho.

Se acaricia el breve bigote con los dedos, meditabundo. Posa la mirada sobre los dados. Lentamente, sus labios se curvan, formando una sonrisa artera.

—Le diré algo. Le permitiré tirar los dados para ganarse ese privilegio. Si gana, obtiene su deseo. Si pierde, yo obtengo el mío.

Adivino lo que él quiere. Pero estoy tan segura de que puedo ganarle ahora, pues conozco su secreto.

—Acepto —digo, y me tiembla la voz.

Se ríe y se vuelve hacia mamá. —Me parece que tiene otro Chiche en la familia.

Busco los dados más pesados y los sacudo en el puño. Trujillo observa los bamboleantes platillos, pero como faltan mis dados, no sabe cuáles son los cargados.

—Adelante —dice, mirándome con atención—. El que hace el mayor puntaje, gana.

Agito los dados en la mano con todas mis fuerzas.

Echo dos seises y miro a Trujillo, tratando de esconder mi alegría.

Me observa con sus fríos ojos duros.

—Tiene una mano fuerte, como sé muy bien. —Se acaricia la mejilla que le abofeteé, dedicándome una sonrisa cortante que me pone en mi lugar. Luego, en vez de usar los otros dados, toma los que usé yo. Los manipula de una manera experimentada. Los tira. Saca dos seises. —Los dos obtenemos nuestro deseo, o empatamos, por el momento.

—Empatamos por el momento —digo, mirándolo a los ojos.

—Firme su libertad —le ordena a don Manuel—. Saludos a don Chiche —le dice a mamá. Luego nos despide con un ademán.

Observo los platillos desparejos cuando vuelve a poner los dados. Por un momento imagino que están bien balanceados, con su voluntad sobre un platillo, y la mía sobre el otro.

———————

Está lloviendo cuando salimos de la capital, una garúa que se transforma en aguacero para cuando llegamos a Villa Altagracia. Subimos las ventanillas hasta que hay tanto vapor y humedad dentro que debemos abrirlas un resquicio para poder ver.

Dedé y Jaimito se quedaron en la capital, haciendo unas compras para el nuevo restaurante que van a poner. La heladería fue un fiasco, tal cual lo predijo Dedé en una charla conmigo hace algún tiempo. Pedrito tuvo que regresar ayer para ocuparse del ganado que quedó aislado en los campos anegados. Se ha estado ocupando de nuestras tierras y las de él. De modo que en el auto viajamos mamá, Patria y yo, y por supuesto, papá, que mascula en el asiento trasero.

Para cuando pasamos por Pino Herrado la lluvia cae a baldazos. Nos detenemos en una cantina hasta que pare. Mamá no levanta las cejas cuando papá ordena ron. Está demasiado preocupada por nuestra audiencia con El Jefe para molestarse por nada.

—Te lo estabas buscando, m'ija —me ha dicho. Nos quedamos sentados en silencio, escuchando la lluvia sobre el techo de paja. Flota entre nosotros un sentimiento húmedo, aturdido, fatalista. Se ha desatado algo que ninguno de nosotros puede detener.

Una lluvia fina cae cuando llegamos a Piedra Blanca. Adelante, hay unos hombres reparando un puente anegado, de modo que nos paramos y bajamos las ventanillas para observar. Vienen a nosotros marchantas ofreciendo sus productos y, tentados por el sabor de una naranjita que nos ofrecen para probar, compramos toda una bolsa. Ya vienen peladas y cortadas por la mitad. Más tarde debemos detenernos a lavarnos las manos pegajosas en un charco al lado del camino.

En Bonao vuelve a llover torrencialmente, y los limpiaparabrisas no alcanzan a limpiar las olas de agua que caen sobre el vidrio. Empiezo a hacer planes mentales de dónde pasar la noche si sigue lloviendo tan fuerte cuando oscurezca.

Pasamos La Vega, y ahora la lluvia no es tan fuerte, aunque no hay ni señales de que dejará de llover. Hacia el oeste, unas nubes oscuras cubren las montañas hasta Constanza, y toda la cordillera hasta Haití.

Cae la lluvia y cae la noche en Moca cuando pasamos. Los techos de palmera se comban bajo la lluvia, el suelo está saturado de agua y flotan las semillas, los jacarandaes empapados pierden sus flores cremosas. Unos cuantos kilómetros después de Salcedo las luces de mis faros iluminan el antiguo anacahuita, que ha perdido la mayor parte de sus vainas. Doblo y entro en el camino de tierra, con la esperanza de que no nos quedemos atascados en el barro que oigo chapalear debajo del auto.

Aquí, en Ojo de Agua, también llueve. Es un nombre irónicamente apropiado para recibir la lluvia. Al norte, hacia

Tamboril y la carretera de montaña que lleva a Puerto Plata, la lluvia persiste. Cae sobre cada bohío y cada conuco, y sigue cayendo hasta el Atlántico, donde se pierde en las olas que mecen los huesos de los mártires en su sueño profundo. Hemos recorrido casi todo el largo de la isla y podemos informar que llueve en todas partes, que todos los ríos se han desbordado, que cada barril de lluvia está lleno hasta el borde, que cada muro ha sido lavado y se han borrado todas las leyendas que de todos modos nadie sabe leer.

CAPÍTULO SIETE

María Teresa

1953 a 1958

1953

Martes 15 de diciembre por la mañana
Fela predice lluvia

¡Tengo ganas de morirme yo también!

No puedo creer que fuera al entierro con sus hijas, agregando una nueva bofetada al golpe que nos ha asestado. Una parecía apenas unos años menor que yo, de manera que nadie podía decir: "¡Ay, pobre papá! Perdió el sentido al fin de su vida, y fue a buscar recreación detrás de las palmeras. Lo hizo cuando estaba bien, y sabía lo que hacía.

Le pregunté a Minerva quién las invitó.

Todo lo que dijo es que también eran hijas de papá.

¡No puedo dejar de llorar! Mis simpáticos primos Raúl y Berto están por venir, y estoy hecha un espanto. Pero no me importa. De veras.

Odio a los hombres. De veras los odio

Miércoles 16 de diciembre, por la noche

Héme aquí, llorando de nuevo y arruinando el nuevo diario que me regaló Minerva. Lo tenía reservado como regalo de Reyes, pero me vio tan perturbada en el entierro de papá que decidió dármelo antes.

Minerva siempre dice que escribir ayuda, porque una se desahoga y se siente mejor, pero yo no sé escribir bien, como ella. Además, juré que no volvería a tener un diario después que enterré a mi Librito hace años. Pero de desesperada estoy dispuesta a intentar cualquier cosa.

Lunes 21 de diciembre

Me siento un poco mejor. Durante algunos minutos me olvido de papá y de tanta tristeza.

Nochebuena

Cada vez que veo el lugar de papá en la mesa se me llenan los ojos de lágrimas. Me resulta difícil comer. ¡Qué fin de año más amargo!

Navidad

Todos hacemos un esfuerzo. El día es lluvioso, y sopla una brisa en la plantación de cacao. Fela dice que son los muertos que nos llaman. Me estremezco al oírla decir eso después del sueño que tuve anoche.

Acabábamos de poner a papá en el cajón sobre la mesa cuando llega una limusina a la casa. Bajan mis hermanas, e incluso esas otras que dicen ser hermanas mías, todas vestidas como para una boda. Resulta que soy yo quien se casa, pero no tengo idea de quién es el novio.

Corro por la casa buscando mi vestido de novia cuando oigo que mamá me dice que lo busque en el cajón de papá.

Se oye la bocina del auto, de modo que voy y levanto la tapa del cajón. Adentro hay un hermoso vestido de satin, en pedazos. Levanto una manga, luego otra, luego el corpiño, el resto. Estoy frenética, pensando que debemos coser todo eso.

Cuando llego al fondo, veo a papá sonriéndome.

Dejo caer los pedazos del vestido como si estuvieran contaminados y despierto a toda la casa con mis gritos.

(Tengo tanto miedo. ¿Qué querrá decir todo esto? Le preguntaré a Fela, que sabe interpretar los sueños.)

Diciembre 27, domingo, por la tarde

Hoy es la festividad de San Juan Evangelista, un buen día para saber el futuro. Esta mañana, después de tomar el café, le di a Fela mi taza. Ella la hace dar vueltas, deja que la borra caiga sobre un costado, luego lee las huellas.

La estimulo para que hable. ¿Ve algún novio que llega?

Gira y gira la taza. Me muestra cómo chocan dos manchas y dice que son dos hermanos. Me pongo colorada, porque se ha dado cuenta de que son Berto y Raúl. Sigue haciendo rotar la taza. Dice que ve a un profesional de sombrero. Por la forma en que está de pie, se da cuenta de que es un capitaleño.

Estoy sentada al borde de la silla, sonriendo a pesar de la tristeza, y le pido que siga.

—Tendrás que tomarte una segunda taza, señorita —me dice, dejando la taza—. Todos tus admiradores no caben en una sola.

¿Berto & Mate?
¿Mate & Raúl?
¿¿¿¿¿¿¿¿¿para siempre??????????

Ojo de Agua, Salcedo
30 de septiembre de 1953
Año vigésimo tercero de la Era de Trujillo
Generalísimo Doctor Rafael L. Trujillo.
Benefactor de nuestra Patria.

Ilustre y amado Jefe:
Conociendo como conozco la alta estima que tenía por vuestra ilustre persona mi marido, Enrique Mirabal, y algo menos confundida ahora por la pérdida irreparable de mi inolvidable compañero, escribo para informar a Vuestra Excelencia de su fallecimiento, acaecido el lunes catorce de este mes.
Quiero aprovechar esta oportunidad para reafirmar la eterna lealtad de mi marido hacia vuestra persona, y para manifestaros que tanto mis hijas como yo seguiremos sus pasos como leales y devotas súbditas vuestras. Especialmente ahora, en este oscuro momento, miramos la luz de vuestro faro desde nuestras angustiadas aguas, descontando seguir recibiendo vuestra benéfica protección y sabio consejo hasta que exhalemos el último aliento de nuestra existencia.
Con saludos de mi tío Chiche, quedo de Vuestra Excelencia su segura servidora,
Mercedes Reyes de Mirabal.

Miércoles 30 de diciembre, por la tarde
Mamá y yo pasamos la mayor parte de la tarde redactando la carta que nos sugirió el tío Chiche que escribiéramos. Minerva no estaba para ayudarnos. Se fue a Jarabacoa hace tres días. El tío Fello se la llevó inmediatamente después de Navidad porque la encontró muy flaca y triste, y pensó que el aire de montaña la iba a fortificar. Yo como aunque esté triste, así que soy "la imagen de la salud", según el tío Fello.
Aunque Minerva no habría sido de mucha ayuda. No sirve para decir cosas floridas, como yo. En octubre pasado,

cuando tuvo que pronunciar el discurso de alabanza a El Jefe en el Centro Cívico de Salcedo, ¿adivinen quién se lo escribió? Por otra parte, funcionó. De pronto, Minerva recibió permiso para estudiar en la Facultad de Derecho. De vez en cuando hay que alabar a Trujillo, supongo, razón por la cual el tío Chiche pensó que la carta era una buena idea.

Mañana la copiaré con mi mejor letra, y luego mamá podrá firmarla con la firma que le he enseñado a hacer.

Atardecer
Le pregunto a Fela, sin mencionar nombres, si tiene algo que yo pueda usar como conjuro contra cierta mala persona.

Dice que escriba el nombre de esta persona en un pedazo de papel, lo doble y lo ponga en mi zapato izquierdo, porque ése es el pie que usó Eva para pisotearle la cabeza a la serpiente. Luego debo quemarlo y desparramar los pedazos cerca de la persona odiada.

Yo los desparramaré sobre la carta, eso haré.

¿Qué sucede si pongo el papel con el nombre en el zapato derecho? le pregunto a Fela.

El pie derecho es para problemas con una persona que se ama.

De manera que ando caminando con un conjuro doble: en un zapato, Rafael Leonidas Trujillo; en el otro, Enrique Mirabal.

> *Jueves 31 de diciembre por la noche*
> *último día de este año triste*

Puedo escribir las cosas más tristes esta noche.

Héme aquí mirando las estrellas. Todo está tan calmo, tan misterioso.

¿Qué significa todo, de cualquier manera?

(A mí no me gusta pensar en estas cosas, como a Minerva. Me empeora el asma.)

Quiero saber las cosas que ni siquiera se me ocurren que puedan existir.

Pero podría ser feliz sin las respuestas, si tuviera a alguien a quien amar.

> Y así es el destino del alma humana
> buscar y buscar el alma hermana.

Se lo cité a Minerva antes de que se fuera a Jarabacoa. Pero ella buscó nuestras *Joyas de la poesía española* y me citó otro poema del mismo autor:

127

Que las limitaciones del amor no arrojen un hechizo
sobre las serias ambiciones de tu mente.

Yo no podía creer que el mismo hombre hubiera escrito
los dos poemas. Pero así era: José Martí, con fechas y todo.
Minerva me mostró que su poema fue escrito después.
"Cuando él ya sabía lo que era importante."
Quizás ella tenga razón. ¿En qué termina el amor, de
todos modos? Miren a papá y mamá después de tantos años.
Puedo escribir las cosas más tristes esta noche.

1954

Viernes 1° de enero, por la noche
En realidad, me he portado muy mal.
Yo, una muchacha de luto, con su padre recién
enterrado.
¡He besado a B. en la boca! Me tomó de la mano y me
llevó detrás de unas palmeras.
¡Qué horror! ¡Qué desvergüenza! ¡Qué repugnancia!
¡Por favor, Dios mío, dame el sentimiento de la
vergüenza!

Viernes 8 de enero, por la noche
R. vino de visita hoy y se quedó y se quedó. Yo sabía que
estaba esperando que mamá nos dejara solos. Como era de
cajón, mamá se puso de pie, por fin, diciendo que era hora
de pensar en la cena, pero R. se quedó. Mamá se fue, y R.
me encaró. ¿Qué era eso de que B. me había besado? Estaba
tan furiosa con B. por habérselo contado, después que me
prometió que no diría nada. Le dije a R. que si nunca volvía
a ver su necia cara, o la de su hermano, sería perfecto para mí.

Domingo 10 de enero, por la tarde
Ha vuelto Minerva con un secreto muy especial.
Primero, yo le conté mi secreto con B., y ella se rió, y me
dijo que yo estaba mucho más adelantada que ella. ¡Dice que
hace años que nadie la besa! Me parece que eso de ser una
persona respetada por todos tiene sus inconvenientes.
Pero a lo mejor a ella le espera algo más que un beso.
Conoció a alguien MUY especial en Jarabacoa. Resulta que
esta persona también está estudiando derecho en la capital,
aunque está dos años adelantado. Y hay algo más que él no
sabe todavía. Minerva es cinco años mayor. Ella sacó la
cuenta por algo que él le dijo, pero dice que es maduro para

sus veintitrés años. Lo único, dice Minerva, y no sé cómo puede estar tan tranquila y no afligirse por nada, es que el pobre hombre está comprometido con otra.

¡Un traidor que anda con dos a la vez! Todavía me duele lo de papá. No puede ser muy buen tipo, le digo a Minerva. ¡Déjalo!

Pero Minerva no hace más que defender a este galán que acaba de conocer. Dice que a él le conviene conocer a otras mujeres antes de zambullirse.

Supongo que tiene razón. Yo sé que estoy tratando de conocer a varios antes de cerrar los ojos y enamorarme de veras.

Jueves 14 de enero

Minerva ha vuelto con sus viejas tretas. Envuelve la radio en una toalla y se mete debajo de la cama a escuchar las estaciones ilegales.

Hoy se quedó horas. Transmitían un discurso de un tal Fidel, que está tratando de derribar al dictador de Cuba. Minerva se sabe algunas partes de memoria. Ahora, en vez de poesía, siempre dice: *Condénenme, no importa. ¡La historia me absolverá!*

Tengo tantas esperanzas de que ahora que ha encontrado a alguien especial, Minerva se tranquilice. Yo concuerdo con sus ideas, y todo eso. Creo que las personas deben ser amables las unas con las otras, y compartir lo que tienen. Pero jamás, ni en un millón de años empuñaría un arma para obligar a la gente a que deje de ser mezquina y ruin.

Minerva me llama su *petite bourgeoise*. Ni siquiera le pregunto lo que quiere decir, porque volvería con eso de que debo seguir estudiando francés. Yo decidí empezar con inglés: estamos más cerca de USA que de Francia.

Hello. My name is Mary Mirabal. I speak a little English. Thank you very much.

Domingo 17 de enero, por la tarde

Minerva acaba de irse a la capital, porque vuelve a la Facultad. Por lo general, yo soy la que llora siempre que se marcha la gente, pero esta vez todo el mundo estaba lloroso. Hasta a Minerva se le llenaron los ojos de lágrimas. Supongo que todas estamos todavía doloridas por la muerte de papá, y cualquier tristeza pequeña trae la tristeza mayor.

Dedé y Jaimito se quedan a pasar la noche con Jaime Enrique y el bebé, Jaime Rafael. (Jaimito siempre le pone su nombre a sus hijos.) Mañana volvemos a San Francisco.

Todo está arreglado. Yo no seguiré pupila, sino que viviré durante la semana en lo de Dedé y Jaimito, y vendré a casa los fines de semana para acompañar a mamá.

Siento tanto alivio. Después de los problemas con el gobierno, cuando papá empezó a perder dinero, un montón de esas muchachas engreídas me trataban de una manera horrible. Todas las noches me quedaba dormida llorando. Eso, por supuesto, empeoraba el asma.

Este nuevo arreglo también es conveniente para Dedé y Jaimito, porque mamá les paga por mi pensión. ¡Quién habla de dificultades! Esos dos pobres no tienen más que mala suerte, primero con la heladería, luego con el restaurante. Aun así, Dedé pone su mejor cara. Es la Señorita Sonrisa.

> *Sábado 6 de febrero, por la noche*
> *En casa por el fin de semana.*

Pasé el día entero preparando todo. El domingo que viene, día de los novios, Minerva viene de visita trayendo a esa persona especial que conoció en Jarabacoa.

"Manolo quiere conocerlas —escribió Minerva, y luego agregó—: Sólo para tus ojos: Te alegrará saber que rompió su compromiso." Como yo soy quien lee las cartas a mamá, puedo suprimir todo lo que ella marca en el margen con un gran ojo.

Probablemente esté arruinando todo nuestro sistema de comunicación privada porque le estoy enseñando a leer a mamá. Hacía años que lo intentaba, pero ella siempre me decía que no tenía cabeza para las letras. Creo que lo que la convenció fue la muerte de papá: yo estoy en el colegio, de modo que ella se queda sola a cargo de la tienda, y teme perder dinero. Los otros días en la mesa se habló de que Dedé y Jaimito se muden aquí y se encarguen de todo. Dedé bromea y dice que ella es muy buena para los negocios que se van a pique. A Jaimito eso no le causó nada de gracia.

Va a haber una escena cuando lleguemos a San Fran.

> *Domingo 14 de febrero, por la mañana*

Minerva y Manolo llegarán en cualquier momento. Mamá dice que estoy tan inquieta que se diría que el que llega es mi novio.

Yo sola estoy a cargo de la comida. Mamá dice que es una buena práctica, para cuando tenga mi propia casa.

He aquí el menú definitivo:

(Como es el Día de los Enamorados, mi tema es el rojo.)

Ensalada de tomates y pimientos con aderezo de hibisco
Pollo a la criolla (con mucha salsa de tomate en mi versión
de San Valentín)
Arroz de moros y cristianos con muchos porotos colorados
Zanahorias cortadas en forma de corazón
Arroz con leche

Debido a la canción:

Arroz con leche
me quiero casar
con una niñita
de la capital.
Que sepa coser
Que sepa bordar
Que ponga la aguja
en su mismo lugar.

Noche
¡A Manolo le encantó cómo cocino! Comió dos y tres veces, y sólo paraba de comer para ponderar la comida. Mamá me guiñó el ojo.

Sus otras buenas cualidades. Veamos. Es alto y muy buen mozo y ¡tan romántico! Tenía a Minerva de la mano debajo de la mesa todo el tiempo.

No bien se marcharon, Dedé, mamá y Patria empezaron a hacer apuestas acerca de cuándo sería la boda. Será aquí, dijo Dedé. Eso está decidido. Dedé y Jaimito vienen a vivir a Ojo de Agua. Mamá les ha dicho que les deja la casa, porque ella quiere construir una más moderna para ella, en la carretera. De esa manera no estará aislada cuando hayan volado todas sus pollitas. Sólo me queda mi nena ahora, me dice, sonriendo.

¡Ay, diario mío, no me gusta que se olvide de que ya tengo dieciocho años!

Lunes 15 de febrero, por la noche
De vuelta en San Fran
No hago más que esperar que llegue a mi vida alguien especial.

Alguien que me arrebate el corazón con las llamas del amor. *(Joyas de Mate Mirabal)*

Trato de formar el hombre perfecto con todos los que conozco. Es como hacer un menú:

los hoyuelos de Manolo
los ojos azules de Raúl

el pelo enrulado y la sonrisa de Berto
las manos hermosas de Erasmo
los anchos hombros de Federico
los lindos fondillos de Carlos (¡nosotras las chicas también
nos fijamos en eso!)

Y luego, ese algo misterioso que hace que el todo —tal cual aprendimos en matemática— sea mayor que la suma de las partes.

Lunes 1° de marzo por la noche
San Fran

Como tú lo sabes muy bien, diario, te he ignorado en forma total y absoluta. Espero que esto no llegue a ser un mal hábito. Pero mi estado de ánimo no ha sido confidencial estos últimos días.

La noche después que vino Manolo a comer tuve la misma pesadilla acerca de papá. Sólo que cuando saqué todos los pedazos del traje de novia, la cara de papá cambió, y se convirtió en Manolo.

Eso hizo que empezara a preocuparme por Manolo. El hecho de que cortejara a Minerva cuando todavía estaba comprometido con otra. Claro que es un hombre magnífico, cariñoso, me digo, pero ¿no podrá cambiar con el tiempo?

Me parece que me he vuelto muy recelosa, y el padre Ignacio dice que eso es muy malo, como caer en la tentación. Fui a verlo acerca de mis malos sentimientos con respecto a papá. "No debes ver en todos los hombres una serpiente en potencia", me advirtió.

Creo que no es así. Quiero decir que me gustan los hombres. Quiero casarme con uno.

¡Día de la graduación! 3 de julio

Diario, sé que habrás creído que he muerto todos estos meses. Pero debes creerme, he estado demasiado ocupada. De hecho, debo terminar de escribir la receta de tía en un papel para poder empezar mis tarjetas de agradecimiento. Debo enviarlas de inmediato o se me irá ese fulgor de aprecio y gratitud que surge cuando una recibe regalos que no necesita, y que a veces ni siquiera le gustan.

La tía Flor me hizo una torta para mi fiesta de graduación. Me llevó al dormitorio para que escribiera la receta. Yo se la había elogiado, tanto con palabras como con los hechos, como mucho me temo. Sí, comí dos pedazos, y más aún. ¡Mis caderas!

Mientras me decía cómo debo batir la mezcla hasta que esté espumosa (como pompas de jabón, según ella), de repente, me dice que tenemos que hablar de algo.

Seguro, tía, le digo con voz trémula. La tía es una mujer grande e imponente, con una cejas oscuras que siempre me han dado miedo. (¡Yo solía decir que eran bigotes!)

Me dice que Berto y Raúl ya no se comportan como hermanos: pelean todo el tiempo. Me pide que me decida por el que quiero, y que el otro se las arregle. ¿Cuál de los dos prefiero, entonces?

A ninguno de los dos, le digo, porque me doy cuenta de que sea cual sea el que elija, siempre terminaría con esta suegra.

¡A ninguno de los dos! Se sienta en el borde de mi cama. ¿A ninguno de los dos? ¿Cómo? ¿Eres demasiado buena para mis muchachos?

Miércoles 7 de julio, por la tarde

Agradecimientos todavía no escritos:

A Dedé y Jaimito, por mi perfume favorito (Deleite del Matador). También una orden para comprar el nuevo disco de Luis Alberti cuando vayamos a la capital.

A Minerva, por un libro de poemas de una poeta llamada Gabriela Mistral (?) y por un bonito anillo de oro con un ópalo, mi piedra natal, engarzado entre cuatro perlas. Debemos darle el tamaño correcto en la capital.

A Manolo, por un marco de marfil para mi foto de graduación. "Y para tu novio, cuando llegue el momento." Me guiña un ojo. Me cae muy simpático Manolo.

Al tío Pepe y la tía Flor, Raúl y Berto, por un monísimo tocador con un volado de la misma tela que mi cubrecama. Tío hizo la carpintería y tía cosió el volado. A lo mejor no es tan mala, después de todo. Raúl me ofreció su anillo del colegio. Quería que fuéramos novios. Poco después, Berto me arrinconó en el jardín con sus "labios como imanes". A los dos les dije que los quería como amigos, y los dos dijeron

133

que comprendían: era demasiado pronto, después de la muerte de papá. (Lo que no les dije a ninguno de los dos fue que conocí a ese abogado joven, Justo Gutiérrez, que se ocupó de la sucesión. Es tan amable, y dice las cosas tan bien: Firme aquí, por ejemplo.

A Patria y Pedrito, por una cajita musical de España que toca cuatro tonadas: *El himno de batalla de la libertad, Mi cielito, No hay como una madre* y otra, extranjera, que no sé pronunciar. También me regalaron un San Cristóbal para mis viajes.

A tío Tilo y tía Eufemia, María, Milagros, Marina, por un juego de aros de conchillas marinas y pulsera que no me pondría ni en un millón de años. No sé si la tía Eufemia estará tratando de hacerme mal de ojo para que sus tres hijas solteronas tengan una mejor oportunidad. Todo el mundo sabe que las conchillas son para que las chicas no se casen. Todo el mundo, menos la tía Eufemia, supongo.

A mamá, por una maleta con monograma comprada en El Gallo, para cuando viaje a la capital. Ya está arreglado. En el otoño iré a la universidad junto con Minerva. Mamá también me regaló su antiguo relicario, con el retrato de papá adentro. No lo he abierto ni una sola vez. Me da miedo, por mi sueño. Ha transferido su herencia a mi nombre ¡$ 10.000! Los ahorraré para el futuro. Claro, para comprar ropa y más ropa.

Hasta Fela me hizo un regalo. Un saquito con polvos mágicos para ahuyentar el mal de ojo cuando vaya a la capital. Le pregunté si servía también para el amor. Tono me oyó y dijo: "Alguien tiene un hombre en su vida". Entonces Fela, que me trajo al mundo y me conoce de pies a cabeza, se echó a reír y dijo: "¿Un hombre? ¡Ésta tiene un cementerio de hombres en el corazón! Hay más hombres enterrados allí, con el corazón destrozado, que..."

Los dos se cuidan mucho después de que nos enteramos de lo de Prieto, el encargado del patio. Sí, nuestro querido Prieto ha estado informando al Servicio de Inteligencia acerca de todo lo que oye en casa de los Mirabal, por una botella de ron y dos pesos. El tío Chiche fue quien nos lo contó. Por supuesto, no podemos despedirlo, porque sería reconocer que tenemos algo que ocultar. Pero le dijimos que lo hemos promovido del patio al chiquero. Ahora no tiene mucho que informar, excepto "oink, oink" el día entero.

134

Viernes 9 de julio, noche de luna llena.
Justo María Gutiérrez
Don Justo María Gutiérrez y Doña María Teresa Mirabal de
Gutiérrez
¡Mate & Justico, para siempre!

Sábado 18 de septiembre, por la noche
Mañana viajamos a la capital.

Estoy pensando, diario, si llevarte o no. Como verás, no
he sido muy buena para escribir con regularidad. Creo que
mamá tiene razón. Todo lo hago con malhumor y desgano.

Pero habrá cosas nuevas para ver, y experiencias distintas,
y valdrá la pena registrarlo todo. Claro que, por otra parte,
quizás esté demasiado ocupada con las clases, y ¿qué pasa si
no consigo un buen escondite, y tú caes en otras manos?

¡Ay, querido diario, me ha costado tanto tomar
decisiones esta semana! Sí, no, sí, no. He consultado a todo
el mundo por media docena de cosas. ¿Debería llevar mis
zapatos rojos, aunque todavía no tengo una cartera haciendo
juego? ¿Y el vestido azul marino, de cuello festoneado, que
me queda un poco ajustado debajo de los brazos? ¿Son
suficientes cinco *baby dolls,* ya que me gusta ponerme uno
limpio todas las noches?

Hay algo por lo que no podía decidirme.

Justo fue muy bueno, y dijo que lo entendía. Probablemente
necesitaba más tiempo para reponerme de la muerte de mi
padre. Yo me quedé callada. ¿Por qué todos los hombres a
quienes no puedo amar creen que todo sería diferente si
papá no hubiera muerto?

Lunes 27 de septiembre, por la tarde
En la capital
¡Qué ciudad grande y excitante! Cada vez que salgo no
hago más que abrir la boca, como los campesinos de los
chistes. Tantas casas elegantes, de muros altos, con guardias
en la puerta, autos y personas vestidas a la última moda,
como se ve en *Vanidades.*

Es fácil perderse en esta ciudad, así que casi no salgo,
a menos que vaya con Minerva o una de sus amigas.
Todos los nombres de las calles pertenecen a la familia de
Trujillo, de modo que es muy confuso.
Minerva me contó un chiste acerca de la manera de llegar al
parque Julia Molina desde la carretera El Jefe.
"Tomas el camino de El Jefe, cruzas el puente de su hijo
menor hasta la calle de su hijo mayor, doblas a la izquierda

135

hasta la avenida de su esposa, caminas hasta llegar al parque de su madre, y allí estás."

Todas las mañanas, a primera hora, leemos "El Foro Público", la columna de chismes del diario, firmada por Lorenzo Ocumares, un nombre supuesto, claro. En realidad, la columna sale del Palacio Nacional y tiene como propósito "advertir" a todos los que han pisado la cola del perro rabioso, como decimos en casa. Según Minerva, en la capital todo el mundo la lee antes que las noticias. La situación es tal que yo cierro los ojos mientras ella me lee la columna, horrorizada ante la posibilidad de que se mencione nuestro nombre. Pero desde el discurso de Minerva y la carta de mamá (y mi conjuro del zapato) no hemos tenido problemas con el régimen.

Lo que me recuerda que debo buscar un mejor escondite para ti. No es seguro llevarte en el bolsillo por la calle de su madre o la avenida de su hijo menor.

Domingo 3 de octubre, por la noche

Desfilamos hoy, antes del comienzo de las clases. Cuando traspusimos las puertas nos pusieron un sello en las cédulas. Sin ese sello no podemos inscribirnos. También tuvimos que jurar lealtad.

Éramos cientos de mujeres de blanco, como sus novias, con guantes blancos. Podíamos ponernos cualquier clase de sombrero. Debíamos levantar el brazo derecho al pasar frente al palco de revista.

Parecía como en un noticiero de Hitler y del italiano que tenía un nombre parecido a *fettuccine*.

Martes 12 de octubre, por la tarde

Como predije, no tengo mucho tiempo para escribir en tus páginas. Siempre estoy ocupada. Además, por primera vez en siglos, Minerva y yo compartimos el dormitorio en la pensión de Doña Chelito. Así que la tentación es discutir las cosas con ella. Pero hay veces en que eso no resulta, como por ejemplo ahora, cuando quiere convencerme de que siga con mi elección original de estudiar Derecho.

Sé que yo quería ser abogada, igual que Minerva, pero la verdad es que cada vez que alguien discute conmigo, me pongo a llorar.

Minerva insiste, sin embargo, en que le dé una oportunidad al Derecho. Así que he estado asistiendo a sus clases toda la semana. Estoy segura de que moriré de tedio o de desesperación. En la clase de Práctica Forénsica, ella y su profesor, el Dr. Balaguer, un hombrecito parecido a un búho, tienen unas discusiones larguísimas. Los demás estudiantes bostezan y se miran entre sí, levantando las cejas. Yo tampoco puedo seguirlos. La discusión de hoy era acerca de si en un homicidio el *corpus delicti* es el cuchillo o el muerto, cuya muerte constituye la prueba fehaciente del crimen. Yo tenía ganas de gritar. ¡¿A quién le interesa?!

Después, Minerva me preguntó qué pensaba. Le dije que mañana me inscribiré en Filosofía y Letras. Según ella, eso es lo que hacen las chicas que planean casarse. Pero no está enojada conmigo. Dice que di una oportunidad al Derecho, y eso es lo que importa.

Miércoles 13 de octubre, por la noche

Esta tarde salí a caminar con Manolo, Minerva y un amigo de ellos, muy simpático, llamado Armando Grullón.

Cuando llegamos al Malecón, encontramos la zona cercada. Era la hora del atardecer en que El Jefe se pasea por la orilla del mar. Así tiene sus reuniones de gabinete, mientras camina rápidamente. Cada ministro tiene un turno para ser interrogado.

Manolo empezó a decir bromas. Si El Jefe se disgusta con cualquiera de los ministros, no tiene que molestarse en enviarlo a La Piscina para arrojarlo a los tiburones. ¡Sólo tiene que empujarlo al mar!

Me asustó horiblemente oírlo hablar así, en público, con guardias por todas partes. Además, cualquiera puede ser un espía. Estoy sobre alfileres pensando lo que puede aparecer mañana en "El Foro Público".

Domingo 17 de octubre, por la noche

"El Foro Privado"
Vimos caminando solos, sin acompañante,
por el Jardín Botánico, a
Armando Grullón
y María Teresa Mirabal.
¡Mate & Armando, para siempre!

Me abrazó, y luego intentó meterme la lengua en la boca. Tuve que decirle que ¡NO! Me han dicho las otras chicas de lo de Doña Chelito que hay que tener cuidado con estos hombres de la capital.

Lunes 18 de octubre, por la mañana

Anoche volví a tener el mismo sueño, después de mucho tiempo. Me perturbó mucho, sobre todo porque pensaba que me había repuesto de lo de papá.

Esta vez Armando y papá se hacían muecas. Estaba tan excitada que desperté a Minerva. Gracias a Dios que no grité, o hubiera despertado toda la casa. ¡Qué terrible habría sido!

Minerva me tomó de las manos, como cuando era niñita y tenía un ataque de asma. Me dijo que esto se me iría cuando encontrara al hombre de mis sueños. No faltaba mucho. Lo sentía en los huesos.

Pero estoy segura de que lo que siente es su felicidad con Manolo.

1955

Domingo 20 de noviembre, por la tarde
Ojo de Agua

¡Diario, no me preguntes dónde he estado durante todo un año! Y casi no te encuentro. El escondite en lo de Doña Chelito era demasiado bueno. Sólo cuando fuimos a empacar las cosas de Minerva para su partida me acordé que te había puesto debajo de las tablas del ropero.

Hoy es el gran día. Llueve desde el amanecer, de modo que Minerva tuvo que renunciar a la idea de ir a la iglesia a pie, como Patria, saludando a todos los campesinos que conoce desde niña. Pero ya sabes cómo es Minerva. ¡Todavía cree que podemos llevar paraguas!

Mamá dice que Minerva debería ponerse contenta, pues la lluvia en el día de la boda significa buena suerte. "Una bendición del lecho nupcial", dice, sonriendo y poniendo los ojos en blanco.

Está tan feliz. Minerva también. Lluvia o no, es un día feliz.

Entonces, ¿por qué yo estoy tan triste? Las cosas serán diferentes. Lo sé, aunque Minerva diga que no. Ya se mudó al cuarto de Manolo en lo de Doña Isabel, y yo me he quedado sola en lo de Doña Chelito con unas nuevas pensionistas que apenas conozco.

"Nunca pensé que vería este día", dice Patria mientras se mece en el sillón hamaca. Está cosiendo unos pimpollos de rosa de satén al velo de novia. Las personas anticuadas, como mi hermana Patria, pensaban que Minerva, a los veintinueve años, ya no tenía esperanzas de casarse. Ella se casó a los dieciséis. "Gracias, Virgencita", dice, mirando al techo.

"Gracias Manolo, quieres decir", le dice Minerva, riendo. Entonces todas arremeten conmigo: soy la siguiente. ¿Con quién será? Y tengo ganas de echarme a llorar.

Domingo 11 de diciembre
En la capital

Acabamos de volver del desfile después de la ceremonia de inauguración de la Feria Mundial, y me duelen muchísimo los pies. Tengo toda la espalda del vestido empapada de sudor. Mi único consuelo es que si yo tuve calor, la "reina" Angelita debe de haberse ardido.

¡Imagínate, con este calor, con un vestido cubierto de rubíes, diamantes y perlas, y bordeado por cincuenta metros de armiño ruso! Se necesitaron 600 pieles para hacer ese ruedo. Salió publicado en el diario, para impresionar a la gente.

Manolo no quería que Minerva desfilara. La hubieran excusado, porque está embarazada. (Esos no esperaron a que Minerva terminara la universidad.) Pero Minerva dijo que de ninguna manera iba a dejar que sus compañeras soportaran esa cruz solas.

Debemos de haber marchado más de cuatro kilómetros. Cuando pasamos frente al palco de la Reina Angelita, agachamos la cabeza. Yo me demoré un poquito para poder verla. Llevaba una capa con un cuello de piel tan alto que una docena de asistentes la abanicaban todo el tiempo. No alcancé a ver más que una carita enfurruñada, más bien bonita, brillante de transpiración.

Casi me dio lástima verla. ¿Sabrá lo malo que es su padre, o pensará, como yo alguna vez, que su padre es Dios?

1956

Viernes 27 de abril, por la noche
En la capital

Mi primera anotación en el año. No puedo mentir. Si te ves mucho más delgado, diario mío, es sólo porque has sido mi única provisión de papel. Papel para cartas, listas de compras, apuntes de clase. Ojalá yo pudiera perder volumen de igual manera. Estoy de dieta rigurosa para poder ponerme el vestido para la fiesta. Mañana iré a lo de Minerva a preparar mi discurso.

Sábado 28 de abril, por la tarde
En la capital
Honorable Rector, Señores Profesores, Compa-
ñeros, Amigos, estoy emocionada hasta el fondo de
mi corazón...

Minerva sacude la cabeza. "Demasiado sentimental", dice:

Deseo expresar mi sincera gratitud por el gran
honor que se me ha concedido al seleccionarme
Señorita Universidad para el próximo año...

La bebé se echa a llorar otra vez. Ha estado molesta toda
la tarde. Me parece que está por resfriarse. Todo el mundo se
resfría aquí en la estación de las lluvias. Por supuesto, ¡puede
ser porque a la pequeña Minou no le gusta mi discurso!

Me esforzaré por servir de brillante ejemplo de los
altos valores que nuestra universidad, la primera
del Nuevo Mundo, verdadero faro de conocimientos
y mina de sabiduría, ha inculcado en sus cuatro-
cientos años de existencia en las mejores mentes
que han tenido la suerte de trasponer los portales de
esta inspirada comunidad...

Minerva dice que es demasiado larga para no haber
mencionado ya al que te dije. La pequeña Minou se ha
quedado quieta, gracias a Dios. Minerva es tan buena en
ayudarme, con todo lo que tiene que hacer para sus clases y
con la niñita. Pero dice que se alegra de que haya ido, así no
echa tanto de menos a Manolo, que esta semana tampoco
pudo venir desde Monte Cristi.

Pero, de manera muy especial, mi mayor gratitud
va a nuestro verdadero benefactor, El Jefe Rafael Leo-
nidas Trujillo, Campeón de la Educación, Luz de las
Antillas, Primer Maestro, Esclarecedor de su Pueblo.

"No exageres", dice Minerva. Me recuerda que, después
de lo de Galíndez, será un público difícil.
Y tiene razón. La universidad arde con los rumores de
esta horrenda historia. Las desapariciones se suceden semana
tras semana, pero esta vez se trata de alguien que enseñaba
aquí. Además, Galíndez había escapado a Nueva York, de
modo que todos creíamos que estaba a salvo. Pero El Jefe se

enteró de que Galíndez estaba escribiendo un libro contra el régimen. Envió a agentes, ofreciendo a Galíndez un montón de dinero —25.000 dólares, me dijeron— pero él no aceptó. Una noche, cuando volvía a su casa, desapareció. Nadie ha vuelto a oír nada sobre él.

Me siento tan mal cuando pienso en él. No quiero ser reina de nada. Pero Minerva insiste. Dice que en este país no se ha votado en veintiséis años, y que sólo estas elecciones tontas conservan la memoria de la democracia. "No puedes defraudar a tus partidarios, reina Mate."

En esta universidad, nosotras las mujeres agradecemos de manera especial la oportunidad que se nos ha brindado para acceder a la educación superior en este régimen.

Minerva insiste en que incluya esto.

La pequeña Minou se ha puesto a bramar de nuevo. Minerva dice que extraña a su papi. Y casi para demostrar que su madre tiene razón, la niñita se pone a chillar de tal forma que viene Doña Isabel y golpea con suavidad la puerta.

Pregunta qué le estamos haciendo a su preciosa. Doña Isabel cuida a la bebé cuando Minerva está en clase. Es una de esas mujeres bonitas que siguen siendo bonitas a pesar de la edad, de pelo canoso, enrulado, y ojos dulces como ópalos.

1957

Viernes 26 de julio, por la noche
En la capital

Soy un desastre para escribir este diario. Una sola anotación el año pasado, y ya ha transcurrido la mitad de éste y no he escrito ni una sola palabra. Estuve hojeando el diario viejo, y debo decir que es muy tonto todo esto de "mi querido diario" y las iniciales secretas para que nadie las descifre ni en un millón de años.

Pero creo que necesitaré un compañero, pues de ahora en adelante estaré verdaderamente sola. Minerva se gradúa mañana y se va a Monte Cristi para estar con Manolo. Yo iré a casa para pasar el verano, aunque ya no es la casa que conocí, pues mamá está construyendo la nueva sobre el camino. Regresaré en el otoño a terminar mis estudios, y estaré sola.

Me siento muy solitaria y triste y más jamonita que una chancha.

Tengo casi veintidós años, y ningún amor a la vista.

Sábado 27 de julio, por la noche
En la capital

¡Qué día tan feliz parecía que iba a ser! Minerva recibía su título de abogada. Todo el clan Mirabal-Reyes-Fernández-González-Tavárez se reunió para la ocasión. Era un día muy importante: Minerva era la primera persona de nuestra familia (exceptuando a Manolo) en terminar la universidad.

Recibimos un golpe al enterarnos de que a Minerva se le daba el título de abogada, pero no la licencia para ejercer. ¡Nosotros que creíamos que El Jefe se había aplacado con nuestra familia al permitir que Minerva se inscribiera en la facultad! En realidad, había planeado dejarla estudiar durante cinco años para luego informarle que todo había sido inútil. ¡Cuánta crueldad!

Manolo estaba furioso. Pensé que iba a subir al podio a cambiar unas palabras con el rector. Minerva fue la que lo tomó mejor que todos nosotros. Dijo que ahora tendría más tiempo para su familia. Por la manera en que miró a Manolo cuando lo dijo me di cuenta de que hay problemas entre ellos.

Domingo 28 de julio, por la noche
Última noche en la capital

Hasta hoy, planeaba volver a Ojo de Agua con mamá, pues han terminado mis clases. Pero la nueva casa no está terminada del todo, y hay demasiadas personas en la vieja, con Dedé, Jaimito y sus hijos. Esta mañana Minerva me preguntó si no quería ir a Monte Cristi con ella, y ayudarla con las tareas del hogar. Manolo ha alquilado una casita, para que no tengan que vivir con los padres de él. Como sé que algo anda mal entre ellos, he aceptado la propuesta de Minerva.

Lunes 29 de julio, por la noche
Monte Cristi

El viaje fue horriblemente tenso. Manolo y Minerva dirigían su conversación a mí, aunque de vez en cuando discutían algo en voz baja. Sonaba a pistas para la caza del tesoro, o algo así. "El indio de la colina tiene su cueva en ese camino. El Águila ha anidado en el hueco, al otro lado de esa montaña." Me alegré tanto de oírlos hablar entre ellos, que me puse a jugar con Minou en el asiento trasero, fingiendo no oírlos.

Llegamos a la ciudad a la media tarde y nos detuvimos frente a la casita. En serio, no es ni la mitad de linda que la que le puso papá a esa mujer en el campo, y que me mostró Minerva. Supongo que es lo mejor a que puede aspirar Manolo, considerando lo poco que tienen.

Fingí no sorprenderme para no deprimir a Minerva. ¡Qué actuación la de ella! Como si fuera la casa de sus sueños, o algo parecido. Uno, dos, tres cuartos. Los contó, llena de deleite. El techo de zinc sería maravilloso cuando lloviera. ¡Qué patio grande para su jardín! Ese cobertizo como depósito sería muy útil.

La actuación no surtió ni el menor efecto en Manolo. Poco después de descargar el auto, se fue. Negocios, dijo cuando Minerva le preguntó adónde iba.

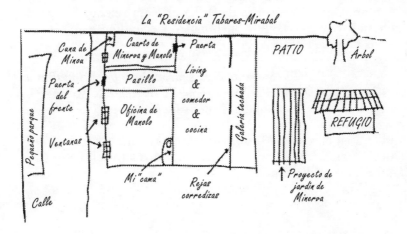

La "Residencia" Tabares-Mirabal

Jueves 15 de agosto, por la noche
Monte Cristi

Manolo se queda fuera hasta tarde. Yo duermo en el cuarto de adelante, que hace las veces de oficina durante el día, de modo que sé cuándo llega. Luego oigo que levantan la voz en el dormitorio.

Esta noche Minerva y yo estábamos cosiendo unas cortinas en el cuarto del medio que sirve de cocina, sala, comedor, y todo lo demás. El reloj dio las ocho, y Manolo no había llegado. No sé por qué será que una nota más la ausencia de alguien cuando el reloj da la hora.

De repente, oí un sollozo. ¡Mi valiente Minerva! No sé cómo no me puse a llorar con ella.

Desde el corralito, Minou le ofreció a su mamá la vieja muñeca que le regalé.

"Muy bien —le dije—. Sé que algo pasa." Y me arriesgué. "Otra mujer, ¿no?"

Minerva asintió. Sus hombros subían y bajaban.

"Odio a los hombres —le dije, sobre todo para convencerme a mí misma—. Los odio de verdad".

Domingo 25 de agosto, por la tarde
Dios, hace calor en M.C.

Manolo y Minerva han hecho las paces. Yo cuido a la nena para que puedan tener más tiempo juntos, y salen a pasear, de la mano, como recién casados. Algunas noches tienen reuniones, y veo las luces encendidas en el cobertizo. Por lo general llevo a la nena a la casa de los padres de Manolo, y paso el día con ellos y los mellizos. Luego vuelvo caminando, acompañada por Eduardo, el hermano de Manolo. Guardo distancia de él. La primera vez que lo hago con un joven agradable y buen mozo. Como digo, estoy harta de los hombres.

Sábado 7 de septiembre, por la mañana

Un nuevo sentimiento de cariño ha descendido sobre nuestra casita. Esta mañana, Minerva entró en la cocina trayéndole un cafecito a Manolo, con una expresión de dulzura en el rostro. Me abrazó por atrás y me susurró al oído: "Gracias, Mate, gracias. La pelea nos ha vuelto a unir. Tú nos has vuelto a unir".

"¿Yo? —le pregunté, aunque lo mismo le podría haber preguntado—: ¿Qué pelea?"

Sábado 28 de septiembre, antes de la salida del sol

Ésta habrá de ser una anotación larga. Por fin me ha sucedido algo importante. Apenas si pude dormir, y mañana, o en realidad hoy, pues ya casi ha amanecido, vuelvo a la capital para el comienzo de las clases. Minerva me convenció de que obtenga el título. Pero después de lo que le pasó a ella, estoy desilusionada con la universidad.

De todos modos, como siempre antes de un viaje, daba vueltas y vueltas, empacando y desempacando mis cosas en la cabeza. Me debo de haber quedado dormida porque volví a tener ese sueño con papá. Esta vez, después de sacar todas las piezas del vestido de novia, miré hacia adentro y empezaron a aparecer y desaparecer ante mis ojos todos los hombres que he conocido. El último fue papá, pero se fue desvaneciendo poco a poco, mientras lo miraba, hasta que el cajón quedó vacío. Me desperté sobresaltada, encendí la lámpara y me quedé sentada, escuchando los extraños latidos de mi corazón.

Pero pronto lo que yo creía que eran mis latidos

resultaron ser unos golpes desesperados en los postigos del frente. Una voz susurraba, con urgencia: "¡Abran!"

Cuando junté coraje para abrir apenas los postigos, al principio no pude distinguir quién era. "¿Qué quiere?" pregunté con un tono poco auspicioso.

La voz vaciló. ¿No era la casa de Manolo Tavárez?

"Duerme. Soy la hermana de su esposa. ¿Puedo ayudarlo?" Por la luz que salía del cuarto alcancé a ver una cara que me pareció recordar en sueños. La cara del hombre más dulce que jamás hubiera visto.

Tenía algo que entregar, dijo, y me pidió que lo dejara pasar. Mientras hablaba se daba vuelta para mirar un auto estacionado delante de nuestra misma puerta.

Ni siquiera lo pensé dos veces. Fui al zaguán, descorrí el cerrojo y abrí la puerta justo a tiempo para que él entrara un embalaje largo de madera que sacó del baúl del auto. Cerré la puerta en seguida y le indiqué que me siguiera hasta la oficina. Él miraba a su alrededor para ver dónde dejar el embalaje.

Por fin decidimos ponerlo debajo de la cama donde dormía yo. Inclusive mientras sucedía todo esto me sorprendió la rapidez con la que me había adecuado a la misión del desconocido, fuera la que fuera.

Luego me hizo la pregunta más extraña. ¿Era yo la hermanita de Mariposa?

Le dije que era la hermana de Minerva. Dejé de lado eso de "hermanita".

Él me estudió, tratando de llegar a alguna conclusión. "No eres una de nosotros, ¿no?"

Yo no sabía a quiénes se refería al decir "nosotros", pero allí y entonces decidí que quería pertenecer a lo que fuera.

Después que se fue, no pude dormir de tanto pensar en él. Repasé cada rasgo del que me acordaba, y me reprendí por no haber notado si tenía un anillo. Pero supe que aunque estuviera casado, yo no renunciaría a él. En ese mismo momento, empecé a perdonar a papá.

Hace un ratito me levanté y saqué la pesada caja de abajo de la cama. Estaba cerrada con clavos, pero en un costado estaban algo flojos, y pude levantar una tabla. Acerqué la luz y miré. ¡Casi dejé caer la lámpara cuando vi que se trataba de armas en número suficiente para iniciar una revolución!

Es de mañana. Parto pronto.
Manolo y Minerva me lo han explicado todo.
Se está formando un movimiento clandestino. Todo, y

145

todos, tienen un nombre en código. Manolo es Enriquillo, por el gran jefe taíno, y Minerva, por supuesto, es Mariposa. Si yo dijera "zapatillas de tenis", se sabría que estaba hablando de municiones. Las "piñas" para el picnic son granadas. "El chivo debe morir para que comamos en el picnic."

Hay grupos por toda la isla. Resulta que Palomino (el hombre de anoche) es un ingeniero que trabaja en proyectos en todo el país, de modo que es natural que viaje y lleve entregas entre los grupos.

De inmediato les dije a Manolo y Minerva que quería unirme al grupo. Sentía que respiraba agitada, por la excitación. Pero disimulé frente a Minerva. Temía que se pusiera protectora y me dijera que yo podía ser de gran utilidad cosiendo vendajes para poner en los botiquines que enterrarían en las montañas. No quiero que me sigan tratando como un bebé. Quiero ser digna de Palomino. De repente, todos los muchachos que he conocido, de manos suaves y vida fácil, me resultan parecidos a las muñecas que le he pasado a Minou, porque estoy demasiado crecida para ellas.

Lunes 14 de octubre, por la mañana
En la capital

He perdido todo el interés en mis estudios. Voy a clase para seguir con mi fachada como alumna de arquitectura de segundo año. Mi verdadera identidad ahora es la de Mariposa (# 2), y espero cada día, cada hora, una comunicación desde el norte.

Me he mudado de lo de Doña Chelito con la excusa de que necesitaba estar sola para poder aplicarme mejor a mi trabajo. En realidad eso no es mentira, aunque no se trata del trabajo que ella imagina. Mi cédula me ha asignado a este apartamento sobre una tienda en una esquina, junto con Sonia, otra estudiante universitaria. Somos un centro, lo que significa que todas las entregas que llegan a la capital desde el norte vienen a nosotras. Y ¿adivina quién las trae?

Mi Palomino. ¡La sorpresa que se llevó la primera vez que vino, y yo le abrí la puerta!

El apartamento está en una parte humilde de la ciudad, donde viven los estudiantes más pobres. Me parece que algunos se han dado cuenta de lo que hacemos Sonia y yo, y nos observan. Algunos deben de pensar lo peor, al ver hombres que vienen a toda hora. Yo siempre hago que se queden un rato, el tiempo que se tarda en tomar un cafecito, para fingir que se trata de verdaderos visitantes. He nacido para esto. Siempre me han gustado los hombres, recibirlos, prestarles atención, escuchar lo que tienen que decir. Ahora puedo usar mi talento para la revolución.

Pero sólo tengo ojos para un hombre, mi Palomino.

Martes 15 de octubre, por la noche

¡Qué manera de pasar mi cumpleaños, mis veintidós años! (¡Ojalá viniera Palomino esta noche con una entrega!)

He estado un poco taciturna, debo admitirlo. Sonia me recuerda que debemos hacer sacrificios por la revolución. Gracias, Sonia. Estoy segura de que esto aparecerá en mi crítica a fin de mes. (Por Dios, me parece que siempre tendré a una Minerva al lado, portándose mejor que yo.)

De todos modos, debo memorizar el diagrama de una bomba antes de quemar el original.

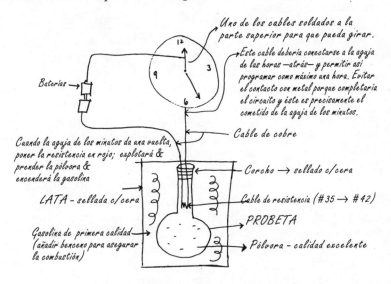

Uno de los cables soldados a la parte superior para que pueda girar.

Este cable debería conectarse a la aguja de las horas —atrás— y permitir así programar como máximo una hora. Evitar el contacto con metal porque completaría el circuito y éste es precisamente el cometido de la aguja de los minutos.

Baterías →

Cable de cobre

Cuando la aguja de los minutos da una vuelta, poner la resistencia en rojo; explotará & prender la pólvora & encenderá la gasolina

Corcho → sellado c/cera

LATA - sellada c/cera

Cable de resistencia (#35 → #42)

PROBETA

Gasolina de primera calidad (añadir benceno para asegurar la combustión)

Pólvora - calidad excelente

Jueves 7 de noviembre, por la noche

Hoy tuvimos un visitante sorpresa. Estábamos haciendo diagramas para acompañar un equipo cuando llamaron a la puerta. Sonia y yo saltamos como si hubiera explotado una de nuestras bombas de papel. Tenemos una ruta de escape por una ventana posterior, pero Sonia se mantuvo calma y preguntó quién era. Era Doña Hita, la casera, que había subido a visitarnos.

Nos sentimos tan aliviadas que no pensamos en guardar los diagramas. Todavía sigo preocupada porque haya podido ver algo, pero Sonia dice que esa mujer tiene otra clase de contrabando en la cabeza. Nos dio a entender que si alguna vez Sonia o yo nos metemos en problemas, ella conoce a alguien que puede ayudarnos. Yo me puse tan colorada que Doña Hita casi se cae de espaldas.

Jueves 14 de noviembre, por la tarde

Palomino ha estado viniendo con mucha frecuencia, y no todas las veces con una entrega. Hablamos y hablamos, y Sonia siempre da algún pretexto para desaparecer. Es mucho mejor chica de lo que yo creía. Hoy dejó una compotera con arroz con leche, para que comiéramos. Es un hecho que una se casa con el hombre con quien come arroz con leche.

Ha pasado algo gracioso. ¡Doña Hita se tropezó con Palomino en la escalera, y lo llamó Don Juan! Ella supone que es nuestro proxeneta, porque viene tan seguido. Me reí cuando él me lo contó. Todavía no habíamos hablado de nuestros sentimientos.

De repente se puso serio, y acercó esos bellísimos ojos color avellana. Me besó, al principio de una manera cortés...

¡Ay, Dios! ¡Estoy tan profundamente enamorada!

Sábado 16 de noviembre, por la noche

Palomino vino hoy otra vez. Por fin intercambiamos nuestros nombres verdaderos, aunque creo que él ya sabía el mío. Leandro Guzmán Gutiérrez. ¡Qué bien suena! Mantuvimos una larga conversación acerca de nuestras vidas. Las pusimos lado a lado, y las comparamos.

Resulta que su familia es de San Francisco, no lejos de donde yo vivía con Dedé cuando estaba terminando la secundaria. Vino a la capital hace cuatro años, para terminar un doctorado. ¡Justo cuando yo comenzaba con mis estudios! Debemos de haber bailado espalda contra espalda en el festival de merengue del 54. Los dos estuvimos allí.

Nos quedamos maravillados, rememorando. Y luego juntamos las manos, palma contra palma, uniendo nuestras vidas.

Domingo 1° de diciembre, por la noche

Palomino se quedó anoche, en un catre en el cuarto de las municiones, por supuesto. Yo no cerré ni un ojo, pensando que estábamos bajo el mismo techo.

¿Adivinas qué nombre tuve todo el día en el zapato derecho?

No vendrá en un par de semanas: tiene entrenamiento en las montañas, o algo así; no lo puede decir. Luego, su próxima entrega será la última. Para fin de mes debemos evacuar este sitio. Ha habido demasiados allanamientos en esta zona, y Manolo está preocupado.

Llamamos el cuarto de las municiones al de atrás, donde guardamos todas las entregas y donde también te guardo a ti, en una cuña entre una viga y el marco de la puerta. Es mejor que no me olvide de ti cuando nos vayamos. Puedo ver a Doña Hita descubriéndote, hojeándote para leer la lista de clientes, y en vez de ello —¡Dios no lo permita!— leyendo acerca de la bomba. Quizá crea que se trata de una especie de aparato para abortos.

Por centésima vez en estos últimos meses me he vuelto a preguntar si no debería quemarte.

Domingo 15 de diciembre, por la tarde

Este fin de semana ha sido más duro que los dos últimos meses juntos. Estoy demasiado nerviosa hasta para escribir. Palomino no apareció, como yo esperaba. Y no tengo con quién hablar, pues Sonia ya se fue a La Romana. Yo iré a casa por unos días, así que hay que entregar y recoger todo antes de eso.

Supongo que estoy asustada. Todo ha marchado sin inconvenientes durante meses, y ahora estoy segura de que algo puede pasar. No hago más que pensar que Doña Hita nos denunció por los diagramas de las granadas que no escondimos la vez que nos sorprendió. Después me preocupo pensando que apresaron a Sonia al salir de la ciudad, o que me emboscarán a mí cuando llegue la última entrega.

Soy un manojo de nervios. Nunca serví para ser valiente sola.

Lunes 16 de diciembre, por la mañana

No esperaba a Palomino anoche, así que cuando oí un auto que se detenía frente al edificio, pensé: ¡LLEGÓ LA HORA! Estaba lista para escapar por la ventana de atrás, con el diario en la mano, pero, gracias a Dios, corrí al frente para constatar. ¡Era él! Bajé los escalones de dos en dos, corrí a la calle y lo abracé y lo besé como la clase de mujer que los vecinos creen que soy.

Apilamos las cajas que trajo en el cuarto de atrás, y luego nos quedamos quietos, con una extraña tristeza en la mirada. Esa labor de destrucción chocaba con lo que sentíamos en el corazón. Fue entonces cuando me dijo que no le gustaba la idea de que yo estuviera sola en el apartamento. Estaba demasiado preocupado por mí todo el tiempo para dedicar toda su atención a la revolución.

Me dio un vuelco el corazón al oírlo decir eso.
Reconozco que para mí el amor es más profundo que la
lucha, o quizá lo que quiero decir es que el amor es la lucha
profunda. Jamás renunciaría a Leandro por un ideal superior,
de la manera en que creo que lo harían Minerva y Manolo si
tuvieran que hacer el sacrificio supremo. Por eso anoche me
conmovió tanto oírlo decir que era lo mismo para él.

1958

Día de los Enamorados, 14 de febrero
Una mañana nublada, con esperanzas de lluvia.
Una bendición para mi lecho nupcial, como mamá
dice siempre.

Doña Mercedes Reyes Viuda Mirabal
participa el casamiento de su hija
María Teresa Mirabal Reyes
con
Leandro Guzmán Rodríguez
hijo de
Don Leandro Guzmán y Doña Ana Rodríguez de Guzmán
que se realizará el sábado catorce
de febrero del año del Señor
de mil novecientos cincuenta y ocho,
año vigésimo octavo de la Era de Trujillo
a las cuatro de la tarde
en la Iglesia de San Juan Evangelista,
Salcedo.

¡Mariposa y Palomino, juntos hoy!
¡Mariposa y Palomino, juntos para siempre!

CAPÍTULO OCHO

Patria

1959

Construye tu casa sobre una roca, dijo el Señor; haz mi voluntad. Y aunque caiga la lluvia y vengan las inundaciones y soplen los vientos, la casa de la buena esposa se mantendrá en pie.

Fue como dijo el Señor. A los dieciséis años me casé con Pedrito González y nos establecimos para el resto de la vida. O así pareció que sería, durante dieciocho años.

Mi hijo se convirtió en hombre, mi hija desarrolló un cuerpo alto y esbelto como el de la floreciente mimosa al final del sendero. Pedrito adquirió cierta gravedad al hacerse un hombre importante en la región. ¿Y yo, Patria Mercedes? Como toda mujer de su casa, me fundí en lo que amaba, emergiendo de vez en cuando para respirar. Me refiero a un viaje sola a visitar a una amiga, a la compra de un juego especial para el peinado, quizás a un vestido amarillo.

Había construido mi casa sobre una roca sólida, sin duda.

Mejor debería decir que la construyó el abuelo de Pedrito hace más de cien años, y luego su hijo se la pasó a su hijo, y así sucesivamente. Pero hay que entender que Patria Mercedes estaba en esas maderas, en el sutil trabajo de los travesaños, en las anchas tablas del piso y en la crujiente puerta que se abría sobre sus viejas bisagras.

¡Mis hermanas eran tan diferentes! Ellas construyeron su casa sobre la arena, y dijeron que era una aventura de deslizamientos.

Minerva vivía en una casita de nada —según me la

describió Mate—en ese pueblo de Monte Cristi, dejado de la mano de Dios. Fue un milagro que sus hijos no murieran de una infección.

Mate y Leandro tuvieron dos direcciones distintas en el primer año de casados. Decían que eran inquilinos, y ése es el término con que en este país designamos a los intrusos, ocupantes ilegales a los que compadecemos.

Dedé y Jaimito lo perdieron todo tantas veces que resultaba difícil seguirles el rastro. Ahora vivían en nuestra antigua casa en Ojo de Agua, y mamá se había construido su chalet moderno sobre la carretera principal a Santiago, completo con celosías de aluminio y un baño interior, que ella llamaba "el sanitario".

Y yo, Patria Mercedes, como he dicho, me establecí para toda la vida en mi casa segura sobre la roca. Y pasaron dieciocho años.

En el año décimo octavo de mi matrimonio el suelo de mi bienestar empezó a ceder un poco. Apenas una vibración, como la del hálito de un bebé, un resquicio imperceptible, del grosor de un cabello.

La víspera de Año Nuevo nos reunimos en la nueva casa de mamá en Conuco: las hermanas con sus maridos. Ahora todas estábamos casadas. María Teresa fue la última, hará un año en febrero. Nos quedamos hasta tarde, celebrando algo más que el año nuevo, creo. No se habló mucho de política, para no preocupar a mamá. Además, Jaimito se había puesto inflexible: no quería que Dedé se involucrara en los problemas en que estaban metidos Minerva y los demás.

Aun así, todos rogamos que el nuevo año trajera un cambio. Las cosas estaban tan mal que hasta las personas como yo, que no queríamos tener nada que ver con la política, no hacíamos más que pensar en un cambio. Yo ahora tenía un hijo crecido que me obligaba a confrontar la dura verdad. Se lo recomendé a Dios, y les rogué a San José y a la Virgencita que me lo cuidaran también, pero lo mismo estaba preocupada.

Fue después de la una cuando Pedrito, Noris y yo emprendimos el regreso a casa. Nelson se había quedado en lo de mamá, diciendo que esperaría el nuevo año conversando con sus tíos. Al pasar por la casa de la joven viuda vi la lámpara en la ventana, y pensé que mi hijo no se conformaría con la conversación. Había rumores de que andaba calavereando. Le dije a Pedrito que hablara con él, pero ya sabemos cómo son los hombres. Estaba orgulloso de que Nelson probara que era un macho desde tan joven.

Habríamos dormido un par de horas cuando vi que el dormitorio estaba inundado de luz. Lo primero que pensé fue que había descendido un ángel de alas brillantes, pero cuando me desperté del todo vi que eran los faros de un auto que iluminaban la ventana.

¡Ay, Dios mío! Sacudí a Pedrito para despertarlo, y huí de la cama, convencida de que algo terrible le había sucedido a mi hijo. Sé que Pedrito dice que soy sobreprotectora. Pero desde que perdí a mi bebé, hace trece años, mi peor temor es tener que enterrar a otro. No creo que podría sobrevivir, en ese caso.

Eran Minerva, Manolo, Leandro y sí, también mi hijo Nelson, todos muy borrachos. No podían contener la excitación. Acababan de oír un anuncio triunfante por Radio Rebelde. ¡Batista había huido! Fidel, su hermano Raúl, y Ernesto Che Guevara habían entrado en La Habana y liberado al país. ¡Cuba libre! ¡Cuba libre!

Minerva se puso a cantar el himno, y los demás se unieron a ella. Yo no hacía más que hacerlos callar. Por fin recobraron la sobriedad cuando les recordé que nosotros todavía no éramos libres. Ya estaban cantando los gallos cuando se fueron a desparramar la noticia entre sus amigos de la zona. Nelson quería acompañarlos, pero me puse firme. El año que viene, cuando tenga dieciocho, podrá salir; este año, no. Estaba demasiado cansado para discutir. Lo llevé hasta su cuarto y, como si todavía fuera un bebé, lo desvestí y lo arropé.

Pero Pedrito quería seguir celebrando. Y ya lo conocen. Cuando se excita, y yo estoy cerca, tiene una sola manera de expresarse.

Me penetró, y luego de unas semanas me di cuenta. Como mi período se interrumpió en enero, me gusta pensar que Raúl Ernesto inició su larga campaña hacia la luz del mundo en ese primer día de un esperanzado nuevo año.

———

Cuando le conté a Pedrito que tenía dos faltas, él me dijo que a lo mejor tenía la menopausia temprano. Como dije, había pasado trece años sin dar fruto.

—Déjame investigar, a ver qué descubro —me dijo, llevándome de la mano. Nuestro Nelson sonrió. Ya entendía ahora eso de las siestas.

Pasó otro mes, y una falta más.

Le dije a Pedrito que estaba segura: era un embarazo.

Él se rió. No era posible. —Estamos listos para nuestros nietos—, me dijo, y señaló a nuestros dos hijos crecidos,

153

que estaban jugando al dominó y escucharon nuestro secreto.

Noris saltó de la silla, y me preguntó si era verdad. Ya tenía casi quince años, había dejado de jugar con muñecas, y Dios sabe que le faltaba poco para tener sus propios hijos. (Aunque las mujeres esperan mucho estos días, como Minerva.) Pero Noris era como yo, ella quería brindarse a las cosas, y sólo pensaba en darse a los niños.

—¿Por qué no tienes uno propio —bromeó Nelson, tocando a su hermana en un punto que sabía sensible. —A lo mejor Marcelino quiere ser papá.

—Ayúdenme a pensar en un nombre —dije yo, mirándome la barriga como si el Señor fuera a escribir el nombre sobre mi vestido de entrecasa. Y de repente fue como si su lengua hablara dentro de mi boca. A mí sola jamás se me habría ocurrido ponerle a mi hijo el nombre de dos revolucionarios. —Ernesto —dije. —Le pondré Raúl Ernesto.

—Le diremos Che —dijo Nelson, haciendo una mueca que me puso nerviosa.

———

Como digo, debe de haber sido el Señor que me puso el nombre en la boca, porque en ese entonces yo vivía asustada. No sólo por mí, sino por los que amaba. Por mis hermanas Minerva y Mate. Me enfermaba de miedo por ellas, pero vivían lejos, así que ponía el dedo sobre el sol para ocultarlo, y prefería no ver nada. Pedrito no me preocupaba. Siempre tendría una mano en la tierra que cultivaba, y la otra sobre mi cuerpo. Él no se metería en líos, si yo no estaba cerca. ¡Pero mi hijo, mi hijo mayor!

Dios sabe que traté de protegerlo. Todo fue inútil. Siempre andaba detrás de su tío Manolo y de su nuevo tío Leandro, hombres de mundo que habían ido a la universidad y que lo impresionaban más que su padre campesino. A cada oportunidad que se le presentaba iba a la capital, a ver a su tía Mate y su primita Jacqueline, o a Monte Cristi, a visitar a su tía Minerva y a sus hijos, Minou y Manolito. Sí, las Mirabal habían dado toda una nueva cosecha, lo que era una posible explicación para mi embarazo: el contagio. Después de todo, cada vez que estábamos juntas un tiempo bajo el mismo techo, nuestros períodos se sincronizaban, como nuestros relojes.

Yo conocía a mi hijo. Quería ser un hombre fuera de la alcoba, donde ya lo había demostrado. Esa viuda bien podía haber tenido su propia escuela, según tenía entendido yo.

Pero no le tenía rencor, no. Ella cambió a mi hijo de muchacho en hombre con dulzura, y eso es algo que una madre no puede hacer.

Y entonces me puse a pensar en una manera para que Nelson pudiera estar en la capital, bajo supervisión, para que no se metiera con toda clase de mujeres o le calentaran la cabeza sus tíos rebeldes. Hablé con el padre De Jesús López, nuestro nuevo cura, quien prometió hablar con el padre Fabré para que Nelson pudiera entrar en Santo Tomás de Aquino, en la capital. Era un seminario, pero el estar allí no implicaba obligación de sacerdocio.

Al principio, Nelson se negó a ir a un colegio de maricones aspirantes a cura. Pero un par de semanas antes del comienzo de las clases, durante la atareada temporada de la siembra de la mandioca, experimentó un cambio de opinión. Mejor abstenerse de los jardines de los deleites que verse obligado a trabajar la tierra desde el alba al anochecer.

Además, tendría los fines de semana libres, para pasarlos en casa de su tía María Teresa y su tío Leandro.

Por otra parte, muchos de los seminaristas no eran maricones. Hablaban de las partes pudendas y de cunilinguo como si estuvieran hablando del cuerpo y la sangre de Cristo. ¿Que cómo lo sé? Una vez que Nelson vino a casa me preguntó qué querían decir esas palabras, pues suponía que eran términos litúrgicos. Los jóvenes no se preocupan por el latín hoy en día.

El paso siguiente fue convencer a su padre, y eso fue lo más difícil de todo. Pedrito no veía la razón de gastar dinero enviando a Nelson a una pensión en la capital.

—Su mejor escuela está a mi lado, conociendo su patrimonio.

Yo no tuve el valor de sugerirle que quizá su hijo no quería ser un granjero como su padre. Últimamente Nelson había empezado a hablar acerca de ir a la universidad.

—Será sólo por un año, papi —le dije. —Será el broche de oro de su educación.

Le dije, también, que el seminario era el mejor lugar para él. Johnny Abbes y su gente arrastraban a los jóvenes de la calle, las granjas y las oficinas, como Herodes hizo con los bebés en Judea. La iglesia, que se negaba a involucrarse en cuestiones temporales, constituía el único refugio que quedaba.

Pedrito se cruzó de brazos y se fue a la plantación de cacao. Podía verlo paseándose entre los árboles. Allí era donde iba a pensar. Yo me arrodillo para conocer mi propia mente. Regresó, puso sus manazas a ambos lados del marco de la puerta construida por su bisabuelo hacía cien años, y asintió.

—Puede ir. —Y luego, con un gesto que indicaba los campos verdes sobre sus hombros que habían cultivado su bisabuelo, su abuelo y su padre antes que él, agregó:

—Si la tierra no lo retiene, yo tampoco podré.

Así que con la ayuda del buen padre De Jesús, Nelson entró en Santo Tomás de Aquino en septiembre pasado. "Libre de peligro", pensé.

Y por un tiempo podría decirse que, igual que yo, se mantuvo a salvo por el amor de Dios.

————————

Les contaré cuándo sentí pánico. Alrededor de Pascua mi Nelson empezó a hablar de que se uniría a los libertadores una vez que llegara a nuestras costas la invasión que, según se rumoreaba, llegaría de Cuba.

Lo hice sentar y le recordé lo que nos enseñaban los padres de la iglesia. Con su sabiduría, Dios se ocuparía de todo.

—Prométeme que no te meterás en dificultades. —Yo estaba arrodillada frente a él. No podía soportar la idea de perder a mi hijo. —Por Dios —supliqué.

—Ay, mamá, no te preocupes —dijo él, mirándome, turbado.

Pero su promesa de no meterse en dificultades fue sólo una promesa tibia.

Igual, me preocupé. Fui a ver al padre De Jesús en busca de consejo. Él acababa de salir del seminario, y rebosaba de ideas nuevas. Tendría una forma moderna de explicarme la manera de convencer a mi hijo.

—Padre —le dije, besando el crucifijo que me ofreció—. Me siento perdida. No sé qué requiere el Señor de nosotros en estos tiempos difíciles. —No me atrevía a adoptar una actitud demasiado crítica. Todos sabíamos que había curas que denunciaban a quienes hablaban en contra del régimen.

Sin embargo, yo no había renunciado a la Iglesia, como Minerva y María Teresa. Desde que tuve mi visión de la Virgencita, yo sabía que el espíritu era inminente, y que las iglesias eran sólo casas de vidrio o estaciones en nuestro camino a través de esta vida difícil. Pero la casa del Señor era una mansión grande como el cielo, y todo lo que había que hacer era llamar a su ventana, y él abriría para dejarnos entrar.

El padre De Jesús no impartió una prédica de vagas proclamas y me mandó a casa con una palmadita en la cabeza. En absoluto. Se puso de pie, y pude ver la congoja de su espíritu cuando se quitó los anteojos y empezó a limpiarlos sin parar.

—Patria, hija mía —dijo, lo que me hizo sonreír, pues sería cinco o seis años mayor que mi Nelson—. Debemos esperar. Debemos rezar. —Me miró de frente. —Yo también estoy perdido, y no puedo mostrarte el camino.

Yo estaba temblando, como la llama de las velas votivas cuando sopla una brisa por la sacristía. La franqueza del cura me había conmovido más que un decreto. Nos arrodillamos en la calurosa rectoría y le rezamos a la Virgencita. Ella se había aferrado al Señor hasta que él le dio la señal.

Cobré ánimos, como un cangrejo cuando camina de costado. Poco a poco fui ganando coraje lo mejor que pude, ayudando en lo pequeño.

Yo sabía que ellos, Minerva y Manolo y Leandro, estaban involucrados en grandes cosas. No estaba segura con respecto a María Teresa, atareada como estaba con su nueva hijita, Jacqueline. Pero yo me daba cuenta acerca de los otros por la tensión y el silencio en que se sumían cuando yo los sorprendía conversando. Yo no hacía preguntas. Supongo que tenía miedo de lo que podría llegar a enterarme.

Pero vino Minerva con Manolito, su hijo de seis meses, y me pidió que se lo tuviera.

—¿Que te lo tenga? —Yo, que valoraba a los hijos más que a mi propia vida, no podía creer que mi hermana fuera capaz de dejar a su hijo por nada en el mundo. —¿Adónde vas? —le pregunté, alarmada.

Ese tenso silencio la envolvió. Luego, con vacilación, como queriendo estar segura de que no estaba diciendo más de lo que debía, dijo:

—Voy a estar viajando, pasando mucho tiempo en la carretera. Y vendré aquí todas las semanas, para alguna reunión.

—Pero, Minerva, tu propio hijo... —empecé a decirle, y luego vi que sufría al hacer ese sacrificio que consideraba necesario. —Me encantará cuidar a mi ahijadito —le dije entonces. Y le dije a Minerva que estaba embarazada de un varón.

Se alegró tanto por mí. ¡Tanto! Y luego se puso curiosa. —¿Desde cuándo eres adivina, para saber que será un varón?

Me encogí de hombros. Pero le di la mejor razón que tenía. —Tengo el nombre elegido para un varón.

—¿Y qué nombre le pondrás?

Yo sabía que se lo había dicho para hacerle saber que estaba con ella, aunque sólo fuera en espíritu. —Raúl Ernesto —le dije, observando su cara.

Me miró un rato largo. Luego habló. —Sé que no quieres meterte en problemas, y lo respeto —dijo.

—Si llegara el momento —dije.

—Llegará.

Minerva y Manolo empezaron a venir todas las semanas a Ojo de Agua desde Monte Cristi, casi desde una punta de la isla hasta la otra. Ahora, cada vez que los detenían ante un puesto para interrogarlos, tenían una buena excusa para viajar. Iban a visitar a su hijo enfermo a la casa de Patria González, en Conuco. Hacía demasiado calor en Monte Cristi, que era casi el desierto, y el médico les había recetado un clima más saludable para su hijo.

Cada vez que venían, Leandro viajaba desde la capital, y otro hombre de pelo enrulado llamado Niño, acompañado de su esposa Dolores, llegaban desde San Francisco. Se reunían con Cuca y Fafa y otra mujer llamada Marién, aunque a veces se llamaban por sus seudónimos.

Necesitaban un lugar para reunirse, de modo que yo les ofrecí nuestra tierra. Había un claro entre la plantación de cacao y la de plátanos. Pedrito había colocado unos sillones de caña y unas hamacas bajo un techado de paja, un lugar para que descansaran los agricultores o hicieran la siesta durante la parte más calurosa del día. Minerva y su grupo conversaban ahí durante horas. Cuando llovía yo los invitaba a entrar en la casa, pero ellos no aceptaban, sabiendo que era cortesía de mi parte. Y yo se los agradecía. Si llegaba la policía, Pedrito y yo podíamos jurar que no sabíamos nada de estas reuniones.

Era un problema cuando Nelson llegaba a casa de la escuela. Iba allí, ansioso de participar en lo que estuvieran planeando sus tíos. Estoy segura de que por deferencia a mí lo mantenían a distancia. No de una manera que podía llegar a herir al joven en su orgullo, sino con cariño. Lo mandaban a comprar cigarrillos, o lo enviaban a hacer algún otro recado.

Cuando él volvía, yo le preguntaba:

—¿Qué sucede allí, Nelson? —Yo lo sabía, pero quería saber qué sabía él.

—Nada, mamá.

Luego el secreto se hizo más grande de lo podía ocultar. Cuando estábamos casi en junio, por fin confió en mí.

—Esperan que suceda el mes que viene —susurró—. ¡La invasión, sí! —agregó al ver mi expresión excitada.

Pero ¿saben la razón? Se los diré. Mi Nelson estaría en la capital hasta fines de junio, fuera de todo mal. Debía estudiar mucho si quería recibirse a tiempo para ingresar en la universidad en el otoño. Teníamos nuestro complot personal para presentárselo a su padre el día que empezaran las clases en la universidad.

———————

Yo era la que pasaría un tiempo en el camino. Mamá no lo pudo creer cuando le pregunté si podía cuidar a Manolito durante cuatro días. ¡Cómo! ¡Si yo estaba de cuatro meses! exclamó mamá. ¡No debía viajar!

Le expliqué que viajaría con el padre De Jesús y el grupo de Salcedo a un retiro espiritual que era importante para renovar mi fe. Íbamos a Constanza. El aire de montaña sería bueno para el bebé. Y me habían dicho que el camino era bastante bueno. No le dije quién (Minerva), ni por qué. Las tropas patrullaban la cordillera, en caso de que algunos guerrilleros, inspirados por los cubanos, estuvieran pensando en ocultarse allí.

—Ay, Virgencita, tú sabrás lo que estás haciendo con mis hijas —fue todo lo que dijo mamá. Se había resignado a la manera extraña y caprichosa de comportarse de sus hijas. Y sí, ella cuidaría a Manolito. Y también a Noris.

Yo quería que mi hija me acompañara en el retiro, pero no pude conseguirlo. La hermana de Marcelino la había invitado a su fiesta de quince, y Noris tenía que hacer muchas cosas para la ocasión.

—¡Pero si faltan dos semanas, mi amor! —No le dije que ya habíamos diseñado y cortado el vestido, comprado sus sandalias de raso y pensado en el peinado.

—¡Ay, mami! —chilló—. Por favor. —¿No podía entender que los preparativos eran los que hacían que las fiestas fueran tan divertidas?

¡Qué distinta era de mí a su edad! Por empezar, mamá nos había criado a la antigua: no podíamos ir a fiestas antes de cumplir los quince años. Pero yo la criaba a la moderna. No la mantenía encerrada, obligada a obedecer ciegamente. Aun así, yo deseaba que usara las alas para volar cerca del ruedo divino de nuestra adorada Virgencita en lugar de revolotear hacia cosas que no eran dignas de su atención.

Rezaba por ella, pero era lo mismo que Pedrito, que se había visto obligado a ceder ante su hijo. Si la Virgencita no creía que era hora de que mi hija reverenciara al Señor, yo no era por cierto quien podía convencer a mi hija a que fuera a un retiro con "señoras viejas" y un montón de curas con mal aliento. (¡Que Dios la perdone!)

Éramos unas treinta señoras "maduras", según nos describía el padre De Jesús, bendito sea. Nos reuníamos desde hacía unos meses para discutir cuestiones del Evangelio y para hacer obras de caridad en los bohíos y barrios. Ya teníamos un nombre —Grupo Cultural Cristiano— y extendíamos nuestro trabajo a toda la zona de Cibao. Cuatro curas eran nuestra guía espiritual, entre ellos el padre De Jesús. Este retiro espiritual era el primero, y el hermano Daniel había conseguido permiso para usar un convento de monjas en las montañas. El tema del retiro era explorar el significado de María en nuestra vida. Yo no podía dejar de pensar que quizás el padre De Jesús o el hermano Daniel, o alguno de los otros, tendrían una respuesta acerca de lo que se requería de mí en estos tiempos de zozobra.

—¡Ja! Tu iglesia mantendrá la boca cerrada hasta el otro mundo —me decía siempre Minerva para provocarme. Ella no quería tener nada que ver con la religión. —Jamás ayudará a los oprimidos.

¿Qué podía decir yo, cuando me esforzaba por salvar el pellejo? Le escribí una carta al padre Fabré, que estaba en Santo Tomás.

Querido padre:

Saludos en nombre de Dios de la madre de uno de sus pupilos, Nelson González, que está completando su cuarto año, un muchacho inteligente, como usted mismo escribió en su último informe, pero que no siempre sabe controlarse. Para asegurarnos de que estudie mucho y no se meta en dificultades, por favor, no lo deje salir, excepto para venir a casa. Es un muchacho de campo, no acostumbrado a las tentaciones de la ciudad, y no quiero que ande con malas compañías.

Le ruego la mayor confidencia con respecto a esta carta, padre.

Su segura servidora,

Patria Mercedes

Pero Nelson se enteró de la carta por la boquifloja de su tía de la capital. Era injusto. Yo no lo dejaba convertirse en hombre. Pero me mantuve firme. Prefería que siguiera vivo, siendo un muchacho para siempre, y no un hombre muerto y enterrado.

María Teresa también se sintió herida. Un sábado a la mañana fue a buscar a Nelson para el fin de semana, y el director no le permitió llevarse a su sobrino. —¿No me tienes

160

confianza? —me encaró. Ahora tenía a dos almas lastimadas a quienes apaciguar con verdades a medias.

—No es por ti, Mate —le dije. No agregué que sabía por los comentarios de Nelson que Leandro, Manolo y Minerva estaban envueltos en un serio complot.

—No te aflijas. Yo puedo cuidar a tu bebé. Tengo mucha experiencia ahora. —Mate tenía alzada a la bonita Jacqueline y le cubría la cabecita de besos. —Además, no hay nada en la capital para que Nelson se meta en problemas, créeme. El Jaragua está vacío. El Olimpia está pasando la misma película desde hace meses. Nadie va a ninguna parte. —Y luego se lo oí decir. —No hay nada que celebrar aún. —La miré a los ojos. —¿Tú también, Mate?

Ella abrazó a su hijita. Se veía tan valiente. No podía creer que ésta fuera nuestra pequeña Mate, la del tierno corazón, a quien Nelson se parecía tanto.

—Yo estoy con ellos. —Pronto desapareció la mirada dura y volvió a ser mi hermanita, que le tenía miedo al cuco y a la que no le gustaba la sopa de fideos. —Si pasara algo, prométeme que cuidarás a Jacqueline.

¡Al parecer, me iba a quedar con los hijos de todas mis hermanas!

—Sabes que sí. Ella es mía, ¿verdad, amorcito? —Alcé a la nena y la abracé fuerte. Jacqueline me miró con el asombro de los pequeños que aún creen que el mundo es un salón de juegos, grande y seguro, dentro del útero de su madre.

Nuestro retiro estaba planeado para mayo, el mes de María. Pero con los rumores de una invasión, que se iban incrementando, El Jefe declaró el estado de emergencia. En el mes de mayo nadie podía ir a ninguna parte sin permiso especial del Servicio de Inteligencia Militar. Hasta Minerva se quedó quieta en Monte Cristi. Un día, cuando hacía casi un mes que no veía a su madre, Manolito extendió los brazos desde su cuna y dijo:

—Mamá, mamá.

Iba a resultar difícil renunciar a él cuando terminara el infierno en la tierra.

Para mediados de junio las cosas se habían aplacado. Parecía que la invasión no iba a producirse. Terminó el estado de emergencia, de manera que seguimos con nuestros planes del retiro espiritual.

Cuando llegamos a Constanza, no podía creer lo que veía. Yo me había criado en el valle más verde y hermoso de la isla. Pero una se acostumbra a vivir rodeada de belleza. Constanza era diferente, como la foto de un lugar lejano en un rompecabezas que una se apura por formar: montañas púrpura que ascendían hacia las nubes, un halcón remontando vuelo en un sereno cielo azul.

El convento estaba apartado del pueblo, junto a un sendero en la ladera de una colina cubierta de flores. Los campesinos salían de sus chozas para vernos pasar. Gente linda, de piel dorada y ojos claros. Parecían cautelosos, como si alguien no tan bondadoso se nos hubiera adelantado por el sendero. Los saludamos, y el padre De Jesús les explicó que íbamos a un retiro espiritual, de modo que si tenían un pedido especial por el que quisieran que rezáramos, nos lo dijeran. Nos miraron en silencio y menearon la cabeza. No.

A cada uno se nos asignó una celda estrecha con un catre, un crucifijo en la pared y un pilón de agua bendita junto a la puerta. Me produjo tanto regocijo que bien podía haber sido un palacio. Nuestras reuniones y comidas tenían lugar en un cuarto grande y aireado, con un gran ventanal. Me sentaba dando la espalda a la deslumbrante vista para no distraerme de la palabra divina. Al alba y al anochecer, al mediodía y a la noche nos reuníamos en la capilla y rezábamos el rosario con las monjas.

Volvió a despertarse mi antigua vocación por la vida religiosa. Sentía que me elevaba, aturdida de tanta trascendencia, como rebosante fuente. Gracias a Dios que llevaba esa criatura en el vientre para recordarme la vida que ya había escogido.

———————

Sucedió el último día del retiro.

El catorce de junio. ¿Cómo podría olvidar ese día?

Estábamos en el cuarto grande y aireado, en nuestro cursillo de media tarde. El hermano Daniel nos estaba hablando del último momento que se conocía de la vida humana de María: la Asunción. Nuestra madre bendita ascendió a los cielos, de cuerpo y de alma. ¿Qué pensábamos de eso? Recorrimos el recinto, y todas declaramos que era un honor para un simple mortal. Cuando llegó mi turno, yo dije que me parecía justo. Si nuestra alma podía ir a la gloria eterna, el cuerpo de una madre trabajadora y sufriente merecía mucho más. Me di una palmada en el vientre y pensé en el espíritu pequeño del ser envuelto en los suaves tejidos de mi útero. Mi hijo, mi Raulito. Tenía ansias de él, más ahora que no tenía a Manolito en los brazos para apaciguarme.

Lo siguiente que recuerdo es que el reino del Señor pareció

venirse abajo de repente. Una explosión tras otra estallaba en el aire. Temblaban los cimientos mismos de la casa. Las ventanas se hacían añicos, había humo por todas partes, y un olor horrible. El hermano Daniel gritaba:

—¡Échense al suelo, señoras, y tápense la cabeza con las sillas plegadizas!

Yo sólo pensaba en proteger a mi futuro hijo. Me arrastré a un nicho pequeño en el que había una imagen de la Virgencita, y pidiéndole perdón la tiré al suelo junto con su pedestal. Las explosiones atronadoras del exterior amortiguaron el estrépito de la estatua al caer. Me metí en el nicho y me protegí con mi silla, rogando que el Señor no me pusiera a prueba llevándose a mi hijo.

El bombardeo sucedió en un abrir y cerrar de ojos, pero pareció que el caos durara horas. Oí gemidos, pero cuando bajé la silla no pude ver nada en el cuarto lleno de maloliente humo. Me ardían los ojos, y me di cuenta de que me había orinado del miedo. Señor, recé, Señor, haz que pase todo esto. Cuando por fin se despejó la atmósfera, vi una mescolanza de vidrios y escombros en el piso, y cuerpos acurrucados por todas partes. Se había desplomado una pared, y el piso de mosaicos se había levantado. Más allá, a través del agujero donde había estado el ventanal, la montaña más cercana era un infierno en llamas.

Por fin se produjo un silencio espeluznante, interrumpido sólo por el ruido de las ametralladoras en la distancia y el del yeso del cielo raso que caía sobre nosotros. El padre De Jesús nos condujo al rincón más protegido, donde estimamos las pérdidas. Las heridas parecían peor de lo que eran, sólo cortes producidos por los vidrios, gracias a Dios. Nos desgarramos la ropa y vendamos las lastimaduras más serias. Luego, para consuelo espiritual, el hermano Daniel rezó un rosario con todas nosotras. Cuando oíamos que se acercaba el ruido de la metralla, seguíamos rezando.

Hubo gritos, y luego cuatro, cinco hombres camuflados vinieron corriendo a través del campo. Detrás de ellos avanzaban los campesinos que habíamos visto al llegar, seguidos de una docena de guardias armados con machetes y ametralladoras. Los hombres perseguidos se agazapaban y corrían en zigzag mientras se dirigían a la protección del convento.

Llegaron hasta la plataforma de madera de la entrada. Alcancé a ver claramente las caras ensangrentadas y frenéticas. Uno estaba mal herido y cojeaba, otro tenía un pañuelo atado en la frente. El tercero les gritaba que se agacharan; uno obedeció y se arrojó sobre la plataforma.

Pero el otro quizá no lo oyó, porque siguió corriendo

hacia nosotros. Lo miré a la cara. Era un muchacho, no mucho mayor que Noris. Quizá fue por eso que le grité:

—¡Agáchate, hijo! ¡Agáchate!

Sus ojos encontraron los míos justo cuando el disparo le atravesó la espalda. Vi el asombro en su rostro joven cuando se le iba la vida. Y pensé: "¡Ay, Dios mío, es uno de los míos!"

———

Al bajar de la montaña yo ya era otra mujer. Mi expresión dulce habrá sido la misma, pero ahora yo llevaba dentro de mí no sólo a mi hijo, sino a un muchacho muerto.

Mi hijo, nacido muerto hacía trece años. Mi hijo, asesinado hacía unas pocas horas.

Lloré todo el tiempo al bajar de esa montaña. Por el vidrio estrellado de la ventanilla del auto cargado de municiones miré a mis hermanos, hermanas, hijos, hijas, todos y cada uno, mi familia humana. Luego traté de levantar los ojos a nuestro Padre, pero no pude ver su cara por el humo que envolvía las cumbres de las montañas.

Me obligué a rezar, para no llorar. Pero más parecía como si estuviera buscando pelea, y no rezando.

"No me cruzaré de brazos para ver cómo mueren mis hijos, Señor, aunque tú, con tu gran sabiduría, lo hayas dispuesto así."

———

Me fueron a esperar al camino que llevaba a la ciudad: Minerva, María Teresa, Dedé, Pedrito, Nelson. Noris lloraba de terror. Fue después de eso cuando noté un cambio en ella, como si su alma por fin hubiera madurado y comenzara sus ciclos. Cuando bajé de ese auto, ella vino corriendo hacia mí, con los brazos extendidos, a recibir a alguien que había vuelto de la muerte. Por lo que habían oído por la radio sobre el bombardeo, todos creían que yo había perecido en el incendio.

No, Patria Mercedes había vuelto para contarlo todo, para contarlo todo.

Pero no podía hablar. La conmoción me había quitado el habla, y estaba de duelo por el muchacho muerto.

Al día siguiente salió en todos los diarios. Cuarenta y nueve hombres y muchachos martirizados en la montaña. Nosotros habíamos visto a los únicos cuatro que se salvaron, y ¿para qué? Para torturas en las que no quiero pensar.

Seis días después, supimos que la segunda ola de la fuerza invasora llegó a las playas, al norte de aquí. Vimos los aviones volando bajo, que parecían avispones. Y después leímos en el diario que bombardearon un bote con noventa y tres hombres a bordo, antes de que pudieran desembarcar; el otro, con sesenta y siete hombres, llegó a la costa, pero el ejército, con la ayuda de los campesinos locales, los aniquilaron.

No saqué la cuenta de cuántos habían muerto ya. No me quitaba la mano del estómago, concentrándome en lo que seguía vivo.

———————

Cuando faltaba menos de un mes para dar a luz, asistí a la reunión de agosto de nuestro Grupo Cultural Cristiano en Salcedo. Era la primera reunión desde nuestro desastroso retiro. El padre De Jesús y el hermano Daniel estuvieron en la capital en julio, reunidos con otros sacerdotes. A la reunión de Salcedo sólo invitaron a unas pocas de las más antiguas de nosotras, escogidas —como vi después— por estar listas como militantes de la Iglesia, mujeres cansadas de esconderse bajo las faldas de la religión.

Y escogieron bien, muy bien. Yo estaba lista, por más inmensa que tuviera la barriga, por más pesada que estuviera.

No bien entré en esa habitación, supe que algo había cambiado en Cristo Nuestro Señor. Había terminado la cháchara litúrgica acerca de cómo San Zenón hizo que el día fuera soleado para la boda de una nieta, o de cómo Santa Lucía había curado la conjuntivitis de la vaca. La habitación estaba cargada de silencio: era la furia de los ángeles vengadores, que aguzaban su resplandor antes de descargar su golpe.

Los curas habían decidido que no podían esperar para siempre antes de que el Papa y los arzobispos se convencieran. El momento era ahora, pues el Señor había dicho: vengo con la espada y con el arado a liberar a quienes están magullados.

Yo no podía creer que fuera el mismo padre De Jesús que hacía unos pocos meses no podía distinguir entre su fe y su temor. Pero, por otra parte, en esa misma habitación estaba la misma Patria Mercedes, incapaz de matar una mosca, y que ahora gritaba:

—Amén a la revolución.

Y así nacimos bajo el espíritu del Señor vengativo, ya no como sus corderos. Nuestro nuevo nombre era Acción Clero-Cultural. ¡La acción como primera palabra! Y ¿cuál era nuestra misión en la ACC?

Nada más que organizar un poderoso movimiento clandestino nacional.

Diseminaríamos las palabras de Dios entre nuestros

campesinos, a quienes se les había lavado el cerebro, y que habían perseguido a sus propios libertadores. Después de todo, Fidel jamás habría ganado en Cuba si los campesinos de su país no lo hubieran alimentado, ocultado, mentido por él, si no se hubieran unido a él.

La consigna era: todos somos hermanos y hermanas en Cristo. No era posible perseguir a un muchacho con el machete y pretender entrar en el reino de los cielos. No era posible apretar el gatillo y pensar que podía existir siquiera un agujero de aguja por el cual acceder a la eternidad.

Yo podía seguir.

El padre De Jesús me acompañó cuando terminó la reunión. Miró mi barriga con expresión de disculpa, pero eso no impidió que hiciera su pregunta. ¿Conocía yo a alguien que querría unirse a nuestra organización? Sin duda se había enterado de las reuniones que llevaban a cabo en nuestra propiedad Manolo y Minerva.

Asentí. Conocía por lo menos a seis, dije, contando a Pedrito y a Nelson junto con mis dos hermanas y sus maridos. Y dentro de un mes más, siete. Sí, una vez que naciera mi hijo, yo me encargaría de reclutar campesino por campesino en Ojo de Agua, Conuco y Salcedo para el ejército de Nuestro Señor.

—¡Cómo has cambiado, Patria Mercedes!

Sacudí la cabeza, sin tener la necesidad de decir nada. Él se estaba riendo. Se quitó los anteojos y los limpió en la sotana. Por fin se le había aclarado la vista, igual que a mí.

————

La vez siguiente que se reunieron bajo el techo de paja, yo fui, llevando mi premio de una semana.

—Hola, Patria —dijeron los hombres—. ¡Traes un buen macho! —Cuando me lo quitaron de los brazos para examinarlo, mi muchacho se puso a chillar. Ése fue un llorón desde el principio. —¿Cómo se llama este gritón?

—Raúl Ernesto —dijo Minerva de manera significativa, jactándose de su sobrino.

Asentí y acepté sus cumplidos con una sonrisa. Nelson apartó los ojos cuando lo miré. Estaría pensando que había ido a buscarlo.

—Vengan adentro —les dije—. Tengo algo que decirles.

Minerva desechó mi invitación de un ademán. —No te preocupes por nosotros.

—Vamos, lo digo en serio.

Se miraron. Algo en mi voz les hizo saber que yo estaba

166

con ellos. Levantaron sus bebidas, y por la forma en que me siguieron, obedientes, hasta la casa, bien podría yo haber estado sacando a los niños de la esclavitud.

Ahora fue Pedrito quien empezó a preocuparse. Y a preocuparse en donde era más vulnerable.

El mismo mes que nos reunimos en la rectoría del padre De Jesús pasaron una nueva ley. El que daba asilo a enemigos del régimen, aunque no estuviera involucrado en sus planes, iba a la cárcel, y todo lo que poseía pasaba a ser propiedad del gobierno.

¡Su tierra! Trabajada por su padre, su abuelo y su bisabuelo antes que él. Su casa, como un arca, en cuyas vigas podía ver las marcas de su bisabuelo.

Nunca, en dieciocho años de casados, habíamos peleado de esta manera. Esa noche en nuestro dormitorio ese hombre, que jamás me había levantado la voz, desató contra mí la furia de sus tres antepasados.

—¡Mujer loca, hacerlos entrar en la casa! Quieres que tus hijos pierdan su patrimonio, ¿eso es lo que quieres?

Como si respondiera a su padre, Raúl Ernesto se echó a llorar. Le di el pecho, y después de terminar lo acuné entre mis brazos un largo rato para despertar la ternura en su padre. Para recordarle que también había algo para él.

Pero no me quiso. Era la primera vez que Pedrito González me rechazaba. Eso me lastimó en lo más hondo de mi corazón. Yo estaba atravesando ese período vacío, después que nace el bebé, cuando una ansia volver a tenerlo adentro. Y el único solaz es cuando entra el padre, como si estuviera en su casa.

—Si hubieras visto lo que yo vi en esa montaña... —Le supliqué, llorando por el muchacho muerto. —Ay, Pedrito, ¿cómo es posible ser verdaderos cristianos y volver la espalda a nuestros hermanos y hermanas?

—¡Tu primera responsabilidad es para con tus hijos, tu marido, y tu casa! —Tenía la expresión nublada de ira. No era el hombre que yo amaba. —Los he dejado usar este lugar durante meses. ¡Que de ahora en adelante se reúnan en la tierra de los Mirabal!

Era verdad. Nuestra granja habría sido la alternativa lógica, pero ahora vivían allí Dedé y Jaimito. Yo ya me había acercado a Dedé, y ella había vuelto sin permiso de Jaimito.

—Pero tú crees en lo que ellos hacen, Pedrito —le recordé. Y entonces no sé qué me pasó. Quise lastimar al hombre que estaba delante de mí. Quería romper la versión pequeña y liberar al hombre de gran corazón con quien me había casado. Y se lo dije. Su primogénito no quería su patrimonio. Nelson ya había presentado la solicitud para ingresar en la universidad en el otoño. Yo sabía que estaba en el movimiento clandestino junto con sus tíos. —¡Es a él a quien entregarás!

Pedrito se limpió la cara con sus manazas e inclinó la cabeza, resignado. —Que Dios lo ayude, que Dios lo ayude —dijo varias veces, hasta que me sentí mal por haberlo lastimado.

Pero más tarde, en la oscuridad, me buscó con sus antiguas ansias. No tuvo que decirme que era uno de los nuestros ahora. Lo supe por la manera precipitada con que me llevó consigo hasta el lugar en que su bisabuelo y su abuelo y su padre habían amado a sus mujeres antes que él.

Así fue como nuestra casa se convirtió en el cuartel general del movimiento.

Fue allí, con las puertas cerradas y los postigos de las ventanas bajos donde el ACC se fundió con el grupo que Manolo y Minerva habían empezado hacía más de un año. Éramos alrededor de cuarenta. Se eligió un comité central. Al principio trataron de nombrar a Minerva, pero ella delegó la presidencia en Manolo.

Fue en esa misma sala donde Noris empezaba a recibir a sus pretendientes donde el grupo se dio un nombre a sí mismo. Se pelearon como colegialas. Algunos querían un nombre altisonante, que cubriera todos los aspectos, como Partido Revolucionario de Integridad Dominicana. Luego Minerva fue al fondo de la cuestión. Sugirió que nuestro nombre fuera en honor de los que murieron en la montaña.

Por segunda vez en su plácida vida, Patria Mercedes (alias Mariposa #3), gritó:

—¡Amén a la revolución!

Así fue cómo entre esas paredes cubiertas de retratos, entre ellos el de El Jefe, se fundó el Movimiento Catorce de Junio. Nuestra misión era la de efectuar una revolución interna y no esperar el rescate del exterior.

Sobre esa mesa de fórmica, donde todavía se podían ver las manchas de huevo de los desayunos de mi familia, se hicieron las primeras bombas. Las llamaban pezones. Casi me desmayé al ver a María Teresa, tan hábil con el punto de aguja, usar pinzas y tijeritas para retorcer los alambres.

Sobre el mismo sillón de bambú en el que Nelson, de

niñito, jugaba con la pistola de madera que le había hecho su abuelo, ahora se sentaba con el padre De Jesús a contar las municiones para las automáticas calibre 32 que recibiríamos en una pocas semanas en un lugar determinado. Alguien llamado Ilander, Águila para nosotros, había arreglado con los exiliados para que las arrojaran desde el aire.

En la misma mecedora, donde yo había amamantado a cada uno de mis hijos, vi a mi hermana Minerva examinar la mira de una carabina M-1, que sólo un mes antes yo no habría distinguido de una escopeta. Cuando seguí con los ojos la trayectoria, que apuntaba hacia la ventana, grité:

—¡No, no, la mimosa no!

Envié a Noris con su abuela a Conuco. Le dije que estábamos haciendo refacciones en su dormitorio. En cierto sentido era así, porque en su dormitorio preparábamos las cajas. Entre sus caniches rosados, tejidos al crochet, sus perfumeros y fotos de su fiesta de quince años almacenamos nuestro arsenal de pistolas y revólveres: tres pistolas Smith & Wesson, calibre 38, seis carabinas M-1, cuatro ametralladoras M-3 y una Thompson 45, robada a un guardia. Lo sé bien porque Mate y yo hicimos la lista con la linda letra que nos enseñaron las monjas para escribir los pasajes bíblicos.

Fue en esos antiguos y fecundos campos donde Pedrito, su hijo y algunos de los hombres enterraron las cajas, una vez cargadas y cerradas herméticamente. Entre las raíces de cacao Pedrito bajó el terrible cargamento. Pero ahora parecía en paz con los riesgos que corría. Era una especie de agricultura, también, me dijo luego, que compartía con su hijo Nelson. De esas semillas de destrucción pronto —muy pronto— cosecharíamos nuestra libertad.

Fue sobre esa misma mesa de café en la que una vez Noris se había arruinado un diente, peleando con su hermano, donde se trazaron los planes para el ataque. El 21 de enero, el día de la Santísima Virgen, los distintos grupos se reunirían aquí para armarse y recibir las instrucciones de último momento.

Aquellos días de 1959 recorrí el mismo vestíbulo, saliendo y entrando de los dormitorios de mis hijos y pasando a la galería posterior del patio, preguntándome si había hecho lo correcto al exponer a mi familia al Servicio de Inteligencia Militar de Trujillo. No dejaba de ver el convento en las montañas, el techo que se desplomaba, las paredes que se derrumbaban, como si fuera una casa de arena. Aterrorizada, por una treta de la imaginación, podía trasponer la visión a la de mi casa al ser destruida.

Mientras caminaba volvía a construirla con mis plegarias, volvía a colgar la puerta sobre los goznes, a clavar el piso de madera, a colocar los travesaños.

—Que Dios nos ayude —no dejaba de repetir. Raulito estaba casi siempre en mis brazos, llorando en forma terrible, mientras yo caminaba, tratando de apaciguarlo a él, y a mí.

III

1960

CAPÍTULO NUEVE

Dedé

1994

y

1960

Cuando Dedé vuelve a fijarse, la quietud del jardín se ahonda, florecida con flores oscuras, el aroma más fuerte por la falta de color y de luz. La mujer que la entrevista es un rostro sombrío que va perdiendo sus rasgos.

"Y empiezan a caer las sombras de la noche, y el viajero se apresura en su regreso a casa, y el campesino dice adiós a sus campos", recita Dedé.

La mujer se levanta con prisa de su silla, como si le acabaran de decir que se fuera.

—No me di cuenta de que fuera tan tarde.

—No, no, no era una indirecta. —Dedé se ríe, haciendo un ademán para que vuelva a sentarse. —Tenemos unos minutos más. —La entrevistadora se sienta en el borde de la silla, como si supiera que la verdadera entrevista ya ha terminado.

—Siempre recuerdo ese poema a esta hora —le explica Dedé—. Minerva solía recitarlo mucho en aquel último tiempo, cuando ella y Mate y Patria vivían en lo de mamá. Los maridos estaban en la cárcel —agrega, pues el rostro de la mujer registra sorpresa ante el cambio de dirección—. Todos, excepto Jaimito.

—Qué suerte —acota la mujer.

—No fue suerte —dice en seguida Dedé—. Él no se involucró en forma directa.

—¿Y usted?

Dedé menea la cabeza.

—En aquellos días, nosotras las mujeres seguíamos a nuestros maridos. "Qué excusa más tonta. Después de todo, fíjense en Minerva." —Digámoslo así —agrega Dedé—. Yo seguí a mi marido. Yo no me involucré.

—Puedo entender eso —dijo la mujer de la entrevista rápidamente, como protegiendo a Dedé de sus propias dudas—. Sigue siendo así en los Estados Unidos. Quiero decir, la mayoría de las mujeres que conozco siguen al marido si él consigue un trabajo, digamos, en Texas.

—Yo nunca he estado en Texas —dice Dedé, distraída. Luego, como para redimirse, agrega:

—Yo no me involucré hasta más tarde.

—¿Cuándo fue?

Dedé lo reconoce en voz alta.

—Cuando ya era demasiado tarde.

———————

La mujer hace a un lado su libreta y su lapicera. Busca las llaves en el bolso, y luego recuerda: las metió en el cenicero del auto para encontrarlas fácilmente. Siempre pierde todo. Es una especie de jactancia. Da varios ejemplos recientes en su español confuso.

Dedé se preocupa de que esta mujer no encuentre el camino de regreso a la carretera principal en la oscuridad. Una mujer tan delgada, con el pelo desparramado sobre la cara. ¿No usa spray? El pelo de su sobrina Minou es igual. Toda esta alharaca acerca de no sé qué capa en el espacio, y ellas parecen caídas del espacio exterior.

—Déjeme que la acompañe hasta el anacahuita, donde debe doblar —se ofrece.

—¿Usted maneja?

Siempre se sorprenden tanto. Y no sólo las estadounidenses, que piensan que éste es un país subdesarrollado y que Dedé debe de andar en un coche con una mantilla sobre el pelo, sino también sus propios hijos y sobrinos y sobrinas. Todos la embroman por su pequeño Subaru. Su mamá Dedé, una mujer moderna. "¡Epa! Pero en muchas otras cosas no he cambiado", piensa Dedé. El año pasado, durante el viaje a España, que ganó como premio, un canadiense de aspecto elegante se acercó a ella, y aunque habían pasado diez años desde su divorcio, Dedé no se atrevió a llegar a nada.

—Encontraré el camino —afirma la mujer, mirando el cielo—. ¡Ay! Ya casi se ha ido la luz.

———————

Ha caído la noche. En el camino oyen el sonido de un auto que vuelve. La mujer de la entrevista se despide de Dedé, y juntas caminan por el jardín oscuro hasta el costado de la casa, donde está estacionado el Datsun alquilado.

Se acerca un auto y entra en el sendero de la casa, iluminando con los faros a las mujeres, que permanecen paralizadas como los animales en la carretera.

—¿Quién puede ser? —se pregunta Dedé en voz alta.

—Su compromiso siguiente, ¿no? —pregunta la mujer.

Dedé se acuerda de su mentira. —Sí, por supuesto —dice mientras escudriña la oscuridad—. ¡Buenas! —exclama.

—Soy yo, mamá Dedé —dice la voz de Minou. La portezuela se cierra de un golpe. Dedé salta. Los pasos se acercan a ellas.

—¿Qué diablos estás haciendo aquí? ¡Te lo he dicho mil veces! —Dedé reprende a su sobrina. Ya no le importa traicionar su propia mentira. Minou sabe, como todos los sobrinos, que Dedé no quiere que anden en auto por los caminos de noche. Si sus madres hubieran esperado hasta la mañana siguiente para volver por ese solitario camino de montaña aún podrían estar vivas para advertir a sus hijos acerca de los peligros de conducir de noche.

—Ya, ya, mamá Dedé. —Minou se inclina a besar a su tía. Ha salido a su padre y a su madre, de modo que le lleva una cabeza a Dedé. —Sucede que salí hace una hora. —Se hace una pausa, y Dedé ya adivina lo que Minou vacila en decir, porque eso significa un nuevo reto. —Estaba en lo de Fela.

—¿Algún mensaje de las chicas? —pregunta con vivacidad Dedé. Siente a su lado la presencia ansiosa de la entrevistadora.

—Sentémonos primero —sugiere Minou. Hay cierta emoción en su voz que Dedé no puede reconocer. Le ha agriado la bienvenida a su sobrina, retándola desde que bajó del auto.

—Claro, claro, tienes razón. Perdona los malos modales de tu tía vieja. Tomemos una limonada.

—Yo ya me iba —le recuerda la mujer de la entrevista a Dedé—. Espero volver a verla —le dice a Minou.

—No nos hemos presentado. —Minou sonríe.

Dedé pide disculpas por su descuido y presenta a la mujer a su sobrina. ¡Ay, Dios, cuánta gratitud produce eso! La entrevistadora delira de placer por la suerte que ha tenido de conocer a la hermana y a la hija de la heroína del movimiento clandestino Catorce de Junio. Dedé da un respingo. Es mejor interrumpir eso. A diferencia de su tía, los sobrinos no soportan esta clase de cosas.

Pero Minou se ríe. —Venga a vernos otra vez —dice. Dedé, obligada a la misma cortesía, agrega:

—Sí, ahora que conoce el camino.

—Fui a ver a Fela —empieza a decir Minou cuando se ha ubicado ante su limonada.

Dedé la oye tragar con emoción. ¿Qué anda mal? Estimula a Minou.

—Cuéntame lo que dijeron las chicas hoy.

—Eso es, precisamente —dice Minou, la voz aún rara—. No quisieron venir. Fela dice que por fin deben de estar en paz. Fue extraño oír eso. Me sentí triste, en vez de alegre.

Su último vínculo con su madre, por más tenue que fuera. Por eso la emoción, piensa Dedé. Luego se da cuenta. Sabe exactamente por qué Fela ha tenido un bloqueo esta tarde.

—No te preocupes —dice, dando una palmadita a su sobrina en la mano—. Todavía andan por aquí.

Minou mira con severidad a su tía. —¿Te estás burlando de nuevo?

Dedé niega con la cabeza. —Te juro que han estado aquí. La tarde entera.

Minou la observa para detectar algún signo de ironía. Por fin, dice:

—Muy bien. ¿Puedo preguntar algo, como hago con Fela?

Dedé ríe, inquieta. —Adelante.

Minou vacila, y luego pregunta lo que Dedé sospecha que todos han querido preguntarle pero que no lo han hecho por cortesía. Faltaba la encarnación de Minerva para hacer la pregunta que Dedé misma ha evitado.

—Siempre me he preguntado, siendo ustedes tan allegadas, que por qué tú no te uniste a ellas.

Por cierto recuerda todo acerca de aquella soleada tarde, a comienzos del año, cuando Patria, Mate y Minerva fueron a verla.

Estaba preparando un cantero nuevo en el jardín, disfrutando de la rara tranquilidad de la casa vacía. La chica tenía el día libre, y, como de costumbre en un domingo por la tarde, Jaimito había ido a la gallera en San Francisco, llevándose esta vez a los tres muchachos. Dedé no los esperaba hasta tarde. Desde la casa de mamá sobre la carretera, sus hermanas debían de haber visto la pickup de Jaimito sin ella, y se apuraron a visitarla por sorpresa.

Cuando oyó que se detenía un auto frente a la casa, Dedé pensó en desaparecer en la plantación de cacao. Se estaba poniendo tan solitaria. Hacía unas noches Jaimito se había quejado de que su madre notaba que Dedé no era la de siempre.

Raras veces iba a lo de doña Leila con una cepa de hibisco o una bandeja de pastelitos hechos por ella. La señorita Sonrisa estaba perdiendo su simpatía, sí. Dedé miró a su marido un largo rato, como si pudiera hacer renacer el hombre joven de sus sueños de ese macho mandón y anticuado en que se había convertido.

—¿Eso es lo que dice tu madre?

Él trajo esto a colación en la galería. Estaba disfrutando de la tarde fresca, de chinelas, bebiendo ron. Tomó un trago antes de contestar.

—Eso dice mi madre. Tráeme más ron, ¿quieres, Mami? —Extendió el vaso, y, obediente, Dedé fue a la heladera en la parte de atrás de la casa, y allí se echó a llorar. Lo que ella quería que le dijera era que él lo había notado. El decirlo lo habría hecho mejor. Ella misma no estaba segura de lo que pasaba.

Así que cuando vio a sus tres hermanas que venían por el sendero esa tarde, se sintió espantada. Era como si estuvieran avanzando las tres Parcas, las tijeras listas para cortar el nudo que impedía que la vida de Dedé se desbaratara.

Sabía a qué venían.

Patria se había acercado a ella en el otoño con un extraño pedido. ¿Podía enterrar unas cajas en una de las plantaciones de cacao detrás de la vieja casa?

Eso había sorprendido tanto a Dedé. —¡Cómo, Patria! ¿Quién te ha metido en esto?

Patria pareció intrigada. —Todas estamos en esto, si a eso te refieres. Pero es a mí a quien se me ocurrió.

—Ya veo —dijo Dedé, pero lo que veía era a Minerva detrás de todo, a Minerva agitando. Sin duda habría enviado a Patria, en lugar de venir ella, porque Dedé y ella no se llevaban bien. Hacía años que no peleaban abiertamente (desde Lío, ¿no?) pero últimamente habían vuelto a discutir seguido.

¿Qué podía decir Dedé? Tenía que hablar primero con Jaimito. Patria la miró con decepción, y Dedé se puso a la defensiva.

—¿Cómo? ¿Debo pasar por encima de Jaimito? Es lo correcto. Es el único que trabaja la tierra. Es el responsable de todo.

—Pero ¿no puedes decidir sola, y luego contárselo?

Dedé miró con fijeza a su hermana, incrédula.

—Eso es lo que yo hice —prosiguió diciendo Patria—. Me uní, y luego hablé con Pedrito.

—Bien, yo no tengo ese tipo de matrimonio —dijo Dedé. Sonrió, para quitar la irascibilidad de su tono de voz.

—¿Qué tipo de matrimonio tienes? —Patria la miró con esa dulzura en su rostro capaz de atravesar las sonrisas de Dedé. Dedé apartó la mirada.

—Es que tú no lo pareces —siguió diciendo Patria, buscando su mano—. Tú pareces tan... no sé... alejada. ¿Pasa algo?

Fue el tono preocupado de Patria más que su pregunta lo que devolvió a Dedé a esa parte abandonada de su ser donde esperaba dar y recibir amor, con generosidad.

Y entonces ya no pudo evitarlo. Aunque intentó dar a Patria otra de sus sonrisas, la señorita Sonrisa estalló en llanto.

Después de la visita de Patria, Dedé habló con Jaimito. Como ella suponía, la respuesta fue un inflexible no. Pero, más allá de lo que ella esperaba, él se puso furioso con ella por el mero hecho de haber considerado un pedido tal. A las hermanas Mirabal les gustaba manejar a sus hombres, ése era el problema. En su casa, él era el que llevaba los pantalones.

—¡Júrame que te mantendrás alejada de ellas!

Cuando se enojaba, él levantaba la voz. Pero esa noche la tomó de las muñecas y la tiró sobre la cama, sólo —según dijo después— para hacerla entrar en razones.

—¡Júramelo!

Ahora que lo piensa, Dedé se pregunta lo que le ha preguntado Minou: ¿por qué? ¿Por qué no se unió a sus hermanas? Tenía sólo treinta y cuatro años. Podría haber empezado una nueva vida. Pero no. No hubiera sido así. Habría muerto junto con ellas en ese solitario camino de montaña.

Aun así, esa noche, con los oídos zumbándole por los gritos de Jaimito, Dedé estuvo decidida a arriesgar su vida. Fue su matrimonio lo que no pudo poner en línea. Siempre había sido la chica dócil, la del medio, acostumbrada a seguir al líder. Junto a una soprano, ella era soprano. La señorita Sonrisa, alegre, obediente. Había atado su vida a la de un hombre dominante, y por eso huyó del desafío que le ofrecían sus hermanas.

Dedé le envió una nota a Patria: "Lo siento. Jaimito dice que no."

Y durante semanas evitó a sus hermanas.

Y ahora allí estaban las tres, como una cuadrilla que venía a rescatarla.

A Dedé le latía fuerte el corazón cuando se incorporó para recibirlas.

—¡Qué maravilla verlas! —Sonrió. La señorita Sonrisa, armada con sonrisas. Las paseó por el jardín, demorándose, mostrando ésta y esa planta. Como si se tratara de una visita social. Como si hubieran venido a ver cómo estaban floreciendo sus jazmines.

Se sentaron en el patio, intercambiando noticias intrascendentes. Todos los chicos estaban resfriados. La pequeña Jacqueline cumpliría un año dentro de un mes. Patria pasaba la noche levantada por Raulito. Ese niño no dormía por la noche. El médico gringo que estaba leyendo decía que los padres de los niños con cólicos tenían la culpa. Sin duda, Raulito absorbía toda la tensión de la casa. Hablando de absorber: Minou había usado una mala palabra para referirse a Trujillo. No había que preguntar nada. Se la había oído a sus padres. Tendrían que tener más cuidado. Imagínense lo que podía pasar si hubiera un soplón como Prieto cerca.

Imagínense. Se hizo un silencio incómodo. Dedé se preparó. Esperaba que Minerva hiciera una arremetida apasionada en defensa del uso de la granja familiar como depósito de municiones. Pero fue Mate quien habló primero, la hermana pequeña que todavía se peinaba con trenzas y llevaba vestidos que hacían juego con los de su hija.

Habían venido, dijo, porque algo grande, realmente grande, estaba a punto de pasar. Los ojos de Mate eran los de una niña, agrandados de asombro.

Minerva se pasó el dedo índice por la garganta y dejó que le colgara la lengua por la boca. Patria y Mate irrumpieron en risitas nerviosas.

Dedé no lo podía creer. ¡Se habían enloquecido del todo! —Este es un asunto serio —les recordó. Una furia que nada tenía que ver con ese asunto serio le hacía latir el corazón con rapidez.

—Por supuesto que sí —dijo Minerva, riendo—. El chancho morirá.

—¡En menos de tres semanas! —La voz de Mate palpitaba de excitación.

—¡En la festividad de la Virgencita! —exclamó Patria, haciéndose la señal de la cruz y poniendo los ojos en blanco—. ¡Ay, Virgencita, protégenos!

Dedé señaló a sus hermanas. —¿Lo harán ustedes mismas?

—Dios, no —dijo Mate, horrorizada ante la idea—. El Grupo de Acción tiene a su cargo hacer justicia, pero todas las distintas cédulas liberarán sus zonas. Nosotros tomaremos la fortaleza de Salcedo.

Dedé estuvo a punto de recordarle a su hermanita el temor que tenía a las arañas, gusanos, a la sopa de fideos, pero dejó que Mate siguiera hablando.

—Somos una cédula, ¿te das cuenta? y por lo general hay tres personas en una cédula, pero la nuestra podría tener cuatro. —Mate la miró, esperanzada.

¡Como si la estuvieran invitando para formar un maldito equipo de voleibol!

—Esto es un poco repentino, lo sé —le estaba diciendo Patria—. Pero no es como con las cajas, Dedé. Esto es algo seguro.

—Es algo seguro —confirmó Minerva.

—No tienes que decidirlo ahora —siguió diciendo Patria, como temerosa de lo que pudiera ser la decisión inmediata de Dedé—. Piénsalo, consúltalo con la almohada. Tenemos una reunión en casa el domingo que viene.

—¡Como en los viejos tiempos, las cuatro juntas! —Mate batió palmas.

Dedé se sentía arrastrada por la pasión de sus hermanas. Luego interpuso la objeción acostumbrada:

—¿Y Jaimito?

Se hizo un nuevo silencio incómodo. Sus hermanas se miraron entre sí.

—Nuestro primo también está invitado —dijo Minerva con el tono rígido que usaba para referirse a Jaimito. —Pero nadie mejor que tú para saber si vale la pena preguntárselo.

—¿Qué quieres decir con eso? —le espetó Dedé.

—Quiero decir que no sé cómo es la política de Jaimito.

El orgullo de Dedé se sintió herido. A pesar de sus problemas, Jaimito era su marido, el padre de sus hijos. —Jaimito no es trujillista, si eso es lo que sugieres. No más que... papá.

—A su manera, papá era trujillista —decretó Minerva.

Las tres hermanas la miraron, escandalizadas. —¡Papá fue un héroe! —Dedé echaba humo. —Murió por lo que tuvo que padecer en la cárcel. Tú deberías saberlo. ¡Estaba tratando de mantenerte fuera de peligro a ti!

Minerva asintió. —Eso es. Su consejo siempre era: no espantes a las abejas, no espantes a las abejas. Son los hombres como él, y como Jaimito y otros fulanitos temerosos los que han mantenido al diablo en el poder todos estos años.

—¿Cómo puede decir eso de papá? —Dedé se daba cuenta de que estaba alzando la voz. —¿Cómo se lo permiten ustedes? —Intentaba reclutar a sus hermanas para su causa.

Mate se había echado a llorar.

—No vinimos para esto —le recordó Patria a Minerva,

que se puso de pie, caminó hasta la baranda de la galería y se puso a contemplar el jardín con fijeza.

Dedé paseó la mirada por el patio, temiendo a medias que su hermana encontrara defectos allí también. Pero los crotones estaban más frondosos que nunca, y las abigarradas buganvillas cargadas de pimpollos rosados, cosa que ella no había creído posible. Todos los canteros se veían prolijos y sin malezas. Cada cosa en su lugar. Sólo el cantero donde estaba trabajando tenía la tierra removida. Y era perturbador ver —entre las plantas aclimatadas— esa tierra de un pardo oscuro, como una herida en el suelo.

—Queremos que estés con nosotras. Por eso hemos venido. —Minerva clavó en su hermana unos ojos llenos de anhelo.

—¿Y si no puedo? —La voz de Dedé estaba temblorosa. —Jaimito piensa que es un suicidio. Me ha dicho que me abandonaría si yo me mezclara con esto. —Bien, ya lo había dicho. Sintió la cara roja de vergüenza. Se estaba escondiendo detrás de los temores de su marido, haciendo recaer el desprecio sobre él en lugar de sobre ella.

—Nuestro querido primo —dijo Minerva, sarcástica. Pero se detuvo ante una mirada de Patria.

—Cada uno tiene una razón para las decisiones que toma —dijo Patria, alivianando la cargada atmósfera— y debemos respetarlo.

Benditos los conciliadores, pensó Dedé, pero no pudo recordar cuál era su recompensa.

—Decidas lo que decidas, lo entenderemos —terminó diciendo Patria, mirando a sus hermanas.

Mate asintió, pero Minerva nunca daba nada por terminado. Al subir al auto, le recordó a Dedé:

—El domingo que viene, en lo de Patria, como a las tres. En caso de que cambies de idea.

Mientras las miraba partir, Dedé sintió ondas mezcladas de espanto y júbilo. Se arrodilló ante el cantero nuevo, lo que ayudó para tranquilizar las rodillas temblorosas. Antes de terminar de alisar la tierra y de formar el borde de piedras pequeñas, ya había ideado su plan. Sólo mucho después se dio cuenta de que se había olvidado de plantar las semillas.

Lo abandonaría.

Al lado de esa decisión, el asistir a la reunión cladestina en lo de Patria no era nada más que un pequeño paso. Durante toda la semana perfeccionó su plan. Mientras sacudía los colchones y fumigaba los zócalos contra las hormigas coloradas, mientras picaba cebolla para el mangú de los chicos y les daba té de limoncillo contra el resfrío, trazaba sus planes. Saboreaba su secreto, que tenía el gusto delicioso de la libertad, mientras permitía el peso de él sobre su cuerpo en la oscuridad del dormitorio, y esperaba a que acabara.

El domingo siguiente, cuando Jaimito estuviera en la gallera, Dedé iría a la reunión. Cuando él volviera encontraría la nota sobre su almohada.

Me siento como si estuviera enterrada viva. Necesito salir. No puedo seguir con esta farsa.

Su vida juntos se había derrumbado. Su devoción de enamorado infantil había dado lugar a una actitud autoritaria y malhumorada, complicada con períodos intermitentes de remordimiento que habrían podido llegar a ser pasión de haber habido menos hambre de parte de él, y más deseo de parte de ella. Fiel a su naturaleza, Dedé había hecho lo mejor posible de la situación, ávida de orden, ávida de paz. Había vivido preocupada: por el nacimiento de sus hijos, por los reveses de la familia después del encarcelamiento de papá, por la enfermedad y muerte de papá, por sus propios fracasos económicos. Quizá Jaimito se sentía destruido por esos fracasos, y por Dedé, que le recordaba que ella le había advertido cómo prevenirlos. Su alcoholismo, antes social, se fue haciendo más solitario.

Era natural que Dedé se culpara a sí misma. Quizá no lo había amado bastante. Quizás él se daba cuenta de que otros ojos la habían acosado la mayor parte de su vida de casados.

¡Lío! ¿Qué había sido de él? Dedé le había preguntado a Minerva muchas veces, de manera casual, acerca de su viejo amigo. Pero Minerva no había oído nada de él. Lo último que supo fue que Lío había logrado llegar a Venezuela, donde un grupo de exiliados se entrenaban para una invasión.

Luego, hacía poco, sin preguntarle nada, Minerva le había manifestado que su viejo amigo estaba vivito y coleando. —Sintoniza radio Rumbos, en el 99 del dial. —Minerva sabía que Jaimito se pondría furioso si la encontraba escuchando esa estación prohibida, pero provocó a su hermana.

Una noche en que se sentía traviesa, Dedé dejó a Jaimito profundamente dormido después del acto sexual y se dirigió al extremo más alejado del jardín, al cobertizo donde guardaba los implementos de jardinería. Allí, en la oscuridad, sentada sobre una bolsa de viruta de corteza para sus orquídeas, Dedé sintonizó la estación en la radio de transistores de Jaimito Enrique. Tenía estática, pero luego oyó una voz, muy llena de entusiasmo, que proclamaba: "Condenadme, no importa. ¡La historia me absolverá!"

El discurso de Fidel se repetía interminablemente en estas horas de poca audiencia, y así Dedé pronto se dio cuenta. Pero noche tras noche iba al cobertizo, y en dos oportunidades se vio recompensada con la voz desconocida y borrosa de alguien a quien presentaban como el Camarada Virgilio. Hacía su discurso altisonante, algo que nunca había atraído a Dedé. Aun así, noche tras noche, volvía al cobertizo, porque estas incursiones eran todo lo que importaba ahora. Eran su rebelión secreta, el anhelo de su corazón, su clandestinidad individual.

Ahora, al planear su éxodo, Dedé trató de imaginar la sorpresa de Lío cuando se enterara de que se había unido a sus hermanas. Sabría que ella también era una de las valientes. Aquellos ojos tristes y sobrios de él, que había contemplado durante tantos años en su mente, se fundían en los ojos que ahora la miraban desde el espejo. *Necesito salir. No puedo seguir con esta farsa.*

A medida que se acercaba el día, Dedé se veía abrumada por las dudas, sobre todo cuando pensaba en sus hijos.

Enrique, Rafael, David. ¿Cómo los iba a dejar?

Jaimito nunca le permitiría tenerlos. Era más que posesivo con sus hijos; se los había apropiado, y los consideraba partes de sí mismo. A todos les había puesto su primer nombre, además de su apellido. Jaime Enrique Fernández, Jaime Rafael Fernández, Jaime David Fernández. Sólo el segundo nombre, que por fuerza se convirtió en el nombre por el que los designaban, era propio.

No era sólo que no podía soportar perder a sus hijos, aunque eso bastaba para detenerla. Tampoco podía abandonarlos. ¿Quién se interpondría entre ellos y la mano alzada cuando su padre perdía los estribos? ¿Quién les prepararía el mangú como les gustaba, quién les cortaría el pelo, quién se sentaría en la oscuridad con ellos cuando tenían miedo, y a la mañana siguiente no se los echaría en cara?

Necesitaba hablar con alguien, además de sus hermanas. ¡El cura! Ella no cumplía yendo a misa. La nueva militancia desde el púlpito se había convertido en un ruido en el lugar al que se acudía para escuchar música tranquilizante. Pero ahora ese ruido parecía estar en armonía con lo que sentía en su interior. A lo mejor este nuevo cura, el padre De Jesús, tendría una respuesta para ella.

Arregló para que la llevaran ese viernes los nuevos vecinos de mamá, Don Bernardo y su mujer, doña Belén, viejos españoles que habían vivido en San Cristóbal desde hacía años. Don Bernardo explicaba que habían decidido establecerse en el campo con esperanzas de que el aire le sentara bien a doña Belén. Algo le pasaba a la frágil anciana. Olvidaba el nombre de los objetos más simples, o para qué servía el tenedor, o cómo abrocharse el vestido. Don Bernardo la llevaba a Salcedo para otra serie de análisis en la clínica.

—No volveremos hasta bien entrada la tarde. Espero que eso no sea un inconveniente para usted —dijo, disculpándose. Era un hombre muy cortés.

—En absoluto —le aseguró Dedé. Bastaba con que la dejara en la iglesia.

—¿Qué tiene que hacer todo el día en la iglesia? —Doña Belén tenía una habilidad desconcertante de sintonizar de repente con toda claridad, sobre todo cuando no era asunto suyo.

—Obra comunitaria —mintió Dedé.

—Ustedes las chicas Mirabal tienen una gran conciencia cívica —observó don Bernardo. Sin duda estaría pensando en Minerva, o en Patria, su favorita.

Resultó más difícil satisfacer las sospechas de Jaimito. —Si necesitas ir a Salcedo, te llevo mañana. —Había entrado en el dormitorio ese viernes por la mañana, mientras ella se estaba vistiendo.

—¡Jaimito, por Dios! —suplicó. Ya le había prohibido ir a casa de sus hermanas, ¿le prohibiría ahora acompañar a la pobre anciana al médico?

—¿Desde cuándo te preocupas por doña Belén? —Luego dijo algo para hacerla sentir más culpable. —¿Cómo dejas a tus hijos cuando están enfermos?

—No están más que resfriados, por amor de Dios. Y Tinita está aquí con ellos.

Jaimito parpadeó, sorprendido por su tono subido. Dedé se preguntó si resultaría tan fácil tomar el mando.

—¡Haz como te plazca, entonces! —Empezó a asentir con la cabeza y a apretar las manos. —¡Pero recuerda, vas sin mi consentimiento!

Jaimito no le devolvió el saludo con la mano cuando partieron de Ojo de Agua en el auto. Algo amenazador en su mirada la asustó. Pero Dedé se repetía que no tenía por qué temer. Lo abandonaría. Debía recordarlo.

Nadie acudió cuando llamó a la rectoría, a pesar de que fue cada media hora toda la mañana. Entre una vez y otra, recorrió las tiendas, sin poder olvidar la mirada de Jaimito esa mañana y sintiendo que se iba ablandando su resolución. Al mediodía, cuando todo estaba cerrado, se sentó en la plaza, bajo un árbol de sombra, y alimentó a las palomas con las migas de un pastel que había llevado. En una oportunidad le pareció ver la pickup de Jaimito, y empezó a tramar una historia de por qué se había separado de doña Belén en la clínica.

A media tarde vio un camión verde que se detenía ante las puertas de la rectoría. El padre De Jesús ocupaba el asiento del acompañante, y otro hombre conducía. Un tercero saltó de atrás, abrió los portones del patio, y volvió a cerrarlos cuando entró el camión.

Dedé cruzó la calle de prisa. Le quedaba poco tiempo antes de reunirse con don Bernardo y doña Belén en la clínica, y era imprescindible que hablara con el cura. Todo el día se había debatido entre el sí y el no, cada vez más vertiginosamente, hasta que se sintió mareada e indecisa. Sentada en ese banco, se había prometido que la respuesta del cura sería definitiva, en un sentido u otro.

Llamó varias veces antes de que viniera el padre De Jesús a la puerta. Muchas disculpas. Estaba descargando el camión, y no oía. La hizo pasar. En seguida estaría con ella.

La dejó sentada en el pequeño vestíbulo mientras él terminaba de bajar cosas. Dedé alcanzaba a oír las idas y venidas en el cuarto contiguo. Al partir él, Dedé alcanzó a ver por encima de su hombro unos cajones de pino, cubiertos a medias por un hule. Por el color y la forma alargada, recordó un incidente en casa de Patria ese otoño. Dedé había ido a ayudarle a pintar el cuarto del bebé. Fue al dormitorio de Noris a buscar unas sábanas viejas para cubrir el piso y allí, en el armario, escondidos detrás de los vestidos, vio varios cajones como ésos, colocados de punta. Entró Patria, muy nerviosa, tartamudeando algo acerca de que esos cajones estaban llenos de herramientas. No mucho tiempo después, cuando Patria fue con el pedido de esconder unas cajas, Dedé comprendió de qué clase de herramientas se trataba.

¡Por Dios, el padre De Jesús era uno de ellos! La alentaría a unirse a la lucha. Por supuesto. Y en ese momento, con las rodillas temblándole, casi sin aliento, supo que ella no podía seguir con ese asunto. Jaimito era una excusa. Ella tenía miedo, lisa y llanamente, igual que había tenido miedo de hacer frente a sus fuertes sentimientos hacia Lío. En cambio, se había casado con Jaimito, aunque sabía que no lo amaba lo suficiente. Y no había hecho más que despreciarlo por sus fracasos comerciales, cuando la bancarrota mayor había sido la suya propia.

Se dijo que llegaría tarde para reunirse con sus amigos. Salió corriendo de la rectoría antes de que volviera el cura, y llegó a la clínica cuando doña Belén seguía todavía luchando con los botones de su vestido.

———————

Oyó el terrible silencio no bien entró en la casa. La pickup no estaba en la entrada, aunque no era raro que él se la llevara, después de una jornada de trabajo, para beber con sus amigotes. No obstante, este silencio era demasiado profundo para estar hecho de una sola ausencia. —¡Enrique! —gritó, corriendo de cuarto en cuarto—. ¡Rafael! ¡David!

Los dormitorios de los muchachos estaban desiertos: los cajones abiertos, como si hubieran sido saqueados. Ay, Dios mío. Ay, Dios mío. Dedé sentía una desesperación que iba en aumento. Tinita, que había entrado a trabajar hacía cuatro años, al nacer Jaime David, vino corriendo, alarmada por los gritos de su ama.

—Pero doña Dedé —le dijo, con los ojos abiertos de sorpresa—. Fue don Jaimito, que se llevó a los muchachos.

—¿Adónde? —Dedé casi no pudo decir la palabra.

—A lo de doña Leila, supongo. Hizo unas maletas... —Abrió la boca, sorprendida por algo en su mente.

—¿Cómo lo dejaste, Tinita? ¿Cómo pudiste? Los muchachos están resfriados —exclamó, como si ésa fuese la razón de su desolación. —Que Salvador me ensille la yegua —ordenó Dedé—. ¡Rápido, Tinita, rápido! —Porque la muchacha permanecía inmóvil, pasándose las manos por los costados del vestido.

Dedé galopó todo el camino hasta la casa de mamá. Ya estaba oscuro cuando llegó. La casa estaba iluminada, y había autos en el sendero: Minerva y Manolo acababan de llegar de Monte Cristi, Mate y Leandro de la capital. Por supuesto, sería un gran fin de semana. Pero el recuerdo de la reunión se había esfumado de su mente.

Mientras iba galopando se dijo que debía permanecer calma, para no alarmar a mamá. Pero no bien desmontó, empezó a gritar:

—¡Necesito que me lleven en auto! ¡Pronto!

—¿Qué pasa, m'ija? —preguntaba su madre.

—Nada, mamá, en realidad. Sólo que Jaimito se llevó a los muchachos a San Francisco.

—Pero, ¿qué hay de malo en eso? —preguntó mamá, mientras iban en aumento sus sospechas—. ¿Hay algo de malo en eso?

Ya Manolo había traído el auto a la puerta, y Minerva estaba haciendo sonar la bocina. Partieron. Dedé les contó la historia de cómo había llegado a casa para encontrarla sola, sin los muchachos.

—¿Por qué hizo una cosa así? —preguntó Minerva. Buscaba en la cartera los cigarrillos, pues no fumaba delante de mamá. Últimamente había empezado a toser.

—Amenazó con abandonarme si me involucraba con el grupo de ustedes.

—Pero tú no estás involucrada —dijo Manolo, para defenderla.

—A lo mejor Dedé quiera estarlo. —Minerva se dio vuelta para mirarla a la cara. Dedé no alcanzó a ver su expresión en la oscuridad. El extremo encendido del cigarrillo brillaba como un ojo penetrante. —¿Quieres unirte a nosotros?

Dedé se echó a llorar. —Debo reconocer que no soy como ustedes. Lo digo en serio. Yo podría ser valiente si hubiera alguien que me recordara todos los días de mi vida que soy valiente. No es algo natural en mí.

—Lo mismo pasa con todos nosotros —observó Minerva.

—Dedé, tú eres muy valiente —le aseguró Manolo con su acostumbrada cortesía. Ya estaban en los alrededores de San Francisco. —Deberás decirme dónde debo doblar —agregó.

Estacionaron detrás de la pickup, frente a la elegante casa de estuco de doña Leila, y a Dedé se le alegró el corazón. Vio a los muchachos a través de la puerta abierta del patio delantero. Estaban mirando televisión. Cuando bajaban del auto, Minerva le dio el brazo.

—Manolo tiene razón, sabes. Tú eres muy valiente. —Luego, indicando a Jaimito, que había acudido a la puerta y trataba de bloquear el paso de manera agresiva, agregó:

—Una batalla por vez, hermana.

————————

—¡Ya han llegado los libertadores! —La voz de Jaimito sonaba empalagosa de emoción. La llegada de Dedé con Minerva y Manolo probablemente confirmaba sus sospechas.

—¿Qué quieres? —preguntó, tomando con cada mano un lado del marco de la puerta.

—A mis hijos —dijo Dedé, subiendo a la galería. Se sentía valiente con Minerva a su lado.

—Mis hijos —proclamó él— están donde deben estar, a salvo.

—¿Cómo, primo, no saludas? —preguntó Minerva con tono regañón.

Él saludó con brusquedad, incluso a Manolo, que siempre le había caído simpático. Juntos habían invertido la herencia de sus esposas en un ridículo proyecto de cultivar cebollas en un lugar desolado donde ni siquiera los haitianos querían vivir. Y eso que Dedé se los advirtió.

Pero la cordialidad de Manolo entibiaba toda frialdad. Le dio un gran abrazo a su antiguo socio, llamándolo "compadre", aunque ninguno era padrino de los hijos del otro. Entró en la casa sin invitación, despeinó a los muchachos, y llamó a doña Leila.

—¿Dónde está mi chica?

Los muchachos no sospechaban nada, como era obvio. Devolvieron sin entusiasmo los besos de su madre y de su tía, sin quitar los ojos de la pantalla, donde el gato Tom y el ratoncito Jerry estaba trenzados en otra de sus batallas.

Doña Leila salió de su dormitorio, lista para recibir. Se la veía coqueta con un vestido nuevo y el pelo sostenido por peinetas.

—¡Manolo, Minerva! ¡Qué placer! —Pero era a Dedé a la que no dejaba de abrazar.

De modo que no le había dicho nada a su madre. "No se atrevería", pensó Dedé. Doña Leila siempre había querido a su nuera, tanto, que a veces Dedé pensaba que las cinco hijas de Leila le tenían celos. Sin embargo, era evidente que adoraban a su prima y cuñada, que las alentaba en sus rebeliones contra su hermano posesivo. Hacía siete años, al morir don Jaime, Jaimito había asumido con creces el papel de hombre de la familia. Hasta su madre decía que era peor que don Jaime.

—Siéntense, por favor —dijo doña Leila, sin soltar la mano de Dedé.

—Mamá —le explicó Jaimito—, tenemos algo que discutir en privado. Hablaremos afuera. —Se dirigió a Manolo, evitando la mirada de su madre.

Doña Leila salió a ver si todo estaba bien en la galería. Encendió las luces del jardín, sacó los sillones, sirvió bebidas e insistió en que Dedé comiera un pastelito. Estaba tan delgada.

—No quiero demorarlos —no dejaba de decir.

Por fin se quedaron solos. Jaimito apagó las luces, diciéndole a su madre que había demasiados insectos, pero Dedé sospechaba que a él le resultaría más fácil encarar el problema en la oscuridad.

—¿Crees que no sé en qué andas? —Se notaba la agitación en su voz.

Doña Leila habló desde adentro. —¿Necesitas otra cervecita, m'ijo?

—No, no, mamá —contestó Jaimito, impaciente—. Le dije a Dedé —se estaba dirigiendo a sus parientes políticos— que no quería que se mezclara en esto.

—Te aseguro que ella nunca vino a nuestras reuniones —intercaló Manolo—. Te doy mi palabra.

Jaimito hizo silencio. Las palabras de Manolo lo habían hecho callar. Pero ya había ido demasiado lejos para admitir su equivocación.

—Bien, y ¿qué hay de su reunión con el padre De Jesús? Todo el mundo sabe que es un comunista declarado.

—No lo es —lo contradijo Minerva.

—Por amor de Dios, Jaimito, sólo fui a verlo una vez —agregó Dedé—. Y fue con respecto a nosotros, si quieres saber la verdad.

—¿A nosotros? —Jaimito dejó de mecerse, desinflado—. ¿A nosotros, mami?

Puedes ser tan ciego, quiso preguntarle. Ya no hablamos, me mandoneas, prefieres estar solo, no estás interesado en mi jardín. Pero Dedé sentía vergüenza de airear sus problemas íntimos ante los demás. —Sabes de qué estoy hablando.

—¿De qué, mami?

—Deja de llamarme mami. No soy tu madre.

Se oyó la voz de doña Leila desde la cocina, donde estaba suprevisando a la mucama que preparaba unos bocaditos.

—¿Otro pastelito, Dedé?

—Ha estado así desde que llegué —dijo Jaimito en tono confidencial. Su voz se había suavizado. Se estaba aflojando. —Debe de haberme preguntado cien veces: "¿dónde está Dedé?" —Era la manera más cercana de confesar cómo se sentía.

—Tengo una sugerencia, compadre —dijo Manolo— ¿Por qué no se van los dos solos de luna de miel a algún lugar lindo?

—Los chicos están resfriados —dijo Dedé, poco convencida con su propia excusa.

—Su abuela los cuidará muy bien, de seguro. —Manolo rió. —¿Por qué no van... no fueron de luna de miel a Jarabacoa?

—No, a Río San Juan, a esa zona —dijo Jaimito, suscribiendo la idea.

—Nosotros fuimos a Jarabacoa —le recordó Minerva a Manolo con un tono seco que daba a entender que ella no aprobaba la reconciliación que él estaba fraguando. Su hermana estaría mejor sola.

—Hay un hermoso hotel nuevo en Río San Juan —siguió diciendo Manolo—. Con un balcón en cada habitación, con vista al mar.

—Me han dicho que los precios son razonables —interpuso Jaimito. Era como si los dos hombres estuvieran haciendo el trato juntos.

—¿Qué dices, entonces? —concluyó Manolo.

Ni Jaimito ni Dedé dijeron una palabra.

—Entonces está arreglado —dijo Manolo, aunque debe de haberse sentido inseguro por su silencio, porque siguió hablando—. Miren, todos tenemos problemas. Minerva y yo atravesamos un período difícil. Lo importante es usar la crisis para acercarse el uno al otro. ¿No es así, mi amor?

Minerva estaba todavía en guardia. —Hay personas que no ven las cosas de la misma manera.

Sus palabras sirvieron para romper la indecisión, aunque eso hubiera sido lo último que ella quería hacer. El carácter competitivo de Jaimito había vuelto a despertarse. —¡Dedé y yo concordamos en todo! El problema son las demás personas, que lo confunden todo.

"El problema es cuando abro los ojos y veo por mí misma", pensaba Dedé, Pero estaba demasiado sacudida por los acontecimientos de esa noche y por la larga semana de indecisión para contradecirlo.

Y así fue como el fin de semana, que debió de resultar definitorio en la vida de Dedé, terminó en un viaje por la senda del recuerdo en un bote alquilado. Por las famosas lagunas que habían visitado de recién casados. Jaimito remaba, deteniéndose para señalar con el remo un pantano lleno de mangles donde pescaban los taínos, y donde luego se habían ocultado de los españoles. ¿No se lo había dicho hacía once años?

Y por la noche, sentada en el balcón privado con el brazo de Jaimito alrededor de la cintura y sus promesas susurradas al oído, Dedé contemplaba las estrellas. Hacía poco, en *Vanidades,* había leído que la luz de las estrellas tardaba años en viajar a la tierra. La estrella cuya luz veía bien podía haberse extinguido hacía años. ¿Qué consuelo obtendría si las contara? ¿Si en ese oscuro cielo trazaba la silueta de un carnero, cuando ya la mitad del cuerno brillante podría haber desaparecido?

Esperanzas falsas. ¡Que las noches sean totalmente oscuras! Pero hasta ese oscuro deseo lo hizo mirando una estrella.

———————

La redada empezó a fines de la semana siguiente.

Ese sábado temprano Jaimito dejó a Dedé y a los dos muchachos menores en lo de mamá. Mamá le había pedido a Dedé que la ayudara para plantar unas coronas de Cristo alrededor de un cantero, según dijo, pero Dedé sabía lo que su madre quería en realidad. Estaba preocupada por su hija después de la visita de la semana anterior, cuando la había visto aterrorizada. No le haría preguntas: mamá siempre decía que lo que pasaba entre sus hijas y sus maridos era cosa de ellos. Sólo mirándola mientras arreglaba las plantas, mamá sabría lo que sentía en su corazón.

Mientras Dedé caminaba por el sendero hasta la casa pensando acerca de lo que se necesitaría hacer en el jardín, los muchachos echaron una carrera hasta la puerta. Al entrar fueron tragados por el silencio matinal de la casa. Era extraño que mamá no hubiera salido a recibirlos. Entonces Dedé vio a los sirvientes reunidos en la parte de atrás, y a Tono que se separaba para venir a su encuentro. Había en su rostro la expresión agobiada de quien debe anunciar una mala noticia.

—¿Qué pasa, Tono? ¡Dime! —Dedé se aferró al brazo de la mujer.

—Don Leandro ha sido arrestado.

—¿Sólo él?

Tono asintió. Y con vergüenza, en su corazón, antes de asustarse por lo de Leandro, Dedé agradeció que no se tratara de sus hermanas.

Adentro, María Teresa estaba sentada en el diván, trenzándose y destrenzándose el pelo, los ojos abotagados de llanto. Mamá estaba de pie a su lado, diciéndole que todo iba a salir bien. Dedé paseó la mirada instintivamente por la habitación, buscando a sus hijos. Los oyó en uno de los cuartos, jugando con su primita Jacqueline.

—Acaba de llegar —explicó mamá—. Yo estaba a punto de enviarte un recado. —No había teléfono en la casa vieja, lo que era una de las razones por las que se mudó a la carretera.

Dedé se sentó. Siempre se le aflojaban las rodillas cuando se asustaba.

—¿Qué pasó?

Mate le relató la historia, entre sollozos, la respiración agitada por el asma que la atacaba cada vez que se preocupaba. Ella y Leandro habrían dormido un par de horas cuando oyeron un golpe a la puerta que no aguardó que abrieran. Los del Servicio de Inteligencia Militar derribaron la puerta del apartamento, entraron como una tromba, amedrentaron a Leandro, y se lo llevaron. Luego revolvieron la casa, tajearon el tapizado del sillón y de las sillas, y partieron en su nuevo Chevrolet. Mate se detuvo, sin aliento para continuar.

—Pero ¿por qué? ¿Por qué? —preguntaba mamá—. Leandro

191

es un muchacho serio, ¡un ingeniero! —Ni Mate ni Dedé sabían qué contestarle.

Dedé trató de llamar a Minerva en Monte Cristi, pero la operadora le informó que la línea estaba muerta. Ahora mamá, que había soportado sus encogimientos de hombros por respuesta, las miró a los ojos.

—¿Qué está pasando aquí? Y no me digan que nada. Sé que algo pasa.

Mate dio un respingo, como si se hubiera portado mal.

—Mamá —dijo Dedé, sabiendo que había llegado la hora de decirle la verdad a su madre. Dio una palmadita en el sofá, entre las dos hermanas, para que se sentara su madre. —Vas a tener que sentarte para oír esto.

———————

Dedé fue la primera en salir corriendo cuando oyó la conmoción en el jardín. Lo que vio no tenía sentido al principio. Todos los sirvientes estaban ahora en el jardín delantero, Fela con Raulito en brazos, que chillaba, Noris junto a ellos, con Manolito de la mano, los dos llorando. Y Patria, arrodillada, se mecía para atrás y adelante, arrancando la hierba con las manos.

Poco a poco, Dedé fue uniendo la historia que contaba Patria.

Los del Servicio de Inteligencia Militar fueron a buscar a Pedrito y a Nelson que, alertados por los vecinos, huyeron a las montañas. Patria acudió a la puerta y les dijo a los oficiales que su marido y su hijo estaban en la capital, pero los del SIM registraron la casa, de todos modos. La revisaron palmo a palmo, dieron vuelta la tierra, y descubrieron los cajones con su carga incriminatoria, lo mismo que una caja vieja llena de papeles. Material subversivo, dijeron. Pero todo lo que vio Patria fueron unas libretas escritas con una letra infantil. Quizás algo que Noris había querido esconder de la curiosidad de su hermano mayor, y que enterró por eso.

Dieron vuelta la casa, arrancando las puertas, las ventanas, las vigas de caoba del antiguo rancho de la familia de Pedrito. Era como ver su vida desmantelada ante sus ojos, dijo Patria, llorando. El dondiego de día, que había formado como enredadera; la Virgencita con su marco de plata, bendecida por el obispo de Higüey; el ropero con los patitos con los que lo había decorado al nacer Raulito.

Todo violado, roto, profanado, destruido.

Luego prendieron fuego a lo que quedaba.

Y Nelson y Pedrito, al ver el incendio, y temiendo por Patria y los chicos, bajaron de la montaña, con las manos en alto, y se rindieron.

—¡Yo he sido buena! ¡Yo he sido buena! —clamaba Patria a los cielos. El terreno a su alrededor había quedado desolado, y el pasto yacía en montones junto a ella.

Dedé no pudo comprender por qué hizo lo que hizo a continuación. El dolor la impelió a salvar algo, quizá. Arrodillada, empezó a volver a plantar el pasto. Con voz tranquilizadora, le recordó a su hermana la fe que siempre la había sostenido.

—Tú crees en Dios Todopoderoso, creador del cielo y de la tierra...

Sollozando, Patria empezó a rezar el Credo.

———————

No pudieron conseguir a Jaimito, porque había ido a un remate de tabaco y estaría ausente todo el día. El nuevo médico no pudo venir desde San Francisco después que le explicaron por qué lo necesitaban. Tenía una emergencia, le dijo a Dedé, pero siendo una gran conocedora del temor, ella se dio cuenta de que tendría miedo. Don Bernardo, muy amable, le llevó algunos de los sedantes de doña Belén, y, sin hacer distingos, Dedé les dio a cada uno una pequeña dosis, inclusive a los bebés, a Tono y a Fela y a sus propios hijos, por supuesto. Una entumecida pesadez descendió sobre la casa. Todos se movían con lentitud. Dedé intentaba a cada rato hablar con Minerva, pero la línea seguía caída, y la operadora terminó por fastidiarse.

Por fin, Dedé logró hablar con Minerva en la casa de la madre de Manolo. ¡Qué alivio sintió al oír su voz! Fue entonces cuando se dio cuenta de que, a pesar de su indecisión, ella nunca había tenido una opción. Se uniera o no al movimiento clandestino, su destino estaba unido al de sus hermanas. Sufriría lo que ellas sufrieran. Si morían, no querría seguir viviendo sin ellas.

Sí, Manolo también había sido arrestado. Anoche. Minerva hablaba con monosílabos. Sin duda doña Fefita, la madre de Manolo, estaba a su lado. De vez en cuando Minerva tenía un acceso de tos.

—¿Estás bien? —le preguntó Dedé.

Se produjo una larga pausa. —Sí, sí —respondió Minerva, reanimada—. Nos han desconectado el teléfono, pero la casa sigue en pie. No había nada que robar, excepto libros. —La risa de Minerva se convirtió en tos. —Una alergia —explicó, cuando Dedé, preocupada, le preguntó si estaba enferma.

—Dame con Patria, por favor —le pidió Minerva después de su tétrica descripción—. Quiero preguntarle algo. —Cuando

Dedé le explicó que Patria por fin estaba reposando gracias a un sedante, que mejor sería que no fuera al teléfono, Minerva le preguntó a quemarropa:

—¿Sabes si se salvaron algunas zapatillas de los chicos?

—Ay, Minerva. —Dedé suspiró. El código era tan transparente que hasta ella se dio cuenta. —Aquí está mamá —la interrumpió—. Quiere hablar contigo.

Mamá le rogó que viniera a casa. —Es mejor que estemos todos juntos. —Por fin, le devolvió el tubo a Dedé. —Tú convéncela. —¡Como si alguna vez Minerva le hubiera hecho caso!

—No voy a atemorizarme —declaró Minerva antes de que Dedé intentara convencerla—. Estoy bien. ¿No puede venir Patria ahora al teléfono?

Unos días después, Dedé recibió la aterrorizada esquela de Minerva. Estaba desesperada. Necesitaba dinero. Los acreedores la acosaban. Debía comprar remedios porque ("No se lo digas a mamá") le habían diagnosticado tuberculosis. "Odio tener que involucrarte, pero como tú estás a cargo de las finanzas de la familia..." ¿Podía adelantarle dinero de su parte de la casa y de las tierras?

¡Demasiado orgullosa para pedir un simple favor! Dedé partió en la pickup de Jaimito, evitando detenerse en casa de mamá para usar el teléfono, porque mamá le haría preguntas. Desde el banco, Dedé llamó a Minerva para decirle que iba en camino con el dinero, pero dio con doña Fefita, muy perturbada. Esa mañana se habían llevado a Minerva, saqueando la casa y luego clausurándola con tablas. Dedé alcanzó a oír a Minou, llorando desconsolada.

—Iré a buscarte —le prometió a la niñita.

La niña se tranquilizó un tanto. —¿Mamá está contigo?

Dedé inspiró hondo. —Sí, mamá está aquí. —El comienzo de muchos cuentos. Luego se retractaría, diciendo que se refería a su propia mamá. Pero por ahora quería ahorrarle más angustia a la niña.

Condujo hasta los tabacales, donde Jaimito le había dicho que estaría supervisando la siembra de la nueva cosecha. Mientras hablaba por teléfono, Dedé se preguntaba qué diría Jaimito cuando volviera a su casa y viera que faltaba su mujer y su pickup. Algo le dijo que él no reaccionaría con su furia acostumbrada. A pesar de sí misma, Dedé tuvo que reconocer que le gustaba ver el desplazamiento del poder en su matrimonio. De vuelta de Río San Juan, llorando, le dijo por fin que no podía continuar con el matrimonio. Él también lloró, y le suplicó que le diera una segunda oportunidad. "Una centésima oportunidad", pensó ella. Ahora los acontecimientos los sobrepasaban, pisoteando su propia pena personal, sus florecientes esperanzas, sus alas recién nacidas.

—¡Jaimito! —gritó, al verlo a lo lejos.

Él acudió corriendo entre el barro del campo recién arado. "Qué irónico", pensó ella al verlo. Sus vidas, que estuvieron a punto de seguir caminos distintos hacía una semana, ahora volvían a juntarse. Después de todo, se estaban embarcando en el proyecto más apasionado que habían compartido hasta ahora, en el que no debían fracasar, como con los anteriores. Salvar a las hermanas.

Recorrieron en la pickup la corta distancia hasta lo de mamá, discutiendo cómo darle la noticia. Le había subido peligrosamente la presión después del colapso de Patria en el jardín. ¿Podía haber transcurrido ya una semana? Parecía que habían pasado meses desde que empezaron a vivir en ese infierno de terror y espantosa anticipación. Día tras día se producían nuevos arrestos. Crecían las listas en los periódicos.

Pero ya no era posible seguir protegiendo a mamá, como se dio cuenta Dedé al llegar a su casa. Había varios Volkswagens negros y una camioneta de la policía frente a ella. El capitán Peña, jefe de la división norte del SIM, tenía órdenes para arrestar a Mate. Mamá estaba histérica. Mate se aferraba a ella, llorando, aterrorizada, mientras mamá declaraba que su hija menor no podía irse sin ella. Dedé alcanzaba a oír los chillidos de Jacqueline llamando a su madre desde el dormitorio.

—Llévenme a mí, en vez de a ella —clamaba Patria de rodillas junto a la puerta—. Se lo ruego por el amor de Dios —le decía al capitán Peña.

El capitán, un hombre muy gordo, miraba hacia abajo con interés, contemplando el busto de Patria, que se levantaba y bajaba con la respiración agitada. Estaba considerando la oferta. Don Bernardo, atraído por la conmoción, llegó con un frasco de sedantes. Intentó convencer a Patria de que se pusiera de pie, pero ella no quería, o no podía hacerlo. Jaimito llevó adentro al capitán. Dedé vio que Jaimito echaba mano a su billetera, y que el capitán levantaba la mano para detenerlo. Ay, Dios, era muy malo que el diablo rechazara un soborno.

Por fin, el capitán dijo que haría una excepción. Mamá podía acompañarlos. Pero al llegar al sendero, después de subir a la aterrorizada Mate a la camioneta, dio una señal y el conductor apretó el acelerador, dejando a mamá sola en el sendero. Los gritos provenientes de la camioneta eran insoportables de oír.

Dedé y Jaimito fueron tras la camioneta en la pickup que se ladeaba de un lado a otro por la velocidad y las curvas, y por tener que sortear el tráfico más lento. Por lo general, Dedé reconvenía a Jaimito por su manera imprudente de conducir, pero ahora no hacía más que apretar un acelerador invisible. Aun así, no lograron dar alcance a la camioneta. Para cuando llegaron a la Fortaleza de Salcedo y vieron a un funcionario de cierta autoridad, se enteraron de que la joven llorona de la trenza larga había sido trasferida a la capital. No podían decir adónde.

—¡Esos hijos de puta! —exclamó Jaimito cuando volvieron a la pickup. Golpeaba el asiento de vinílico con el puño. —¡No se saldrán con la suya! —Era la misma violencia que había amedrentado a Dedé durante años. Pero ahora, en vez de temor, sintió una oleada de lástima. No había nada que pudiera hacer Jaimito, ni nadie. Pero era conmovedor que por fin encontrara la manera de servir al movimiento clandestino, después de todo: ocupándose de sus mujeres.

Al verlo, Dedé se acordó de los gallos de riña que en el gallinero parecían gallos comunes, pero que cuando los ponían frente a otro gallo cobraban vida, levantaban las plumas y sacaban las uñas. Los había visto, aturdidos, tambaleantes, los ojos picoteados, arañando el aire para atacar a un contrincante que ya no podían ver. Recordó también con asombro y un poco de asco e inclusive cierta excitación sexual, cómo Jaimito se metía la cabeza del gallo en la boca, como si fuera una parte herida de su ser o, quizá de ella misma, que él trataba de revivir.

En el camino de vuelta a lo de mamá Dedé y Jaimito hicieron planes. Mañana temprano irían a la capital a hacer una petición en favor de las chicas, aunque no sirviera de nada. Pero peor era no hacerlo. Los prisioneros no reclamados por lo general desaparecían. ¡Ay, Dios! Dedé ni siquiera podía pensar en eso.

Era extraño que en esa pickup, con el camino oscuro por delante y una luna delgada en el cielo, se tuvieran de la mano, como si volvieran a ser jóvenes amantes discutiendo los planes para el matrimonio. Dedé casi esperaba que Lío y Minerva aparecieran en el asiento trasero. Ese pensamiento la sacudió, pero no por el recuerdo de una oportunidad perdida, sino porque en aquel entonces la vida parecía tan inocente con respecto al futuro. Dedé ahogó el sollozo que se le enroscaba como una soga en la garganta. Si se aflojaba, sus entrañas mismas se caerían a pedazos.

Al doblar en el sendero vieron a mamá de pie al final del mismo, rodeada por Tono y Fela, que trataban de acallarla.

—¡Llévense todo, llévense todo! Pero devuélvanme a mis hijas! Por Dios! —gritaba.

—¿Qué es esto, mamá? —Dedé saltó de la pickup antes de que se detuviera del todo. Ya sabía lo que pasaba.

—Minerva, se han llevado a Minerva.

Dedé intercambió una mirada con Jaimito. —¿Cómo lo sabes, mamá?

—Se llevaron los autos. —Mamá indicó con la mano el otro extremo del sendero. En efecto, el Ford y el jeep habían desaparecido.

Unos guardias que se quedaron le pidieron las llaves. Confiscaban los vehículos registrados bajo el nombre de un prisionero. ¡Minerva! Nadie se había preocupado por cambiar los documentos desde la época de papá. Ahora los autos eran propiedad del SIM.

—Dios. —Mamá levantó los ojos, invocando las mismas estrellas que antes invocara Dedé. —¡Dios, escucha mi llanto!

—Vamos adentro a hablar con Dios —sugirió Dedé. Había visto un movimiento entre los setos. Los estaban espiando, y seguirían espiándolos todo el tiempo a partir de ahora.

En el dormitorio de mamá se arrodillaron todos ante el gran cuadro de la Virgencita. Era allí donde se hacía frente a las crisis de la familia: la vez que el hijo de Patria nació muerto, cuando las vacas tuvieron la conjuntivitis aguda, cuando encarcelaron a papá, luego cuando murió y se descubrió lo de su otra familia.

Ahora, en la pequeña habitación volvieron a reunirse Patria, Noris, mamá y hasta Jaimito, aunque él, con vergüenza, se mantuvo alejado; no tenía costumbre de arrodillarse. Patria rezó el rosario. De vez en cuando perdía la compostura, y entonces Dedé la reemplazaba con una voz fuerte y clara. En realidad no tenía puesto el corazón en lo que hacía. Repasaba mentalmente todo lo que debían hacer Jaimito y ella antes de partir por la mañana. Debían llevar a los muchachos a lo de doña Leila, y a Minou a Monte Cristi; cargar combustible en la pickup; empacar maletas para sus hermanas en la prisión, y una para ella y Jaimito, por si debían quedarse a pasar la noche.

Los rezos se detuvieron. Todos lloraban ahora, y tocaban el velo de la Virgen en procura de consuelo. Al mirar la imagen de la Madre Bendita, Dedé vio que habían agregado las fotos de Minerva y de Mate al marco que ya contenía las de Manolo, Leandro, Nelson y Pedrito. Por más que luchó, esta vez no pudo contener el llanto.

Esa noche, acostada al lado de Jaimito, Dedé no pudo dormir. No era el insomnio nocturno como secuela de su incursión al cobertizo a escuchar la radio de contrabando. Era algo distinto. Lo sintió venir despacio. La oscuridad de un armario en la niñez, el olor a nafta, que nunca le gustó, la sensación de algo peligroso que la tocaba con suavidad para ver qué haría ella. Sintió la cosquilleante tentación de dejarse ir. Permitir que la sobrecogiera la locura antes de que el SIM destruyera todo lo que amaba.

Pero ¿quién se haría cargo de sus hijos? ¿Y de mamá? ¿Y quién traería a Patria de regreso si volvía a apartarse de las aguas tranquilas y las verdes praderas de la cordura?

Dedé no podía huir. ¡Coraje! Era la primera vez que usaba la palabra y entendía lo que quería decir. Y así, mientras Jaimito roncaba, Dedé empezó a idear un pequeño ejercicio para distraer la mente y fortalecer el espíritu.

¡Concéntrate, Dedé! Recuerda una noche clara y fresca, muy parecida a ésta. Estás sentada debajo del anacahuita en el jardín del frente... Y empezó a jugar con el recuerdo feliz, obligándose a imaginar el aroma del jazmín, la sensación del atardecer sobre la piel, el vestido verde que llevaba puesto, el tintineo del hielo en el vaso de ron de papá, el murmullo de la conversación.

Pero ¡un momento! Dedé no inventó el juego del recuerdo la noche de los arrestos. De hecho, no fue ella quien lo inventó, sino Minerva, quien se lo enseñó después que la soltaron de prisión, esos últimos meses cuando estaba viviendo en lo de mamá con Mate y Patria y los chicos.

Dedé iba a visitarlos todos los días, y todos los días tenía una pelea con Minerva. Dedé le rogaba que fuera razonable, que se quedara en casa. Había rumores por todas partes. Trujillo la quería muerta. Se estaba convirtiendo en una persona demasiado peligrosa, la heroína secreta de la nación entera. En la farmacia, en la iglesia, en el mercado, la gente rodeaba a Dedé para desearle el bien a Minerva. "Cuida a nuestras muchachas", le decían al oído. O le deslizaban un papel. "Dile a las mariposas que eviten el camino a Puerto Plata.

No es seguro". Las mariposas. ¡Buen Dios, cómo la gente trocaba en romántico el terror de los demás!

Pero Minerva actuaba sin preocuparse por su seguridad. No podía abandonar la causa, argüía, ni permanecer encerrada en Ojo de Agua, permitiendo que el SIM quebrantara su espíritu. Además, Dedé estaba cediendo ante temores exagerados. Ahora que la OEA intercedía por los encarcelamientos y las ejecuciones, Trujillo no iba a matar a una mujer indefensa y cavarse su propia tumba. Rumores tontos.

—Voz del pueblo, voz del cielo —le respondía Dedé.

Una vez, hacia el fin, Dedé se echó a llorar en medio de una discusión.

—Me estoy enloqueciendo de preocupación por ti, ¿no te das cuenta? —En vez de ceder ante sus lágrimas, Minerva le propuso un ejercicio.

—Lo inventé en La Victoria, cada vez que me confinaban al aislamiento —le explicó—. Empiezas con un verso de un poema. Luego lo repites, una y otra vez, hasta que empiezas a tranquilizarte. Así mantuve la cordura. —Minerva sonrió con tristeza. —Prueba, vamos. Yo te ayudo.

Aun ahora, Dedé oye a su hermana recitando el poema que escribió en la cárcel, con una voz áspera por el resfrío del que no pudo librarse ese último año. *"Y caen las sombras de la noche, y el campesino dice adiós a su tierra..."*

No es extraño, por eso, que Dedé haya confundido el ejercicio de Minerva y su poema acerca de la caída de la noche con el insomnio de la víspera de su viaje a la capital. Se avecinaba una noche oscura, una noche diferente de aquellas otras noches calmas, largas y alegres de la infancia bajo el anacahuita, mientras papá parcelaba el futuro y mamá protestaba por su manera de beber. Ésta era distinta, quizás el centro del infierno, y la premonición hizo que se acercara a Jaimito hasta que por fin ella también se quedó dormida.

CAPÍTULO DIEZ

Patria

Enero a Marzo de 1960

No sé cómo fue que mi cruz resultó soportable. Tenemos un dicho por aquí: el jorobado nunca se cansa de llevar su joroba. De repente perdí mi hogar, mi marido, mi hijo, mi paz de espíritu. Pero después de un par de semanas de vivir en lo de mamá, me acostumbré a las penas que se amontonaban sobre mi corazón.

El primer día fue el más difícil. Yo estaba enloquecida de dolor, de verdad. Cuando Dedé y Tono me llevaron hasta la casa, todo lo que ansiaba era acostarme a morir. Podía oír a los bebés que lloraban a lo lejos, y las voces que los calmaban, y a Noris que sollozaba junto con su tía Mate, y todo su sufrimiento me arrancaba del mío. Pero primero dormí un largo rato, durante días, al parecer. Cuando me desperté, la voz de Dedé estaba en mis oídos, invocando el nombre del Señor.

Y al tercer día se despertó de entre los muertos...

Me levanté preparada para ocuparme de las tareas en lo de mamá. Pedí una palangana para bañar al bebé, y le dije a Noris que debía hacer algo con ese pelo sobre los ojos.

Mate y yo nos mudamos a la habitación del frente, con una cuna para nuestros bebés. Puse a Noris con Minou y Manolito en el cuarto libre que siempre ocupaba Minerva. Mamá estaría mejor sola en su propio dormitorio.

Pero después de la medianoche los durmientes empezaron a cambiarse de cama, cada uno buscando el consuelo de otro cuerpo. Manolito siempre se acostaba a mi lado, y pronto Raulito se echaba a bramar. ¡Ese chico era celoso hasta en sueños! Entonces lo llevaba a mi cama, dejando la cuna vacía, porque Jacqueline ya estaba acurrucada junto a su madre. Por la mañana encontraba a Noris y a Minou en la cama de mamá, dormidas abrazadas.

Y al tercer día se despertó de entre los muertos...

Al tercer día en lo de mamá, en lugar de una resurrección, tuve una nueva crucifixión. El SIM vino a buscar a Mate.

Pasaron tres meses antes de que volviera a verla a ella o a Minerva o a nuestros maridos. Tres meses antes de que pudiera abrazar a mi Nelson.

———

Como dije, me recuperé. Pero de vez en cuando no podía sacarme las imágenes de la cabeza.

Una y otra vez veía que se acercaban los del SIM, veía a Nelson y a Pedrito que salían corriendo por atrás, veía el rostro afligido de Noris. El tropel de hombres en la puerta. Oía los golpes, las corridas, los gritos. Y veía arder la casa.

Veía células diminutas con muy poco aire y nada de luz. Oía puertas que se abrían. Veía manos intrusas, horribles, amenazantes. Oía el crujido de huesos al quebrarse, el ruido sordo de un cuerpo derribado. Oía gemidos, chillidos, gritos desesperados.

¡Ay, mis hermanas, mi Pedrito, ay mi cordero!

Mi corona de espinas estaba hecha de pensamientos acerca de mi hijo. Su cuerpo que yo había entalcado, alimentado, bañado. Su cuerpo ahora quebrado como si no fuera más que una bolsa de huesos.

—He sido buena —clamaba yo al cielo, desvirtuando la "recuperación".

Y luego mamá mandaba llamar a Dedé. Juntas, Dedé y yo rezábamos el rosario. Después jugábamos a nuestro juego de la niñez: abríamos la Biblia y leíamos el futuro en el versículo que tocábamos con la mano, al azar.

Y al tercer día se despertó de entre los muertos...

———

Era extraño vivir otra vez con mamá, en la nueva casa. Todo lo de la casa vieja estaba allí, pero dispuesto de otra manera. A veces trataba de abrir una puerta que no estaba allí. En la mitad de la noche, por más que no quisiera despertar a los niños, tenía que encender una luz para ir al baño. De lo contrario, tropezaba con un armario que no solía estar en el corredor de la antigua casa.

A la entrada colgaba el requerido retrato de El Jefe, sólo que no era el de antes, de Trujillo como un joven capitán, que era el que teníamos colgado junto al Buen Pastor. Mamá había adquirido el último retrato, y lo colgó solo, lo más separado posible del resto de la casa.

Ahora era más viejo, más corpulento, la papada más pronunciada, la expresión de la cara más cansada, de alguien que se había saciado de todo lo malo de la vida.

Quizá porque estaba acostumbrada al Buen Pastor con Trujillo lado a lado en la antigua casa, de vez en cuando me sorprendía rezando al pasar junto al retrato.

Una vez entré con un ramo de flores en las manos. Levanté los ojos, lo miré, y pensé: "¿por qué no?" Puse un jarrón sobre la mesa, debajo del retrato.

Parecía natural ponerle un lindo tapete de encaje a la mesa.

No sé si fue así como empezó, pero al tiempo empecé a rezarle a él, no porque fuera digno de algo parecido. Quería algo de él, y la única manera que yo tenía de pedir era rezando.

Aprendí ese truco de criar a mis hijos. Se les pone la mejor ropa y ellos se portan bien, para hacer juego.

¡Nelson, diablito mío! De niño siempre estaba atormentando a Noris, siempre haciendo travesuras. Entonces lo llamaba y le daba un baño. Pero en vez de ponerle el pijama y mandarlo a la cama en pleno día como castigo, le ponía sus pantalones de gabardina y su guayabera de hilo, igualito a su padre. Y lo llevaba conmigo a Salcedo, a la novena de la tarde, y después le compraba un helado de coco. ¡El niñito bien vestido se portaba como un ángel!

Por eso pensé: "¿por qué no?" Si lo trataba a él como un espíritu merecedor de mi atención, quizás empezaría a portarse bien.

Le cambiaba las flores todos los días, y decía unas palabras. Mamá creía que estaba haciendo teatro, para Peña y sus hombres del SIM, que pasaban con frecuencia para controlar a la familia. Pero Fela entendía, sólo que pensaba que yo estaba haciendo un trato con el maligno. No era así, en absoluto. Yo quería apelar a su mejor naturaleza. Si podía hacerlo, el resto se produciría solo.

"Jefe —le decía—, recuerda que eres polvo y en polvo te convertirás." (Eso nunca funcionó con él.)

"Oye mi clamor, Jefe. Libera a mis hermanas, a sus esposos, y al mío. Pero en especial te ruego, Jefe, que liberes a mi hijo.

"Llévame a mí en cambio. Yo seré tu cordero propiciatorio."

Colgué el Sagrado Corazón, regalo de Don Bernardo, en el dormitorio. Allí hacía mi ofrenda de ruegos verdaderos, no mis trucos.

No estaba loca, después de todo. Sabía quién tenía el mando.

Había renunciado a mis peores sentimientos, en general, aunque todavía quedaba un poco de amargura. Por ejemplo, me había ofrecido a El Jefe, para que hiciera lo que quisiera conmigo, pero no le había hecho el mismo ofrecimiento a Dios.

Supongo que yo lo veía como una propuesta clara que le hacía a El Jefe. Él pediría lo que siempre les había pedido a las mujeres. Eso se lo podía dar. Pero no existían límites a lo que podría querer el Señor de Patria Mercedes, cuerpo y alma y todo lo demás.

Con un bebé de pecho, una hija que empezaba a convertirse en mujer, y un hijo entre rejas, yo no estaba lista para entrar en su reino.

En medio de mis tribulaciones, había momentos. No puedo decir si fueron momentos de Gracia. Pero sí momentos en que supe que estaba en el curso correcto.

Un día, poco después que se llevaran a Mate, apareció Peña. Ese hombre me erizaba la piel, la misma sensación que tenía en presencia del diablo en los viejos tiempos, cuando hacía esas cosas de noche con las manos. Los chicos estaban en el patio conmigo. Se mantenían lejos de Peña, rechazando los caramelos que les ofrecía, a menos que yo aceptara uno primero. Ese día, cuando trató de poner a Minou sobre sus rodillas, todos huyeron.

—Hermosos chicos —dijo él, para disimular el rechazo—. ¿Son todos suyos?

—No, el niño y la niñita son de Minerva, y la bebé es de Mate. —Y dije sus nombres de forma muy clara, para hacerle notar que los estaba convirtiendo en huérfanos. —El bebé y la jovencita son míos.

—Don Pedrito debe de querer mucho a esos hijos suyos.

Se me heló la sangre. —¿Qué le hace decir eso, capitán? —Traté de usar un tono natural.

—El SIM le hizo una oferta a su marido, pero él no quiso aceptarla.

¡De modo que estaba vivo! Dedé, mamá y Jaimito habían ido tres veces al cuartel general, pero siempre les informaron que no tenían ningún registro de nuestros prisioneros.

—¿No quiere saber cuál fue la oferta? —Peña parecía

disgustado. Yo había notado que le gustaba que yo le suplicara información.

—Sí, capitán. Por favor.

—A su esposo se le ofreció la libertad y sus tierras...

¡Me dio un salto el corazón!

—... si demostraba su lealtad a El Jefe divorciándose de su mujer Mirabal.

—¿Sí? El corazón me golpeaba el pecho.

Los penetrantes ojos de cerdo de Peña me observaban. Y luego tuvo que decir algo sucio.

—Ustedes las mujeres Mirabal deben de ser algo especial —se acarició allí abajo—para mantener interesado a un hombre, cuando su hombría sólo le sirve para orinar.

Tuve que rezar dos Glorias para mis adentros antes de poder hablar en voz alta. Aun así, mi voz echaba chispas.

—¡Capitán Peña, no importa lo que le hagan a mi marido, él siempre será diez veces más hombre que ustedes! —El maldito echó la cabeza hacia atrás y rió; luego tomó su gorra y se puso de pie para irse. Vi el bulto que se le había formado diciendo esas cosas.

Fui a buscar a los niños para calmarme. Encontré a Minou cavando un pozo en el suelo y enterrando los caramelos que había traído Peña. Cuando le pregunté por qué despediciaba los caramelos, me dijo que los estaba enterrando, igual que hicieron su mamá y su papá con el cajón, porque era malo tocarlo.

—Estos caramelos son malos —me dijo.

—Sí, lo son —le dije yo, y me arrodillé para ayudarla.

La mención que hizo Peña de Pedrito fue la primera noticia que tuvimos de nuestros prisioneros. Luego, unos días después, Dedé y mamá volvieron de uno de sus viajes a la capital con la "buena noticia" de que los nombres de las chicas, junto con el de los hombres y de mi Nelson, habían aparecido en la lista más reciente de trescientos setenta y dos detenidos. ¡Ay, cuán aliviados nos sentimos! Mientras que el SIM admitiera que estaban bajo custodia, nuestros prisioneros corrían menos peligro de desaparecer.

A pesar de que estaba oscuro, salí al jardín con las tijeras de mamá. Corté siguiendo el olfato más que la vista, de modo que no supe lo que tenía hasta entrar en la casa. Arreglé los jazmines y las gardenias en el jarrón sobre la mesita, y luego llevé el resto a mi dormitorio.

Y al tercer día se despertó de entre los muertos.

Ya estábamos en la tercera semana. Aun así, como he dicho, había momentos. La resurrección cobraba fuerza.

―――――――

El domingo temprano subimos a la pickup de Jaimito. Con excepción de unos cuantos caballos de trabajo en lo de Dedé, y la vieja mula de mamá, era el único transporte que nos quedaba, ahora que habían confiscado todos los autos. Mamá tendió una sábana vieja en el remolque y nos ubicó allí a mí y los chicos. Ella, Dedé y Jaimito iban en la parte de adelante. Era muy temprano cuando llegamos a Salcedo para la primera misa. La niebla se estaba levantando de los campos de los alrededores. Cuando pasamos por el desvío de la antigua casa en Conuco, sentí una punzada de dolor. Miré a Noris, con la esperanza de que no lo hubiera notado, pero su cara bonita luchaba por no llorar.

Nadie sabía que la voz de Dios hablaría ese día desde el púlpito. Ninguno de nosotros lo habría esperado del padre Gabriel, pues creíamos que era un sustituto servil enviado después del arresto del padre De Jesús.

Cuando sucedió, casi no lo oí. Raulito tenía uno de sus accesos de llanto y Jacqueline le hacía coro, pues es muy enfática cuando de lágrimas se trata. Minou estaba atareada "leyendo" mi misal, puesto al revés, a Manolito. A Dedé y a mí nos costaba bastante mantenerlos a raya, y mamá hacía su parte, fulminándonos con la mirada desde el medio del banco. Como nos dice siempre, estamos criando salvajes con las nuevas teorías de convencer sin castigar.

—Luchan contra los tiranos y al mismo tiempo crían pequeños tiranos.

Me dirigía al vestíbulo con los chicos cuando lo oí.

—No podemos permanecer indiferentes a los severos y dolorosos golpes que padecen tantos buenos hogares dominicanos... —La voz del padre Gabriel crepitó en el altoparlante.

—¡Cállense, ya! —ordené a los chicos con tanta ferocidad que hicieron silencio y me miraron con toda su atención.

—Todas las personas nacen con derechos que provienen de Dios y no hay poder terrenal que pueda quitárselos.

El sol brillaba a través de los vitrales de la ventana de Juan Evangelista, cubierto con un taparrabos que, según las quejas de unas señoras de la iglesia, resultaba impropio, a pesar de nuestro calor tropical. Senté a Raulito en el borde de la pira bautismal y a los otros niños les di unas pastillas de menta para mantenerlos quietos.

—Denegar estos derechos es una grave ofensa contra Dios, contra la dignidad del hombre.

Siguió hablando, pero yo ya no escuchaba. El corazón me latía con fuerza. Supe que una vez que lo dijera, ya no podría retractarme. "Ay, Señor, deja en libertad a mi hijo —recé. Y luego agregué lo que me había estado callando—. Deja que yo sea el cordero propiciatorio."

Cuando terminó el padre Gabriel, levantó los ojos, y se hizo un silencio total en la iglesia. Estábamos aturdidos con la buena noticia que nos había dado nuestro Gabriel. Si se hubiera podido aplaudir en la iglesia, todos habríamos coronado su *Dominus vobiscum* con nuestros aplausos.

Nos quedamos todo el día en Salcedo, sentados en un banco de la plaza entre misa y misa y comprando golosinas como soborno para los niños durante el servicio, que duraba una hora larga. Para la última misa, alrededor de las seis de la tarde, tenían la ropa dominguera sucia. Se había corrido el rumor, y la congregación crecía con cada nueva misa. La gente volvía y volvía, misa tras misa. También empezaron a aparecer agentes encubiertos. Los reconocíamos con facilidad. Eran los que se arrodillaban con el traste apoyado contra el asiento y miraban a su alrededor durante la consagración. Alcancé a ver a Peña en el fondo, sin duda tomando nota de los que volvían a la misa siguiente, como yo.

Más tarde nos enteramos de que lo mismo sucedía en todo el país. Los obispos se habían reunido al principio de la semana y redactado una carta pastoral para ser leída desde el púlpito ese domingo. ¡Por fin la Iglesia había decidido compartir la suerte de su pueblo!

Esa noche volvimos a casa animados. Los bebés dormían en los brazos de los niños mayores. Ya estaba oscuro, pero cuando miré el cielo vi una gran luna vieja, como la propia aureola de Dios suspendida allí como señal de su pacto. Me estremecí al recordar mi promesa.

———

Estábamos preocupados por la misa del domingo siguiente. Durante toda la semana nos enteramos de los ataques contra las iglesias en distintos puntos de la isla. En la capital trataron de asesinar al arzobispo en la catedral, mientras decía misa. El pobre Pittini era tan viejo y ciego que ni siquiera se dio cuenta de lo que pasaba. Siguió entonando el Kyrie mientras derribaban al suelo al asesino.

Nada tan grave sucedió en nuestra parroquia, aunque tuvimos nuestra propia fuente de excitación. El domingo, después de la pastoral, nos visitó un contingente de prostitutas. Cuando llegó la comunión, se produjo tal meneo de caderas hasta el altar que cualquiera hubiera dicho que eran ellas quienes ofrecían su cuerpo y su sangre, en vez de recibir la de Cristo. Formaron fila, riendo, provocando al padre Gabriel al abrir la boca y hacer señas obscenas con la lengua. Una de ellas se apoderó del cáliz y lo vació de un trago.

Esto fue como una cachetada a nuestra congregación. Una docena de mujeres nos pusimos de pie y formamos un cordón alrededor de nuestro cura, permitiendo pasar sólo a quienes llegaban al altar en busca de salvación y no como sacrilegio. Las puticas se enojaron. Una de ellas me dio un empujón, pero Patria Mercedes no ofreció la otra mejilla, de ninguna manera. Arrastré a esa mujer esmirriada hasta el fondo de la iglesia.

—Si quieres recibir la comunión, primero reza el Credo —le dije.

Me miró como si le hubiera pedido que hablara en inglés. Echó atrás la cabeza y marchó hasta el SIM para cobrar lo que le pagaban por profanar.

Al domingo siguiente fuimos a la primera misa, pero no pudimos trasponer la puerta por el hedor que venía de adentro. No tardamos en descubrir lo que pasaba. ¡Sinvergüenzas! Habían ido a la iglesia durante la noche y vaciado el contenido de las letrinas en los confesionarios.

Envié a los chicos a casa con mamá, por miedo a algún otro incidente con el SIM. Dedé, Noris y yo nos quedamos a limpiar. Sí, Noris insistió, aunque yo le pedí que se fuera a casa con los demás. La casa de Dios también era su casa, dijo. Mis rezos a la Virgencita han recibido respuesta. Tuve que reírme. Eso era lo que siempre nos decía Sor Asunción. Cuidado con lo que le piden a Dios. Puede enviarles lo que quieren.

Una mañana, como un mes después que se llevaron a Mate y Minerva, tuve otro visitante. Dedé y mamá habían ido en uno de sus viajes a la capital. Su costumbre era ir todas las semanas con Jaimito o con algún otro pariente de los prisioneros. Se rehusaban a llevarme a mí. Estaban seguros de que alguno del SIM se daría cuenta de que me habían pasado por alto y que me arrestarían en el acto.

Antes de volver a casa, siempre iban a La Victoria. Desesperados, supongo, con la esperanza de ver a las chicas por casualidad. Por supuesto, nunca las vieron. Pero muchas veces había sábanas o toallas colgando entre las rejas de las ventanas para secarse, y este toque doméstico siempre les daba esperanza.

Yo estaba en la sala, enseñándole a Noris cómo aplicar monogramas, igual que le había enseñado a Mate. Los chicos estaban ocupados construyendo edificios con sus cubos de madera. Entró Tono para anunciar que había una visita. Sentí un vuelco al corazón, porque pensé que era Peña otra vez. Pero no, era Margarita, que quería ver a la doña de la casa. No dio el apellido, ni dijo para qué.

La mujer joven que estaba sentada en la galería de atrás me pareció vagamente familiar. Tenía una expresión dulce en su rostro sencillo, y pelo espeso y oscuro sostenido con horquillas. Los ojos, las cejas, todo en ella decía que era una Mirabal. "Ay no —pensé—. No ahora." —Se puso de pie no bien me vio, y saludó con una tímida inclinación de cabeza.

—¿Podemos hablar en privado?

Yo no sabía qué esperar. Tenía conocimiento de que Minerva se había mantenido en contacto con ellas todos esos años, pero yo siempre había guardado distancia. No quería que me asociaran con esa campesina que no respetaba el vínculo sagrado del matrimonio ni el buen nombre de los Mirabal.

Indiqué el jardín con la cabeza. Allí nadie oiría nuestra conversación.

Cuando habíamos recorrido un trecho del sendero, ella se metió la mano en el bolsillo y me extendió una esquela doblada.

Me empezaron a temblar las manos.

—Alabado sea Dios —dije, levantando los ojos—. De dónde sacó esto?

—El primo de mi madre trabaja en La Victoria. No quiere que se mencione su nombre.

Abrí el papel. Era la etiqueta de una lata de salsa de tomate, escrita en el dorso.

Estamos en la celda # 61, Pabellón A, La Victoria: Dulce, Miriam, Violeta, Asela, Delia, Sina, Minerva y yo. Por favor notifiquen a sus familias. Estamos bien pero nos morimos por recibir noticias de casa y de nuestros hijos. Envíen Trinalín porque todas tenemos una gripe terrible, y Lomotil para lo obvio. Y cualquier alimento que se conserve. Muchos besos para todos, pero especialmente para mi adorada hijita.

Y luego, como si yo no fuera a reconocer esa hermosa letra en un millón, firmaba "Mate".

Me daba vueltas la cabeza de pensar en lo que había que

hacer. Esa noche, con mamá y Dedé escribiría una respuesta y la incluiría en el paquete. —Podemos enviar algo con su pariente?

Ella asintió, demorándose, como si tuviera algo más que decir. Me di cuenta de que esos servicios tenían un precio.

—Espere aquí, por favor —le dije, y corrí a buscar mi bolso. Pareció dolorida cuando le ofrecí los billetes.

—No, no, no podemos aceptar nada de usted. —En cambio, me entregó una tarjeta con el nombre de la farmacia a la que yo siempre iba en Salcedo. Tenía el nombre de ella escrito del otro lado: "Margarita Mirabal, para servirla".

El leer "Mirabal" fue un golpe.

—Gracias, Margarita —le dije, dándole la mano. Luego agregué las palabras que me costaba arrancar a mi orgulloso corazón. —Patria Mercedes, para servirla.

Cuando se fue, releí la nota de Mate una y otra vez como si fuera a aparecer más información con cada nueva lectura. Luego me senté en el banco, junto a las aves del paraíso, y me tuve que reír. ¡La otra familia de papá era el agente de nuestra salvación! Era ingenioso, y, además, sabio. Iba a causar varias revoluciones. Una de ellas tenía que ver con mi orgullo.

———————

Esa noche Dedé, mamá y yo nos quedamos hasta tarde preparando el paquete. Hicimos bizcochos de batata con melaza, que eran muy nutritivos y duraderos. Pusimos una muda para cada una, y zoquetes, y adentro de los zoquetes un peine y un cepillo para que compartieran. No podía imaginarme cómo se las arreglaría Mate con ese pelo tan largo.

Nuestra pilita de cosas fue creciendo, y empezamos a discutir acerca de si ésto o aquello era necesario. Mamá pensaba que sería un error mandarle a Mate la toalla negra buena que hizo cuando estuvo en casa, para apaciguar los nervios. Le había aplicado una "M" en raso dorado, pero no había alcanzado a ponerle la "G".

—Cuanto más les enviemos, más fácil será que alguien les robe.

—Ay, mamá, ten un poco de fe.

Puso las manos en jarra y meneó la cabeza.

—Patria Mercedes, tú deberías ser la primera en saber... —No completábamos las oraciones cuando criticábamos al gobierno dentro de la casa. Había oídos en todas partes, o eso imaginábamos. —Que ésa no es toalla para una celda —terminó diciendo mamá, como si fuera lo que pensaba decir.

Dedé la convenció. Usó el mismo argumento para el juego de manicura, el lápiz labial y el polvo, para la botellita de Deleite del Matador. Estos toquecitos de lujo les levantarían el espíritu. Mamá no podía negarlo.

Adentro del libro de oraciones de Mate puse un poco de dinero y la nota.

Queridísimas Minerva y Mate: estamos haciendo una petición en el cuartel general y, Dios mediante, alguna puerta se abrirá pronto. Los chicos están todos bien, aunque las echan terriblemente de menos. Por favor hágannos saber acerca de su salud y otra cosa que necesiten. Además, ¿qué saben de los hombres, y del querido Nelson? Manden noticias, y recuerden que están en las oraciones de Patria, Dedé, y su madre que las quiere.

Mamá firmó ella misma. No pude contener el llanto cuando la vi luchando con la pluma y haciendo correr la tinta con las lágrimas.

Después que mamá se fue a la cama, le expliqué a Dedé quién había traído la esquela. Había sido evasiva con mamá, para no abrir viejas heridas.

—Es parecida a Mate —le dije—. Es muy bonita.

—Lo sé —acotó Dedé—. Resultó que ella sabía mucho más.

—Cuando murió papá, Minerva me pidió que dedujera dinero de su herencia para la educación de esas chicas. —Dedé meneó la cabeza al recordar. —Yo me puse a pensar en el asunto, y decidí contribuir con la mitad. No era mucho —agregó, al ver mi cara. Me sentí ofendida por no haber sido incluida en ese acto de caridad. —Ahora la mayor es farmacéutica y ayuda a las otras.

—Una chica espléndida —dije.

—Como todas las Mirabal —dijo Dedé, sonriendo. Era un comentario que hacía papá acerca de sus hijas. Claro que en aquel entonces nosotras creíamos que sólo se refería a nosotras.

Había algo nostálgico en el aire, que tenía que ver con nosotras las hermanas. Quizá por eso le pregunté:

—Y tú, Dedé, ¿cómo te sientes?

Sabía a qué me refería. Yo podía leerle el corazón a mis hermanas, aunque lo escondieran tras una sonrisa habitual. El padre De Jesús me había contado acerca de la visita frustrada que le hizo Dedé. Pero desde el arresto de las chicas todas estábamos demasiado aturdidas para sentir o hablar de otro dolor.

—Jaimito se está portando muy bien. No me puedo quejar

—dijo. ¿Portándose bien? ¡Qué palabra más extraña para un marido! Ahora muchas veces Dedé dormía con los dos hijos menores en lo de mamá. Para cuidarnos, decía.

—¿Las cosas están bien, entonces?

—Jaimito ha estado espléndido —siguió diciendo Dedé, haciendo caso omiso de mi pregunta—. Le estoy muy agradecida, porque sé que no quería tener parte en estos líos.

—Ninguna de nosotras lo quería tampoco —observé. Como vi que se estaba cerrando, no le hice ninguna crítica implícita a Jaimito. De hecho, y a diferencia de Minerva, yo quería a nuestro primo fanfarrón. Debajo de sus bravuconadas, tenía muy buen corazón.

La tomé de la mano. —Cuando pase todo esto, pídele consejo al padre De Jesús. La fe puede fortalecer un matrimonio. Y yo quiero que ustedes dos sean felices juntos.

De repente, se echó a llorar. Claro que siempre lo hacía cuando yo le hablaba de esa manera. Le toqué la cara, y le indiqué que saliéramos.

—A mí puedes decirme si algo anda mal —le dije, mientras salíamos al sendero bañado por la luna.

Ella estaba mirando el cielo. La vieja luna gorda de hacía unos días se había reducido a algo que le faltaba una tajada.

—Jaimito es un buen hombre, por más que otros piensen lo contrario. Pero él hubiera sido más feliz con otra. —Se hizo una pausa.

—¿Y tú? —la alenté.

—Supongo que también —reconoció. Pero si tenía un fantasma en su corazón, no dijo su nombre. Levantó las manos como si la luna fuera a caer dentro de ellas. —Es tarde —dijo—. Vamos a la cama.

Mientras volvíamos a la casa, oí una tosecita.

—Tenemos visitas otra vez —susurré.

—Lo sé —dijo—. Por todas partes.

———————

No bien aparecía la pickup de Jaimito por la mañana para la misa diaria, se oía el sonido de juguete de un VW. Toda la noche olíamos sus cigarrillos en el patio y oíamos toses y estornudos amordazados. A veces gritábamos: "¡Que Dios los bendiga!" A medida que pasaban los días, empezamos a vengarnos.

Había un rincón donde una parte de la casa se reunía con otra, y ése era su escondite preferido por la noche. Mamá puso unas sillas de caña y un cajón con un cenicero para que dejaran de ensuciar. Una noche, puso un termo lleno de agua helada y algo de comer, como si llegaran los Reyes Magos. Robaron el termo y los vasos y el cenicero, y en vez de usar el sendero pisotearon las flores. Al día siguiente, mamá plantó sus arbustos espinosos en esa parte del jardín. Esa noche, cuando los oyó allí, abrió la ventana y vació el agua sucia del baño de Jacqueline en el patio. Se oyó un grito sorprendido, pero no se atrevieron a salir a protestar. Después de todo, eran espías archisecretos, y no se suponía que nosotros supiéramos que estaban allí.

Adentro, Dedé y yo no podíamos contener la risa. Minou y Jacqueline se rieron de esa manera forzada con que se ríen los niños para imitar la risa de los adultos cuando no saben de qué se trata. A la mañana siguiente encontramos pedacitos de tela y hasta un pañuelo en las espinas. Desde entonces, cuando nos espiaban, se mantenían a una distancia respetuosa de la casa.

Fue necesario idear un plan para alcanzarle el paquete a Margarita. A la mañana siguiente a su visita nos detuvimos en la farmacia en el camino de regreso de la misa diaria. Yo entré, mientras los demás esperaban en la pickup. Llevaba a Raulito en brazos de manera tal que su manta cubriera el paquete. Por una vez, el niñito se quedó quieto, como si se diera cuenta de que yo necesitaba su buen comportamiento.

Me pareció extraño entrar en esa farmacia ahora que sabía que ella trabajaba allí. ¡Cuántas veces me había detenido a comprar aspirinas o fórmula para el bebé! Y cuántas veces la simpática muchacha de guardapolvo blanco se había ocupado de las recetas. Me pregunté si ella sabía todo el tiempo quién era yo.

—Si es un problema... —empecé a decir, entregándole el paquete. Ella lo guardó de inmediato debajo del mostrador. Me miró significativamente. No debía explayarme en ese lugar público.

Margarita frunció el entrecejo al ver el billete grande que le metí en la mano. En un susurro, le dije que era para el Lomotil, el Trinalin y las vitaminas que quería que agregara al paquete. Asintió. El dueño de la farmacia se acercaba.

—Espero que esto la ayude —dijo Margarita, entregándome un frasco de aspirinas para disimular nuestra transacción. Era la marca que siempre llevaba yo.

Esa semana, mamá y Dedé volvieron regocijadas de su viaje semanal. ¡Habían visto una toalla negra colgando de una ventana de La Victoria! Dedé no estaba segura, pero le pareció que tenía un zigzag, quizás un monograma. ¿Y quién más iba a tener una toalla negra en una prisión?

—Lo sé, lo sé —dijo mamá—. Ya oí esto varias veces en el viaje de vuelta. —Remedaba a Dedé. —Ves, mamá, qué buena idea fue mandar esa toalla.

—La verdad es que yo no creía que llegaría a sus manos. Sospecho de todo el mundo.

—¡Miren esto! —gritó Jaimito desde donde estaba sentado leyendo el diario que acababa de comprar en la capital. Señaló la foto de un grupo fantasmal de prisioneros jóvenes, la cabeza gacha, y El Jefe que los amonestaba con el dedo en alto. —Ocho prisioneros perdonados ayer en el Palacio Nacional. —Leyó los nombres. Entre ellos, Dulce Tejeda y Miriam Morales, quienes, según la esquela de Mate, compartían la celda con ella y Minerva.

Sentí un gran alivio, y mi cruz me pareció liviana como una pluma. Todos los ocho perdonados eran mujeres o menores. Mi Nelson había cumplido los dieciocho años la semana pasada en prisión. Seguramente, no era más que un muchacho.

—Mi Dios, aquí hay algo más —siguió diciendo Jaimito. Entre las transacciones de bienes raíces, figuraba el capitán Víctor Alicinio Peña, que había comprado al gobierno la antigua heredad de los González por una bicoca.

—La robó. Eso hizo —dije abruptamente.

—Sí, el muchacho robó unos mangos —dijo Dedé en voz alta para disimular mi indiscreción. La semana pasada, Tono había descubierto un pequeño micrófono detrás del retrato de casamiento de mamá. Sólo podíamos hablar con libertad en el jardín o en un auto.

—La verdad es... —empezó a decir mamá, pero se interrumpió. ¿Para qué entregar la valiosa verdad a un micrófono escondido?

Yo era propiedad de Peña: así lo veía yo. Al día siguiente, me puse el vestido amarillo y los zapatos negros de tacones altos que había heredado de Dedé. Me entalqué y me perfumé y traspuse el seto hasta la casa de don Bernardo.

—¿Adónde vas, mamá? —me preguntó Noris. La había dejado cuidando a los niños. —Salgo —le respondí, agitando la mano por encima del hombro— a ver a don Bernardo. —No quería que ni mamá ni Dedé se enteraran de mi salida.

En realidad, don Bernardo era nuestro ángel vecino disfrazado de anciano español con una esposa achacosa. Había llegado a la isla bajo un programa de refugiados instituido por Trujillo en la década de 1940 "para blanquear la raza". No había sido de gran ayuda al dictador en ese sentido, pues él y doña Belén no habían tenido hijos. Ahora se pasaba los días en la galería, rememorando, y atendiendo a un ser ausente atado a una silla de ruedas. Por alguna necesidad propia, don Bernardo fingía creer que su mujer estaba indispuesta y no demente. Trasmitía los saludos y disculpas de doña Belén, inventados por él. Una vez por semana, el anciano se instalaba con gran esfuerzo detrás del volante de su viejo Plymouth para llevar a doña Belén a Salcedo, para un control rutinario.

Sí, era un verdadero ángel, un buen padrino para nuestros pequeños —Raulito, Minou y Manolito— en una época en que la mayoría de la gente evitaba a los Mirabal.

Luego, después que se llevaron a las chicas, me di cuenta de que Jacqueline no había sido bautizada. Habíamos bautizado a todos mis hijos a la usanza del campo, dentro del primer ciclo de la luna después del nacimiento. Pero María Teresa, que siempre amó el drama y la ceremonia, había pospuesto el bautismo hasta poder hacerlo "de la manera correcta" en la catedral de San Francisco, con una misa oficiada por el obispo y acompañada por el coro de las alumnas de la Inmaculada, cantando el "Regina Coeli". Creo que el orgullo corría por las venas de más de una en nuestra familia.

Una tarde, cuando yo todavía estaba enloquecida por el dolor, salí corriendo descalza con Jacqueline en brazos. Don Bernardo ya estaba en la puerta con el sombrero puesto y las llaves en la mano.

—De modo que estás preparada para ser un pececillo en las aguas de la salvación, eh, pequeña? —Acarició a Jacqueline en la barbilla, y a ella se le secaron las lágrimas en el acto.

Ahora yo volvía a acudir a la puerta de don Bernardo, pero esta vez sin un bebé en mis brazos.

—Qué placer, Patria Mercedes —me dijo, como si fuera los más natural del mundo que yo cayera a cualquier hora del día o de la noche, descalza o emperifollada, a pedirle un favor.

—Don Bernardo, vengo a molestarlo de nuevo. Pero necesito que me lleve a Santiago, a la oficina del capitán Peña.

—Una visita a la cueva del león, por lo que veo.

Vislumbré una sonrisa bajo la curva de su espeso bigote blanco. Entró por un momento en el dormitorio donde doña Belén estaba sujeta a la cama, en su segunda infancia. Luego salió, dándome el brazo, como escolta.

—Doña Belén le envía sus saludos —me dijo.

El capitán Víctor Alicinio Peña me recibió en forma correcta. Quizá fue debido a los nervios, pero me pareció que su oficina, con sus celosías de metal y una única luz fluorescente, tenía un aspecto de celda. El aire acondicionado hacía un violento ruido mecánico, como si estuviera a punto de estallar. Deseé estar afuera, en la plaza, debajo de los almendros, que era donde me aguardaba don Bernardo.

—Es un placer verla, doña Patria —dijo el capitán Peña, recorriéndome con la mirada como si no quisiera perderse ni un centímetro de mi persona—. ¿En qué puedo servirla? —preguntó, indicándome que me sentara.

Yo había planeado hacer un alegato apasionado, pero no me salía ni una palabra de la boca. No habría sido exagerado decir que Patria Mercedes había enmudecido en la cueva del diablo.

—Debo decir que me sorprendió un tanto que me dijeran que estaba usted aquí para verme —siguió diciendo Peña. Me di cuenta de que le fastidiaba mi silencio. —Soy un hombre ocupado. ¿Qué puedo hacer por usted?

De repente salió todo, junto con mis lágrimas. Que había leído en el diario que El Jefe había perdonado a unos menores, que mi hijo acababa de cumplir los dieciocho años en la prisión, que quería saber si Peña podía hacer algo para conseguir su perdón.

—Ese asunto está fuera de mi jurisdicción —mintió.

Fue entonces cuando se me ocurrió. El diablo podía parecer poderoso, pero en última instancia yo tenía un poder mayor al de él. Y lo usé. Colmando mi corazón de plegarias, apunté al alma perdida que tenía delante.

—Eso vino de arriba —prosiguió. Pero se estaba poniendo nervioso. Abstraído, jugaba con un adorno de plástico de su llavero. Era un prisma, con la foto de una morocha curvilínea. Cuando lo inclinaba de cierta manera, desaparecía su ropa. Traté de no distraerme y de seguir rezando.

Ablanda su corazón de diablo, Señor. Y entonces dije la cosa difícil. Porque él también es una de tus criaturas.

Peña dejó su patético llavero, tomó el teléfono y discó el número del cuartel general en la capital. Su acostumbrado tono intimidatorio y abusador dio paso a una dulzura acomodaticia.

—Sí, sí, general, absolutamente. —Me pregunté si en algún momento llegaría a mi petición. Y luego llegó, tan aduladora y suave, que casi se me pasa por alto. —Hay un asuntito que tengo aquí sentado en mi despacho. —Se rió con estruendo de algo que le dijeron. —No, no se trata de ese asuntito...

215

Y luego trasmitió mi pedido.

Yo permanecí sentada, tomándome con fuerza las manos sobre la falda. No sé si estaba rezando o sólo escuchando con atención, intentando juzgar el éxito de mi petición por cada pausa e inflexión en la voz de Peña. Quizá porque lo estaba observando tan de cerca empezó a suceder algo raro. Desapareció el diablo que yo estaba acostumbrada a ver, y por un momento, lo mismo que con el cambio en su prisma, vi a un muchacho gordo crecido, avergonzado de sí mismo por pegarle al gato y sacarle las alas a las mariposas.

Debo de haber parecido sorprendida porque no bien colgó, Peña se inclinó hacia mí.

—¿Pasa algo?

—No, no —dije de inmediato, agachando la cabeza. No quería ser molesta y preguntarle directamente qué había averiguado.

—Capitán —dije, suplicante— ¿me da alguna esperanza?

—Se está estudiando —dijo, poniéndose de pie para despedirme—. Le informaré de lo que me entere.

—¡Gracias, ay, muchas gracias! —dije varias veces, y no sólo le agradecía a él.

El capitán me sostuvo la mano demasiado tiempo, pero esta vez no la retiré. Ya no era su víctima, y me daba cuenta de ello. Podría haberlo perdido todo, pero mi espíritu ardía, brillante. Lo había encendido ante él, y ahora esta pobre libélula ciega no podía resistir mi luz.

Era momento de decirle lo que había estado haciendo por él.

—Rezaré por usted, capitán.

Se rió, incómodo. —¿Por qué?

—Porque es lo único que tengo para pagarle —dije, sosteniendo su mirada. Quería que entendiera que sabía que se había apoderado de nuestra tierra.

Esperamos, y pasaron las semanas. Se leyó una segunda pastoral desde el púlpito, y luego una tercera. El régimen respondió desplegando sus fuerzas en una guerra total contra la iglesia. Se inició una campaña en los diarios para cancelar el concordato con el Vaticano. La Iglesia Católica ya no gozaría de un estado especial en el país. Los curas no hacían más que fomentar problemas. Lo que se alegaba contra el gobierno era mentira. Después de todo, nuestro dictador gobernaba un pueblo libre. Quizá para demostrarlo, Trujillo otorgaba más y más indultos y pases de visita.

Casi todos los días me detenía ante el retrato con una flor y charlaba un poco. Trataba de fingir que él también era mi muchacho, y que estaba perdido, necesitado de guía.

—Sabes igual que yo que echar a la Iglesia no te hará ningún bien —le aconsejé—. Además, piensa en tu futuro. Ya no eres un pichón, con sesenta y nueve años como tienes, y muy pronto estarás donde no haces los reglamentos.

Y luego, de manera más personal, le recordé el perdón que había solicitado.

Pero nada vino para nosotros. O bien Peña se había olvidado o —¡Dios no quisiera!— algo terrible le había pasado a Nelson. Volví a pasar mala noche, y a sufrir de día. Sólo el pensar que la Pascua estaba a la vuelta de la esquina mantenía viva a Patria Mercedes. Los pimpollos de los árboles de Australia estaban a punto de florecer.

Y al tercer día se despertó de entre los muertos...

Las esquelas seguían llegando. De lo poco que nos contaba Mate logré deducir lo que pasaba en la prisión.

Pedían alimentos no perecederos: tenían hambre. Cubos de caldo y sal: la comida que les daban no tenía sabor. Aspirinas: tenían fiebre. Efedrina: había vuelto el asma. Ceregen: estaban débiles. Jabón: podían lavarse. ¿Una docena de crucifijos chicos? Eso no lo entendí. Uno o dos, sí, ¿pero una docena? Me pareció que tendrían un poco más de paz espiritual cuando nos pidieron libros. Martí para Minerva (los poemas, no los ensayos) y para Mate, un libro de páginas en blanco y una lapicera. Material para coser para las dos, además de las medidas actuales de los chicos. Ay, pobrecitas. Extrañaban a sus hijos.

Pasaba horas con don Bernardo y doña Belén, deseando que mi mente quedara fija en el pasado, como la de ella. Yo habría preferido ir bien atrás, al comienzo de no sabía qué.

———————

Por fin, cuando casi había perdido toda esperanza, llegó Peña a la casa, en su ostentoso Mercedes blanco, con una guayabera bordada en lugar de uniforme. Ay, Dios. Una visita personal.

—Capitán Peña —dije, dándole la bienvenida—. Entre, por favor, que está más fresco. —A propósito me demoré en la entrada para que viera las flores frescas debajo del retrato. —¿Le preparo un ron con Coca Cola? —Carente de vergüenza, lo colmaba de atenciones.

—No se moleste, doña Patria, no se moleste. —Señaló los sillones de la galería. —Aquí está fresco. —Miró el camino; un auto aminoraba la velocidad. El conductor se estaría preguntando quién visitaría a la familia Mirabal.

En ese momento vi que la visita era tanto por él como por mí. Yo había oído que tenía problemas con nuestra granja. Todos los campesinos se habían marchado, y ningún vecino estaba dispuesto a darle una mano. (¿Qué otra cosa podía esperar? ¡Todas esas tierras estaban llenas de González!) Pero el ser visto conversando con doña Patria trasmitía un mensaje: yo no lo consideraba responsable de mi pérdida. Él no había hecho más que comprar tierra barata del gobierno.

Sin embargo, mamá sí lo consideraba responsable. Se encerraba en su dormitorio con sus nietos y se negaba a salir. Jamás se sentaría de visita con el monstruo que le había quitado a sus hijas de su lado. No le importaba que ahora él tratara de ayudarnos. La verdad era que un diablo seguía siendo diablo aunque tuviera una aureola. Pero yo sabía que la cuestión era más complicada que eso. Él era ángel y diablo, como el resto de nosotros.

—Tengo buenas noticias para usted —empezó diciendo Peña. Cruzó las manos sobre las rodillas, esperando que yo fuera aún más efusiva.

—¿Qué es, capitán? —Me incliné hacia adelante, desempeñando mi papel de suplicante.

—Tengo los pases de visita —dijo. Me sentí un tanto decepcionada. Yo quería el indulto. Pero le agradecí calurosamente a medida que me los extendía, uno tras otro. —Tres pases —dijo.

"¿Tres?" —Pero tenemos seis prisioneros, capitán. —Traté de mantener la voz calma. —¿No deberían ser seis pases?

—Deberían ser seis, ¿no? —Movió varias veces la cabeza. —Pero Manolo está aislado, y Leandro todavía no se ha decidido a hacer un trabajo para El Jefe. De manera que esos dos no están... digamos, disponibles.

"¿Un trabajo para El Jefe?" —¿Y mi Nelson?

—Hablé con el cuartel general. —Peña hablaba despacio, demorando la noticia para incrementar mi anticipación. Pero yo permanecí serena, rezando un Gloria detrás de otro.

—Viendo que su muchacho es tan joven, y que El Jefe ha estado perdonando a los menores... —Hizo girar su vaso y tintinear el hielo. —Pensamos que lo podremos sacar en la próxima vuelta.

Mi primer nacido, mi carnerito. Me empezaron a correr las lágrimas.

—Vamos, vamos, doña Patria, no se ponga así. —Pero me di cuenta por su tono de que le encantaba que lloraran las mujeres.

Cuando pude controlarme, le pregunté:

—¿Y las muchachas, capitán?

—A todas les ofrecieron el perdón, también.

Yo estaba en el borde de la silla.

—¿De modo que también vuelven a casa?

—No, no, no —respondió él, meneando el dedo—. Parece que les gusta la prisión. Todas rehusaron. —Alzó las cejas como para decir: ¿qué puedo hacer yo con esas tonterías? Luego retomó el tema de su pequeño golpe, a la espera de más gratitud. —Entonces ¿cómo celebraremos cuando vuelva el muchacho?

—Lo invitaremos a comer un sancocho —le dije antes de que él sugiriera algo grosero.

No bien se marchó, corrí al dormitorio de mamá a contarle la buena noticia.

Mamá se arrodilló y levantó los brazos. —¡La verdad es que el Señor no nos ha olvidado!

—¿Nelson viene a casa? —Noris acudió corriendo. Desde que apresaron a su hermano, Noris no hacía más que llorar, como si Nelson fuera un amor perdido y no el "monstruo" que la torturaba desde la infancia.

Los niños menores empezaron a cantar:

—¡Nelson vuelve a casa! ¡Nelson vuelve a casa!

Mamá me miró, haciendo caso omiso del estruendo.

—¿Y las chicas?

—Tenemos pases para verlas —dije, bajando la voz.

Mamá se puso de pie, acallando el estribillo.

—¿Y qué quiere el diablo a cambio?

—Un sancocho cuando vuelva Nelson.

—¡Sobre mi cadáver! ¡Ese hombre no comerá un sancocho en mi casa!

Me llevé el dedo a los labios, recordándole a mamá que debía tener cuidado con lo que decía.

—¡Y lo digo en serio! ¡Sobre mi cadáver! —repitió mamá con profundo desagrado—. ¡Y ésa es la verdad!

Para cuando lo dijo por tercera vez, ella y yo sabíamos que se había resignado a sentar al Judas a su mesa. Pero habría más de un pelo perdido en ese sancocho, como decían los campesinos. Sin duda, Fela le echaría sus polvos y Tono rezaría un Padre Nuestro de espaldas a la olla, y hasta yo le agregaría un poco del agua bendita que había guardado del bautismo de Jacqueline, para dársela a su madre.

Esa noche, mientras caminábamos por el jardín, le confesé a mamá que había hecho una promesa indiscreta. Me miró, escandalizada.

—¿Para eso saliste a escondidas hace unas semanas?

—No, no, no. Nada de eso. Le ofrecí al Señor que me llevara a mí en vez de a mi Nelson.

Mamá suspiró. —Ay, m'ija, ni siquiera me lo digas. Ya tengo bastantes cruces. —Pero luego, me confesó, a su vez:

—Yo le ofrecí que me llevara a mí en lugar de a ninguna de ustedes. Y como soy la madre, me debe escuchar primero a mí.

Nos reímos. —La verdad es —prosiguió mamá— que lo he empeñado todo con Dios. Me llevará toda una nueva vida cumplir las promesas que le he hecho una vez que todos vuelvan a casa.

—Y en cuanto a la promesa con Peña —agregó—, tengo un plan. —Había un tono de venganza en su voz. —Invitaremos a todos los vecinos.

No tuve que recordarle que ya no vivíamos entre nuestros parientes. La mayoría de los nuevos vecinos no vendrían, temerosos de ser vistos en una función social con los Mirabal, incluidos en la lista negra. Ésa era parte del plan de mamá.

—Peña vendrá, creyendo que el sancocho es sólo para él.

Me eché a reír antes de que terminara. Veía hacia dónde se dirigía.

—¡Todos los vecinos mirarán por la ventana y se morirán de rabia cuando vean que han despreciado al jefe del SIM de la zona norte!

—¡Ay, mamá! ¡Te has convertido en la Jefa de la venganza!

—Que Dios me perdone —dijo, con una sonrisa dulce, pero no había ni una pizca de arrepentimiento en su voz.

—A las dos —dije, dándole el brazo.

—Buenas noches —dije a las puntas encendidas de los cigarrillos que ardían como luciérnagas en la oscuridad.

———————

Peña telefoneó el lunes. La audiencia con El Jefe tendría lugar en el Palacio Nacional al día siguiente. Debíamos llevar un garante. Alguien dispuesto a dar trabajo al joven transgresor, y ser responsable por él. Alguien que no hubiera tenido problemas con el gobierno.

—Gracias, gracias —repetía yo.

—¿Cuándo es mi sancocho, entonces? —preguntó Peña al final.

—Vamos, mamá —le dije cuando corté y le di la noticia—. El hombre no es tan malo.

Mamá resopló. —Es vivo. Ayudar con la libertad de Nelson hará maravillas para él. ¡Pronto el clan González lo nombrará padrino de bautismo de sus hijos!

Yo sabía que ella tenía razón, pero deseé que no lo hubiera dicho. No sé, yo quería volver a creer en mis compatriotas dominicanos. Una vez que todo fuera un mal recuerdo, tendríamos que librar la verdadera revolución: perdonarnos los unos a los otros por lo que todos habíamos permitido que pasara.

Hicimos el viaje a la capital en dos autos. Jaimito y yo íbamos en la pickup. Él sería el garante de su sobrino, y le daría su propia parcela para que la trabajara. Siempre dije que nuestro primo tenía muy buen corazón.

Mamá, tío Chiche y su hijo, Blanco, un joven coronel del ejército, iban en el auto de don Bernardo. Queríamos hacer una demostración de poderío, llevando a nuestros parientes más respetables. Dedé se quedó para cuidar a los chicos. Ésta era mi primera excursión fuera de la provincia de Salcedo en tres meses. ¡Mi ánimo era casi festivo!

A último momento, Noris se subió a la pickup y se negó a bajar.

—Yo quiero ir a buscar a mi hermano —dijo, a punto de llorar. Yo no me animé a hacerla bajar.

De alguna manera, debido a nuestra excitación, nos separamos. Luego nos enteramos de que el viejo Plymouth de don Bernardo tuvo un reventón cerca de la salida de Constanza, y cuando Blanco fue a cambiar el neumático, se encontró con que no había ni repuesto ni gato en el baúl. Mamá nos contó que había toda una biblioteca, escondida allí por don Bernardo. En uno de sus ataques de furia, a doña Belén se le había ocurrido destrozar los libros de su marido, convencida de que había cartas de amor escondidas en ellos.

Debido a que desandamos el camino, para tratar de reunirnos con ellos, llegamos al Palacio Nacional justo a tiempo, y tuvimos que subir los escalones —por lo menos cien corriendo. Fue un Calvario para mí, pues llevaba puestos los tacones altos de Dedé. A la entrada nos revisaron, y luego lo hicieron dos veces más adentro. Ese fue el Calvario de la pobre Noris, pues las revisaciones eran de lo peor. Por fin un funcionario pequeño y muy nervioso nos escoltó por un corredor. No hacía más que consultar su reloj y hacernos señas para que nos apresuráramos.

Con tanto apuro yo no me detuve a pensar en nada, pero ahora empecé a preocuparme ante la posibilidad de que nuestro premio nos fuera arrebatado a último momento. El Jefe castigaría a los Mirabal. Igual que con el título de Minerva, esperaría a que yo tuviera a mi Nelson en mis brazos, y luego diría: "Su familia es demasiado buena para aceptar indultos, al parecer. Lo siento tanto. Tendremos que retener al muchacho".

Pero no permití que me abrumaran los temores. Me aferré al sonido que hacían los nuevos tacones de mi hija caminando a mi lado. Mi pimpollo, la niña de mis ojos, mi preciosa. De repente, mi corazón dejó de latir. "¡Ay, Dios mío! ¿En qué estaba pensando? ¿Cómo pude traerla?" Todos sabían que con cada año que pasaba al viejo chivo le gustaban cada vez más jóvenes. Yo me había ofrecido a mí misma como cordero propiciatorio para salvar a Nelson, pero no a mi hija.

Le apreté la mano. —Tú te quedas a mi lado todo el tiempo, ¿me oyes? No bebas nada que te ofrezcan, y di no a todas las invitaciones a fiestas.

—Mamá, ¿de qué estás hablando? —Le temblaba el labio inferior.

—Nada, tesoro. Nada. No te apartes de mí.

Era como pedirle a la perla que no se saliera de la ostra. Todo el camino por el interminable corredor, Noris fue de mi mano.

Yo necesitaba su proximidad, tanto como ella la mía. El pasado se precipitaba por el largo corredor hacia mí, y una corriente de recuerdos me inundaba, mientras yo trataba de seguir al pequeño funcionario. Íbamos camino al fatídico baile del día del Descubrimiento: Minerva y Dedé, Pedrito, papá, Jaimito y yo, y todavía no había sucedido nada malo. Yo subía al santuario de la Virgencita en Higüey para oír su voz por primera vez. Yo era una novia que avanzaba por el pasillo central de San Juan Evangelista hacía veinte años para casarme con el hombre con quien tendría mis hijos queridos, más queridos que mi propia vida.

El recinto era una sala con sillas tapizadas en terciopelo sobre las cuales nadie se hubiera atrevido a sentarse sin ser invitado a hacerlo, cosa que nadie hizo. Había puertas en tres lados, y frente a cada una un guardia bien parecido, parte del elitista cuerpo de El Jefe, integrado por soldados blancos. Había otros grupos familiares, de aspecto solemne, las mujeres de negro, los hombres de traje o luciendo guayaberas formales. Mi vestido amarillo se destacaba como un alarido, y yo trataba de disimularlo, envolviéndome con la mantilla negra. Aun así, me alegraba de habérmelo puesto: iba a saludar a mi hijo como el sol que él no había visto en todo un mes.

Hicieron entrar a una multitud de periodistas por una de las puertas. Un estadounidense alto, envuelto en cámaras, se acercó a nosotros y nos preguntó, en un español con acento, cómo nos sentíamos hoy. Miramos al hombrecito, que nos dio su consentimiento con un movimiento de cabeza. La audiencia era tanto para la prensa como para nosotros. Éramos parte de una representación teatral.

El Jefe hizo su ingreso en medio de los fogonazos de las cámaras. Yo no sé qué pensaba ver: supongo que después de dirigirme a él durante tres meses, estaba segura de sentir una especie de parentesco con ese hombre regordete y vestido de manera recargada que ahora estaba ante mis ojos. Pero fue exactamente lo contrario. Cuanto más trataba de concentrarme en su lado bueno, más veía a una criatura vana, ávida, sin nada redimible. Quizás el maligno se había apoderado de él. Se me puso la carne de gallina.

El Jefe se sentó en un sillón ornamentado sobre una plataforma, y se dirigió a las familias de los prisioneros a punto de ser liberados. Debíamos esforzarnos más por controlar a nuestros jóvenes. La próxima vez no habría merced. Como grupo, le agradecimos a coro. A continuación dijimos nuestros nombres, uno por uno, y volvimos a agradecerle de manera personalizada. A mí no se me ocurrió qué agregar a mi simple "gracias", pero esperaba que Jaimito dijera algo más.

Cuando llegó nuestro turno, El Jefe me indicó que hablara yo primero. Por un momento tuve la idea cobarde de no darle mi nombre completo.

—Patria Mercedes Mirabal de González, para servir a usted.

Sus aburridos ojos entrecerrados mostraron una chispa de interés.

—De modo que es usted una de las hermanas Mirabal, ¿eh?

Sí, Jefe. Soy la mayor. —Luego, para destacar la razón por la que estaba allí, agregué:

—Madre de Nelson González. Y le estamos muy agradecidos a usted.

—¿Y quién es esa florcita a su lado? —El Jefe le sonrió a Noris.

Los periodistas notaron la atención especial que estábamos recibiendo y se adelantaron con sus cámaras.

Una vez que todos dieron sus gracias, El Jefe se volvió y le habló a un edecán junto a él. Se produjo un silencio en el recinto, como una resquebrajadura en una taza de porcelana.

Luego se reanudó la conversación. El Jefe se acercó a Noris para preguntarle qué sabor de helados le gustaba. Yo mantuve su mano apretada en la mía mientras observaba todas las puertas. Podía tratarse de una especie de juego de ruleta en el que si yo adivinaba por qué puerta vendría Nelson, él obtendría su libertad. El periodista estadounidense le preguntó a El Jefe acerca de su política con respecto a los prisioneros y las acusaciones recientes de la OEA referidas a los abusos contra los derechos humanos. El Jefe les restó importancia con un ademán. Había logrado sacarle a Noris que le gustaba el helado de chocolate y frutilla, si ésta no era demasiado dulce.

Se abrió una puerta. Un cortejo de guardias de uniforme blanco la atravesó, seguido de un puñado de muchachos de aspecto lastimero. Se les veía el cráneo, pues les habían afeitado la cabeza, miraban con temor, y tenían la cara hinchada de moretones. Cuando vi a Nelson, lancé un grito y me dejé caer de rodillas.

Señor, recé, gracias por devolverme a mi hijo.

No necesitaba recordarle lo que le había ofrecido a cambio. Sin embargo, no esperaba que él lo reclamara de inmediato. Luego Jaimito me dijo que era la voz de Trujillo, que me decía que acudiera a recibir a mi prisionero. Pero yo conozco una voz divina cuando la oigo. La oí bien, y me llamó por mi nombre.

Al día siguiente éramos famosos. En la primera hoja de *El Caribe,* las dos fotos estaban lado a lado: Noris dándole la mano a un Trujillo sonriente (Joven transgresora ablanda el corazón de El Jefe) y yo, arrodillada, las manos tomadas en oración (Madre reconocida agradece a su Benefactor).

CAPÍTULO ONCE

María Teresa

Marzo a Agosto de 1960

Miércoles 16 de marzo (55 días)

Acabo de conseguir el diario. Santicló ha tenido mucho cuidado estos días, entrando de contrabando un par de cosas cada tanto.

Las medidas de seguridad se han incrementado después de la segunda pastoral, dice. Ustedes están más seguras aquí adentro, por todas esas bombas y lo demás.

Trata de decir cosas reconfortantes.

Pero ¿puede creer realmente que aquí estamos más seguras? Él tal vez, pues es un guardia. Pero pueden librarse de los presos políticos sin más ni más. Sólo basta una pequeña visita a La 40. Como pasó con Florentino y Papilín... Pero mejor no pienso en eso, porque sé cómo me pongo.

Jueves 17 de marzo (56 días)

Lo peor es el miedo. Cada vez que oigo pasos por el corredor, o el ruido metálico de la llave al dar vuelta en la cerradura, siento la tentación de meterme en el rincón como un animal herido, y gimotear. Pero sé que si hago eso me entrego a una parte baja de mi ser, que es menos que humana. Y eso es lo que ellos quieren, sí, eso es lo que buscan.

Viernes 18 de marzo (57 días)

Me hace bien escribir todo. Y habrá un documento.

Antes de esto, garrapateaba en la pared con nuestro clavo de contrabando. Una marca por cada día, una línea por una semana. Era el único registro que podía llevar, además del de la cabeza, donde recordaba las cosas, las almacenaba.

El día que nos trajeron aquí, por ejemplo.

Nos hicieron marchar por el pasillo, pasando por algunas de las celdas de los hombres. Éramos un espectáculo lamentable, sucias, despeinadas, llenas de magullones por dormir en el piso duro. Los hombres empezaron a decir su nombre en clave, para que supiéramos quiénes seguían vivos. (Nosotras no mirábamos, porque estaban todos desnudos.) Escuché con atención, pero no oí decir "¡Palomino vive!" Trato de no preocuparme por eso, pues no oímos muchos de los nombres cuando los guardias empezaron a pegar en los barrotes con sus bastones, para ahogar los gritos de los hombres. Luego Minerva empezó a cantar el Himno Nacional, y todos lo coreamos, hombres y mujeres. La castigaron con reclusión solitaria por una semana.

Al resto de las prisioneras políticas nos encerraron en una celda no más grande que el living comedor de mamá. Pero el golpe verdadero fueron las otras dieciséis reclusas que encontramos allí. "No políticas", decididamente. Prostitutas, ladronas, asesinas, y eso sólo las que han confiado en nosotras.

Sábado 19 de marzo (58 días)
Tres paredes de acero con cerrojos, barrotes de acero en la cuarta pared, cielo raso de acero, piso de cemento. Veinticuatro estantes de metal ("literas"), doce a cada lado, un balde, un lavabo diminuto debajo de un ventanuco alto. Bienvenidas a casa.

Estamos en el tercer piso (creemos) al final de un largo corredor. La celda # 61 da al sur, hacia la carretera. El Rayo y algunos de los muchachos están en la celda # 60 (cerca de la estación de guardia), y la # 62, del otro lado de nosotras, es para no políticos. A esos tipos les encanta decir guasadas a través de la pared. A las otras muchachas no les importa, según dicen, de modo que todas tienen su litera de ese lado.

Las veinticuatro mujeres comemos, dormimos, escribimos, nos instruimos, y usamos el balde —hacemos todo— en un cuarto de 25 por 20 pasos míos. Lo he medido muchas veces, créanme. La vara del medio ayuda, pues allí colgamos nuestras pertenencias y secamos las toallas, y hace una especie de divisorio del cuarto. Aun así, en ese lugar horrible una pronto pierde la vergüenza.

Todas las políticas tenemos la litera en el lado este, y

hemos pedido que el rincón sudeste sea "nuestro". Minerva dice que, con excepción de las reuniones cerradas, todas pueden venir a nuestras clases y discusiones, y de hecho, muchas lo hacen. Magdalena, Kiki, América y Milady son permanentes. Dinorah viene a veces, pero por lo general para criticar.

Ah, sí. Me olvidaba. Nuestro Miguelito, el de las cuatro patas. Aparece para cualquier ocasión que involucre migas.

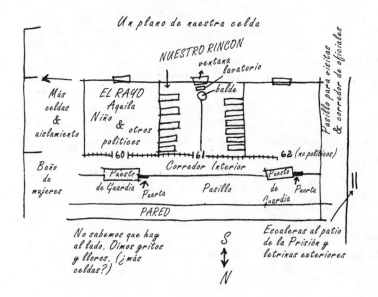

Un plano de nuestra celda

Domingo 20 de marzo (59 días)

Hoy me tocó asomarme a la ventanita, y todo lo vi borroso por las lágrimas. Tenía tantas ansias de estar afuera.

Los autos iban a toda velocidad hacia la capital, al norte en dirección a nuestra casa. Había un burro cargado de alforjas llenas de plátanos, y un muchacho con una fusta que lo hacía caminar. Y montones de automóviles celulares. Yo devoraba cada cosa con los ojos, de modo que perdí la noción del tiempo. De repente sentí que me tironeaban de la bata. Era Dinorah, que no hace más que protestar contra nosotras, "las ricas", que creemos que somos mejores que todo el mundo.

—Basta ya —me espetó—Todas queremos mirar.

Luego sucedió algo conmovedor. Magdalena debe de haberse dado cuenta de que yo estaba llorando, porque dijo:

—Le doy mi turno.

—Y el mío —agregó Milady.

Kiki ofreció sus diez minutos, también, y pronto podía disponer de otra media hora de pie sobre el balde, si lo quería.

Por supuesto que me bajé de inmediato, porque no quería privarlas de sus diez minutos de regalarse los ojos con el mundo. Pero me levantó tanto el espíritu la generosidad de esas muchachas que una vez creí que estaban por debajo de mí.

Lunes 21 de marzo (60 días)

Menciono a las muchachas todo el tiempo.

Tengo que reconocer que cuanto más tiempo paso con ellas, menos me importa lo que han hecho, o de dónde vienen. Lo que importa es la calidad de la persona. Lo que alguien es por dentro.

Mi favorita es Magdalena. La llamo campanita de alpiste. Todas vienen a los picotazos y consiguen lo que quieren de ella, y ella se los da con gusto. Su ración de azúcar, su turno en la pileta, sus horquillas.

No sé por qué está aquí, pues hay un código no escrito según el cual no se debe preguntar nada, aunque muchas chicas cuentan su historia. Magdalena no habla mucho de sí misma, pero tiene una hijita, también, de modo que siempre hablamos de ellas. No tenemos fotos, pero cada una ha descripto a su niñita con todo detalle. Su Amantina parece una muñequita. Tiene siete años, ojos avellana (como mi Jacqui), y bucles color castaño, que antes eran rubios. Extraño... porque Magdalena es bastante morena, con pelo motoso. Hay una historia aquí, pero no me atrevo a preguntarle quién es el padre.

Martes 22 de marzo (61 días)

Anoche me desmoroné. Estoy tan avergonzada.

Sucedió justo antes de que apagaran las luces. Estaba acostada en mi litera cuando oímos gritar: —¡*Viva Trujillo!* Quizá fue por eso, o porque por fin la situación me afectaba, pero de repente sentí que las paredes me asfixiaban, y me invadió el pánico de que nunca saldré de aquí. Empecé a temblar y a gemir, y a llamar a mamá, pidiéndole que me llevara a casa.

Gracias a Dios que Minerva se dio cuenta a tiempo de lo que pasaba. Se metió en mi litera y me abrazó, hablándome en voz baja y recordándome todas las cosas por las que debo vivir y tener paciencia. Me tranquilicé, gracias a Dios.

Esto sucede aquí todo el tiempo. Todos los días, todas las

noches, hay por lo menos un colapso nervioso: alguien pierde el control y empieza a gritar o a llorar o a gemir. Minerva dice que es mejor no reprimirse, pero ella no lo hace. La alternativa es permanecer impasible, sin demostrar lo que una siente o lo que piensa. (Como Dinorah: le dicen Cara de Cárcel.) Llegará el día en que estemos fuera de aquí, libres. El peligro es descubrir que nos hemos encerrado en nosotras mismas y arrojado la llave en un lugar tan profundo que es imposible rescatarla.

Miércoles 23 de marzo (62 días)

Estoy aprendiendo un nuevo lenguaje aquí, como en nuestro movimiento. Tenemos nombres en clave para todos los guardias, por lo general basado en algún rasgo de su cuerpo o de su personalidad que nos dice qué se puede esperar de ellos. Juan el Sangriento, Navajita, Buen Pelo. No sé por qué a uno le dicen Pequeño, sin embargo. El hombre es tan grande como un mueble.

Todos los días nos dan la "lista de compras" con los golpecitos en la pared. Hoy las bananas están a cinco centavos cada una (diminutas y muy maduras); un trozo de hielo, 15 centavos; un cigarrillo, 3 centavos; y una botella de leche aguada, 15 centavos. Todo se vende aquí, todo menos la libertad.

El nombre clave para estos "privilegios" es tortuga, y cuando una quiere comprar un privilegio, debe decirle al guardia de turno que tiene ganas de echarle agua a la tortuga.

Hoy le eché un balde de agua a la tortuga y compré mandioca para todas las de la celda con el dinero que nos trajo Santicló, enviado por mamá. Diez centavos por cada porción rancia, y yo ni siquiera pude retenerla.

Jueves 24 de marzo (63 días)

Periódicamente nos llevan abajo, a la sala de los oficiales, donde nos interrogan. A mí sólo me han llevado dos veces. En ambas oportunidades estaba tan aterrorizada que los guardias tuvieron que arrastrarme. Luego, por supuesto, me dio uno de mis ataques de asma, y no podía respirar, mucho menos hablar.

Ambas veces me hicieron preguntas bruscas acerca del movimiento, cuáles eran mis contactos, y de dónde conseguíamos las provisiones. Yo repetía: Ya les he dicho todo lo que sé. Entonces me amenazaban con lo que me harían a mí, a Leandro, a mi familia. La segunda vez no me amenazaron mucho. Me dijeron que era una lástima que una muchacha tan bonita envejeciera en la cárcel. Y una sarta de groserías imposibles de repetir.

A las que llevan mucho es a Sina y a Minerva. No es difícil saber por qué. Esas dos siempre les hacen frente. En una oportunidad, Minerva volvió de uno de las sesiones de interrogatorio riéndose. Ramfis, el hijo de Trujillo, había venido especialmente para hacerle preguntas porque el padre le dijo que Minerva Mirabal era el cerebro detrás de todo el movimiento.

Eso me halaga mucho, le dijo Minerva. Pero no tengo un cerebro tan grande para dirigir una operación tan enorme.

Eso los preocupó.

Ayer a Sina le sucedió algo que pudo haber sido horrible. La llevaron a un cuarto donde había unos prisioneros desnudos. Los guardias le quitaron la ropa frente a ellos. Luego ridiculizaron a Manolo. Hicieron que se parara sobre un balde, y entonces le dijeron: Vamos, líder, danos uno de tus mensajes revolucionarios.

¿Qué hizo él?, le preguntó Minerva, orgullosa e indignada a la vez.

Él se irguió todo lo que pudo y dijo: *Camaradas, hemos sufrido un revés, pero no hemos sido vencidos.*

¡Libertad o muerte!

Ésa fue la única vez que vi llorar a Minerva en la prisión. Cuando Sina contó esa historia.

Viernes 25 de marzo (64 días)

Juan el Sangriento golpea los barrotes con una barra de acero a las cinco. *¡Viva Trujillo!* Así nos despierta. No hay ninguna probabilidad de que me equivoque —ni por un minuto— con respecto a dónde estoy. Me tapo la cara con las manos y lloro. Así empieza el día.

Dios no quiera que me vea Minerva, pues me daría una de sus charlas acerca del estado de ánimo.

Es mi turno de volcar el balde, pero Magdalena se ofrece a hacerlo. Todo el mundo ha sido tan amable, relevándome de mis tareas debido a mi estómago.

Antes de que traigan el chao, Minerva nos dirige; todas cantamos el himno nacional. Sabemos, comunicándonos a través de golpecitos con la celda vecina, que nuestras "serenatas" ayudan a levantar el espíritu de los hombres. Los guardias ya ni siquiera tratan de detenernos. ¿Qué mal hacemos?, pregunta Minerva. De hecho, somos patriotas: le decimos buenos días a nuestro país.

Hoy cantamos *Adiós con el corazón* porque es el último día para Miriam y para Dulce.

Termino vomitando el chao del desayuno. Cualquier cosa me descompone. Aunque mi estómago no necesita excusa para rechazar esa pasta aguachenta. (¿Qué son esos pedacitos de gelatina que a veces trago?)

Sábado 26 de marzo (65 días)
Acabamos de tener nuestra "escuelita", algo que Minerva insiste que debemos tener todos los días, menos los domingos. Creo que es lo que hizo Fidel cuando estaba en la Isla de Pinos, así que por eso nosotras también debemos hacer lo mismo. Minerva empezó recitando un poema de Martí, y luego discutimos acerca de lo que querían decir las palabras. Yo estaba soñando despierta con mi Jacqui, preguntándome si caminaría ya, si todavía le saldría sarpullido entre los deditos, cuando Minerva me preguntó qué pensaba yo. Le dije que estaba de acuerdo con lo que decían las demás. Ella meneó la cabeza.

Luego las presas políticas nos reunimos en nuestro rincón y ensayamos las tres reglas cardinales.

Nunca creerles
Nunca temerles
Nunca preguntarles nada.

¿Ni siquiera a Santicló? Es tan bueno conmigo, con todas nosotras, en realidad. Sobre todo a Santicló, dijo Sina. No sé cuál es más dura, Minerva o ella.

Las dos me han advertido que no debo querer al enemigo.

Domingo 27 de marzo (66 días)
Ayer por la noche, Santicló nos trajo lo que quedaba del último envío de mamá, incluyendo un poco de Vigorex. Quizás ahora, por fin, se me asiente el estómago. Las sales aromáticas también ayudarán. Mamá y Patria se han superado. Tenemos todo lo que necesitamos, y hasta algunos lujos. Es decir, si Minerva no empieza a regalarlo todo.

Dice que no debemos crear un sistema de clases en nuestra celda, una división entre los que tienen y los que no tienen. (¿No? Cuando Pequeño le dio a Dinorah dulce de leche como pago por sus favores, ella no le dio nada a nadie, ni siquiera una miga a Miguelito.)

Minerva me dio su discurso: Dinorah es una víctima de nuestro sistema corrupto, y nosotros contribuimos a derribarlo dándole un poco de nuestros dulces.

De modo que todos tienen chocolate y caramelos en nombre de la Revolución. Por lo menos yo recibí este diario.

O eso creo, hasta que viene Minerva y me pide un par de hojas para escribir una declaración para la audiencia de mañana.

Además, me pide prestada la pluma.

Yo ¿no tengo ningún derecho? Pero en lugar de luchar, me echo a llorar.

[faltan páginas, que han sido arrancadas]

Lunes 28 de marzo (67 días)

No toqué el chao. Me basta oler esa pasta humeante, de manera que no quiero correr riesgos. Estoy acostada en mi litera, escuchando la sesión de la Escuelita. Discuten cómo debe actuar una mujer revolucionaria cuando recibe un comentario denigrante de un camarada.
Minerva me excusó de la clase. Siento como si se me fueran a salir las entrañas.

Me he puesto tan flaca que he tenido que achicar la cintura de mis calzones y rellenar las tazas de los corpiños con pañuelos. Los otros días estábamos embromando acerca de quién los tenía más grandes. Kiki hizo una observación grosera: dijo que los hombres estarían haciendo lo mismo con su cosa. El primer mes me escandalizaba cuando oía este tipo de cosas. Ahora me río junto con las demás.

Martes 29 de marzo, por la noche, tarde (68 días)

No me puedo dormir esta noche sin recordar la oración de Violeta al final del rosario, que rezamos en grupo: *Ojalá nunca experimente todo aquello a lo que es posible acostumbrarse.*

Oír eso me asustó.

Miércoles 30 de marzo (69 días)

Trato de llevar un horario para ahuyentar el pánico que a veces se apodera de mí. Sina lo sugirió durante la Escuelita. Leyó un libro escrito por un prisionero político en Rusia que fue encerrado de por vida, y la única manera que tenía para no volverse loco era seguir un horario de ejercicios en su cabeza. Hay que entrenar la mente y el espíritu. Como poner al bebé en un horario de alimentación.

Me parece una buena idea. He aquí mi horario.

—La Escuelita todas las mañanas, excepto los domingos.

—Escribir el diario durante el cambio de guardia, pues entonces tengo veinte minutos por vez. También después que apagan las luces, si hay luna brillante.

—Ir al "cine": en mi cabeza: imaginarme qué está pasando en casa en este momento.

—Hacer alguna tarea manual. Los guardias siempre nos traen lo que hay que zurcir en la prisión.

—Ayudar a limpiar la celda: rotamos las tareas que ha enumerado Sina.

—También trato de hacer algo bueno para una compañera de celda todos los días, como por ejemplo darle a Delia un masaje en la espalda, que tanto le duele, o enseñarle a escribir su nombre a Balbina, que es sorda, o a las demás.

—Y por último, algo por lo que todas me toman el pelo: "caminar" media hora todos los días. Veinticinco pasos de ida y de vuelta en una dirección, veinte pasos en la otra.

¿Adónde vas? me preguntó América ayer.

A casa, le respondí, sin dejar de caminar.

Jueves 31 de marzo (70 días)

Pasan los días y empiezo a perder el valor y a pensar cosas horribles. Me estoy dejando venir abajo. Hoy ni siquiera me hice las trenzas; me levanté el pelo en un rodete y me lo até con una media. Estoy tan deprimida.

Volvieron a negarnos los permisos de visita. Sin dar explicaciones. Ni siquiera Santicló sabe por qué. Nos llevaron por el pasillo y después nos trajeron de vuelta. Qué proceder tan bajo.

Y ahora es seguro: Leandro no está aquí con los demás. Ay, Dios, ¿dónde podrá estar?

Viernes 1° de abril (71 días)

Minerva y yo acabamos de tener una charla acerca del estado de ánimo positivo. Ella dice que me ha notado muy perturbada últimamente.

Estoy perturbada, verdad. Podríamos haber salido en libertad con Miriam y Dulce hace una semana. Pero no, nosotras las Mirabal debemos dar el buen ejemplo. Aceptar el indulto significa que hay algo que perdonar. Además, no podríamos ser libres si no se les ofrece la misma oportunidad a todos los demás.

Yo discutí y discutí, pero fue igual que cuando Minerva quiso hacer la huelga de hambre. Le dije: Minerva, ya estamos medio muertas de hambre, ¿qué más quieres?

Ella me tomó de las manos. Haz lo que creas que está bien, Mate, me dijo.

Por supuesto, terminé haciendo la huelga de hambre, también. (Santicló me dio unos chocolates de contrabando, gracias a Dios, y rodajas de mandioca, o en verdad me hubiera muerto de hambre.)

Esta vez yo habría aceptado el perdón. Pero ¿qué podía hacer yo sola? ¿Dejarla a Minerva, para que fuera la única mártir?

Me pongo a llorar. Ya no lo soporto más, le digo a Minerva. Mi hijita crece día a día, sin mí.

Deja de pensar así, me dice Minerva. Luego trata de que yo haga ese ejercicio en el que nos concentramos en cosas agradables para no desesperarnos...

Tengo que dejar de escribir y esconder esto. Vienen a hacer una especie de control.

Sábado 2 de abril (72 días)

Ayer hubo un lío aquí. Como consecuencia ha habido guardias extra patrullando el pasillo fuera de nuestra celda, así que no me animé a escribir hasta esta noche.

Minerva está otra vez en reclusión solitaria, esta vez por tres semanas.

Cuando vinieron a quitar los crucifijos, más o menos lo esperábamos, por lo que ha estado sucediendo.

Los oficiales lo llaman el Complot del Crucifijo. Minerva y El Rayo tuvieron la idea de que todos, sin excepción, lleváramos un crucifijo como símbolo de solidaridad. Patria nos envió una docena de pequeños crucifijos de madera que hizo tío Pepe para los que no tenían uno. Pronto, hasta la peor prostituta tenía una cruz colgando sobre los senos. Los hombres desnudos también.

Cada vez que llevaban a alguien "de visita" a La 40, o cuando alguno se desesperaba y empezaba a gritar o a llorar, todos empezábamos a cantar "Ay, Señor, mi fuerte palmera cuando sopla el ciclón".

Lo hicimos durante una semana. Luego el jefe de los guardias, Navajita, fue de celda en celda, anunciando el nuevo reglamento: basta de himnos, nada de crucifijos. Santicló nos contó que después de la segunda pastoral, Trujillo está seguro de que los curas quieren su cabeza. El que recemos y usemos crucifijos es un complot.

Un apesadumbrado Santicló, junto con Pequeño y Juan el Sangriento, nada apesadumbrados, vinieron con otros cuatro guardias a confiscar nuestros crucifijos. Cuando le entregué a Santicló la cruz de oro de mi Primera Comunión, que siempre he usado, me guiñó un ojo y se la metió en el bolsillo. Me la va a guardar. Las cruces de oro se "perderán" en el inventario de Navajita.

234

Todas obedecimos, excepto Minerva y Sina. A Sina le arrebataron el crucifijo porque se puso de pie, erguida, con la barbilla en alto. Pero cuando la agarraron a Minerva, ella empezó a patear y a balancear los brazos. La gorra de Santicló voló por el aire; Pequeño recibió una bofetada. Juan el Sangriento se ligó un golpe que le hizo sangrar la nariz cuando trató de intervenir.

¿De dónde saca ese coraje salvaje esta hermana mía? ·

Cuando la llevaban por el pasillo se oyó una voz de una de las celdas que decía: La Mariposa no se pertenece a sí misma. ¡Pertenece a Quisqueya! Entonces todos empezaron a golpear los barrotes, gritando: ¡Viva la Mariposa! Me saltaron las lágrimas. Algo grande y poderoso extendió las alas dentro de mí.

Coraje, me dije. Y esta vez, lo sentí.

[páginas arrancadas]

Jueves 7 de abril (77 días)

Hoy, por fin, pude ver a mamá y a Patria. Y a Pedrito, desde lejos. Jaimito y Dedé no vinieron porque sólo se nos permite un visitante. Pero Santicló dejó que Patria se sentara ante mi mesa luego que se llevaron al prisionero # 40. Me enteré de que soy la # 307.

Mamá se puso tan mal cuando se enteró de que Minerva estaba en solitaria. Por eso decidí no hablar de cómo me he estado sintiendo, para no preocuparla más. Por otra parte, no quería ocupar el tiempo del que podía disponer para oír acerca de mi preciosa hijita. Tiene dos dientes nuevos, y ha aprendido a decir "Libera a mamá, libera a papá" cada vez que pasa frente al retrato de Trujillo en el zaguán.

Patria me dio la mejor noticia de todas: ¡Nelson está en libertad! Se le ofreció un indulto, y lo aceptó. Ay, volví a lamentar el que nosotras no lo aceptáramos.

Me enteré de que Leandro, junto con otros prisioneros, están en La 40. Sentí un alivio tan grande al saber que está vivo. Patria se enteró por Peña en Salcedo que ejercieron presión sobre Leandro para que hiciera algo para Trujillo. Pero escogieron al tipo equivocado. Mi dulce Palomino tiene la voluntad de un padrillo.

Mamá me dijo que traerá a Jacqueline la semana que viene. No adentro, para una visita, por supuesto. No está permitido. Pero Jaimito puede estacionar en el camino, y yo mirar por la ventana...

¿Cómo sabe mamá cuál es nuestra ventana desde el

camino? Se lo pregunté, y se rió. En una ventana hay una bandera negra.

¡Qué ingeniosa ha sido mamá! Siempre me pregunté por qué me mandó mi mejor toalla.

Viernes 8 de abril (78 días)

Magdalena y yo mantuvimos una larga conversación acerca de la conexión verdadera que une a las personas. ¿Es nuestra religión, el color de la piel, el dinero en nuestros bolsillos?

Estábamos enfrascadas charlando, cuando las demás empezaron a congregarse alrededor de nosotras, una a una, inclusive las dos nuevas que han reemplazado a Miriam y a Dulce, y todas dijeron lo que pensaban. Y no fueron sólo las mujeres educadas —Sina y Asela, Violeta y Delia— las que hablaron. Hasta Balbina se dio cuenta de que algo pasaba y se puso frente a mí, para observarme la boca. Hablé bien despacio, para que ella entendiera que estábamos hablando de amor, de amor entre nosotras las mujeres.

Hay algo más profundo. Hay veces que realmente lo siento aquí, sobre todo de noche, tarde. Una corriente que nos une, como una aguja invisible que nos cose a todas juntas y forma la nación libre y gloriosa en que nos estamos convirtiendo.

Sábado 9 de abril (79 días)

Estoy muy deprimida. La lluvia no ayuda. Los días no terminan nunca.

Esta mañana me desperté con la idea de que a Jacqui hay que comprarle zapatos nuevos. Me ha dado vuelta la cabeza el día entero. Los viejos deben de apretarle los dedos, y se le van a poner como los de una paloma. Entonces tendremos que comprarle zapatitos ortopédicos. Y así sucesivamente.

En este lugar a una se le mete algo en la cabeza y se convierte en un mundo. Pero mejor preocuparme por sus zapatos y no por esa otra cosa de la que ahora no puedo librarme.

Domingo 10 de abril (80 días)

Tengo una gran preocupación, y Minerva no está aquí para poder hablar con ella.

Vuelvo atrás y calculo. Leandro y yo intentamos con entusiasmo en diciembre y enero, porque queríamos otro pronto. Además —debo reconocerlo— quería un pretexto para poder quedarme en casa. Como Dedé, yo no tengo los

236

nervios adecuados para una revolución, pero, a diferencia de ella, yo no tenía la excusa de un marido mandón. Aunque a Leandro le habría gustado que yo fuera sólo su esposa y madre de su hijita. Varias veces dijo que bastaba con un revolucionario en la familia.

Tuve una falta en enero, luego en febrero y en marzo. Sé que aquí casi todas han dejado de menstruar. Delia dice que eso les sucede a las mujeres bajo una gran tensión. Pero estas náuseas me resultan muy familiares.

Si estoy embarazada, y el SIM lo descubre, me harán tener mi hijo, y luego se lo darán a la mujer de algún general sin hijos, como la historia que me contó Magdalena. Eso terminaría conmigo.

Así que si pronto no se presenta la oportunidad de salir, debo liberar a esta pobre criatura de la vida a la que nacería.

Todas las muchachas conocen remedios caseros, ya que la mayoría ha tenido que librarse de alguna consecuencia de su profesión. Y Delia es médica, así que me puede ayudar.

Esperaré a Minerva para decidir.

No estoy segura de que día es.
Sigo muy débil, pero la hemorragia se ha detenido.
No puedo hablar de eso todavía.
O he perdido, o tuve el período. Y nadie tuvo que hacer nada después que me llevaron los del SIM.

Otro día
Magdalena me ha estado cuidando. Me da caldo con las galletitas de agua saladas que trae Santicló de contrabando. Ella dice que trae algo todos los días. Hoy fue la cinta azul con la que me ataba la trenza, y un paquetito de galletitas de miel.

Balbita también se porta como un tesoro. Me frota los pies, y por la manera con que me soba las plantas y me da golpecitos en los tobillos, se diría que me habla con los dedos. Me dice: mejórate pronto.

Y yo muevo los dedos y le sonrío, diciéndole que sí.

Viernes (creo)
Una piensa que se derrumbará en cualquier momento, pero lo raro es que cada día una se sorprende: aguanta, y de repente empieza a sentirse más fuerte. Quizá logre atravesar este infierno con una pizca de dignidad, un poco de coraje, y, lo más importante —nunca lo olvides, Mate— con amor en el corazón hacia los hombres que me han hecho esto.

Sábado 16 de abril

Debo hacerle llegar una esquela a mamá. Debe de haberse desesperado cuando no aparecí el jueves. ¡Qué pena que no pude ver a mi hijita!

Pero eso parece tan pequeño en comparación con lo que ha pasado.

[páginas arrancadas]

Domingo de Pascua

Minerva volvió esta tarde. La soltaron cinco días antes debido a la Pascua. ¡Qué buenos cristianos!

Preparamos una fiestita de bienvenida para ella, con algunas de las galletitas de agua de Santicló y un pedazo de queso que consiguió Delia gracias al agua que le echó a la tortuga, en grandes cantidades. Miguelito, por supuesto, apareció para las migas.

Trato de mostrarme alegre, pero debo hacer un esfuerzo tan grande. Es como si estuviera tan replegada en mí misma, que no puedo aflorar a la superficie con nadie. Me siento bien con Magdalena. Pongo la cabeza sobre su falda, y ella me acaricia la frente, igual que mamá.

Sólo a ella le he contado lo que pasó.

Miércoles 20 de abril (90 días)

Minerva me pregunta todo el tiempo. Le digo que todavía no puedo hablar de ello. Sé que se lo he dicho a Magdalena, pero, de alguna manera, contárselo a Minerva es diferente. Hará alguna protesta. Y yo no quiero que se entere la gente.

Minerva dice: Escríbelo. Eso te ayudará, Mate.

Lo intentaré, le digo. Dame unos días más.

Martes 26 de abril (96 días)

Minerva me ha excusado de participar de la Escuelita hoy, para que pueda escribirlo.

He aquí mi historia de lo que sucedió en La 40 el lunes 11 de abril.

[páginas arrancadas]

Sábado 30 de abril (100 días)

Después que se pierde el miedo, lo más difícil aquí es la falta de belleza. No hay música, ni buenos olores, nada bonito que ver. Hasta las caras que normalmente resultarían

238

bonitas, como la de Kiki, o hermosas, como la de Minerva, han perdido su lozanía. Una ni siquiera quiere mirarse a una misma, por miedo a lo que verá. El espejito que envió Dedé está escondido, por si alguien quiere mirarse. Un par de veces lo saqué, no por vanidad, sino para asegurarme de que todavía estoy aquí, que no he desaparecido.

Miércoles 25 de mayo
(125 días. —Todavía faltan 1.826—. ¡Ay, Dios!)
No he podido escribir durante un tiempo. No siento ningún interés.

El lunes, Minerva y yo fuimos citadas para comparecer en los tribunales. Fue mi primera salida desde aquel lunes de abril que no quiero recordar, y la primera para Minerva desde que llegamos aquí en febrero. Los guardias nos dijeron que nos pusiéramos la ropa de calle, de modo que supimos de inmediato que no íbamos a La 40.

Me puse agua de rosas en el pelo, lo trencé, usando la cinta de Santicló, y mientras lo hacía canturreaba. Estaba tan segura de que nos soltarían. Minerva meneó el dedo frente a mi nariz, recordándome la cuarta regla cardinal que ha agregado a las tres anteriores: Permanecer esperanzado, sin esperar nada.

Y tenía razón. Nos llevaron a los tribunales para un juicio que fue una broma. No había nadie que nos representara, y nosotras no podíamos hablar ni defendernos. El juez le dijo a Minerva que si intentaba hablar otra vez, incurriría en desacato, y se le impondría una multa y se le aumentaría la condena.

Cinco años y una multa de cinco mil pesos cada una. Minerva echó atrás la cabeza, y se rió. Yo, por supuesto, agaché la cabeza, y lloré.

[páginas arrancadas]

Miércoles 15 de junio
(he decidido dejar de contar, por demasiado deprimente)
El diario ha permanecido en el escondite. Todas se han servido de hojas en blanco cuando necesitaban papel. No me ha importado. Poco ha importado, día tras día.

Minerva dice que es comprensible que esté deprimida. La sentencia, encima de lo que he padecido. Ella leyó lo que leí, y quiere que le informe a la OEA (si vienen sus funcionarios) acerca de lo que sucedió en La 40. Pero no estoy segura de poder hacerlo.

No tienes de qué avergonzarte, dice Minerva, toda ferocidad. Está esculpiendo mi cara, así que debo permanecer inmóvil.

Sí, ahora las autoridades nos alientan a que nos dediquemos a un hobby... Es la OEA que se los exige. Minerva ha empezado a esculpir. Hizo que mamá le trajera yeso y herramientas. Después de cada sesión, Santicló debe venir a recogerlas, pero él es bastante indulgente con nosotras.

De modo que ahora tenemos un par de escalpelos en el escondite, junto con el resto del contrabando: el cuchillo, las tijeras, el espejito, cuatro clavos, la lima y, por supuesto, este diario.

¿Para qué es este arsenal? le pregunto a Minerva. ¿Qué haremos con esto?

Hay veces que pienso que la revolución se ha convertido en un hábito para Minerva.

Viernes 24 de junio
Hace un calor de todos los diablos aquí

Ahora tenemos dos guardias mujeres. Minerva piensa que las han asignado para impresionar a la OEA y demostrarles que proceden con delicadeza hacia las prisioneras.

¡Delicadeza! Estas mujeres son tan duras como los hombres, o más aun, sobre todo la gorda Valentina. Es bastante agradable con nosotras las políticas, pero una verdadera bruja con las otras, pues sabe que la OEA no investigará cómo se las trata a ellas. Las no políticas son tan boca sucia, que es una maravilla. He aquí su cantito, cuando Valentina no oye:

> Valentina, la guardona,
> imbécil bobalicona,
> fue a chuparle la teta a la vaca
> pero se metió debajo del toro.

Los guardias están preocupados porque se rumorea que habrá una visita de la OEA. Nos han dicho que si un preso político se queja, los guardias a cargo la pasarán muy mal. ¡Inclusive, pueden llegar a fusilarlos! El Jefe no puede darse el lujo de tener problemas internacionales en este momento.

En nuestra sesión de la Escuelita, Minerva nos dice que no debemos guiarnos por estos rumores ni dejarnos manipular por el "buen" tratamiento. Debemos informar a la

Comisión acerca de la situación real, o este infierno continuará. Me mira a mí cuando dice esto.

Lunes 27 de junio, a media tarde

Me he dicho: Mate, no les prestes atención. Pero con tan pocas distracciones en este lugar, ¿en qué otra cosa puedo pensar?

Hay rumores clandestinos aquí. Dependen en gran parte de nuestro sistema de señales mediante golpecitos, pero también circulan notas escritas, y a veces hay intercambios breves en la sala de visitas los jueves. Las noticias circulan con rapidez. Y el rumor que oímos es desagradable. Mi Leandro —junto con Valera, Fafa, Faxas, Manzano y Macarrulla— es acusado de traición.

Minerva me dice: Mate, no escuches las malas lenguas. Pero hay veces que ella misma se enoja tanto por lo que oye que dice que le dirá al mundo entero lo que me ha pasado, que es la persuasión que han usado con el pobre Leandro.

Ay, Minerva, por favor, suplico. Por favor.

El movimiento se está viniendo abajo con toda esta desconfianza y tantos chismes. Manolo está tan preocupado que ha trasmitido un comunicado mediante golpecitos, que ha llegado hasta nosotras. Los camaradas tuvieron su permiso para trabajar en ese libro. No hay nada en él, excepto información que el SIM ya había recopilado tras meses de torturas. Manolo confiesa que hasta él habló, dando nombres de los que ya habían sido apresados o escapado al exterior.

Compañeros y compañeras. No debemos caer presa de divisiones mezquinas, sino concentrarnos en nuestro próximo punto de ataque: los miembros de la OEA, cuando vengan. Si se imponen sanciones, el chivo caerá.

Estamos sufriendo un revés, pero no hemos sido derrotados.

¡Muerte o Libertad!

Pero los terribles rumores continúan.

Martes 28 de junio, por la mañana
(una mala noche)

No pude dormir en toda la noche por los rumores. Luego, para peor, el hedor nos mantuvo despiertas a todas. Estamos enojadas con Dinorah por hacerlo en el balde. Sobre todo después que convinimos en usar la letrina de afuera por la noche, para que no hubiera que soportar malos olores en la celda, cuando tratamos de dormirnos. Y con excepción de Juan el Sangriento, los guardias nos dejan salir.

(Sobre todo Pequeño, que aprovecha para "palparnos" en la oscuridad.)

Por cierto que, cuando se convive con la gente, sale a luz quién se ocupa de sí mismo y quién piensa en el grupo. Dinorah es un ejemplo perfecto de egoísmo. Mete la mano en nuestra "alacena" de provisiones, hurta nuestra ropa interior de la barra divisoria cuando nadie mira, y se sabe que nos delató por hacer golpecitos en la pared de la Celda # 60. Al principio, Minerva la excusaba, diciendo que había aprendido sus costumbres cívicas de un régimen corrupto. Pero desde que Dinorah entregó el paquete con esquelas de Manolo, que Minerva tanto atesoraba, mi hermana, de mentalidad tan abierta, se cuida muy bien de esta seudo víctima.

Sé que yo no he estado demasiado dispuesta a compartir ciertas cosas, pero por lo general reflexiono un momento y termino regalando todo. Siempre les pregunto a todas, para ver si alguien necesita la lámpara esa noche, y nunca acaparo la ventanita para tomar aire fresco o colgar la ropa a secar.

Si hacemos el país perfecto que planea Minerva, yo encajaría muy bien. El único problema para mí sería con las personas egoístas. Entonces creo que también me haría egoísta, en defensa propia.

Jueves 30 de junio, por la noche
Un calor insoportable

¡Hemos descubierto un nuevo escondite fabuloso: mi pelo!

Así es como sucedió. Patria me trajo un recorte hoy, y yo sabía que me registrarían —como siempre— al salir de la sala de visitas. Es una falta grave ser descubierta con contrabando encima. Se puede perder el privilegio de recibir visitantes por todo un mes, o inclusive terminar en solitaria. Intenté devolverle el recorte a Patria, pero estaba de patrulla Juan el Sangriento, y sus ojos de halcón no se pierden nada.

Me ponía cada vez más nerviosa, porque se terminaba el tiempo de visita. El recorte del diario me quemaba en la falda. Minerva me hizo una seña con la mano, que nos enseñó Balbina, y que quiere decir "Dámelo". Pero yo no iba a dejar que la descubrieran y que ella cargara con la culpa. Entonces sentí el peso de la trenza sobre la espalda, y se me ocurrió la idea. Siempre estoy jugando con el pelo, trenzándolo y destrenzándolo; es un hábito nervioso que ha empeorado aquí. De modo que doblé el papel hasta hacerlo chiquito, y simulando que me ajustaba la trenza, lo escondí en el pelo.

Así fue como toda la prisión se enteró del intento de asesinato.

LA ACUSACIÓN DE BETANCOURT INFUNDADA

Ciudad Trujillo, R. D. El vocero presidencial Manuel de Moya manifestó su indignación ante las acusaciones infundadas y maliciosas del presidente Rómulo Betancourt de Venezuela. Betancourt acusó al gobierno dominicano de estar implicado en un atentado contra su vida ocurrido en Caracas el 24 de junio. El presidente resultó herido al explotar un automóvil estacionado mientras él desfilaba en su limusina. Desde el hospital, Betancourt declaró que ha vuelto a presentar una denuncia ante la Organización de Estados Americanos. Cuando se le preguntó por qué una isla pequeña y amante de la paz querría atacarlo, el presidente Betancourt inventó un complot confabulado contra su vida por el gobierno dominicano: "Desde que lo acusé ante la OEA por los abusos cometidos contra los derechos humanos, Trujillo me ha estado persiguiendo". El Dr. Moya lamentó este insulto contra la virginal dignidad de nuestro Benefactor y manifestó que nuestro gobierno está abierto a cualquier investigación de los estados miembros que deseen verificar la falsedad de estas acusaciones maliciosas. La OEA ha aceptado la investigación, y se ha programado una comisión de cinco miembros que llegarán a fines de julio.

Viernes 1° de julio por la noche
Nadie puede dormir, y no sólo debido al calor
Nuestro ánimo ha cambiado de la noche a la mañana. Nuestro movimiento dividido se ha unido en esto, haciendo a un lado los chismes y las ofensas. No se ha oído más que golpecitos en las paredes el día entero. ¡Por las últimas noticias que pude entrar de contrabando!

Trujillo está en aprietos, y lo sabe. Ha organizado un buen teatro para cuando llegue la delegación de la OEA. Hay toda clase de rumores, según los cuales nos perdonarán a todos. ¡Tenemos tantas esperzanzas! Excepto los guardias, por supuesto.

Esta tarde Santicló nos preguntó: Cuando lleguen los gringos, ustedes no se quejarán ¿verdad, chicas?

Sí, Santicló, le contesta Delia para embromarlo. Diremos que tienes preferencia con ciertas prisioneras. No nos tratas a todas por igual. A mí nunca me trajiste caramelos de menta, ni una cinta para el pelo.

Santicló parecía un poco asustado, de modo que yo le dije: Está hablando en broma, Santicló. Has sido un verdadero amigo. Se lo digo por cortesía, pero cuando lo pienso me doy cuenta de que es la verdad.

Por eso lo hemos apodado Santicló, por Santa Claus, el gordo que trae juguetes en los Estados Unidos a todos, hasta los que no creen en Jesús o en los Reyes Magos.

Domingo 10 de julio, por la noche
(mamá mandó una linterna)

Nada de OEA todavía, pero sí muchos más rumores. A comienzos de la semana pasada todos creíamos que llegarían para el fin de semana, pero ahora el rumor es que quieren saber si Betancourt vivirá. Además, están planeando cómo llevar a cabo la investigación.

Enciérrenlos con nosotras aquí, y verán, dice Sina. Les contaremos todo.

Sí, dice Dinorah. Ustedes hagan eso, que el resto de nosotras haremos otra cosa con ellos.

Todas estallan de risa. Hemos hablado del asunto abiertamente; yo no puedo decir que lo echo de menos, en realidad, pero todas las demás están desesperadas por estar con un hombre. Y debo decir que son no sólo las "damas" de dudosa reputación las que lo dicen. La mayor sorpresa para mí es Minerva.

Estas muchachas pueden ser muy vulgares. Por Dios, en seis meses he oído cosas que no escuché en toda la vida. Por ejemplo, las muchachas tienen un sistema complicado de indicaciones corporales mediante las cuales se dan cuenta qué hombre es adecuado. Por ejemplo, si una tiene un pulgar más bien corto y gordo, entonces le gustarán los hombres con una característica similar. Yo tengo el pulgar corto pero delgado, y eso demuestra que soy compatible con un hombre delgado, de baja estatura, medianamente "dotado". ¡Por Dios!

Algunas de estas muchachas se acuestan juntas, lo sé. Eso es lo único que Santicló no tolera. Dice que no está bien. Una vez que una mujer anda con otra mujer, se ha arruinado para los hombres.

Yo tuve un encuentro íntimo que resultó bien. Con Magdalena, las otras noches, después de nuestra charla.

Justo pasó Valentina, de puntillas.

Es mejor que guarde esto y no vuelva a tentar al demonio. Continuará.

Lunes 11 de julio, por la tarde
Un momento tranquilo

Mencioné el encuentro íntimo que tuve con Magdalena. He aquí lo que sucedió.

Ella estaba de visita una noche, y nos pusimos a hablar de nosotras mismas, hasta que por fin me contó toda la historia de su vida. Diré que es para romper el corazón. Durante meses he pensado que nadie ha sufrido como yo. Pues estoy equivocada. Magdalena me ha enseñado más acerca de lo privilegiada que he sido que todas las lecciones de Minerva acerca de las clases sociales.

Cuando Magdalena tenía trece años, su madre murió. Ella no tenía adónde ir, de modo que se empleó de mucama con una familia rica e importante. (Los De la Torre, unos verdaderos esnobs.) Noche tras noche, el joven de la casa la "usaba". Ella nunca lo denunció a su patrona porque pensó que era parte de su trabajo. Cuando se quedó embarazada acudió a la señora, que la acusó de ser una puta mentirosa y desagradecida, y la echó a la calle.

Magdalena dio luz a una niñita, Amantina, y durante años apenas tenían para comer. Magdalena dice que la pila de basura cerca del aeropuerto viejo era su bodega, y su casa un cobertizo abandonado cerca de la pista de aterrizaje.

"Pobrecitas", decía yo todo el tiempo.

En algún momento los De la Torre vieron a la niñita rubia, de ojos color avellana. Entonces decidieron que era de su hijo. Fueron a la casa donde trabajaba Magdalena y se llevaron a la niña.

Me saltaron las lágrimas. Estos días me emociono al oír cualquier historia acerca de una madre separada de sus hijos.

Fue entonces cuando Magdalena me miró agradecida por mi comprensión. Pero la gratitud se convirtió en algo más. Se acercó, como si fuera a contarme un secreto, y juntó sus labios con los míos. Yo me hice atrás, escandalizada.

Ay, Magadalena, le dije. Yo no soy así, sabes.

Ella se rió. Niña, no sé qué quieres decir con eso de "así", como si fuera algo malo. Resulta que mi cuerpo también ama a las personas que ama mi corazón.

Por la manera que lo dijo tenía sentido.

Aun así, me sentía muy incómoda en mi litera angosta. Yo quería que el que su rodilla tocara la mía no significara nada, pero no era así. Quería que se fuera, pero sin lastimar sus sentimientos. Gracias a Dios que se dio cuenta y siguió con su historia.

Se terminó la tranquilidad. Minerva nos está llamando a los gritos para hacer ejercicio.

Terminaré esto esta noche.

Más tarde

Magdalena trató de conseguir a Amantina. Una noche entró en la casa de los De la Torre y subió por la misma escalera que usaba el joven. Llegó hasta el vestíbulo de arriba, donde se topó con la dueña de casa que salía de su dormitorio en camisón. Magdalena exigió que le devolviera a su hija, y sacó un cuchillo para que viera que hablaba en serio.

Esta vez, en vez de escandalizarme, sentí regocijo. ¿Tuviste éxito?

¿Qué crees que hago aquí?, me preguntó. Me dieron veinte años por tentativa de asesinato. Cuando salga, mi hijita tendrá la misma edad que yo cuando entré. Entonces Magdalena se puso a llorar con desesperación.

No pensé en el beso que me había dado antes. Me acerqué y la tomé entre mis brazos, como hacía mamá conmigo.

Domingo 23 de julio, por la tarde

¡Leandro está aquí con nosotros, por fin! El Rayo dice que está en el pabellón B con Manolo, Pedrito y el resto del comité central.

También ha aparecido un libro ridículo: *¡Complot Develado!* Nadie de aquí lo ha visto todavía, pero me han dicho que es un album con nuestras fotos viejas y una descripción de cómo se inició el movimiento. Nada que no haya aparecido ya en los diarios.

Espero que todos los que menearon la lengua se avergüencen de sí mismos.

Miércoles 3 de agosto, por la tarde
Esta noche comimos pollo de verdad, con arroz

Minerva y Sina me han estado hablando de estrategia desde que dieron la noticia esta mañana. Es tan definitiva como algo puede serlo aquí. La Comisión de Paz de la OEA llega este viernes. Sólo entrevistarán a un prisionero por pabellón. La decisión recayó en los jefes de guardia. Y me han elegido a mí.

Minerva dice que es porque creen que yo no me quejaré. Y tienes que hacerlo, dice. Tienes que hacerlo, Mate.

Pero no me han hecho nada, protesto yo. Son víctimas, como dices tú.

Pero las víctimas pueden hacer mucho mal. Y esto no es personal, Mate. Esto es un principio.

Yo nunca comprendí esa diferencia que resulta tan

crucial para mi hermana. Al parecer, todo lo que es personal para mí, para ella es un principio.

Según hemos oído, las entrevistas no serán supervisadas, pero eso no significa nada aquí. Pondrán micrófonos en las paredes, sin duda. Hablar abiertamente sería un suicidio. Así que Minerva y Sina han escrito una declaración, firmada por el movimiento Catorce de Junio, que debo darles con sigilo.

Hay algo más, dice Minerva, mirándose las manos. Necesitamos a alguien que escriba una declaración personal.

Que lo escriba Sina, le digo, con todo lo que pasó.

No es lo mismo. Por favor, Mate. Ni siquiera debes escribirlo. Basta con arrancar algunas páginas de tu diario, y agregarlas a nuestra declaración.

Hay otras consideraciones, le digo. ¿Y Santicló? Si se enteran de lo de él, lo fusilarán.

Minerva me toma de los brazos. La revolución no es siempre bonita, Mate. Mira lo que le hicieron a Leandro, a Manolo, lo que le hicieron a Florentino, a Papilín. A ti, por amor de Dios. No parará a menos que lo paremos nosotros. Además, eso de que fusilarían a los guardias no son más que rumores.

Ya veo, digo, por fin. Ya veo.

Ay, Mate, prométemelo, me dice, mirándome a los ojos. Prométemelo, por favor.

De modo que le digo lo único que le puedo decir.
Te prometo esto: seré leal a lo que creo que es verdad.

Minerva nunca me ha oído decir cosas así. Bastante justo, me dice. Bastante justo.

Sábado 6 de agosto
Minerva me ha preguntado cien veces qué pasó. Cien veces he contado la historia, a ella y a las demás. O más bien he tratado de responder a sus preguntas.

¿Cuántos miembros constituían la comisión? (Siete en total, aunque dos al parecer sólo estaban allí para traducir.) ¿Dónde fue la sesión? (En el salón de visitas. Por eso no tuvimos hora de visitas el jueves. Las autoridades se ahorraron el trabajo de tener que instalar micrófonos en otra parte.) ¿Cuánto duró mi sesión? (Diez minutos, aunque tuve que esperar dos horas junto a la puerta con Santicló, consumido por los nervios.) Luego, lo más importante. ¿Tuve oportunidad de pasarles los papeles?

Sí. Lo hice. Cuando me iba, se acercó un joven muy serio para agradecerme y acompañarme hasta afuera. Hablaba un español muy bonito, y muy cortés.

Probablemente venezolano, o quizá paraguayo. Por la forma en que me miraba, me di cuenta de que quería observarme de más cerca. Para ver si tenía cicatrices, o palidez extrema, o algo. Mi informe sobre La Victoria fue bueno. Dije que me trataron bien. Igual que los de las otras celdas, probablemente.

Cuando él se iba, me solté la trenza y dejé caer el primer papel sobre el suelo. Cuando lo vio, pareció sorprenderse. Fue a recogerlo. Pero lo pensó mejor, y lo pateó debajo de la mesa. Me echó una mirada cargada de significación, y yo asentí.

Santicló me esperaba del otro lado de la puerta. Su cara redonda y jovial se veía tan asustada. Mientras me escoltaba por el pasillo, quiso saber cómo me había ido.

No te preocupes, le dije, y le sonreí. De hecho, había usado su cinta azul para sostener las dos notas en la trenza. Me desaté la cinta lo suficiente para dejar caer la nota con la declaración de Minerva y Sina, firmada Movimiento Catorce de Junio de manera que no pueden rastrearla a ninguna celda en particular. Y ¿qué van a hacer? ¿Fusilar a todos los guardias?

La segunda nota, con mi historia, estaba colocada más arriba de la trenza. Quizá fue el ver la cinta, que me había dado Santicló cuando yo estaba tan deprimida. No lo sé. Pero en ese momento decidí no dejar caer la segunda nota. No podía correr el riesgo de herir a mi amigo.

En lo que respecta a Minerva, cumplí mi promesa: hice lo que creí justo. Pero me parece que esperaré para decírselo.

Domingo 7 de agosto, por la tarde
Luego tendremos una fiesta

¡Nos han informado que nos preparemos para nuestra liberación, mañana!

No liberan a ninguno de los hombres, sin embargo. Sólo a las mujeres. Minerva dice que es un gesto de galantería, para impresionar a la OEA.

Yo temía tanto que fuera a volver a adoptar esa actitud altiva y magnánima conmigo. Pero ha resuelto aceptar, porque es una liberación, no un indulto.

Me parece que Minerva está a punto de un colapso. Se ha estado comportando de una manera extraña. Hay veces que me mira y me pregunta ¿qué? como si yo le hubiera preguntado algo. Otras veces se lleva la mano al pecho, como para asegurarse de que le late el corazón. Me alegra que salga pronto de aquí.

Lo que me duele es pensar en las que se quedan.

Cada vez que la miro a Magdalena, tengo que apartar los ojos.

He aprendido tanto de ti, le digo. Ésta ha sido la experiencia más importante de mi vida, le digo.

Me voy a poner a llorar inclusive antes de que empiece la fiesta.

Tarde, de noche

Entra la luz de la luna por la ventanita. No puedo dormir. Estoy sentada en la litera, escribiendo mi última anotación en el poco espacio que me queda. Lloro despacio, como he aprendido en la prisión, para no aumentar la pena de nadie.

Me entristece irme. Sí, por más extraño que suene, este lugar ha llegado a ser mi casa, y las chicas son como mis hermanas. No puedo imaginar la soledad de vivir sin ellas.

Me digo que la conexión continuará. No desaparece porque una se vaya. Y empiezo a entender la revolución de una manera distinta.

En la "fiesta de despedida", a pesar de que Dinorah podía denunciarme, me arriesgué e hice que todas las muchachas me firmaran el libro, como si fuera un libro de autógrafos. A algunas yo les había enseñado a escribir su nombre, de modo que será un verdadero recuerdo de mi vida aquí.

En cuanto al libro mismo, Santicló se encargará de sacarlo. Estoy segura de que nos revisarán cuando nos vayamos.

Compartimos nuestro pequeño tesoro escondido de cubitos de azúcar, galletitas y maní. Yo tenía un par de barras de chocolate que me habían quedado, y las corté en pedacitos. Hasta Dinorah agregó un poco de pasta de guayaba, que tenía escondida. Luego nos miramos con mucho sentimiento. Minerva empezó a decir algo, pero no le salió nada. De modo que nos abrazamos, una a una, nos deseamos lo mejor, y nos dijimos adiós.

Para la Comisión de investigación de abusos contra los derechos humanos de la OEA.

La siguiente es la anotación de un diario de lo que me ocurrió el 16 de abril de 1960 en La 40. Soy una prisionera política, pero prefiero no dar mi nombre. Igualmente, he tachado los nombres de otras personas, para no poner a nadie en dificultades.

*Por favor, no publiquen esto en los diarios, porque me
preocupa mi intimidad.*

Esa mañana, cuando vinieron a buscarme, pensé que
quizá me llevarían a la sala de oficiales, para interrogarme.

En cambio, Juan el Sangriento me escoltó hasta que
bajamos la escalera y salimos. Nos esperaba un vehículo. No
tardé más de un minuto en darme cuenta adónde íbamos.

Miraba por la ventanilla todo el tiempo, con la esperanza
de que me viera alguien que me reconociera y que pudiera
decirle a mi familia que iba en una patrulla policial a La 40.
¡Qué extraño que el sol brillara de manera tan inocente! La
gente caminaba como si en el mundo no hubiera almas
desvalidas como yo.

Traté de conseguir una explicación de por qué me
llevaban, pero Juan el Sangriento nunca explica nada.

Para cuando llegamos a La 40 yo estaba temblando de tal
manera que no pude bajar del auto. Me sentí avergonzada de
que me tuvieran que bajar como una bolsa de papas.

Había ya un grupo esperando en la sala de
interrogatorios. Un tal Johnny, alto y gordo, con un bigote
como Hitler, y otro, llamado Cándido, de pelo enrulado. Un
tercero, de ojos saltones, hacía sonar los nudillos todo el
tiempo, con un ruido de huesos rotos.

Me quitaron la ropa, dejándome sólo los calzones y el
corpiño y me hicieron acostar sobre una mesa larga de metal,
aunque no me sujetaron con las correas que vi colgando a los
lados. Nunca me he sentido tan aterrorizada. Tenía el pecho
tan apretado que casi no podía respirar.

Johnny dijo: Eh, bonita, no te pongas así.

No vamos a lastimarte, dijo el que se llamaba Cándido.

Eso hizo que temblara más.

Cuando se abrió la puerta, y entró ▮▮▮▮▮▮▮ , no lo
reconocí de inmediato. Parecía un esqueleto andante: sin
camisa, la espalda cubierta de ampollas grandes como
monedas de a diez.

Salté, pero Juan el Sangriento me volvió a acostar sobre
la mesa. Te acuestas como si estuvieras en la cama
esperándolo a él, me dijo Ojos Saltones. Luego dijo algo
grosero acerca del efecto de la tortura sobre cierto órgano.
Johnny le ordenó callarse.

¿Qué quieren hacerle a ella? gritó ▮▮▮▮▮▮ . Me di
cuenta de que estaba asustado.

Queremos que nos ayude a persuadirte, dijo Johnny con

250

una voz demasiado calma y racional para ese lugar tan tétrico.

Ella no tiene nada que ver con esto, exclamó

¿Estás diciendo que lo has reconsiderado? preguntó Johnny.

Pero ▮▮▮▮▮▮▮ no cedió terreno. Yo no sigo discutiendo este asunto, a menos que la dejen ir.

Fue entonces cuando Ojos Saltones le dio un puñetazo, derribándolo. ¡Cómo se atrevía esa escoria a poner condiciones a su capitán! Luego todos empezaron a patear a ▮▮▮▮▮▮▮ hasta hacerlo retorcerse de dolor en el piso.

Yo gritaba basta. Era como si me pegaran en mi propio estómago. Fue entonces cuando me empezaron los dolores, como contracciones.

Luego Johnny me preguntó si no podía persuadir a ▮▮▮▮▮▮ . Después de todo, ▮▮▮▮▮▮ , ▮▮▮▮▮▮ , ▮▮▮▮▮▮ , y ▮▮▮▮▮▮ habían reconsiderado el asunto.

Me sentí tentada de decirle: Ay, ▮▮▮▮▮▮ , sálvate, sálvanos. Pero no pude. Era como si ésa hubiera sido la manera de dejar que nos mataran.

De modo que les dije a esos monstruos que jamás le pediría a ▮▮▮▮▮▮ que fuera contra lo que su conciencia le decía que estaba bien.

Los dos iguales, dijo el que se llamaba Cándido. Tendremos que usar una persuasión más convincente.

Supongo que sí, dijo Johnny. Átala.

Ojos Saltones se puso delante de mí, sosteniendo una varilla con un interruptor. Cuando me tocaba, me hacía saltar el cuerpo con un dolor exquisito. Sentí que se me desprendía el espíritu y flotaba sobre mi cuerpo, contemplando la escena desde arriba. Estaba a punto de irme, envuelta en una bruma brillante, cuando ▮▮▮▮▮▮ gritó: ¡Lo haré, lo haré!

Y yo descendí de vuelta a mi cuerpo, como agua que se escurre por un resumidero.

Lo siguiente que recuerdo es a ▮▮▮▮▮▮ que repetía mi nombre y gritaba. Diles que tuve que hacerlo, dijo cuando se lo llevaban.

Johnny pareció disgustado por esta conmoción. Sáquenlo de aquí, ordenó. Luego, a Juan el Sangriento le dijo que me vistiera y me llevara de regreso.

Me dejaron sola en ese cuarto con un montón de guardias. Me di cuenta de que estaban avergonzados, porque evitaban mi mirada y seguían callados, como si Johnny siguiera allí. Luego Juan el Sangriento juntó mi ropa, pero yo no dejé que me ayudara. Me vestí sola y caminé sobre mis dos piernas hasta el vehículo.

CAPÍTULO DOCE

Minerva

Agosto a 25 de Noviembre de 1960

Arresto domiciliario
Agosto y Setiembre

Toda mi vida he tratado de irme de casa. Papá siempre se quejaba de que, de sus cuatro hijas, yo debería haber sido varón, pues había nacido para andar libre. Primero quise ir al colegio, luego a la universidad. Cuando Manolo y yo empezamos en el movimiento clandestino, yo era quien viajaba entre Monte Cristi y Salcedo, conectando célula con célula. No podía soportar la idea de vivir encerrada en una sola vida.

De modo que cuando nos liberaron en agosto y nos pusieron bajo arresto domiciliario, cualquiera podría haber dicho que ése era un justo castigo para mí. Pero para decir la verdad, era como si me hubieran hecho el gusto. Entonces nada me gustaba más que estar en casa de mamá, con mis hermanas, criando a nuestros hijos.

―――――――

Esas primeras semanas en casa exigieron adaptación.

Después de siete meses en prisión, y gran parte de ese tiempo en reclusión solitaria, la sobrecarga era demasiado. Sonaba el teléfono; caía alguien de visita (con el permiso de Peña, por supuesto); Peña mismo venía a ver al visitante; llegaba Don Bernardo con guayabas de su árbol; había un sinfín de cuartos donde entrar y salir; los niños pedían que les ataran los cordones de los zapatos; el teléfono volvía a sonar; qué hacer con la leche cortada.

En la mitad del día, cuando debía estar afuera tomando el sol y llenando mis pulmones enfermos de buen aire de campo, buscaba la quietud del dormitorio, me quitaba el vestido y me acostaba bajo las sábanas mirando cómo el sol moteaba las hojas a través de las celosías apenas entreabiertas.

Pero mientras yacía allí, la misma sobrecarga empezaba a repetirse en mi mente. Pedacitos del pasado emergían de la sopa acuosa de mis pensamientos de aquellos días: Lío explicando cómo darle a la pelota de voleibol para que formara una curva al caer; la lluvia que no cesaba mientras íbamos al entierro de papá; mi mano asestando una bofetada en la mejilla de Trujillo; el médico dándole una palmada a mi primera hija al nacer.

Me incorporaba, sorprendida por lo que yo misma estaba permitiendo que me pasara. Había sido tanto más fuerte y valiente en prisión. Ahora, en casa, me estaba derrumbando.

O, pensaba, volviendo a recostarme, estoy lista para una nueva vida, y es así como empieza.

———

Me fui fortaleciendo poco a poco, y empecé a tomar parte en la vida de la casa.

Ninguna de nosotras tenía dinero, y lo que producía la granja, que iba menguando, debía repartirse entre cinco familias. De modo que emprendimos un pequeño negocio de trajecitos infantiles para bautismo. Yo me ocupaba de la costura y de los pespuntes.

Mis pulmones se limpiaron. Recuperé el apetito y empecé a alcanzar de nuevo el peso que había perdido en la prisión. Podía volver a usar la ropa que me había traído doña Fefita de Monte Cristi.

Y, por supuesto, mis hijos eran una maravilla. Me abalanzaba sobre ellos, cubriéndolos de besos. Ellos gritaban. Era un milagro oír que me llamaban madre, sentir sus bracitos alrededor del cuello y su aliento, fresco y sano, en la cara.

Y los frijoles moteados, ¿por qué eran tan coloridos? Espera, espera, le decía yo a Fela antes de que los pusiera en remojo. Sacaba un puñado, sólo para oír el sonido suave que hacían al volverlos a poner en la olla. Todo lo tenía que tocar. Todo lo tenía que saborear. Quería todo de nuevo en mi vida.

Pero algunas veces la luz, al caer, oblicua, me hacía regresar. Esto sucedía en cierto momento del día en la prisión: yo veía, desde mi litera superior, el sesgo de la luz sobre el piso.

Y una vez Minou empezó a golpear la verja de la galería con un pedazo de caño. Era el mismo sonido que hacían los guardias de la prisión con sus garrotes contra los barrotes de las celdas. Corrí y le arranqué el caño de la mano, gritando "¡No!" Mi pobre hijita se echó a llorar, asustada por el terror en mi voz.

Pero esos recuerdos, también, empezaron a esfumarse. Se convirtieron en historias. Todo el mundo quería oírlas. Mate y yo manteníamos a la familia entretenida durante horas, contando una y otra vez los horrores, hasta que el aguijón se les clavaba a ellos.

Se nos permitían dos salidas por semana: los jueves a La Victoria a visitar a los hombres, y los domingos, a misa. Pero a pesar de esa libertad para viajar, me espantaba salir de la casa. No bien estábamos en la carretera, me empezaba a latir el corazón y a faltarme el aliento.

El horizonte abierto me acongojaba, lo mismo que la sensación de estar en medio de una multitud que me apretaba por todos los costados, que quería tocarme, saludarme, desearme el bien. Hasta en la iglesia, durante el recogimiento de la Santa Comunión, el padre Gabriel se inclinó y susurró:

—¡Viva la Mariposa!

Mis meses de prisión me habían elevado a una posición sobrehumana. No habría sido correcto que alguien que desafiara al dictador de repente sucumbiera a un ataque de nervios ante el comulgatorio.

Escondía mi ansiedad, y sonreía a todos. Si hubieran sabido lo frágil que era su heroína, la de la voluntad de hierro. ¡Cuánto me costaba representar lo más difícil, volver a ser como antes!

Reservaba mis mejores actuaciones para las visitas de Peña. Venía con frecuencia a supervisar nuestro arresto domiciliario. Los niños ya estaban tan acostumbrados a su cara de sapo y a sus manoseos que empezaron a llamarlo Tío Capitán y a pedirle que les dejara sostener el revólver y a cabalgar sobre sus rodillas.

Pero yo no podía acostumbrarme. Cada vez que entraba por el angosto sendero ese gran Mercedes blanco, corría a mi dormitorio y cerraba la puerta, para darme tiempo a adoptar el semblante de mi antiguo ser.

Sin pérdida de tiempo llegaba alguien, a quien se le había ordenado buscarme.

—Es Peña. ¡Debes venir! —Hasta mamá, que antes se

rehusaba a recibirlo, ahora lo halagaba. Después de todo, él le había devuelto a sus hijitas.

Una tarde yo estaba podando el laurel del jardín del frente. Manolito me estaba "ayudando". Después de cortar unas ramitas, lo alzaba para que él las arrancara. Desde su posición elevada sobre mis hombros, me informaba todo lo que veía en el camino.

—¡El auto de Tío! —exclamó, y, de seguro, apareció un relámpago blanco por una abertura del seto. Era demasiado tarde para preparar la actuación. Fui a recibirlo.

—Qué ocasión desusada, doña Minerva. Las últimas veces que he venido usted no ha estado bien. —En otras palabras, he notado su falta de cortesía. Todo siempre bien archivado. —Debe de estar mejor —observó, sin signo de pregunta.

—Vi tu auto, vi tu auto —entonaba Manolito.

—Manolito, muchacho, tienes ojos de lince. Necesitamos hombres como tú en el SIM.

"Ay, Dios", pensé.

———————

—Señoras, es un placer tenerlas todas aquí —comentó Peña cuando Mate y Patria se nos unieron en el patio. Dedé también llegó con las tijeras de podar para trabajar en el seto y no perder de vista lo que sucedía. Cada vez que no le gustaba mi tono, cortaba alguna espina con violencia, desparramando hojas y pétalos rojos por el aire.

Por quincuagésima vez, Peña nos recordó lo afortunadas que éramos. La sentencia de cinco años había sido conmutada a arresto domiciliario. En lugar de las restricciones de la prisión, sólo debíamos obedecer unas pocas reglas. (Las llamábamos los mandamientos de Peña.) Cada vez que venía, los repetía. Nada de viajes, nada de visitantes, nada de contactos con los políticos. Toda excepción sólo con permiso especial.

—¿Está claro?

Asentimos. Me sentí tentada de buscar la escoba y ponerla detrás de la puerta, para que se fuera.

Peña hizo sonar los cubitos de hielo con su dedo regordete. Hoy no sólo había venido para recitar sus reglas.

—Hace mucho que El Jefe no visita nuestra provincia —dijo.

Por supuesto que no, pensé. La mayoría de las familias de Salcedo tenían por lo menos un hijo, una hija o un marido en prisión.

—Estamos tratando de hacerlo venir. Todos los ciudadanos leales están escribiendo cartas.

Se oyó el ruido insistente de las tijeras de Dedé, como para ahogar lo que yo pudiera estar pensando.

—El Jefe ha sido muy generoso con ustedes, chicas. Sería lindo que redactaran una carta de agradecimiento por su indulgencia.

Nos miró a mí y a Mate, y por último posó sus ojos en Patria. Nuestros rostros no le indicaron nada. La pobre nerviosa Dedé, que ya había podado todo el seto y estaba regando las plantas por segunda vez, dijo que sí, que eso sería aconsejable. —Quiero decir agradable —se corrigió de inmediato, y Patria, Mate y yo agachamos la cabeza para esconder la sonrisa.

Después que se fue Peña hubo una pelea. Las demás querían escribir la maldita carta, pero yo estaba en contra. ¡Agradecer a Trujillo por castigarnos!

—Pero ¿qué mal puede hacer una carta? —argumentó Mate. Ya no me resultaba fácil convencerla de nada.

—La gente nos considera un ejemplo. ¡Tenemos una responsabilidad! —Hablé con tanta ferocidad que ellas parecieron intimidarse. Mi antiguo ser estaba en una de sus buenas actuaciones.

—Vamos, Minerva —razonó Patria—. Sabes que si se publican las cartas todo el mundo sabrá por qué escribimos nosotras.

—Acepta, por esta vez —rogó Mate.

Recordé esa vez en la Inmaculada, cuando no quería tomar parte con mis amigas en la representación para Trujillo. Entonces cedí, y ése fue casi nuestro fin, con el intento de asesinato de Sinita, con arco y flecha.

Lo que me convenció por fin fue el argumento de Patria de que la carta podría ayudar a liberar a los hombres. Una nota de agradecimiento de las hermanas Mirabal podía enternecer el corazón de El Jefe hacia sus maridos.

—¿El corazón? —dije, haciendo una mueca. Luego, al iniciar la tarea, lo aclaré perfectamente:

—Esto va contra mis principios.

—Es necesario tener menos principios y más sentido común —musitó Dedé, sin mucha pelea en la voz. Me parece que se sintió aliviada al ver una chispa de la antigua Minerva otra vez.

Después me sentí pequeña por lo que había hecho.

—Debemos hacer algo —repetía.

—Tranquilízate, Minerva. Toma —dijo Dedé, bajando a

Gandhi del estante. Elsa me regaló su libro cuando salí de prisión, para demostrarme, según dijo, que una actitud pasiva y dócil podía ser revolucionaria. Dedé aprobaba esa postura con todo su corazón.

Pero hoy Gandhi no resultaba. Lo que necesitaba era un toque de la retórica feroz de Fidel. Él habría estado de acuerdo conmigo. ¡Debíamos hacer algo, y pronto!

—Debemos aceptar esta cruz. Eso debemos hacer —dijo Patria.

—¡Ni lo pienses! —Yo estaba alborotada.

Sólo duró hasta el fin del día.

Ya estábamos acostadas cuando los oí hablar en voz alta en la galería. Estaban en todas partes: anteojos oscuros, pantalones almidonados, pelo con brillantina. Se quedaban en el camino hasta la noche. Entonces se acercaban a la casa, como luciérnagas atraídas por la luz.

Por lo general yo me tapaba la cabeza con la almohada, y al rato me quedaba dormida. Pero esta noche no pude. Me levanté, sin siquiera molestarme en ponerme un chal sobre el camisón.

Dedé me vio trasponer la puerta. Trató de detenerme, pero por más débil que yo estaba todavía, logré apartarla. Dedé siempre era Dedé, sin mucha convicción en su pelea.

Había dos agentes del SIM sentados en nuestros sillones con toda comodidad.

—Compañeros —les dije, sorprendiéndolos con el saludo revolucionario mientras se mecían—. Debo pedirles por favor que bajen la voz. Están justo debajo de la ventana de nuestro dormitorio. Recuerden que aquí ustedes son guardias, no invitados.

Ninguno de los dos dijo ni una sola palabra.

—Bien, si no hay nada más, buenas noches, compañeros.

Me había dado vuelta y me dirigía a la puerta cuando uno de ellos gritó:

—¡Viva Trujillo!

Tal era la manera "patriótica" de empezar o terminar el día. Pero yo no estaba dispuesta a invocar el nombre del diablo en mi propio jardín.

Después de una breve pausa en la que probablemente esperaba que yo contestara, se oyó la voz de Dedé desde el interior de la casa:

—¡Viva Trujillo!

—¡Viva Trujillo! —coreó Mate.

Y luego un par de voces más unieron sus buenos deseos a nuestro dictador, hasta que la obediencia atemorizada, a causa de la repetición, se convirtió en chiste. Pero yo sentía que los hombres aguardaban mi grito de lealtad.

—¡Viva...! —empecé a decir; sintiéndome avergonzada, inspiré hondo y pronuncié el odiado nombre.

————————

Por las dudas de que volviera a rebelarme, mamá confiscó la vieja radio.

—Lo que debemos saber, lo sabremos a su tiempo.

—Además, tenía razón. Oíamos toda clase de información, a veces proveniente de la gente menos pensada.

Mi amiga Elsa, por ejemplo. Estaba casada con Roberto Suárez, un periodista asignado al Palacio Nacional quien, si bien tenía una actitud crítica hacia el régimen, escribía los artículos floridos que se esperaban de él. Una noche, hacía mucho, nos había mantenido en vilo, a Manolo y a mí, lo mismo que a Elsa, con las historias de sus aventuras periodísticas. Había estado en prisión tres días por publicar una foto en que a Trujillo se le veía la pierna desnuda entre la botamanga de los pantalones y la parte superior de la media. Otra vez, en un error de imprenta que se le pasó por alto, Roberto decía en un artículo que el senador Smathers había pronunciado una elegía, en lugar de un elogio, de Trujillo ante las dos cámaras del Congreso de los Estados Unidos. Esa vez a Roberto lo encarcelaron por un mes.

Yo creía que los Suárez se unirían a nuestro movimiento, de modo que cuando Leandro se trasladó a la capital a coordinar las cédulas allí, le di el nombre de ellos como posibles. Elsa y Roberto fueron contactados, se declararon "amigos", pero no quisieron unirse.

Ahora, en tiempos difíciles, mi antigua amiga acudió a mi lado. Todas las semanas, desde nuestra liberación en agosto, Elsa venía desde la capital a visitar a su anciana abuela en La Vega. Luego hacía un desvío hasta Santiago, halagaba a Peña (tenía una gran habilidad para ello), y conseguía un pase para visitarme. Sabiendo que estábamos en una situación difícil, traía bolsas de ropa usada, que a mí me parecía nueva. Decía que no le entraba nada después de que nacieron sus hijos, y que estaba hecha una vaca.

Elsa siempre exageraba. Tenía la misma figura de siempre.

—Pero fíjate en estas caderas, por favor. ¡Mira estas piernas! —me decía.

Una vez me preguntó:

—¿Cómo te mantienes tan delgada? —Recorrió mi figura una mirada apreciativa en los ojos.

—Por la prisión —le contesté. No volvió a mencionar mi figura.

Elsa y Roberto eran dueños de un velero, y todas las semanas salían a navegar, para "pescar". Elsa me guiñaba el ojo. En el mar escuchaban las transmisiones de Swan, de una islita al sur de Cuba, y también de Radio Rebelde, de Cuba, y Radio Rumbos, de Venezuela. —Es una verdadera sala de prensa el barco —decía Elsa, y todas las semanas me ponía al día con las noticias.

Un día apareció Elsa con el rostro sonrojado de excitación. No pudo sentarse ni un minuto, ni siquiera para comer uno de los pastelitos que tanto le gustaban. Tenía una noticia que requería una caminata por el jardín.

—¿Qué es? —le pregunté, tomándola del brazo cuando estábamos ya entre los anturios.

—¡La OEA ha impuesto sanciones! Colombia, Perú, Ecuador, Bolivia, Venezuela —Elsa fue contando los países con los dedos. —¡Hasta los gringos! Han roto las relaciones. —Ella y Roberto habían salido a navegar el domingo y habían visto un barco de guerra estadounidense en el horizonte.

—¡La capital está que arde! Roberto dice que el año que viene...

—¡El año que viene! —Eso me alarmó. —Para entonces, quién sabe lo que puede pasar.

Caminamos un rato en silencio. A la distancia se oían los gritos de los niños que jugaban con la pelota grande de playa, de colores brillantes, que les había traído de regalo la tía Elsa de la capital.

—Dedé dice que no te debo hablar de estas cosas. Pero yo le digo que lo tienes en la sangre. Le conté acerca de esa vez que casi mataste a Trujillo con una flecha de juguete, ¿recuerdas? Yo tuve que interponerme y decir que era parte de la representación.

Me pregunté cuál de las dos habría reescrito el pasado para adaptarlo a la vida que llevábamos ahora.

—Ay, Elsa, así no fue como pasó.

—Bien, de todos modos, ella me contó acerca de la vez en que soltaste los conejos de tu padre porque no te pareció justo que estuvieran enjaulados.

Esa historia concordaba con mi recuerdo, pero me sentí disminuida al oírla.

—Y mírame ahora.

—¿Qué quieres decir? Has engordado un poco. Se te ve

espléndida. —Me miró, asintiendo con aprobación. —Minerva, ¡estoy tan orgullosa de ti!

Cuánto deseé en ese momento desahogarme con mi vieja amiga. Confesarle que no me sentía igual que antes de la prisión. Que quería volver a tener mi vida de antes.

Pero antes que pudiera decir nada, ella me tomó de las manos.

—¡Viva la Mariposa! —susurró, emocionada.

Le sonreí con valentía, como ella esperaba que hiciera.

———————

Estábamos tan contentas con la buena noticia que no veíamos las horas de poder contárselo a los hombres el jueves. El miércoles por la noche estábamos de ánimo festivo mientras nos ondulábamos el pelo para tener rulos al día siguiente. Esto era algo que hacíamos siempre, por más abatidas que estuviéramos. Porque ellos lo notaban. Era un hecho que nuestros maridos se ponían más románticos a medida que pasaba el tiempo en la prisión (comparábamos notas). Patria nos contaba que Pedrito, hombre de pocas palabras como era, ahora componía poemas de amor, que recitaba durante las horas de visita. Lo más turbador, según ella, era que esto la hacía poner a ella de "esa manera" en medio de la prisión, rodeada de guardias.

Dedé observaba nuestros preparativos con desagrado. Tenía la costumbre ahora de quedarse a dormir los miércoles por la noche. Decía que debía estar en lo de mamá temprano, para ayudar con los niños cuando nos fuéramos. Pero en realidad, ella estaba allí para convencernos de que nos quedáramos.

—Se exponen a un accidente yendo las tres juntas —decía Dedé.

Todas sabíamos a la clase de accidente a que se refería. Hacía un mes habían encontrado a Marrero al pie de un acantilado. Supuestamente, había perdido el control de su vehículo.

—Los conductores de Bournigal son muy confiables —le aseguraba Patria.

—Piensen en la cantidad de huérfanos que dejarían, la cantidad de viudos, y una madre de luto para el resto de su vida. —Dedé era muy buena para la tragedia.

No sé si fue por los nervios, pero esa noche las tres nos echamos a reír. Dedé se puso de pie y anunció que se iba a su casa.

—¿Adónde vas, Dedé? —le dije cuando llegaba a la puerta—. Hay toque de queda. Sé razonable.

—¡Razonable! —Ardía de rabia. —Si se piensan que me voy a quedar a ver cómo se suicidan, están muy equivocadas.

No pasó de la puerta principal. El SIM la detuvo. Durmió en el diván y a la mañana siguiente no nos habló durante el desayuno. Cuando trató de impedir que la besáramos al despedirnos, decidí usar sus propios temores con ella.

—Vamos, Dedé. Piensa cuánto lo lamentarás si algo nos sucede y tú no te despediste de nosotras. —Se endureció, lista para resistir. Pero no bien el conductor encendió el motor, corrió al auto, llorando. Y se refirió a algo que no había mencionado la noche anterior:

—Yo no quiero tener que vivir sin ustedes.

———————

La atmósfera de la prisión estaba cargada de esperanzas. Las voces en el salón de visitas tenían un timbre alto, y de vez en cuando se oía una risa. La noticia se había diseminado allí ya: sabían lo de las sanciones, y que los gringos estaban por cerrar la embajada.

Sólo Manolo, como Dedé, no estaba convencido. Parecía más deprimido que nunca.

—¿Qué pasa? —le pregunté cuando el guardia se alejó en su recorrido—. ¿No es buena noticia?

Se encogió de hombros. Luego, al ver mi rostro preocupado, sonrió, pero de compromiso. Me di cuenta. Y vi que tenía varios dientes delanteros rotos.

—¡Pronto estaremos en casa! —Siempre trataba de levantarle el espíritu mencionando nuestra casa en Monte Cristi. Los propietarios, viejos amigos de los padres de Manolo, nos permitían tener nuestras cosas en la casa, hasta que encontraran un nuevo inquilino. Por extraño que pareciera, me daba esperanzas saber que nuestra casita, el único hogar que tuvimos, seguía intacta.

Manolo se inclinó hacia mí, rozando mi mejilla con sus labios. Un beso para cubrir lo que tenía que decir.

—Nuestras células, ¿están listas?

De modo que eso era lo que lo preocupaba. No sabía que la revolución estaba fuera de nuestras manos. Ahora otros estaban a cargo.

—¿Quiénes? —insistió.

Me ponía mal el tener que decirle que no lo sabía. Que estábamos totalmente desconectados en lo de mamá. Pasaba el guardia, así que empecé a contarle acerca de los plátanos fritos que habíamos comido la noche anterior.

—Nadie sabe quiénes son —susurré cuando se alejó el guardia.

Los ojos de Manolo se agrandaron en su cara pálida.

—Averigua quiénes quedan. —Me apretó las manos hasta que dejé de sentirlas, pero nunca le habría dicho que dejara de hacerlo.

————

Nos vigilaban a toda hora, supervisaban nuestras visitas; hasta revisaban el contenido de las canastas de los expendedores de alimentos. ¿Cuándo, cómo y con quién podía yo hacer contacto? Si lo intentaba, sólo arriesgaría más vidas.

Pero era más que eso. Yo había hecho una representación también ante Manolo. Él no sabía nada de la doble vida que llevaba yo. Por fuera, seguía siendo su compañera, tranquila y valiente. Por dentro, la mujer dominaba.

Y así empezó la batalla con ella. La batalla para recuperar mi antiguo ser, a costa de ella. Por la noche, tarde, acostada en mi cama, pensaba: "Debes recoger las hebras y atarlas."

En secreto, yo esperaba que los acontecimientos resolvieran la cuestión por mí y, junto con todos los demás, creía, honestamente, que estábamos presenciando los últimos días del régimen. Había una escasez generalizada. Trujillo hacía las cosas disparatadas de un animal atrapado. En la iglesia, en un estupor alcóholico, había tomado el cáliz y dado la comunión a sus atemorizados asistentes. El Papa hablaba de excomulgarlo.

Pero con todos en contra, sin nadie a quien impresionar, Trujillo ya no tenía que contenerse en nada. Una mañana, poco después de iniciarse las sanciones, nos despertaron las sirenas en el camino. Pasaban rugiendo los caminones cargados de soldados. Dedé no vino esa mañana, y como ella era como un reloj, nos dimos cuenta de que algo andaba mal.

Al día siguiente Elsa nos trajo la noticia que esperábamos, con la conclusión que temíamos. Hacía dos noches, después de oscurecer, un grupo de jóvenes había recorrido Santiago, distribuyendo panfletos debajo de las puertas, instando a un levantamiento. Todos habían sido apresados.

Elsa citó la reacción de Trujillo ante la captura de los jóvenes: "Descubrirán cómo es pasar el peine al pelo enmarañado"..

Esa tarde vino Peña. Todas las visitas a La Victoria habían sido canceladas.

—Pero ¿por qué? —pregunté. Y luego, con amargura, agregué:

—Nosotras escribimos la carta.

Peña achicó los ojos. Aborrecía que le hicieran preguntas que ponían de manifiesto el hecho de que él no controlaba lo que sucedía.

—¿Por qué no le escribe otra carta a El Jefe pidiéndole que él se lo explique?

—Está trastornada. Como todas nosotras —explicó Patria. Adoptó una expresión suplicante, para pedirme que me mostrara agradable. —¿No estás trastornada, Minerva?

—Estoy muy trastornada —dije, cruzando los brazos.

———

Hacia fines de septiembre restablecieron el permiso de visita a La Victoria, y fuimos a ver a los hombres. Esa mañana, cuando buscamos los pases, Peña me hizo una advertencia con la mirada, pero todas estábamos tan aliviadas que le respondimos con sonrisas y un sinfín de gracias. Durante el viaje en el auto que alquilábamos, junto con el chófer, nos sentíamos mareadas por la expectativa. Mate nos dijo un par de sus adivinanzas favoritas, que todas fingimos no conocer para darle la oportunidad de que ella misma las resolviera. Lo que Adán tenía adelante, y Eva atrás, era la letra A. Lo que es duro al entrar y blando al salir son los frijoles en el agua hirviendo. Ésa había adquirido el gusto por el chiste picante en la prisión.

Nuestro humor cambió en forma considerable cuando por fin nos condujeron al oscuro salón, tan familiar. Los hombres se veían más flacos, los ojos desesperados en el rostro pálido. Cuando se alejaba el guardia, traté de averiguar qué estaba pasando.

—Todo ha terminado para nosotros —me dijo Manolo, tomándome de las manos.

—No puedes pensar así. Estaremos de regreso en nuestra casita antes de fin de año.

Pero él insistió en despedirse. Quería que supiera lo profundo de su amor por mí. Lo que debía decirles a los niños. La clase de entierro que quería, en caso de que me entregaran su cuerpo; la clase de servicio funerario, si no me lo daban.

—¡Basta! —dije con voz airada. Se me había caído el alma a los pies.

En el viaje de regreso todas lloramos, desconsoladas, porque mis hermanas habían oído las mismas noticias de Pedrito y Leandro. Todas las noches sacaban a un grupo de hombres de las celdas, y los fusilaban.

El chófer, un muchacho de nuestra edad que ya nos había llevado dos veces, miró por el espejo retrovisor.

—Las mariposas están tristes hoy —dijo.

Eso hizo que me irguiera y enjugara las lágrimas. ¡Las mariposas no estaban dispuestas a dejar de aletear! Habíamos sufrido un revés, pero no estábamos vencidas.

263

En los largos días siguientes esperábamos que Peña llegara en cualquier momento con la horrible noticia. Ahora era yo quien lo aguardaba en la galería para interceptarlo. No quería que nadie más recibiera el primer golpe.

La marea había cambiado: eso era claro. El frustrado levantamiento volvió a someter al país entero en la desesperación. Todas en casa caminábamos como en un funeral.

—No podemos rendirnos —repetía yo.

Todas se maravillaban ante mi autocontrol, y yo también. Pero para esa altura de mi vida, yo debía de haberlo sabido ya. La adversidad era como un acicate para mí. Cuando comencé a trabajar para liberar a nuestros hombres, liberé a la antigua Minerva.

El rescate de los hombres
Octubre

Podíamos verlos detrás de nosotras en su pequeño Volkswagen. Informarle a Peña que habíamos visitado a otro político los llenaría de júbilo.

—Rufino —dije—, dé la vuelta en Pasteur, rápido.

Rufino era nuestro chófer favorito. Cada vez que alquilábamos el auto en Bournigal, pedíamos que viniera él. La última vez que volvimos de la prisión intuimos su lealtad implícita. Esta mañana, cuando Dedé empezó a preocuparse porque salíamos, Rufino habló.

—Doña Dedé, ¿usted cree que les puede pasar algo a las mariposas? Tendrían que matarme a mí primero.

—¡Es lo que harán! —replicó ella.

Ahora no sacaba los ojos del espejo retrovisor.

—Los perdimos.

Me di vuelta para constatarlo. Luego me volví hacia mis hermanas, como para decirles: ¿Vieron? No me creían.

—Quizás sea ésta la excusa que buscan. —Mate estaba llorosa. Acabábamos de volver de ver a los hombres. A Leandro y a Manolo les habían informado que harían un viajecito, que era lo que les decían a los prisioneros antes de matarlos. Estaban desesperados, deprimidos. Tomaban el Miltown que les pasamos de contabando, pero aun así no podían dormir.

—Están en las manos de Dios. —Patria se hizo la señal de la cruz.

—Escúchenme, ustedes dos. Tenemos una buena excusa —les recordé—. Delia es médica y tenemos toda clase de razones para ir a verla. —Ni Mate ni yo habíamos tenido el período en dos meses.

Delia estaba muy nerviosa al hacernos pasar a su consultorio. Antes de que yo dijera nada, ella se llevó un dedo a la boca e indicó la pared cubierta de diplomas. Allí no podíamos hablar.

—Vinimos por nuestra menstruación —empecé a decir, mirando la pared para detectar el micrófono. De todos modos, el SIM se enteró de todos nuestros problemas femeninos. Delia se tranquilizó, pensando que ésa era la verdadera razón de nuestra visita. Hasta que pregunté, en forma nada metafórica:

—¿Habrá quedado alguna actividad en nuestras viejas células?

Delia me fijó con la mirada. —Las células de tu organismo se han atrofiado, y están todas muertas —respondió.

Debo de haber parecido muy apenada, porque Delia se ablandó.

—Quedan unas pocas vivas, claro. Pero lo más importante es que están surgiendo otras nuevas. Deben dar un descanso a su cuerpo. Verán que la actividad menstrual vuelve a comenzar el año próximo.

¡El año próximo! Busqué su recetario sobre el escritorio y escribí el nombre de Sina con un signo de interrogación.

"Se fue. Asilo", escribió ella.

De modo que Sina había abandonado la lucha. Pero luego recordé que yo también la había abandonado hacía dos meses, por el arresto domiciliario.

Escribí seis nombres más, de miembros que habían salido en libertad, y observé cómo Delia trazaba una línea sobre cada uno.

Por fin, escribí: "¿Quién queda en nuestra zona?"

Delia se mordió el labio. Durante toda el tiempo se había cuidado, como si no sólo la escucharan, sino que también la observaran. Ahora escribió un nombre apresuradamente, levantó el recetario para que lo viéramos, y luego hizo pedacitos los papeles usados, uno por uno. Se puso de pie, ansiosa por que nos fuéramos.

El nombre que nos mostró Delia era desconocido para mí: doctor Pedro Viñas. Cuando llegamos a casa le pregunté a mamá, que nos dio el árbol genealógico de todos los Viñas, para finalmente reconocer que a éste no lo conocía. Esto nos hizo sospechar, pues un desconocido podía haber sido plantado en nuestro medio por el SIM, con un nombre inventado. Pero Don Bernardo disipó nuestras dudas. El doctor Pedro Viñas era un urólogo de Santiago, un especialista muy bueno, que había atendido a doña Belén varias veces. Lo llamé y solicité turno para principios de la semana siguiente. La voz de la mujer en el otro extremo de la línea me habló como si fuera una niña.

—¿Qué problemita tenemos?

Tuve que pensar en qué se especializaba un urólogo. Los únicos médicos que conocía, aparte de Delia, eran el doctor Lavandier y el de Monte Cristi, que había traído a mis hijos al mundo.

—Un problemita —contesté, para ganar tiempo.

—Ah, eso —dijo ella. Y me dio un turno.

Lo siguiente era el permiso de Peña. Eso no sería fácil. La mañana después de nuestro desvío no autorizado, apareció en la casa. Nos dimos cuenta, por el portazo que dio, que tendríamos problemas.

Durante un minuto entero nos gritó amenazas y obscenidades. Yo me senté sobre las manos, como si fueran una extensión de mi boca. Tuve que apelar a todo mi control para no echarlo a él y a su boca sucia de nuestra casa.

Por fin Peña se calmó para preguntarnos en qué andábamos. Me miraba a mí, pues por lo general era yo quien respondía.

Pero ya habíamos arreglado el asunto entre nosotras. Yo me iba a quedar callada, y Patria, su favorita, era la que hablaría.

—Tuvimos que ver a la médica por un asunto privado.

—¿Qué mierda privado? —Peña tenía la cara tan roja que parecía a punto de estallar.

Patria se ruborizó por la grosería. —Tuvimos que consultarla por asuntos de mujeres.

—¿Por qué no me pidieron permiso? —Peña se estaba ablandando. Ahora Patria consiguió que se sentara en una mecedora y aceptara por lo menos un vaso de jugo de guanabana, bueno para los nervios, como decía mamá. —Yo no les voy a prohibir la asistencia médica. Pero ustedes saben muy bien, y me miró fijo, que Delia Santos está en la lista de los políticos. Las reglas dicen claramente: nada de contacto con políticos.

—No la fuimos a ver en ese carácter —protesté. Patria tosió, para recordarme de nuestro acuerdo. Pero una vez que yo empezaba ya era difícil hacerme callar. —De hecho, capitán, me alegra que diga que no nos va a prohibir la atención médica...

—Sí —interumpió Patria—. Usted ha sido muy amable con nosotras. —Podía sentir que me estaba quemando con la mirada.

—Me ha recomendado ver al Dr. Viñas en Santiago...

—Y estaríamos muy agradecidas si el capitán tuviera la buena voluntad de permitirle ir —terminó Patria.

Patria y Mate me dejaron frente a la casita y ellas siguieron camino a El Gallo. Un Volkswagen negro ya estaba estacionado enfrente. Era difícil creer que fuera el consultorio de un médico, pero la chapa lo aseguraba. El césped estaba sin cortar, no de esa manera descuidada que hace que un jardín se vea desprolijo, sino con un estado agradable de abandono, como diciendo que en esa casa había lugar para todo.

Cómo lo consiguió Patria era algo incomprensible. Mamá decía siempre que la dulzura de Patria era capaz de mover montañas. Y, obviamente, de conmover monstruos. No sólo consiguió que Peña me diera permiso para la visita, sino que también logró un pase para que ella y Mate fueran a comprar provisiones en el ínterin. Nuestro negocio de costurería iba bien. Ya estábamos cumpliendo con los pedidos de noviembre, y eso que sólo estábamos a mediados de octubre. Como no podíamos dormir por la noche, cosíamos. Algunas veces Patria rezaba el rosario, y todas la acompañábamos, sin dejar de coser. Así no pensábamos en otra cosa.

El afable hombrecito que me recibió parecía más un tío que un profesional. O un revolucionario.

—Tenemos un problemita —dijo, con una risita ahogada. Habían entrado unas gallinas de la casa vecina, y la mucama las ahuyentaba con una escoba. El doctor Viñas participaba de la diversión, chichoneando a la mucama, para el deleite de varios niños que parecían ser sus hijos. No hacía más que sacar huevos de lugares insospechados, como las orejas de sus hijos, sus axilas, el hervidor para sus hipodérmicas. —Miren lo que me dejaron las gallinas —decía cada vez que hacía aparecer un huevo. Sus hijos gritaban de contentos.

Por fin, las gallinas desaparecieron y los niños y la mucama fueron a decirle a su mamita que le sirviera un cafecito a la señorita. Tantos diminutivos me estaban matando. "Dios —pensaba—, de modo que así terminamos." Pero no bien el doctor Viñas cerró la puerta de su consultorio, se convirtió en un hombre diferente: atento, serio, muy profesional. Parecía saber exactamente quién era yo, y a qué había ido.

—Este es un honor —dijo, indicándome que me sentara. Encendió el ruidoso aparato de aire acondicionado. No había micrófonos, según dijo. Pero, por las dudas. Hablamos en susurros.

—Los muchachos —empecé diciendo— creemos que los matarán a todos. —Me oí reducir a nuestros hombres a la condición de muchachos desvalidos. Otra forma de diminutivo.

El doctor Viñas suspiró. —Hicimos todo lo posible. El problema era conseguir los ingredientes para el picnic... —Me miró, para ver si yo entendía. —Estábamos listos para salir, todos juntos. Pero los gringos no cumplieron con su promesa de traer la fruta. Algunos de los muchachos salieron lo mismo. —Hizo el gesto de repartir panfletos.

—¿Por qué se arrepintieron los gringos?

—Tienen miedo de que todos seamos comunistas. Dicen que no quieren otro Fidel. Prefieren una docena de Trujillos.

Yo sentía que el espanto se apoderaba de mí. Los hombres no se iban a salvar, después de todo. Me volvió la tos de la prisión. El doctor Viñas buscó un termo y me sirvió agua helada en un recipiente que tenía marcas de medidas en un lado. Cuando dejé de toser, él prosiguió.

—Los gringos están flirteando con otro grupo ahora.

Esa era una buena noticia. —¿El MPD?

El doctor Viñas se rió, y por un instante vi al médico de familia dentro de este revolucionario endurecido.

—No, ellos son idealistas, también, y todos los idealistas somos comunistas. Son otra gente, con quienes los gringos se sienten más seguros. Algunos viejos compinches de Trujillo, que están cansados de él. Su única ideología es, bien, ya sabe usted cuál. —Se dio una palmada en los bolsillos.

—Entonces, ¿le parece que hay esperanzas?

—Dejemos que derriben al viejo, y después nosotros tomamos el poder. —El doctor Viñas sonrió, y sus mejillas regordetas le levantaron los anteojos.

—No es lo que planeamos —le recordé.

—Uno debe tener una mano izquierda —dijo, mostrándome su izquierda.

Yo me estaba retorciendo las dos manos, y tragaba saliva para no volver a tener otro ataque de tos.

—¿No hay nada que podamos hacer?

Él asintió. —Lo que pueden hacer es no perder las esperanzas. Usted es un ejemplo, sabe. El país entero la mira.

Cuando hice un gesto, él frunció el ceño.

—Hablo muy en serio —dijo.

Se oyó un golpe en la puerta. Los dos saltamos.

—Amorcito —dijo una voz dulce—. Traigo el cafecito.

Y el mundo de diminutivos volvió a envolvernos.

***

Para Manolo suprimí la mala noticia como si fuera una espina de pescado, y le di la promesa del resto: los gringos estaban trabajando con un grupo para carnear al chivo para el picnic.

Manolo no había oído nada de esto. Se le puso tensa la cara.

—No me gusta. Los gringos se apoderarán de la revolución.

"Se apoderarán del país", pensé yo, pero no lo dije. No había por qué deprimirlo más de lo que estaba. Y a mí ya no me importaba. Estaba tan desesperada porque se fuera Trujillo. Como dijo Viñas, nosotros podíamos ocuparnos del futuro luego.

—Dile a Viñas... —empezó a decir Manolo.

Puse los ojos en blanco para indicarle que se acercaba el guardia detrás de él. Seguí hablando en voz alta.

—Los niños te echan tanto de menos. Los otros días les pregunté qué querían para el Día del Benefactor, y me dijeron: "¡Tráenos a papá!" ¿Manolo? —No estaba escuchando. Sus ojos tenían la mirada perdida, como yo en aquellos días pasados en esa horrible prisión.

Le toqué la cara para traerlo de vuelta. —Mi amor, recuerda que pronto, pronto... Monte Cristi. —Entoné una canción.

—Nada de cantos —ordenó el guardia. Se había detenido frente a nosotros.

—Perdón, soldado. —Reconocí a Buen Pelo debajo de la visera de su gorra. Lo saludé con la cabeza, pero encontré un par de ojos fríos, como si no me conociera. —Estábamos despidiéndonos.

Hoy nuestra entrevista fue más breve que de costumbre, pues compartía mis veinte minutos con la madre de Manolo, que había viajado desde Monte Cristi. Justo antes de subir, hablamos un momento en la sala de guardia. Ella tenía una sorpresa que prometió decirme después.

Esperé sola en el auto, con la radio encendida baja. (No se permitía música.) El sólo estar en el patio de la prisión me traía oleadas del antiguo pánico. Para distraerme, jugué con el dial, esperando que Rufino volviera pronto para tener alguien con quién hablar. Estaba haciendo su ronda, distribuyendo cigarrillos y dinero que siempre les traíamos a los guardias para alentarlos a que trataran bien a nuestros prisioneros.

Los visitantes empezaron a desfilar por el punto de control en el gran portón de entrada. De repente apareció doña Fefita, llorando, entre Mate y Patria. Se me cayó el corazón a los pies al recordar lo deprimido que había estado hoy Manolo.

Fui hacia ellas. —¿Qué pasa?

Mate y Patria se encogieron de hombros —no lo sabían —y antes de que doña Fefita pudiera decir nada, los guardias nos ordenaron que siguiéramos camino.

No estaba permitido "congregarse" en el patio de la prisión, pero una vez en la carretera detuvimos los dos autos. Doña Fefita volvió a echarse a llorar, al contar lo que había pasado. Había dispuesto comprar la casita en que vivíamos Manolo y yo. Pero en vez de ponerse contento, Manolo le habló con rabia. ¿No sabía ella acaso que la única manera en que volvería sería en un féretro?

Sentí que se me aflojaban las piernas. Pero no podía demostrar cómo me sentía.

—Doña Fefita, está extenuado. Ese lugar...

Mis hermanas me respaldaron. —Debemos mantener el espíritu por ellos. —Pero cuando nos miramos, no fue con expresión optimista.

Doña Fefita se tranquilizó por fin. —¿Debería comprarla, Minerva? ¿Qué te parece?

Me resultaba difícil ir contra los deseos de Manolo. Siempre habíamos decidido todo juntos.

—Quizá... debería esperar.

Ella notó la vacilación en mi voz y siguió hablando, con más determinación.

—Lo haré, de todos modos. Quiero que tengan un lugar adonde volver, cuando todo esto termine.

Acababa de expresar mis sentimientos. Un lugar adonde ir cuando todo esto termine.

Pero su generosidad no pudo ser. Poco tiempo después, recibí la orden de retirar mis pertenencias de la casa. El SIM abría una nueva oficina en Monte Cristi.

———————

Y entonces Dedé y yo partimos en la pickup el lunes por la mañana a disponer de mis cosas. Rufino conducía, porque Jaimito, que tenía poca ayuda, no podía distraer el tiempo de la cosecha de cacao. No quería que Dedé me acompañara, pero ella dijo que no podía permitirme que desmantelara mi casa sola. Planeábamos regresar el miércoles por la tarde, a tiempo para ir con Mate y Patria a La Victoria al día siguiente. ¡Ah, la atareada vida del arresto domiciliario! Peña me dio permiso para el viaje a Monte Cristi en un primer momento. Después de todo, como jefe del SIM de la zona norte, sabía exactamente por qué mi vieja casa necesitaba ser desocupada. No era difícil que él fuera el genio creador.

El viaje al norte resultó ser uno de esos momentos soleados

que ocurren aun en medio de los días más oscuros. Mi tristeza desapareció, como si fuéramos de vacaciones. No había estado sola con Dedé desde los días de Ojo de Agua, cuando éramos dos muchachas jóvenes que esperaban comenzar su vida.

Yo sabía que ella había apelado a todo su valor para venir, pues no hacía más que mirar hacia atrás cuando llegamos a la carretera. Pero pronto se tranquilizó y se tornó vivaz y comunicativa, como para distraernos de la triste misión en que estábamos embarcadas.

—Rufino —dije—, ¿no crees que Dedé sería una excelente gavillera? —Habíamos empezado un concurso de silbidos, y Dedé había ganado con un trino agudo.

—¡Gavillera, yo! ¿Estás loca? —Dedé se rió. —Yo no habría durado ni un día en esas colinas. Me habría entregado a los gringos apuestos.

—Los gringos, ¿apuestos? ¡Mujer! —Hice un gesto de desagrado. No podía pensar más que en la manera que habían abandonado a Viñas y a sus hombres. —Parece que los hubieran metido en un balde de lavandina. Y su pasión es igual.

—¿Qué sabes tú de su pasión? —Dedé adoptó un tono desafiante. —Nunca conociste a un gringo. ¿O me has escondido algo?

—¿Por qué no dejas que lo decida Rufino? ¿Qué piensas tú, Rufino? Los gringos ¿son apuestos?

Él sonrió. Se acentuaron las líneas a cada lado de su boca. —Un hombre no sabe si otro hombre es apuesto —dijo, por fin.

Invoqué a su esposa. —Y Delisa, ¿diría ella que los gringos son apuestos?

Apretó la mandíbula. —Le conviene no mirar demasiado.

Dedé y yo nos miramos, y sonreímos.

Me sentía contenta, y me felicité por pedirle a Dedé que me acompañara. Ahora ella se daría cuenta de que sus temores eran infundados. Los caminos no estaban llenos de asesinos. Por más irreal que pareciera, en medio de nuestros problemas, la gloriosa vida común y corriente proseguía su curso sin nosotros. Había un campesino con un burro cargado de carbón. Un camión con chicas en su remolque, que reían y nos saludaban con la mano. Y bajo el cielo azul se extendía el mar turquesa, centelleante de promesas veraniegas.

De repente, después de una curva, nos topamos con un auto estacionado en el medio del camino. Nos resultó un hecho incomprensible, dado nuestro ánimo despreocupado.

Rufino tuvo que clavar los frenos, y Dedé y yo fuimos impelidas una contra otra. Cinco calíes con anteojos oscuros rodearon la pickup y nos ordenaron salir.

Nunca olvidaré el terror reflejado en la expresión de Dedé. Su mano buscó la mía. Cuando nos pidieron que nos identificáramos —esto es algo que nunca olvidaré— ella respondió:

—Mi nombre es Minerva Mirabal.

En Monte Cristi nos llevaron a un cuartel oscuro detrás de la fortaleza. Me di cuenta de por qué necesitaban un nuevo local. El hombre nervioso, de mirada preocupada, se disculpó por las molestias. La escolta había sido una medida de precaución. La gente se había enterado de que hoy llegaba Minerva Mirabal, y corrieron rumores de que podría producirse una especie de conmoción.

—¿Cuál de ustedes es Minerva Mirabal? —preguntó, observándonos tras el humo del cigarrillo. El dedo meñique de su mano izquierda tenía la uña larga, como una garra. Me sorprendí preguntándome para qué sería.

—Yo soy Minerva —le dije, mirando con firmeza a Dedé. Pasó por mi cabeza, como un relámpago, el anciano en la oficina de Personas Desaparecidas. Si él podía ponerle el mismo nombre a sus quince hijos, ¿por qué no podía haber dos Minervas en la familia Mirabal?

Nuestro interrogador nos miró suspicazmente: primero a una, luego a la otra, y por fin se dirigió a Dedé.

—¿Por qué le dijo a mis hombres que usted era Minerva?

Dedé apenas si podía hablar. —Yo... yo... ella es mi hermanita...

¡Su hermanita! Yo jamás había sido la hermanita de Dedé, en cuanto esa expresión significaba. Nuestra relación siempre había sido de carácter problemático.

El hombre nos observaba.

—Ella es Minerva —convino por fin Dedé.

—¿Está segura, ahora? —preguntó el hombre, sin humor. Se había recostado sobre el respaldo del sillón, y nerviosamente trataba de prender el encendedor. Midiéndolo, empleé una habilidad adquirida en la prisión con mis interrogadores. Decidí que este hombrecito tan nervioso podía ser amedrentado. Se esforzaba demasiado.

Saqué de la cartera el pase firmado por Peña. Como jefe de la División Norte del SIM Peña era, por cierto, un oficial superior a éste.

—El capitán Peña ha autorizado este viaje. Espero que no haya problemas sobre los cuales luego debamos informarle al capitán.

El paroxismo de parpadeos hizo que me compadeciera del pobre hombre. Su propio terror era una ventana que se abría a la podrida debilidad en el corazón del sistema de Trujillo.

—Ningún problema, ningún problema. Sólo precauciones.

Mientras esperábamos que llegara Rufino con la pickup, yo alcanzaba a verlo a través de la puerta de su oficina. Ya estaba hablando por teléfono, quizás informando a Peña de nuestra llegada. Mientras hablaba, se sacaba la cera del oído con el meñique. Me causó alivio saber para qué servía aquella uña.

En la casita, Dedé hizo que ordenáramos todo: estas cajas se almacenarían en lo de doña Fefita; estas otras las llevaríamos nosotras; aquella pila era para regalar. Tuve que sonreír. Seguía siendo la misma Dedé, que arreglaba los estantes del almacén con tanta prolijidad que siempre me hacía lamentarme por vender algo.

Ahora estaba en la cocina, haciendo ruido con ollas y sartenes. A cada rato aparecía con algo en la mano. Mamá me había regalado algunas cosas al mudarse.

—No sabía que tuvieras esto. —Dedé levantó la lámpara de queroseno, cuyo tubo, rosa pálido, parecía el pétalo de una flor. —La antigua lámpara de nuestro dormitorio, ¿recuerdas? —Me había olvidado que una vez Dedé y yo compartimos el cuarto, antes de hacerlo con Mate.

Recordar la infancia con Dedé era mejor que tener que enfrentarme al pasado del cuarto de adelante. Los libros de derecho se apilaban en un rincón. Todo estaba desparramado por el piso: el burrito de porcelana, nuestros diplomas enmarcados, las conchillas que Manolo y yo encontramos en la playa de Morro. No hacía más que desear que el SIM hubiera saqueado la casa, como hicieron en lo de Patria, llevándose todo. De esta manera era mucho más cruel. Ponía ante mis ojos el desperdicio de mi vida.

Allí estaba el libro de los poemas de Martí, dedicado por Lío. ("En recuerdo de mi gran afecto...") Y el barquito que había robado para Mate. (¿Qué hacía entre mis cosas?) Y un diario amarillento, con una foto de Lina Lovatón debajo de un poema de Trujillo. Y una estampita de nuestra peregrinación a Higüey, aquella vez que Patria decía que había oído una voz. Y una lata de Nivea llena de cenizas, probablemente de algún Miércoles de Cenizas en que mamá me habría arrastrado a la iglesia. Fui a la puerta a respirar el aire puro.

Era el atardecer, cuando refrescaba. La placita parecía un árbol lleno de cuervos. Habría unas cien personas paseando, sentadas en los bancos, holgazaneando frente al mirador donde se realizaban las reuniones populares y los certámenes en las vacaciones. Bien podría haber sido el Día del Benefactor, sólo que todos estaban de negro.

Permanecí en la puerta, sin comprender del todo lo que pasaba, cuando empezaron a llegar los camiones y a bajar los guardias. Lo único que se oía era los golpes de sus botas al formarse. Rodearon la plaza.

Salí a la vereda. No sé qué pensaba hacer. Los paseos cesaron. De pronto, todo el mundo se ubicó frente a mí. Se produjo un momento de absoluta inmovilidad. Luego, como ante una señal, la multitud se desbandó. Grupos pequeños empezaron a alejarse por las calles laterales. En pocos minutos la plaza quedó vacía.

No se había disparado ni un solo tiro, ni se había pronunciado ni una sola palabra. Los guardias permanecieron un rato más, sin necesidad, en la plaza vacía. Por fin se subieron a los camiones y partieron, haciendo rugir los motores.

Cuando me volví para entrar, me sorprendí al encontrar a Dedé en la puerta, con una sartén en una mano. No pude evitar una sonrisa. Mi hermana grande estaba lista para marchar y aplastar a alguien en la cabeza si se producía una masacre.

Adentro estaba demasiado oscuro para ver nada. Recorrimos la casa, tropezando con las cajas, probando los interruptores de la luz, con la esperanza de terminar de empacar. Pero la electricidad estaba cortada, y la lámpara que una vez iluminara la oscuridad entre nuestras dos camas ya había sido guardada.

———————

El miércoles por la tarde, al regresar, encontramos a Mate muy nerviosa. Había vuelto a tener la pesadilla de la muerte de papá. Pero esta vez, al abrir la tapa del cajón, encontraba a Leandro, Manolo y Pedrito. Cada vez que lo contaba, se echaba a llorar.

—Te verás horrible mañana —le advertí, con la esperanza de apelar a su vanidad.

Pero no le importaba. Siguió llorando y llorando, hasta que nos deprimió a todas.

Para peor, justo después de la comida vino el tío Pepe. Su

pickup estaba decorada con banderas de papel y un cartel que rezaba: Bienvenido a la provincia de Salcedo, Jefe.

El SIM le permitió entrar directamente.

—Tienes un buen arreglo allí —observé.

El tío Pepe asintió, sin decir nada. Cuando sus sobrinitos empezaron a clamar por las banderas, él los rechazó, de mala gana. Ellos se quedaron sin habla, pues nunca habían visto a su jovial tío enojado.

—Hora de ir a la cama —dijo mamá, llevándolos hacia los dormitorios.

—Tomemos un poco de aire fresco —sugirió tío Pepe. Patria, Mate y yo buscamos nuestros chales y lo seguimos.

En el medio del jardín, donde siempre hablábamos, nos contó acerca de la reunión de donde venía, una recepción en honor de El Jefe en la casa del alcalde. La lista de personas que Trujillo quería ver había sido publicada en el diario local. El nombre del tío Pepe figuraba allí.

—¡Epa, tío! —exclamé—. ¡Codeándote con los poderosos!

—Quería que estuviera allí porque sabe que somos parientes. —La voz del tío Pepe no era más que un susurro entre el canto de las cigarras.

Desde la casa se oía la voz de mamá, aprestando a los niños para ir a la cama.

—Está al lado de la ponchera, rodeado por sus moscas. Ya sabes que la mierda las atrae. Perdónenme, chicas, pero nada le cuadra mejor a este diablo con figura humana. Rodeado de esos hombres, ya saben: Maldonado, Figueroa, Lomares, y ese tal Peña. Todos no hacen más que decir: "¡Ay, Jefe, usted ha hecho tanto por nuestra provincia!" "¡Ay, Jefe, ha aumentado la moral de la gente después de las sanciones!" "¡Ay, Jefe!" El tío imitaba a los compinches.

El Jefe agradece con la cabeza toda esa pila de bosta, y después dice, mirándome (yo estoy en mi puesto, con los agricultores de Salcedo, comiendo esos pastelitos deliciosos que hace Florín):

—Bien, muchachos, en realidad me quedan dos problemas. Si pudiera encontrar al hombre que los resolviera...

—Luego se queda callado, y yo sé, como todo el mundo sabe, que hay que preguntarle cuáles son esos problemas, y ofrecerse a resolverlos. Por cierto, el mayor amante de la mierda, ese Peña, dice:

—"Jefe, estoy a su servicio. Dígame cuáles son los problemas y yo daré mi vida, si es necesario", bla, bla, bla. Entonces El Jefe dice, y ahora prepárense. "Mis dos problemas son la maldita iglesia, y las hermanas Mirabal."

Sentí que se me erizaba el vello de los brazos. Mate se echó a llorar.

—Vamos, vamos, no hay por qué alarmarse. —El tío Pepe intentaba usar su tono acostumbrado de jovialidad. —Si pensara hacer algo realmente, no lo habría anunciado. De eso se trata. Me estaba haciendo una advertencia, para que se las trasmitiera a ustedes.

—Pero si no hacemos nada —dijo Mate con voz fatigada—. Estamos aquí encerradas la semana entera, excepto cuando vamos a visitar a los hombres. Y tenemos el permiso de Peña.

—Quizá... por un tiempo, al menos, sería mejor dejar de ir.

De modo que Trujillo no decía ya que Minerva Mirabal era un problema, sino todas las hermanas Mirabal. Me pregunté si ahora hasta eso involucraría a Dedé, después de llevarla conmigo a Monte Cristi.

Patria no había dicho ni una sola palabra. Por fin habló.

—No podemos abandonar a los hombres, tío.

En ese momento se apagó la luz del cuarto de los niños, que daba al jardín. Nos quedamos en la oscuridad un rato más, para calmarnos, y tuve entonces la extraña sensación de que ya estábamos muertas, mirando con añoranza la casa donde iban creciendo los niños, sin nosotras.

———————

A la mañana siguiente, jueves, nos detuvimos en el cuartel general del SIM, como de costumbre, camino a La Victoria. Rufino volvió al auto sin los papeles.

—Quiere verlas.

Peña nos estaba esperando: una araña gorda en medio de su tela.

—¿Qué sucede? —le pregunté no bien nos sentamos donde nos indicó. Debería haber mantenido la boca cerrada y dejar que hablara Patria.

—No querrán hacer un viaje inútil, ¿no? —Esperó un largo segundo para que comprendiéramos el significado de sus palabras.

Yo tenía los nervios de punta después de la mala noche que habíamos pasado. Me puse de pie de un salto y, gracias a Dios, el escritorio de Peña estaba entre nosotros, porque estuve a punto de borrarle esa expresión satisfecha de su cara regordeta.

—¿Qué han hecho con nuestros maridos?

Se abrió la puerta, y se asomó un guardia. Lo reconocí: era Albertico, el hijo menor del mecánico de la aldea. Su mirada de preocupación era por nosotras, no por Peña.

—Oí gritos —explicó.

Peña hizo girar su sillón. —¿Qué te piensas, pendejo? ¿Que no puedo manejar solo a un montón de mujeres? —Lanzó una sarta de obscenidades al atemorizado muchacho y le ordenó que cerrara la puerta y se ocupara de sus asuntos, o tendría otra cosa de qué ocuparse.

La puerta se cerró de inmediato, en medio de una ráfaga de disculpas.

—Siéntese, siéntese —ordenó Peña, impaciente, indicándome el banco donde estaban sentadas mis hermanas, rígidas, las manos juntas en plegaria silenciosa.

—Usted debe entender que estamos preocupadas por nuestros maridos —dijo Patria con tono apaciguatorio—. ¿Dónde están, capitán?

—Su marido—respondió, señalándola a ella— está en La Victoria. Aquí tengo su pase.

Con mano temblorosa, Patria tomó el papel que le ofrecía.

—¿Y Manolo y Leandro?

—Han sido trasladados.

—¿Adónde? —preguntó Mate, su bonito rostro iluminado con absurda esperanza.

—A Puerto Plata ...

—¿Por qué diablos? —Enfrenté a Peña. Sentí que Patria me apretaba la mano como diciendo que cuidara mi tono de voz.

—Pues yo pensé que les agradaría. Menos distancia para las mariposas. —Peña hablaba con énfasis sarcástico. No me sorprendió que conociera nuestro nombre clave, por la manera que la gente lo esparcía. Aun así, no me gustó cómo sonaba en su boca. —Los días de visita en Puerto Plata son los viernes —les estaba explicando a las otras—. Si ustedes quieren ver a sus hombres más seguido, podemos arreglar algún otro día, también.

Por cierto que había algo sospechoso en esto de concedernos otros privilegios. Pero yo me sentía aturdida, resignada. No sólo no había nada en el mundo que pudiéramos hacer para salvar a nuestros hombres, sino que tampoco había nada que pudiéramos hacer para salvarnos a nosotras.

Voz del pueblo, Voz de Dios
Noviembre 25 de 1960

El soldado estaba en un costado del camino, levantando el pulgar. Vestía un uniforme de camuflaje y botas negras, acordonadas. El cielo estaba bajo de nubes; se avecinaba una tormenta. En ese solitario camino de montaña, sentí lástima.

—¿Qué les parece? —pregunté a los demás.

Estábamos divididas. Yo decía que sí, Mate que no, a Patria no le importaba ni lo uno ni lo otro.

—Decide tú —le dijimos a Rufino. Se había convertido en nuestro protector y guía. Ninguno de los otros conductores de Bournigal nos llevaría por el paso.

Desde la visita del tío José, Mate sospechaba de todo y todos.

—Es un soldado —me recordó. Yo le pregunté, a mi vez:

—Y ¿qué? Estaremos más seguras.

—Es tan joven —notó Patria a medida que nos acercábamos a la banquina donde estaba. No era más que una observación, pero resultó decisiva. Rufino se detuvo para levantar al muchacho.

Se sentó adelante, con Rufino, dando vueltas la gorra entre las manos. El uniforme le quedaba demasiado grande, y las hombreras almidonadas sobresalían, formando ángulos tiesos y antinaturales. Por un minuto me preocupé, pues se veía tan incómodo: quizá tenía algún plan. Pero a medida que estudiaba su cabeza, casi rapada, y la delgadez infantil de la nuca, llegué a la conclusión de que no estaba acostumbrado a viajar con mujeres. De modo que le di conversación, preguntándole qué pensaba de esto y aquello.

Volvía a Puerto Plata después de una licencia de tres noches con motivo del nacimiento de un hijo en Tamboril. Le ofrecimos nuestras felicitaciones, aunque a mí me pareció que era demasiado joven para ser padre. O soldado, en realidad. Alguien iba a tener que achicar ese uniforme. Quizá nosotras, en nuestro taller.

Recordé los uniformes de fajina camuflados que había cosido para mí en noviembre pasado. Ahora me parecía que hacía años de eso. ¡Los ejercicios que hacía para ponerme en forma para la revolución! En aquel entonces creíamos que seríamos guerrilleros en las montañas, antes de que terminara el año.

Y ahora volvíamos a estar en noviembre, un año después, e íbamos viajando en un jeep alquilado a visitar a nuestros maridos en la prisión. Las tres mariposas, dos de ellas temerosas de sentarse del lado de la ventanilla que daba al abismo, a centímetros del resbaladizo camino. La otra, igualmente asustada, pero de vuelta a su antiguo hábito de simular que no había nada que temer, como dijera el Sr. Roosevelt, excepto el tener miedo.

Me obligué a mirar las brillantes rocas, allá abajo. El

278

peligro, las emanaciones del jeep, los baches del camino: sentí náuseas.

—Quiero un chicle, después de todo —le dije a Mate, que estaba masticando desde que empezamos a subir.

Era nuestro cuarto viaje a verlos, desde que los habían transferido a Puerto Plata. Esta vez dejamos a los niños en casa. El viernes anterior fueron a ver a sus papás, y se habían descompuesto por el viaje en auto por la montaña.

—Dígame algo —le pregunté al joven soldado—, ¿qué tal es, estar destinado en Puerto Plata? —La fortaleza era una de las más grandes y estratégicas del país. Sus muros se extendían, grises y ominosos, durante kilómetros, y sus reflectores iluminaban las aguas del Atlántico. La costa allí había sido invadida varias veces, y por eso estaba fuertemente custodiada. —¿Ha estado en acción?

El joven soldado se dio vueltas a medias, sorprendido que fuera una mujer quien le hiciera esas preguntas.

—Me alisté en febrero pasado, cuando hicieron el llamado. Hasta ahora, sólo he estado en la prisión.

Intercambié una mirada con mis hermanas en el asiento posterior.

—Verá prisioneros importantes de vez en cuando.

Patria me hundió el codo en las costillas, mordiéndose el labio para no sonreír.

Él asintió, serio, queriendo impresionarnos con su propia importancia como guardián.

—El mes pasado llegaron dos presos políticos.

—¿Qué hicieron? —preguntó Mate con voz impresionada.

El muchacho vaciló. —No estoy muy seguro.

Patria nos tomó una mano a cada una.

—¿Los ejecutarán, cree usted?

—No lo creo. Oí que los iban a volver a trasladar a la capital dentro de algunas semanas.

"Qué raro —pensé—. ¿Tanto trabajo de trasladarlos al norte, para volver a llevarlos en un mes?" Nosotras ya estábamos decididas a mudarnos a Puerto Plata, y abrir una tienda allí. Esta noticia arruinaba nuestro plan. Sin embargo, sólo se trataba de un muchacho con un uniforme demasiado grande. ¿Qué sabía él?

La tormenta empezó entonces. Rufino bajó los costados de lona del jeep, y le indicó al soldado cómo hacerlo de su lado. Nosotras nos encargamos de los paneles posteriores. El interior del jeep se puso oscuro y asfixiante.

La lluvia castigaba el jeep, pegando con fuerza sobre el techo y los costados de lona. Yo apenas entendía lo que decían Patria y Mate. Cuando hablaban Rufino o el soldado, no oía nada.

—Quizá deberíamos pensarlo mejor —estaba diciendo Patria.

Antes de la visita a la prisión de ese día, habíamos planeado ver unas casas para alquilar. Rudy, el amigo de Manolo, y Pilar, su mujer, nos tenían algunas listas para ver. Teníamos todo decidido. Para el primero de diciembre, nos mudaríamos a Puerto Plata con los niños, y abriríamos una tiendita en la parte delantera de la casa. El efecto que causaban nuestros viajes era demasiado perturbador. Cada vez que salíamos, la gente se agolpaba en el camino, para darnos la bendición. Cuando volvíamos, nos veíamos obligadas a hacer sonar la bocina, como diciendo: "Hemos vuelto a salvo".

Dedé y mamá se ponían muy llorosas cada vez que partíamos.

—No son más que rumores —decía yo, para tranquilizarlas.

—Voz del pueblo, voz de Dios —contestaba mamá, recordándome el antiguo refrán.

———————

—Rufino, si te parece, y quieres que nos detengamos... —Patria estaba sentada en el borde del asiento. No se veía nada, más que baldes de agua sobre el parabrisas. —Podemos esperar hasta que pase la tormenta.

—No, no se preocupen. —Rufino casi gritaba para hacerse oír, lo que no resultaba demasiado tranquilizador, de alguna manera. —Estaremos en Puerto Plata para el mediodía.

—Si Dios quiere —le recordó Patria.

—Si Dios quiere —convino él.

Me gustó ver que la cabeza del soldado asentía. Luego agregó:

—Si Dios y Trujillo quieren.

———————

Esta era la primera visita de Patria a ver a Manolo y Leandro desde el traslado. Por lo general, los jueves ella iba a La Victoria a visitar a Pedrito, en un viaje de línea con regreso al mediodía del día siguiente. Para esa hora, Mate y yo ya habíamos salido para Puerto Plata, acompañadas por una u otra de nuestras suegras. Desde que los rumores se habían puesto tan malos, las dos prácticamente se habían instalado con nosotras. Sus respectivos hijos les habían hecho prometer que no nos perderían de vista. Pobres mujeres.

La noche anterior, Mate y yo nos estábamos preparando para el viaje de hoy, charlando, las dos solas. Patria estaba todavía en la capital, y el menor de Dedé estaba enfermo, de modo que ella se había quedado en su casa, a cuidarlo. Mate me estaba pintando las uñas cuando oímos el ruido de un auto que entraba por el sendero. Mate movió la mano, pintándome el pulgar entero.

Fuimos de puntillas hasta la sala, y encontramos a mamá mirando por un resquicio de las celosías. Todas suspiramos de alivio cuando oímos la voz de Patria, que agradecía a quien la había traído.

—¿Cómo viajan tan de noche? —Mamá reprendió a Patria no bien ésta apareció en la puerta.

—Elsa se ofreció a traerme esta noche —explicó Patria—. Ya eran cinco en el auto, pero fue muy amable en invitarme. Quería ir a ver a los muchachos.

—Eso lo discutiremos mañana —dijo mamá con su tono de voz no negociable, mientras apagaba las luces para que nos fuéramos de la sala.

En nuestro dormitorio, Patria no hacía más que hablar de Pedrito.

—Ay, Dios mío. ¡Ese hombre estuvo tan romántico hoy! —Levantó los brazos y se estiró, como un gato.

—¡Epa! —exclamó Mate.

Patria sonrió, soñadora. —Le dije que quería ir a ver a los muchachos mañana, y me dio permiso.

—¡Patria Mercedes! —Yo me eché a reír. —¿Le pediste permiso? ¿Qué puede hacer él desde la prisión para detenerte?

Patria me miró, intrigada, como si la respuesta fuera obvia.

—Pudo haberme dicho no, no puedes ir.

A la mañana siguiente ya casi habíamos convencido a mamá que estaríamos muy bien viajando las tres cuando llegó Dedé, sin aliento. Vio las señales de nuestra partida inminente. Su mirada recayó en Patria, que se estaba poniendo la bufanda.

—Y ¿qué haces tú aquí? —le preguntó. Antes de que Patria le explicara nada, llegó Rufino.

—Cuando estén listas, señoras. Buenos días —dijo, asintiendo en dirección a mamá y Dedé. Mamá masculló unos buenos días, pero Dedé lo miró como si se tratara de un sirviente que acababa de desobedecer sus órdenes.

—¿Van las tres? —Dedé sacudió la cabeza. —¿Y qué hay de doña Fefita? ¿O de doña Nena?

—Necesitan descansar —dije yo. No agregué que buscaríamos casa hoy. No le habíamos dicho nada a nuestras suegras, ni a mamá, y, por supuesto, tampoco a Dedé.

—Mamá, con todo respeto, ¿estás loca para dejarlas ir solas?

Mamá alzó las manos. —Ya conoces a tus hermanas —fue todo lo que dijo.

—Qué conveniente —dijo Dedé, con profundo sarcasmo, mientras se paseaba por el cuarto—. Qué conveniente para el SIM tenerlas a las tres sentaditas en el asiento posterior de un jeep desvencijado, en medio de una tormenta en el norte. Sería bueno que les avisara. ¿Por qué no?

Rufino vino otra vez a la puerta.

—Deberíamos irnos —dije, para evitar que él volviera a decirlo.

—La bendición, mamá —dijo Patria.

—La bendición, mis hijas. —Mamá se volvió abruptamente, como para esconder la preocupación de su rostro. Se dirigió hacia los dormitorios. Mientras salíamos, la oí reprendiendo a los niños, que se quejaban por no venir con nosotras.

Dedé se acercó al jeep, bloqueándonos el paso.

—Me estoy volviendo loca de tanta preocupación. ¡Yo terminaré encerrada para siempre, ya lo verán! ¡En el manicomio! —No había ironía en su voz.

—Te iremos a visitar, también —le dije yo, riendo. Pero al ver su rostro lloroso, triste, agregué:

—Pobre, pobre Dedé.

Tomé su cara entre las manos, le di un beso, y subí al jeep.

———————

Estábamos en el mostrador, pagando las carteras. El joven, correctísimo dependiente hacía las cosas despacio, y el gerente ya se había acercado una vez para apurarlo. Con paciencia infinita el empleado dobló las correas, colocó cada cartera en el medio del papel marrón de embalaje que había cortado prolijamente, y empezó a envolver. Yo le miraba las manos, hipnotizada. "Así debe de ser la manera con que Dios hace las cosas —pensé—, como si tuviera todo el tiempo del mundo."

Habíamos solicitado permiso para este pequeño desvío a El Gallo mientras nos dirigíamos a Puerto Plata. Para completar los pedidos de noviembre debíamos aprovisionarnos de implementos para la costura: necesitábamos hilos de varios colores, ribetes y cintas. El viaje por la montaña era largo. Si nuestros nervios cooperaban, podríamos adelantar algo del trabajo en el camino.

Cuando fuimos a pagar, el dependiente nos enseñó unas carteras italianas recién recibidas.

A Mate le gustó una de charol rojo, con un broche en forma de corazón. Pero, por supuesto, no podía permitirse tal extravagancia. A menos que... —Nos miró. Patria y yo estábamos examinando las carteras. Había una negra, muy práctica, llena de compartimentos y bolsillos con cierre relámpago, perfecta para Patria. Luego yo vi un sobre de cuero, muy elegante, ideal para una joven abogada. Una inversión esperanzada, pensé.

—¿Nos atrevemos? —Nos miramos como colegialas traviesas. Desde que salimos de la prisión no nos comprábamos nada. Mate decidió que era hora. Yo no necesitaba que me convencieran, pero a último momento Patria desistió. —No puedo. No la necesito, en realidad. —Sentí un chispazo de rabia con ella por una bondad que yo, en ese momento, no quería compartir.

Mientras envolvía primero la cartera de Mate, el hombre mantenía agachada la cabeza. Pero por un instante vi que nos miraba, y me di cuenta de que nos había reconocido. ¿Cuántas personas, en la calle, en la iglesia, en las veredas, en una tienda, como ésta, sabían quiénes éramos?

—Nuevas carteras. ¡Un signo de buena suerte futura! —Alguien más aguarda el futuro, pensé. Sentí bochorno por haber sido descubierta de compras y no planeando una revolución.

Rufino, que había estacionado el jeep frente a la tienda, entró en ese momento. —Es mejor que nos vayamos. Viene una tormenta, y quiero que hayamos pasado lo peor del cruce para cuando caiga.

El joven dependiente levantó la mirada.

—No estarán pensando cruzar el paso de la montaña hoy, ¿no?

Sentí un nudo en el estómago. Pero luego pensé: "mientras más lo sepan, mejor".

—Vamos todos los viernes a Puerto Plata, a ver a los hombres —le dije.

Se acercó el gerente, sonriéndonos con hipocresía, y miró al dependiente de manera significativa.

—Termina de una vez, no querrás demorar a las damas.

—El joven se apuró y en seguida regresó con nuestro cambio. Terminó de envolver mi cartera.

Al entregarme el paquete, me miró con ojos intensos.

—Jorge Almonte —dijo, o algo parecido—. Puse mi tarjeta en su cartera, por si alguna vez me necesita.

La lluvia amainó cuando llegamos a La Cumbre, la solitaria aldea de montaña que creciera alrededor de una de las mansiones de Trujillo, que casi nunca usaba. Demasiado aislada, decía la gente. La casa de dos plantas de El Jefe se levantaba en la cima de una montaña, sobre un grupo de chocitas de palma que parecían sostenerse apenas sobre el acantilado. Estirábamos el cuello cada vez que pasábamos por allí. ¿Qué esperábamos ver? ¿Una joven llevada allí a la fuerza? ¿El viejo en persona, paseándose por los jardines, dándose golpecitos en las bien lustradas botas con una fusta?

Las rejas de hierro tenían cinco estrellas brillantes sobre la resplandeciente T. Cuando pasamos, el joven soldado se hizo la venia, aunque no se veía ningún guardia.

Pasamos junto a las míseras chozas. La vez que nos habíamos detenido aquí para estirar las piernas, la aldea entera salió a vender lo que pudiéramos necesitar.

—Las cosas andan mal —se quejaron los aldeanos, mirando la mansión.

Rufino se detuvo ahora, y levantó las lonas de los costados del jeep. Entró una bienvenida brisa, cargada del aroma de la vegetación mojada.

—Señoras —nos dijo Rufino, antes de volver a subir—, ¿les gustaría detenerse aquí?

Patria estaba segura de que no. Ésta era la primera vez que venía, y el camino atemoriza un poco, hasta que una se acostumbra.

Cuando dábamos la curva, en el tramo recto donde se ve mejor la casa, levanté los ojos.

—¡Miren quién está allí! —dije, señalando el gran Mercedes blanco junto a la puerta principal.

Las tres sabíamos lo que eso significaba. ¡Nos esperaba una emboscada! ¿Por qué otra razón iba a estar Peña en La Cumbre? Lo habíamos visto esta mañana en Santiago, al ir a buscar los permisos. El amigo parlanchín de Patria no había mencionado que pensara viajar en nuestra dirección.

Ahora no podíamos dar la vuelta. ¿Nos seguirían?

Sacamos la cabeza por la ventanilla para ver qué había atrás, y adelante.

—Me entrego a San Marco de León —dijo Patria, repitiendo la oración destinada a situaciones desesperadas. Yo misma repetí las tontas palabras.

El pánico me surgía desde los dedos de los pies, me atravesaba el estómago, y me llegaba a la garganta. Me explotó el trueno que llevaba en el pecho. Mate ya estaba respirando con dificultad, y buscaba su remedio en el bolso. Parecíamos un sanatorio ambulante.

Rufino aminoró la marcha. —¿Nos detenemos en las tres cruces? —Más adelante, en la banquina, había tres cruces blancas que conmemoraban un accidente reciente. De pronto, se me ocurrió que era el lugar de la emboscada. El último lugar donde nos detendríamos.

—Sigue camino, Rufino —le dije, y tomé una bocanada de aire fresco.

————————

Para entretenernos, Mate y yo empezamos a pasar el contenido de la cartera vieja a la nueva. Tuve en la mano de pronto la tarjeta de Jorge Almonte, Dependiente, EL GALLO. El logo del gallo de oro cacareaba en la esquina superior derecha. Di vuelta la tarjeta. Con mayúsculas apresuradas, había escrito: "Evite el paso". Me tembló la mano. No diría nada a los demás. Sólo empeoraría las cosas, y el asma de Mate empezaba a calmarse.

Pero yo lo iba viendo todo en la cabeza: era la escena de una película que de repente se volvía espantosamente real. El soldado era un indicio engañoso. ¡Qué tontos habíamos sido, al levantarlo en ese camino solitario!

Empecé a darle conversación, para ver si lo pescaba en una mentira. ¿A qué hora debía estar en el fuerte, y por qué se había hecho llevar, en vez de viajar en un transporte del ejército? Por fin, se volvió a medias en el asiento. Vi que tenía miedo de hablar.

Se lo sacaré, me dije. —¿Qué pasa? Puedes contarme.

—Usted hace más preguntas que mi mujer cuando llego a casa —dijo abruptamente. Se ruborizó por la grosera sugerencia de que yo pudiera ser como su mujer.

Patria se rió y me dio un golpecito en la cabeza con la mano enguantada.

—Te pegó un coco en la cabeza. —Me di cuenta de que ella se sentía más segura de él, ahora.

————————

El sol irrumpió entre las nubes, y rayos de luz brillaron como una bendición en el lejano valle. "El arco de la promesa divina", pensé. No destruiré a mi pueblo. Habíamos sido unas tontas al creer en todos esos rumores disparatados.

Para entretenernos, Mate empezó a decirnos adivinanzas que estaba segura de que no conocíamos. Le seguimos el juego. Luego Rufino, que las coleccionaba, y que sabía cuánto le gustaban a Mate, le ofreció una nueva. Empezamos a descender hacia la costa. El camino se poblaba, y ya nos llegaba el olor del océano. Las chocitas aisladas iban dando paso a casas de madera, con persianas recién pintadas y techo de zinc que de un lado le hacían propaganda al ron Bermúdez, y del otro rezaban: "Dios y Trujillo".

Nuestro soldado se estaba riendo, disfrutando de las adivinanzas. Siempre daba la respuesta equivocada. Tenía una para contribuir, y resultó ser mucho más subida de color que las de Mate.

Rufino se indignó. —Por Dios, ¿te olvidas que hay damas en el auto?

Patria se hizo hacia adelante, y les dio sendas palmaditas en el hombro al soldado y a Rufino.

—Vamos, Rufino, hay que ponerle pimienta a la comida. —Todos nos reímos, agradecidos por el alivio de la tensión almacenada.

Mate cruzó las piernas, meciéndolas hacia adelante y atrás.

—Tendremos que detenernos pronto, si me siguen haciendo reír. —Era famosa por el efecto de la risa en su vejiga. En la prisión había aprendido a aguantar, porque no le gustaba ir a la letrina en el medio de la noche, con tantos guardias desconocidos por todas partes.

—Pónganse serios todos —ordené—, porque se darán cuenta de que aquí no podemos detenernos.

Ya estábamos en los alrededores de la ciudad. Casas bonitas, una al lado de la otra, de colores brillantes, en medio de limpios jardines. La lluvia había avivado el pasto y los setos, que se veían de un verde esmeralda. Todo era una maravilla. Los niños jugaban en los charcos de la calle, y se apartaban cuando se acercaba el jeep, para que no los salpicara. Se apoderó de mí un impulso, y grité:

—¡Hénos aquí, sanos y salvos!

Detuvieron su juego para mirarnos. Sus caritas atónitas no sabían cómo tomarnos. Pero yo seguí saludando con la mano, hasta que ellos respondieron. Me sentí mareada, como si se me hubiera permitido diferir mis peores temores.

Cuando Mate necesitó un papel para envolver su chicle, le di la tarjeta de Jorge.

Manolo estaba molesto con su madre por dejarnos venir solas.

—Ella me prometió que no las perdería de vista.

—Amor mío —le dije, apretando su mano entre las mías —, razona un poco. ¿Qué podría hacer doña Fefita para protegerme, si estuviera en peligro? —Tuve una fugaz y ridícula visión de la pobre anciana regordeta golpeando a un calié del SIM en la cabeza con su ubicua cartera negra.

Manolo no dejaba de tirarse de la oreja, con un hábito nervioso que había adquirido en la prisión. Me conmovía ver cómo los largos meses de reclusión habían llegado a afectarlo.

—Una promesa es una promesa —concluyó, todavía dolorido. Ay, Dios mío, se lo recriminaría a ella la próxima vez, y entonces doña Fefita lloraría durante todo el viaje de regreso.

A Manolo le había vuelto el color. Ésta era, sin duda, una prisión mejor, más limpia y soleada que La Victoria. Todos los días, nuestros amigos Rudy y Pilar enviaban una comida caliente, y después de comer, los hombres podían caminar por el patio de la prisión durante media hora. Leandro, el ingeniero, decía, bromeando, que él y Manolo podrían haber machacado al menos una tonelada de caña de azúcar si los hubieran enjaezado como una yunta de bueyes.

Nos sentamos en el patiecito donde nos llevaban durante la visita cuando el tiempo estaba bueno. Después de la fuerte tormenta, inexplicablemente, había salido el sol. Brillaba sobre el cuartel, pintado de un verde camuflado, con forma de ameba; sobre los torreones, iguales a los de un cuento de hadas, donde flameaban banderas enfiladas; sobre las rejas que resplandecían como si alguien las hubiera pulido. Si una no se detenía a pensar qué era ese lugar, era posible verlo bajo una luz positiva.

Patria trajo el tema. —¿Les han dicho algo acerca de volver a trasladarlos?

Leandro y Manolo se miraron, preocupados. —¿Oyó algo Pedrito?

—No, no, nada de eso. —Patria los tranquilizó. Y luego me miró, para ver si yo hacía una referencia a lo que nos había dicho el soldado en el jeep acerca de los dos presos políticos que volverían a La Victoria en unas pocas semanas.

Pero yo no quería preocuparlos. En cambio, empecé a describir la casita hermosa que acabábamos de ver. Patria y Mate se me unieron. Lo que no les dijimos fue que no habíamos alquilado la casa, después de todo. Era inútil hacerlo, si a ellos volvían a llevarlos a La Victoria. Me cruzó por la mente el gran Mercedes blanco frente a la mansión de La Cumbre. Me incliné hacia adelante, como para borrar su imagen.

Oímos el estruendo de las puertas a lo lejos. Se acercaban pasos, se oía el intercambio de saludos a los gritos, salva de artillería. Era el cambio de guardia.

Patria abrió el bolso y sacó su bufanda.

—"Señoras, caen las sombras de la noche, el viajero apresura el paso hacia el hogar..."

—Buen poema. —Reí, para aliviar el momento difícil. Me costaba tanto decir adiós.

—No volverán esta noche, ¿no? —Manolo pareció escandalizarse ante la idea. —Es demasiado tarde para iniciar el regreso. Quiero que se queden con Rudy y Pilar, y que viajen mañana.

Toqué su mejilla áspera con el dorso de la mano. Él cerró los ojos, entregándose a mi caricia.

—No debes preocuparte así. Mira qué claro que está el cielo. Mañana puede haber otra tormenta. Es mejor que regresemos esta noche.

Todos miramos el cielo dorado, que se iba oscureciendo. Las pocas nubes bajas se movían con rapidez, como si ellas mismas estuvieran volviendo a casa antes de que oscureciera del todo.

No le dije la verdadera razón por la que no quería quedarme con sus amigos. Mientras íbamos de casa en casa, Pilar me había dicho que los negocios de Rudy se iban a pique. No tuvo que decirme por qué, pero lo imaginé. Debíamos poner distancia entre nosotros, por su propio bien.

Manolo me tomó la cabeza entre las manos. Yo quería perderme en la mirada de sus tristes ojos negros.

—Por favor, mi amor. Hay tantos rumores.

Razoné con él. —Si me dieras un peso por cada premonición, sueño o advertencia, podríamos ...

—Comprarnos otras carteras nuevas. —Mate mostró la suya y me hizo señas para que levantara la mía.

Entonces se oyó el grito. —¡Ya es la hora! —Los guardias nos rodearon. Sus rostros vacíos no demostraban ninguna consideración. —¡Ya es la hora!

Nos pusimos de pie, intercambiamos nuestros adioses apresurados, nuestras plegarias susurradas, nuestras palabras de cariño. Recuerda... No olvides... Dios te bendiga, mi amor. Un último abrazo antes que los llevaran. La luz se iba yendo con rapidez. Me volví para una última mirada, pero ellos ya habían desaparecido en el cuartel, al final del patio.

———————

Nos detuvimos en la pequeña estación de servicio con restaurante, al salir de la ciudad. Ya habían sacado las sombrillas, por la noche. Sólo quedaban las mesitas. Como Mate y Patria tenían sed, y querían tomar un refresco, entré yo a hacer la llamada. La línea estaba ocupada.

Me paseé frente al teléfono, como para recordar a los demás que estaba esperando a que colgaran el tubo. Pero ni mamá ni Dedé podían saber que yo ansiaba que cortaran la comunicación.

—Sigue ocupado —les dije a mis hermanas.

Mate tomó nuestras carteras nuevas de la silla extra. —Siéntate con nosotras. —Pero yo no podía sentarme. La preocupación de todos había terminado por atacarme a mí también.

—Dale otros cinco minutos más —sugirió Patria. Parecía algo muy razonable. En cinco minutos habrían colgado. Si no, eso significaba que uno de los chicos había dejado descolgado el tubo, y quién sabe cuándo Fela o Tono lo verían.

Rufino estaba apoyado contra el jeep con los brazos cruzados. De vez en cuando miraba el cielo. Le preocupaba la hora.

—Me parece que tomaré una cerveza —dijo, por fin.

—¡Epa! —exclamó Mate. Bebía su limonada con una pajita, como una niña, tratando de prolongar el dulce sabor. Nos detendríamos por lo menos una vez más. Ya me lo veía venir.

—Rufino, ¿te traigo una? —Él apartó los ojos, señal de que preferiría una cerveza helada, pero era demasiado tímido para decirlo. Me dirigí al bar a pedir dos Presidentes. Volví a discar el número mientras el complaciente propietario buscaba sus dos cervezas más frías del fondo de la heladera.

—Sigue ocupado —informé a nuestra mesa al regresar.

—¡Minerva! —Patria meneó la cabeza. —No han pasado cinco minutos.

La tarde se iba convirtiendo en noche. Sentí el aire fresco que soplaba de la montaña. No habíamos traído nuestros chales. Me imaginé a mamá que los veía ahora, sobre el respaldo de unas sillas, y volvía a la ventana con la esperanza de ver los faros de un auto.

Sin duda, pasaría junto al teléfono. Lo vería descolgado.

Lanzaría un suspiro y volvería a poner el tubo en la horquilla. Regresé para probar una vez más.

—Me rindo —dije, al volver—. Creo que deberíamos partir.

Patria miró la montaña. Detrás había otra y otra, pero para entonces ya habríamos llegado a casa.

—Me siento un poco inquieta. El camino es tan ...desierto.

—Siempre es igual —le informé. Yo, viajera veterana de montañas.

Mate terminó su bebida y aspiró el azúcar por la pajita, haciendo un sonido grosero.

—Le prometí a Jacqui que la arroparía esta noche. —Su voz sonaba como un gemido. Mate no se había separado de su hija desde que regresó de la prisión.

—¿Qué te parece, Rufino? —le pregunté.

—Podemos llegar a La Cumbre antes de anochecer, seguro. Desde allí, es cuesta abajo. Pero depende de ustedes —agregó, para no expresar su preferencia. De seguro, su propia cama con Delisa acurrucada a su lado era mejor que un catre en el cuarto de los sirvientes detrás del patio de lo de Rudy y Pilar. Tenía un bebé, además. Se me ocurrió que nunca le había preguntado cuánto tiempo tenía, o si era varón o mujer.

—Yo digo que salgamos ya —dije, pero vi la vacilación en el rostro de Patria.

Justo entonces entró en la estación un camión de Obras Públicas. Bajaron tres hombres. Uno se dirigió a la parte posterior del edificio, al maloliente cuarto de baño que nos habíamos visto obligados a usar y que habíamos jurado no volver a usar. Los otros dos vinieron al mostrador, sacudiendo las piernas y tirándose de la bragueta, como hacen siempre los hombres cuando se bajan de un auto. Saludaron cordialmente al propietario, abrazándolo a medias por encima del mostrador.

—¿Cómo estás, compadre? No, no podemos quedarnos. Envuélvenos una docena de esas frituras de cerdo que tienes allí. De hecho, danos un par para comer aquí.

El propietario charló con los hombres mientras preparaba su pedido.

—¿Adónde van a esta hora, muchachos?

El conductor tenía un bocado en la boca.

—El camión debe estar en Tamboril para el anochecer. —Hablaba con la boca llena. Se chupó los dedos grasientos al terminar, y después sacó un pañuelo del bolsillo posterior, para secarse. —¡Tito! ¿Dónde está ese Tito? —Se volvió para examinar las mesas, y posó la mirada sobre nosotras. Sonreímos, y él se quitó la gorra y se la llevó al corazón. Flirteando, el muy zángano. Rufino se enderezó, con actitud protectora, junto al jeep donde se había apostado.

Cuando llegó Tito corriendo de atrás de los surtidores, sus compañeros ya estaban en el camión, con el motor en marcha.

—¿No se puede cagar en paz? —gritó, pero ya el camión arrancaba, y tuvo que hacer una pirueta sobre el estribo, del lado del acompañante. Estaba segura de que ya habían hecho la misma maniobra antes, para impresionar a alguna mujer. Hicieron sonar la bocina al entrar en el camino.

Nos miramos. Su alegría nos hizo sentir más seguras, de algún modo. Seguiríamos ese camión todo el tiempo hasta el otro lado de la montaña. De pronto, el camino no estaba tan solitario.

—¿Qué dicen? —pregunté, poniéndome de pie—. ¿Pruebo una vez más? —Miré en dirección al teléfono.

Patria cerró el broche de su cartera con un chasquido decisivo.

—Vayamos, no más.

Fuimos rápidamente hacia el jeep, como si tuviéramos que alcanzar al camión. No sé, pero era como si volviéramos a ser niñas, y camináramos por la parte oscura del jardín, con un poquito de miedo, un tanto excitadas por nuestros temores, anticipando la llegada a la casa iluminada una vez traspuesta la curva...

Así me sentía cuando iniciamos la subida a la primera montaña.

Epílogo

Dedé

1994

Luego iban a la vieja casa de Ojo de Agua, e insistían en verme. A veces, para descansar, me iba a pasar un par de semanas con mamá en Conuco. Usaba la excusa de que estaban construyendo el monumento, y que el polvo y el ruido me molestaban. Pero en realidad lo que pasaba era que no podía recibirlos, ni tampoco decirles que se fueran.

Llegaban con las historias de esa tarde: el soldadito con los dientes picados, que hacía sonar los nudillos, y que había viajado con ellas al cruzar la montaña; el atento dependiente de El Gallo que les había vendido las carteras e intentado prevenirlas; el camionero de voz ronca que había presenciado la emboscada en el camino. Todos querían darme algo de esos últimos momentos. Cada visitante me destrozaba el corazón, pero yo permanecía sentada en el sillón hamaca y los escuchaba.

Era lo menos que podía hacer, ya que era la única sobreviviente.

Y mientras hablaban, yo iba componiendo en mi cabeza los hechos de esa última tarde.

————

Al parecer, salieron del pueblo a las cuatro y media, pues el camión que los precedía montaña arriba marcó el reloj al salir del edificio de Obras Públicas local a las cuatro y treinta y cinco. Hicieron una parada en un pequeño establecimiento junto al camino. Estaban preocupadas por algo, dijo el propietario, aunque no sabía qué. La más alta iba y venía al teléfono, y hablaba mucho.

El propietario había bebido mucho cuando me contó todo esto. No se movía de su silla, y su mujer se secaba los ojos cada vez que su marido decía algo. Me informó lo que había ordenado cada una. Dijo que quizá yo quería saberlo. Dijo que a último momento, la bonita, la de las trenzas, decidió comprar chicles de tres clases: canela, amarillos, y verdes. Buscó en el frasco, pero no encontró ninguno con el envoltorio color canela. Nunca se perdonará por no haberlos encontrado. Su mujer lloraba por las pequeñas cosas que podrían haber hecho felices esos últimos momentos. El sentimentalismo era excesivo, pero yo escuché su relato, y les agradecí por haber ido.

———

Parece que al principio el jeep seguía al camión en la subida. Luego, cuando el camión aminoró la marcha, el jeep lo pasó, aceleró, y después de una curva ya no lo vieron más. Luego el camión llegó al lugar de la emboscada. Un Austin azul y blanco bloqueaba parte del camino; el jeep se vio obligado a parar; las mujeres fueron conducidas pacíficamente, según dijo el camionero, pacíficamente hasta el auto. Tuvo que frenar para no atropellarlas, y fue entonces cuando una de las mujeres —creo que debe de haber sido Patria, "la más baja, y gordita"— se zafó de sus captores y corrió hacia el camión. Se colgó de la puerta, gritando: "¡Díganle a la familia Mirabal de Salcedo que los caliés van a matarnos!" Detrás de ella fue uno de los hombres, le apartó la mano de la puerta y la arrastró al auto.

Parece que no bien el camionero oyó la palabra "calié", cerró la puerta que había empezado a abrir. Siguiendo las señas que uno de los hombres le hacía con la mano, pasó junto a los autos. Yo tenía ganas de preguntarle: "¿Por qué no se detuvo a ayudarlos?" Pero, por supuesto, no se lo pregunté. Aun así, él vio la pregunta en mis ojos, y agachó la cabeza.

———

Más de un año después de la ida de Trujillo, todo salió a luz en el juicio a los asesinos. Pero aun entonces hubo varias versiones. Cada uno de los cinco asesinos decía que los otros se habían ocupado del asesinato. Uno dijo que él no había matado a nadie. Había llevado a las muchachas a la mansión de La Cumbre, donde El Jefe las había matado.

El juicio salió por TV el día entero durante casi un mes.

Tres de los asesinos por último reconocieron que cada uno de ellos había matado a una de las hermanas Mirabal. Otro mató a Rufino, el chófer. El quinto se quedó en un costado del camino para avisar a los demás si venía alguien.

Al principio, todos trataron de decir que eran ese hombre, el de las manos más limpias.

Yo no quería oír cómo lo hicieron. Vi las marcas en la garganta de Minerva, y las huellas en el pálido cuello de Mate, claras como el agua. También las golpearon con la culata de sus armas: lo vi cuando les corté el pelo. Se aseguraron de que estuvieran bien muertas. Pero no creo que violaran a mis hermanas, no. Lo constaté lo mejor que pude. Creo que es prudente decir que en ese sentido se comportaron como caballeros asesinos.

Después que terminaron, pusieron los cadáveres de las chicas en la parte posterior del jeep, y el de Rufino, adelante. Pasando una curva cerrada, cerca de donde hay tres cruces, desbarrancaron el jeep por el acantilado. Eran las siete y media. Lo sé porque uno de mis visitantes, Mateo Núñez, acababa de escuchar el Santo Rosario en su radiecita, cuando oyó el terrible estrépito.

Se enteró acerca del juicio a los asesinos por esa misma radio. Vino caminando desde su remota choza de montaña, con sus zapatos en una bolsa de papel, para no gastarlos. Debió de tardar varios días. Lo alzaron por el camino un par de veces; en una oportunidad lo llevaron en el sentido contrario. No había viajado mucho por esas montañas. Lo vi por la ventana cuando se detuvo y se puso los zapatos, para hacer una aparición decorosa ante mi puerta. Me dio la hora exacta, trazando un arco con la mano y tratando de imitar el ruido atronador del jeep al desmoronarse. Luego dio media vuelta e inició el camino de regreso a la montaña.

Hizo el largo viaje para contármelo.

———————

A los hombres les dieron treinta y veinte años, en el papel. No pude entender por qué algunos de los asesinos recibieron una condena más corta que los otros. Es posible que al del camino le dieran veinte años. Quizás alguno de ellos se arrepintió en la corte. Pero las sentencias no sirvieron de mucho, de cualquier manera. Todos salieron libres durante nuestras revoluciones. Cuando las teníamos de manera regular, como para demostrar que podíamos matarnos los unos a los otros aun sin un dictador que nos diera la orden.

Después que los condenaron, dieron entrevistas que aparecían en las noticias todos los días. ¿Qué pensaban los asesinos de las hermanas Mirabal de eso o aquello? O eso me dijeron. Nosotros no teníamos televisor, y el de mamá sólo se encendía para los dibujos animados de los niños. Yo no quería que se criaran con odio, los ojos fijos en el pasado. Los nombres de los asesinos no han atravesado mis labios ni una sola vez. Quería que los niños tuvieran lo que sus madres podrían haberles dado: la posibilidad de ser felices.

De vez en cuando, Jaimito me traía el diario para que pudiera ver las grandes hazañas del país. Pero yo lo hacía un rollo para espantar las moscas. De esa manera no me enteré de muchas cosas. Del día que Trujillo fue asesinado por un grupo de siete hombres, algunos de ellos sus antiguos compinches. Del día en que Manolo y Leandro quedaron libres. Pedrito ya había sido liberado. Del día en que el resto de la familia Trujillo huyó del país. Del día en que anunciaron las elecciones, las primeras libres en treinta y un años.

—¿No quieres enterarte de las cosas? —me preguntaba Jaimito, sonriendo, tratando de que me interesara. O más bien, esperanzado. Yo también sonreía, agradecida por su preocupación.

—¿Para qué? Si tú puedes contármelo, querido.

No es que escuchara mientras él hablaba y hablaba, contándome lo que aparecía en el diario. Fingía hacerlo, asintiendo y sonriendo desde mi sillón. No quería lastimar sus sentimientos. Después de todo, yo escuchaba a todos los demás.

Pero sucedía que ya no podía tolerar una historia más.

———

En el antiguo dormitorio de su madre, oigo a Minou preparándose para acostarse. No deja de hablar a través de la ventana abierta, poniéndome al día sobre su vida desde la última vez que charlamos. La nueva línea de ropa deportiva que diseñó para su tienda en la capital; el curso que está enseñando en la universidad, sobre poesía y política; el hermoso bebito de Jacqueline y la remodelación de su apartamento de azotea; Manolito, atareado con sus proyectos agrícolas. Todos son jóvenes inteligentes, que ganan bien. No son como nosotras, pienso. Casi desde el comienzo supieron que tenían que hacerle frente al mundo.

—¿Te aburro, mamá Dedé?

—¡De ninguna manera! —contesto, meciéndome al ritmo agradable del sonido de su voz.

La pequeña noticia: ésa me gusta, les digo. Tráiganme las pequeñas noticias.

———

A veces venían a decirme que estaba loca. Para decirme: "¡Ay, Dedé, deberías haberte visto ese día!".

298

La noche anterior no pegué un ojo. Jaime David estaba enfermo y se despertaba a cada rato, por la fiebre; quería agua. Pero no era él el que no me dejaba dormir. Cada vez que gritaba, yo ya estaba despierta. Por fin salí a esta galería y esperé el amanecer, hamacándome como si con eso fuera a traer el día. Preocupada por mi hijo, pensaba.

Y luego una suave vislumbre se esparció por el cielo. Escuché los arcos de la mecedora haciendo triquitraque sobre las baldosas, el gallo único que cacareaba, y, a lo lejos, el sonido de cascos de caballos que se iban acercando, acercando. Corrí por la galería hasta el frente de casa. Y, sí: aquí estaba el peoncito de mamá que llegaba galopando en su mula, con las piernas colgando casi hasta el suelo. Es gracioso lo que una recuerda. No un mensajero que aparece en esa hora espectral del alba, cuando el rocío todavía está espeso sobre el pasto. No. Lo que más me sorprendió fue que hiciera galopar esa mula testaruda.

El muchacho no se molestó en desmontar. Dijo:

—Doña Dedé, su madre quiere que vaya ahora, en seguida.

Ni siquiera le pregunté por qué. ¿Ya lo adivinaba? Corrí a la casa, entré en el dormitorio, abrí el ropero, saqué mi vestido negro de la percha, descosiendo la manga derecha y despertando a Jaimito con mi llanto lastimero.

―――――――

Cuando Jaimito y yo entramos en el sendero, vimos a mamá y a los niños que salían corriendo de la casa. No pensé: "las chicas". No, pensé: "hay un incendio", y empecé a contar para cerciorarme de que no quedaba nadie adentro.

Los más pequeños lloraban, como cuando les ponían una vacuna. Y luego se separa Minou del resto y se acerca a la camioneta, de modo que Jaimito debe clavar los frenos.

—Que Dios nos proteja, ¿qué sucede? —Corrí hacia ellos con los brazos abiertos, pero ellos se quedaron inmóviles, aturdidos, quizás al ver el horror en mi cara. Pues yo había notado algo extraño.

—¿Dónde están ellas? —grité.

Y luego mamá me dice. Me dice:

—¡Ay, Dedé! ¡Dime que no es verdad, ay, dime que no es verdad!

Y antes de que yo pudiera pensar de qué estaría hablando, le digo:

—No es verdad, mamá, no es verdad.

―――――――

Habían enviado un telegrama a primera hora de la mañana. Una vez que hizo que se lo leyeran, mamá no pudo encontrarlo más. Pero sabía lo que decía.

"Ha habido un accidente de auto.

Favor de venir al hospital José María Cabral de Santiago."

Y en la caja torácica mi corazón era un pájaro que de repente se echó a cantar. ¡Una esperanza! Imaginé huesos rotos, brazos en cabestrillo, un montón de vendajes. Arreglé los lugares de la casa donde iba a poner a cada una mientras estuvieran convalescientes. Despejaríamos la sala, y allí las llevaríamos en sus sillas de ruedas para las comidas.

Mientras Jaimito bebía el café que le preparó Tono —no quise esperar en casa hasta que la retardada de Tinita encendiera el fuego— mamá y yo corríamos de aquí para allá, preparando una valija para llevar al hospital. Necesitarían camisones, cepillos de dientes, toallas, pero yo puse cosas disparatadas en mi aterrorizado apuro: los aretes predilectos de Mate, el pote de Vick, un corpiño para cada una.

Y entonces oímos un auto que se acerca. Por la celosía donde espiábamos reconozco al hombre que reparte los telegramas. Le digo a mamá que espere allí, que yo iré a ver qué quiere. Voy en seguida, para evitar que se acerque más a la casa, pues ahora hemos logrado calmar a los niños.

—Hemos estado llamando. No podemos comunicarnos. El teléfono debe de estar descolgado, o algo así. —Está haciendo tiempo, me doy cuenta. Por fin me entrega el sobrecito con una ventanilla transparente, y luego me da la espalda, porque no se puede ver llorar a un hombre.

Lo rompo para abrirlo, saco la hoja amarilla, leo cada palabra.

Vuelvo tan despacio a la casa que no sé cómo llego.

Mamá sale a la puerta, y le digo, mamá, la valija no es necesaria.

———

Al principio los guardias apostados en la morgue no querían dejarme entrar. Yo no era la pariente más cercana, decían. Les dije a los guardias:

—Yo voy a entrar, aunque sea la última pariente. Mátenme también, si quieren. No me importa.

No puedo recordar ni la mitad de las cosas que grité cuando los vi. Rufino y Minerva estaban sobre camillas, Patria y Mate en el piso, sobre esteras. Me pone furiosa que no los hayan puesto a todos en camillas, como si a ellos pudiera importarles. Recuerdo a Jaimito tratando de hacerme callar, y a uno de los médicos que entra con un calmante y un vaso de agua. Recuerdo que les pido a los hombres que se vayan mientras lavo a mis muchachas, y las visto. Una enfermera me ayudó. También lloraba. Me trajo unas tijeras para cortarle la trenza a Mate. No me imagino por qué en un lugar con tantos instrumentos filosos para cortar huesos y tejidos, esa mujer me trajo unas tijeritas diminutas. Quizá tuvo miedo de lo que podía hacer con algo con más filo.

Luego unos amigos que se habían enterado aparecieron con cuatro cajones sencillos de pino, sin cerrojos siquiera. La tapa debía clavarse. Más adelante, don Gustavo, en la funeraria, quería que las pusiéramos en algo mejor. Por lo menos a las chicas. El pino estaba bien para el chófer.

Recordé la predicción de papá: *Dedé nos enterrará a todos con seda y perlas.*

Pero le dije que no. Todos murieron igual, que sean enterrados igual.

Cargamos los cuatro cajones en la parte posterior de la pickup.

———

Los llevamos a casa, pasando lentamente a través de las ciudades. Yo no quise ir adelante con Jaimito. Me quedé atrás, con mis hermanas y con Rufino, orgullosa, a su lado, y cada vez que dábamos con un bache, sostenía los cajones.

La gente salía de su casa. Ya habían oído la historia que nosotros debíamos fingir creer. El jeep se había desbarrancado en una curva difícil. Pero sus rostros sabían la verdad. Muchos de los hombres se sacaban el sombrero; las mujeres se hacían la señal de la cruz. Estaban en el borde del camino, y cuando pasaba la camioneta arrojaban flores. Para cuando llegamos a Conuco ya no se podían ver los cajones, por las flores marchitas que los cubrían.

Cuando llegamos al puesto del SIM en el primer pueblo, les grité:

—¡Asesinos! ¡Asesinos!

Jaimito aceleró para ahogar mis gritos. Cuando volví a hacerlo, en el siguiente pueblo, se detuvo y vino a la parte de atrás. Me hizo sentar sobre uno de los cajones.

—Dedé, mujer, ¿qué buscas, que te maten también a ti?

Asentí. —Quiero estar con ellas.

Él dijo —lo recuerdo muy bien—, él dijo:

—Ese es tu martirio, Dedé, vivir sin ellas.

———

301

—¿En qué estás pensando, mamá Dedé? —Minou ha salido a la ventana. Con los brazos cruzados sobre el alféizar, parece un cuadro.

Le sonreí. —Mira esa luna. —No es una luna notable. Luna menguante, brumosa en una noche nublada. Pero para mí la luna es la luna, y vale la pena notarlas a todas. Como los bebés, hasta los más feos, todos son una bendición, todos vienen, como decía mamá, con un pan debajo del brazo.

—Cuéntame acerca de Camila —le pido—. ¿Le ha salido el diente nuevo?

Con la precisión de una madre primeriza, Minou me cuenta todo, hasta cómo su niña come, duerme, juega, hace caca.

Luego los maridos me contaron su historia de aquella última tarde. Cómo trataron de convencerlas para que no viajaran. Cómo Minerva se negó a quedarse en casa de amigos hasta el día siguiente.

—Habría sido la única vez que no hubiera tenido razón —dijo Manolo. Se quedaba junto a la baranda de la galería un rato largo, con esos anteojos oscuros que siempre usó después. Y yo lo dejaba solo con su dolor.

Esto fue después de salir. Cuando ya era famoso y tenía guardaespaldas y andaba en ese Thunderbird blanco que le regalara un admirador. Probablemente una admiradora. Nuestro Fidel, nuestro Fidel, decían todos. Rehusó ser candidato a presidente en esas primeras elecciones. No era político, decía. Pero adonde fuera, Manolo era rodeado por multitudes que lo adoraban.

Él y Leandro fueron trasladados a la capital el lunes después del asesinato. Sin explicaciones. En La Victoria volvieron a estar con Pedrito, los tres solos en una celda. Estaban muy nerviosos, esperando la visita del jueves, para ver qué pasaba.

—¿No tenían ni idea? —le pregunté a Manolo una vez. Él se volvió entonces, enmarcado por la adelfa que Minerva había plantado hacía años, cuando vivía encerrada aquí, esperando salir y vivir la versión importante de su vida. Se quitó sus anteojos oscuros, y me pareció que por primera vez me asomaba a la profundidad de su dolor.

—Yo sabía, tal vez, pero en la prisión uno no se puede dar el lujo de saber ciertas cosas. —Sus manos se aferraban a la baranda de la galería. Tenía puesto el anillo de la universidad otra vez, el que solía usar Minerva.

Manolo cuenta que ese jueves los sacaron de la celda y los hicieron marchar por el pasillo. Por un breve instante tuvieron la esperanza de que las mujeres estuvieran bien, después de todo. Pero en lugar de llevarlos a la sala de visita, los condujeron al salón de oficiales. Johnny Abes y Cándido Torres y otros altos oficiales del SIM aguardaban allí, todos muy borrachos. Ésta sería una ocasión muy especial, estrictamente por invitación, una sesión de tortura de naturaleza inusual: darles la noticia a los hombres.

Yo ya no quería escuchar más. Pero me obligué a hacerlo —era como si Manolo tuviera que narrarlo, y yo que escucharlo— para que todo pudiera ser humano, para que pudiéramos empezar a perdonar.

————————

Hay fotos mías de esa época en que no me reconozco. Delgada como mi dedo meñique. Parezco la melliza de mi Noris, tan flaquita. El pelo cortito, como el de Minerva ese último año, sostenido con horquillas. Con un bebé en brazos, quién sabe cuál, que me tira del vestido. Yo nunca miro a la cámara. Siempre a otro lado.

Pero lentamente —¿cómo sucede?— volví de entre los muertos. En una foto que tengo del día en que el nuevo presidente vino a visitar el monumento, yo estoy de pie frente a la casa, bien arreglada, el pelo esponjado. Tengo a Jacqueline en brazos; ya tiene cuatro años. Las dos estamos agitando banderitas.

Después, el presidente vino a visitarnos. Se sentó en la vieja mecedora de papá, bebiendo una limonada helada, y me contó su historia. Iba a hacer toda clase de cosas, me dijo. Se iba a librar de los viejos generales, cuyas manos todavía estaban sucias con la sangre de las Mirabal. Iba a distribuir entre los pobres todas las propiedades que habían robado. Iba a convertirnos en una nación orgullosa de nosotros mismos, no administrada por los imperialistas yanquis.

Cada vez que me hacía una de estas promesas, me miraba, como buscando mi aprobación. En realidad, no la mía, sino la de mis hermanas, cuyos retratos colgaban en la pared. Esas fotos se habían convertido en iconos, celebradas en posters que ya eran piezas de colección. ¡*Que vuelvan las mariposas!*

Al final, cuando se iba, el presidente recitó un poema que había escrito durante el viaje desde la capital. Era algo patriótico acerca de que cuando uno muere por la patria, no muere en vano. Era un presidente poeta, y de vez en cuando

Manolo decía: "Ay, si Minerva hubiera vivido para ver esto".
Y empecé a pensar: quizá las muchachas murieron por algo.

Luego fui aprendiendo a controlar mi pena. Era algo que
podía soportar, porque tenía un sentido. Como cuando el
médico me explicó que si me extirpaba un seno, tendría
mejores posibilidades. En seguida aprendí a vivir sin él,
inclusive antes de perderlo.

Hice a un lado mi dolor y empecé a trazar planes, a tener
esperanzas.

Cuando todo empezó a suceder por segunda vez, cerré la
puerta. No recibí más visitantes. Si alguien tenía una historia,
que fueran a venderla a *Vanidades,* o al show de Félix en la
televisión. Cuenten cómo se sintieron después del golpe
de estado, cuando echaron al presidente antes de un año,
cuando los rebeldes se fueron a las montañas, empezó la guerra
civil, desembarcaron los *marines.*

Oí una de las audiciones por la radio que Tinita tenía
encendida en la cocina todo el tiempo. Alguien que analizaba
la situación. Dijo algo que me hizo pensar.

"Las dictaduras —decía— son panteístas. El dictador
logra plantar un poco de sí mismo en cada uno de nosotros".

Ah, pensé, tocándome el lugar sobre mi corazón donde
todavía no sabía que las células se me estaban multiplicando
como locas. De modo que eso es lo que nos sucede.

La voz de Manolo suena borrosa en la cinta que me ha
enviado la estación de radio, *En memoria de nuestro gran
héroe. Cuando uno muere por la patria, no muere en vano.*

Es su última transmisión desde un escondite entre las
montañas. "¡Hermanos dominicanos! —declama con una
voz temblorosa—. ¡No debemos permitir que otra dictadura
nos gobierne". Luego algo más, que se pierde por la estática.
Por útimo: "¡Rebélense, salgan a las calles! ¡Únanse a mis
camaradas y a mí en las montañas! ¡Cuando se muere por la
patria, no se muere en vano!"

Pero nadie se unió a ellos. Después de cuarenta días de
bombardeo, aceptaron la amnistía. Bajaron de las montañas
con las manos en alto, y los generales los mataron a tiros,
uno a uno.

Yo fui quien recibió la conchilla marina que le envió
Manolo a Minou el último día de su vida. Había hecho
grabar en ella: "Para mi pequeña Minou, al final de una gran

aventura". Luego, la fecha en que fue asesinado, diciembre 21 de 1963. Yo me enfurecí con ese último mensaje. ¿Qué quería decir con eso de una gran aventura? Una desgracia, más vale.

No se la di. De hecho, por un tiempo, mantuve en secreto su muerte. Cuando ella preguntaba, yo le decía: "Sí, sí, papi está en las montañas, luchando por un mundo mejor". Y luego, verán, después de un año de repetir ese cuento, resultaba fácil que estuviera en el cielo con su mami y su tía Patria y su tía Mate: en un mundo mejor.

Ella me miró cuando se lo dije —tendría unos ocho años entonces —y se puso muy seria.

—Mamá Dedé —me preguntó—, papá, ¿ha muerto?

Y le di la conchilla para que pudiera leer su despedida.

—Era una mujer rara —me está diciendo Minou—. Al principio pensé que era una amiga tuya. ¿De dónde la sacaste?

—¿Yo? Pareces olvidar, mi amor, que el museo está a cinco minutos de aquí, y que todos van allí queriendo oír la historia directamente de la fuente. —Me estoy meciendo más ligero a medida que explico, porque me estoy enojando. Todos creen que pueden imponerse. El cineasta belga que me hizo posar con las fotos de las chicas en las manos; la chilena que está escribiendo un libro acerca de las mujeres y la política; los escolares que quieren que les muestre la trenza y les diga por qué la corté.

—Pero, mamá Dedé —me dice Minou. Está sentada en el alféizar de la ventana, mirando desde su cuarto iluminado la galería, donde hemos apagado las luces por los mosquitos. —¿Por qué no te niegas? Grabaremos la historia en una cassette y la venderemos por ciento cincuenta pesos, con una foto brillosa de regalo.

—¡Minou, qué idea! —Transformar nuestra tragedia, porque es nuestra tragedia, y la de todo el país, en una empresa para ganar dinero. Pero se está riendo, disfrutando del pequeño sacrilegio. Y yo también me río. —El día que me canse de hacerlo, supongo que no lo haré más.

Dejo de hamacarme, tranquila. "Por supuesto —pienso—. Puedo dejar de hacerlo."

—¿Cuándo será eso, mamá Dedé? ¿Cuándo te cansarás?

¿Cuándo cambió la situación? ¿Cuándo dejé de ser la persona que escuchaba las historias que me traía la gente y me transformé en la persona a la que acudían para oír el relato de las hermanas Mirabal?

En otras palabras: ¿cuándo me convertí en el oráculo?

Mi amiga Olga y yo nos juntamos algunas veces para comer en un restaurante. Nos podemos dar este lujo, decimos, como si no lo creyéramos. Dos mujeronas divorciadas tratando de ponernos al día con lo que nuestros hijos llaman "los tiempos modernos". Con ella puedo hablar de todo. Le he preguntado qué piensa.

—Te diré lo que pienso —me dice Olga. Estamos en El Almirante, donde los mozos deben de ser —creemos— funcionarios retirados de la vieja época de Trujillo. Todos se ven tan importantes y ceremoniosos. Pero dejan que dos mujeres coman en paz.

—Pienso que tienes derecho a tu propia vida —dice, desechando mi protesta—. Déjame terminar. Todavía vives en el pasado, Dedé. Sigues en la misma casa, rodeada de las mismas cosas, en la misma aldea, con toda la gente que te conoce desde niña.

Enumera todas las cosas que supuestamente me impiden vivir mi propia vida. Y yo pienso: "No renunciaría a nada de esto por todo el mundo. Preferiría morirme".

—Para ti, todavía es 1960 —concluye—. Pero estamos en 1994, Dedé, 1994.

—Te equivocas —le digo—. Yo no estoy enterrada en el pasado. Lo he traído conmigo al presente. Y el problema es que no hay bastantes personas que lo hayan hecho. Los gringos dicen que si uno no estudia su propia historia, volverá a repetirla.

Olga desecha esta teoría. —Los gringos dicen muchas cosas.

—Muchas de ellas, verdaderas. —Minou me acusa de ser pro yanqui. Y yo le respondo:

—Yo estoy en favor de quien tenga razón.

Olga suspira. Ya lo sé. La política no le interesa.

Cambio de tema. —Además, eso no es lo que te pregunté. Estábamos hablando de cuando me convertí en el oráculo.

—Hmm —dice ella—. Estoy pensando, estoy pensando.

De modo que le digo lo que yo pienso.

—Después que terminó la lucha, y nos convertimos en una nación destrozada —ella menea la cabeza tristemente ante mi descripción de los tiempos recientes— entonces yo abrí mis puertas, y, en vez de escuchar, empecé a hablar. Habíamos perdido la esperanza, y necesitábamos un relato para entender lo que nos había pasado.

Olga se hace hacia atrás, el rostro atento, como si estuviera escuchando a alguien que predica sobre algo en lo que ella cree.

—Eso es muy bueno, Dedé —dice cuando termino—. Deberías reservarlo para noviembre, cuando debes pronunciar tu discurso.

———————

Oigo discar a Minou. Está llamando a Doroteo para su tête-à-tête de las buenas noches, cuando se cuentan las pequeñas noticias de las horas en que han estado separados. Si yo entro ahora, ella siente que debe cortar y hablar conmigo.

Y entonces me detengo junto a la baranda de la galería, y no bien lo hago, por supuesto, no puedo dejar de pensar en Manolo, y en Minerva antes que él. Teníamos un juego, cuando éramos niñas, que llamábamos Pasajes Oscuros. Nos desafiábamos a caminar por el jardín oscuro, de noche. Yo sólo pasé esta baranda un par de veces. Pero Minerva se internaba, de manera que debíamos llamarla un rato largo, rogándole que volviera. Recuerdo, sin embargo, que ella se detenía aquí un momento, sacaba pecho, para darse valor. Yo me daba cuenta de que tampoco era fácil para ella.

Y cuando era mayor, cada vez que se molestaba por algo, se paraba en este mismo lugar. Miraba hacia el jardín, como si esa maraña oscura de vegetación fuera la vida nueva o el problema que tenía por delante.

Distraída, me llevo la mano a mi pecho postizo y lo aprieto con suavidad, preocupada por la ausencia.

—Mi amor —oigo que dice Minou, y se me pone la piel de gallina. Suena igual a su madre. —¿Cómo estás, tesoro? ¿La llevaste a Helados Bon?

Bajo de la galería al césped, para no oír su conversación, o eso me digo. Por un momento, quiero desaparecer. Con las piernas despierto fragancias de los arbustos, y a medida que me voy alejando de las luces de la casa, la oscuridad se intensifica.

———————

Las pérdidas. Puedo contarlas, como sucedió con la lista que nos dio el forense, pegada a la caja con las cosas encontradas sobre las personas o rescatadas del siniestro. Cosas tontas, pero me proporcionaron consuelo. Las repetía, como un catecismo, igual que cuando las chicas repetían los diez mandamientos durante el arresto domiciliario.

Un cisne rosado, para empolvarse la cara.

Un par de zapatos rojos, de tacones altos.

El tacón de cinco centímetros, de un zapato color crema.

Jaimito viajó a Nueva York por un tiempo. Nuestras cosechas habían vuelto a fracasar, y era posible que perdiéramos las tierras si no conseguíamos dinero en efectivo pronto. De modo que consiguió trabajo en una fábrica, y todos los meses enviaba dinero a casa. Me avergüenza decirlo, después de lo que pasó. Pero fueron los dólares de los gringos los que salvaron nuestra granja.

Y cuando volvió era un hombre diferente. Mejor dicho, era más él mismo. Lo mismo me había sucedido a mí: me parecía más a mí misma, ahora que vivía encerrada con mamá y los niños por única compañía. Y por eso, aunque vivimos bajo el mismo techo hasta que murió mamá, para evitarle otro dolor, ya cada uno vivía su propia vida.

Un destornillador.

Una cartera de cuero marrón.

Una cartera de charol rojo a la que le faltan las correas.

Una pieza de ropa interior amarilla.

Un espejito de bolsillo.

Cuatro billetes de lotería.

Nos desparramamos como familia. Los hombres, y luego los chicos, se fueron por su lado.

Primero, Manolo murió tres años después que Minerva.

Luego Pedrito. Le habían devuelto sus tierras, pero la prisión y sus pérdidas lo cambiaron. No tenía descanso. No podía volver a su antigua vida. Volvió a casarse, con una muchacha joven, y la nueva esposa hacía lo que quería con él, según mamá. Venía a vernos poco, y luego dejó de venir. Todo eso, empezando por la nueva mujer, habría hecho sufrir mucho a Patria.

Y Leandro. Mientras vivía Manolo, Leandro estuvo a su lado, noche y día. Pero cuando Manolo se fue a las montañas, Leandro se quedó en casa. Quizás intuyó una trampa. Quizá Manolo se había vuelto demasiado extremista para Leandro, no sé. Después que murió Manolo, Leandro se desentendió de la política. Empezó a trabajar como constructor en la ciudad, y le fue muy bien. Cada vez que vamos a la capital, Jacqueline señala algún edificio imponente y me dice: "Papá lo hizo". No le gusta hablar tanto de la segunda esposa, de la nueva, absorbente familia, y de sus medio hermanos y hermanas de la edad de su hijito.

Un recibo de El Gallo.

Un misal sostenido por una cinta de goma.

Una billetera de hombre, con 56 centavos en el bolsillo.

Siete anillos, tres de ellos alianzas de oro, otro de oro

con un brillante, otro de oro con un ópalo y cuatro perlas, un anillo de hombre con un granate y la insignia de un águila. Un anillo de plata, con inicial.

Un escapulario de nuestra Señora del Dolor.

Una medalla de San Cristóbal.

Mamá vivió veinte años más. Cuando no me quedaba a dormir, la visitaba por la mañana temprano, y siempre le llevaba una orquídea de mi jardín para las niñas. Criamos a los niños entre nosotras. Ella se quedó con Minou, Manolito y Raulito, yo con Jacqueline, Nelson y Noris. No pregunten por qué los dividimos así. De hecho, no lo hicimos. Iban de una casa a la otra, cambiaban, según las temporadas, pero me estoy refiriendo a dónde dormían con más frecuencia.

¡Qué trabajo le dieron a mamá esas nietas adolescentes! Quería que vivieran encerradas como monjas en un convento. Es que vivía con miedo. Y por cierto que Minou nos tenía siempre preocupadas, a ella y a mí. A los dieciséis años se fue sola a estudiar a Canadá. Luego a Cuba, varios años. ¡Ay, Dios! Le prendíamos Virgencitas y azabaches, y le colgábamos escapularios alrededor del cuello, para ahuyentar a los hombres que no querían más que ponerle las manos encima. Era tan bonita.

Recuerdo cuando Minou me contó acerca de la primera vez que ella y Doroteo "se arreglaron", como decía ella. En seguida imaginé, por supuesto, la escena de cama detrás del cortinado de ese eufemismo. Él se quedó inmóvil, con las manos debajo de los brazos, como si no quisiera ceder ante los encantos de Minou. Por fin, ella le preguntó qué pasaba, y Doroteo le contestó: "Me siento como si fuera a profanar la bandera".

Algo de razón tenía. Después de todo, ella era la hija de dos héroes nacionales. Le dije a Minou: "Ese hombre me gusta".

Pero a mamá no. "Sé inteligente como tu madre —le decía a Minou—. Estudia, y cásate cuando seas mayor." Pero yo pensaba en lo difícil que había hecho mamá las cosas para Minerva por esa misma razón.

Pobre mamá, que vivió para ver el fin de tantas cosas, inclusive sus propias ideas. Vivió veinte años más, como digo. Esperó a que sus nietas pasaran los años difíciles de la adolescencia y pudieran defenderse solas.

Y luego —hizo catorce años en enero— una mañana entré en su dormitorio y la encontré acostada, sosteniendo su rosario, como si estuviera rezando. Me aseguré de que estuviera muerta. Era extraño, pero no me parecía una muerte verdadera, tan distinta a las otras, una muerte tranquila, sin rabia ni violencia.

Le puse entre las manos la orquídea que les traía a las chicas. Sabía que, a menos que mi destino estuviera realmente maldito y tuviera que sobrevivir a mis hijos, ésta era la última gran pérdida que iba a padecer. Ya no quedaba nadie entre mí y el pasaje oscuro que me aguardada: yo era la próxima.

La lista completa de las pérdidas. Allí están.

Y he descubierto que ayuda poder enumerarlas. Y a veces, cuando lo hago, pienso: quizá no sean pérdidas. Quizá no deba considerarlas así. Los hombres, los niños, yo misma. Cada uno se fue por su lado, nos convertimos en nosotros mismos. Nada más. Y quizá eso es lo que significa ser un pueblo libre. ¿No debería alegrarme?

———

No hace mucho me encontré con Lío en una recepción en honor a las muchachas. A pesar de lo que piensa Minou, a mí no me gustan estas cosas. Pero siempre me obligo a ir.

Sólo que si sé que él estará allí, no voy. Me refiero al actual presidente, que era el presidente títere el día en que mataron a las muchachas. Mis amigas siempre tratan de convencerme para que vaya. "Olvídalo ya. Es un hombre viejo y ciego, ahora."

"Era ciego cuando podía ver", les contesto. Ay, me hierve la sangre con sólo pensar que debo estrechar esa mano llena de manchas.

Pero por lo general, voy. "Por las muchachas", me digo siempre.

A veces me tomo un vasito de ron antes de subir al auto, no mucho, como para que se huela y se produzca un escándalo, sino un poquito, para fortalecer el corazón. Me preguntarán cosas, con buena intención, seguramente, pero meterán el dedo donde todavía duele. Son las mismas personas que se quedaron calladas cuando el menor comentario habría sido un coro que el mundo no hubiera podido ignorar. Las mismas personas que en el pasado fueron amigas del diablo. Todos consiguieron la amnistía, delatándose los unos a los otros. No fuimos más que una gran familia de cobardes podridos.

Así que me tomo un vasito de ron.

En estas reuniones siempre me ubico cerca de la puerta, para poder irme temprano. Esa vez estaba a punto de desaparecer cuando se me acercó un hombre mayor. Llevaba del brazo a una mujer apuesta, de rostro franco y amistoso. El viejo tonto no es tan tonto, pensé. Se consiguió una joven enfermera para su vejez.

Extendí la mano para saludar, un hábito que había

adquirido en las recepciones, pero este hombre me toma la mano con las dos suyas.

—Dedé, caramba, ¿no me conoces? —Me aprieta fuerte, y la joven sonríe, resplandeciente, a su lado. Vuelvo a mirar.

—¡Dios santo, Lío! —Y de pronto debo sentarme.

La esposa nos trae bebidas y nos deja solos. Nos ponemos al día: mis hijos, sus hijos; la compañía de seguros, su trabajo en la capital; la vieja casa donde sigo viviendo, su nueva casa cerca del antiguo palacio presidencial. Poco a poco nos vamos abriendo camino hacia ese pasado traicionero, el horrible crimen, el desperdicio de vidas jóvenes, el corazón latiente de la herida.

—Ay, Lío —digo, cuando llegamos a esa parte.

Y, bendito sea, me toma de las manos y dice:

—La pesadilla ya pasó, Dedé. Mira lo que han hecho las muchachas. —Hace un ademán expansivo.

Se refiere a las elecciones libres, a los malos presidentes que ahora llegan al poder de manera correcta, no gracias a los tanques. Se refiere a nuestro país, que empieza a prosperar, con Zonas Libres en todas partes, a la costa, llena de clubes y balnearios. Ahora somos el patio de recreo del Caribe, cuando antes éramos sus campos de matanza. El cementerio empieza a florecer.

—Ay, Lío —vuelvo a decir.

Sigo su mirada por el salón. Aquí la mayoría de los invitados son jóvenes: niños, no hombres de negocios, con relojes computarizados y *walkie-talkies* en los bolsos de sus mujeres, para llamar al chófer; sus espléndidas esposas tienen títulos universitarios que no necesitan. Por todas partes, olor a perfume, y un tintineo de llaves que abren las cerraduras de sus posesiones.

—Oh, sí —oigo que dice una de las mujeres—, pasamos una revolución aquí.

Veo que nos miran a nosotros, los mayores. Se ven tan amorosos debajo del cuadro de Bidó. Para ellos somos personajes de una historia triste sobre un pasado ya concluido.

Camino a casa tiemblo todo el tiempo. No sé por qué.

Lo veo poco a poco, mientras me dirijo hacia el norte por el campo a oscuras. Las únicas luces vienen de la montaña, donde los prósperos jóvenes están construyendo sus casas de fin de semana, y, por supuesto, del cielo, del ostentoso voltaje de las estrellas. Lío tiene razón. La pesadilla ha terminado; somos libres, al fin. Pero lo que me hace temblar es algo que no quiero decir en voz alta. Aunque lo diré, de una vez por todas.

¿Fue para esto, el sacrificio de las mariposas?

—¡Mamá Dedé! ¿Dónde estás? —Minou debe de haber terminado de hablar por teléfono. Su voz tiene ese tono exasperado de los niños cuando nos atrevemos a apartarnos de su vida. ¿Por qué no estás donde yo te puse? —¡Mamá Dedé!

Me detengo en las profundidades oscuras del jardín, como si me hubieran sorprendido haciendo algo malo. Me vuelvo. Veo la casa como la vi un par de veces cuando niña: el techo con su promontorio de cuento de hadas, la galería que la rodea por tres lados, las ventanas iluminadas, brillantes de palpitante vida: un lugar de abundancia, un lugar mágico de memoria y deseo. Y rápidamente me dirijo hacia allá, como luciérnaga atraída por la maravillosa luz.

La arropo en la cama y apago la luz y me quedo un rato y hablamos en la oscuridad.

Me cuenta todo lo que hizo Camila hoy. Acerca de los negocios de Doroteo, de sus planes para construir una casa en el norte, en esas hermosas montañas.

Me alegra que esté oscuro, para que no pueda verme la cara cuando lo dice. En el norte, en esas hermosas montañas donde tu madre y tu padre fueron asesinados.

Pero todo esto es un signo de mi triunfo, ¿verdad? Ella no está obsesionada ni llena de odio. Reclama para sí este bello país de hermosas montañas y espléndidas playas, tal cual leemos en los folletos de turismo.

Hacemos nuestros planes para mañana. Iremos de visita a Santiago, y la ayudaré a elegir unas telas en El Gallo. Hay una liquidación, pues cierran la vieja tienda y abre la nueva firma. Habrá una cadena en toda la isla. Los dependientes tendrán uniformes rojos como cresta de gallo, y las cajas registradoras avisarán cuánto se va gastando. Después quizá podamos almorzar con Jaime David. A ese importante senador de Salcedo le conviene concederle parte de su tiempo, me advierte Minou.

Surge el nombre de Fela. —Mamá Dedé, ¿qué crees que siginifica eso de que las muchachas por fin pueden descansar en paz?

"No es una buena pregunta antes de irse a la cama", pienso. Como referirse a un divorcio o a un problema personal en una postal. De modo que le doy una respuesta rápida y fácil. —Que podemos dejarlas ir, supongo.

Gracias a Dios, está tan cansada que no me obliga a decir más.

Algunas noches, cuando no puedo dormir, me quedo en la cama y juego a eso que me enseñó Minerva: a recrear en la memoria éste o aquel momento feliz. Pero lo he estado haciendo toda la tarde, de manera que esta noche empiezo a pensar en lo que vendrá.

Específicamente, el viaje que es casi seguro que me he ganado este año.

El jefe ha estado dejando caer indirectas.

—Sabes, Dedé, los folletos de turismo están bien. Tenemos un bellísimo paraíso aquí mismo. No hay necesidad de viajar lejos para pasarla bien.

¡Tratando de que le salga barato este año!

Pero si he vuelto a ganar el viaje, insistiré en ir adonde quiero. Le diré: "Quiero ir a Canadá, a ver las hojas."

¿Las hojas? Me imagino la cara del jefe, que adopta ese gesto profesional de cortés sorpresa. La que usa para los tutumpotes, cuando quieren comprar las pólizas más baratas. Seguramente su vida vale mucho más, don Fulano.

"Sí —le diré—. "Las hojas. Quiero ver las hojas de los árboles". Pero no le diré por qué. El canadiense que conocí en Barcelona, en el viaje que me gané el año pasado, me contó que se ponen rojas y doradas. Me tomó la mano, como si fuera una hoja, separando los dedos. Me señaló las líneas.

—El azúcar se concentra en las venas. —Sentí mi resolución de permitir que la distancia que me separaba se derritiera como el azúcar de esas hojas. Me ardía la cara.

—Es la dulzura la que las hace ardientes —dijo, mirándome a los ojos, luego sonriendo. Hablaba un poco de español, suficiente para expresarse. Pero yo todavía estaba demasiado asustada para adentrarme en mi vida de esa manera tan audaz. Cuando terminó la demostración, yo retiré la mano.

Pero en mi mente ya todo ha sucedido y estoy debajo de esos árboles como llamaradas, que en mi imaginación son flamboyanes florecidos, y no los arces de los que hablaba él. Y él saca una foto para que yo les muestre a los chicos que sucede, sí, inclusive a su vieja mamá Dedé.

Es la dulzura la que las hace ardientes.

———————

Por lo general, de noche, las oigo cuando me voy quedando dormida.

A veces estoy en el borde mismo de la inconciencia, esperando, como si su llegada fuera la señal para poder dormirme.

El crujido de los pisos de madera, el rumor del viento en el jazmín, la profunda fragancia de la tierra, el canto de un gallo insomne.

Sus suaves pasos de espíritu, tan indefinidos que podría confundirlos con mi propia respiración.

Su manera diferente de pisar, como si los espíritus hubieran retenido su personalidad. El paso de Patria es seguro y medido, el de Minerva tiene la impaciencia del mercurio, el de Mate es saltarín y juguetón. Holgazanean y se demoran con las cosas. Esta noche, sin duda, Minerva se sentará un largo rato junto a su Minou para absorber la música de su respiración.

Algunas noches, cuando estoy preocupada por algo, me quedo hasta después que llegan, y oigo algo más. El espectral, espeluznante crujido de botas de montar, una fusta que acaricia el cuero, un paso perentorio que me despierta de un sacudón y hace que encienda las luces de toda la casa. La única manera segura de ahuyentar la cosa mala.

Pero esta noche está más tranquilo que nunca.

Concéntrate, Dedé, me digo. Me toco con la mano la ausencia del seno, con un gesto que ya es habitual. Mi juramento de lealtad, lo llamo, a todo lo que falta y se ha perdido. Bajo mis dedos me late el corazón como una luciérnaga enloquecida alrededor de la pantalla de una lámpara. ¡Concéntrate, Dedé!

Pero todo lo que oigo es mi propia respiración y el silencio bendito de aquellas noches frescas y claras debajo del anacahuita antes de que nadie pronunciara una palabra sobre el futuro. Y los veo a todos en el recuerdo, inmóviles como estatuas: mamá y papá y Minerva y Mate y Patria. Y ahora pienso que falta algo. Y los vuelvo a contar antes de darme cuenta: soy yo, Dedé, la que sobrevivió para narrar la historia.

Una Postdata

En agosto de 1960 mi familia llegó a la ciudad de Nueva York. Éramos exiliados de la tiranía de Trujillo. Mi padre había participado en un complot que fue descubierto por el SIM, la famosa policía secreta de Trujillo. En la famosa cámara de torturas de La Cuarenta, que los capturados dieran los nombres de los otros miembros sólo era cuestión de tiempo.

Casi cuatro meses después de nuestra huida, tres hermanas, también miembros del movimiento clandestino, fueron asesinadas cuando regresaban a su casa en un solitario camino de montaña. Habían ido a la prisión, a visitar a sus maridos, trasladados a propósito a una cárcel lejana para obligarlas a hacer ese viaje peligroso. Una cuarta hermana, que no hizo el viaje, sobrevivió.

Cuando, de niña, me enteré de ese "accidente", las Mirabal se me grabaron en la mente. En mis viajes frecuentes a la República Dominicana, busqué toda la información que pude conseguir acerca de estas valientes y hermosas hermanas que hicieron lo que pocos hombres —y sólo un puñado de mujeres— estuvieron dispuestos a hacer. Durante ese aterrador régimen de treinta y un años, cualquier indicio de desacuerdo terminaba con la muerte del disidente, y con frecuencia también de miembros de su familia. Sin embargo, las Mirabal habían arriesgado la vida. No cesaba de preguntarme: ¿De dónde provenía ese coraje especial?

Fue con el propósito de responder a esta pregunta que comencé esta historia. Pero, como sucede con cualquier historia, los personajes asumieron la dirección, más allá de la polémica

315

y de los hechos. Cobraron realidad en mi imaginación. Empecé a inventarlos.

Y así resulta que lo que el lector encuentra en estas páginas no son las hermanas Mirabal de la realidad, ni siquiera las de la leyenda. Yo nunca conocí a las personas de carne y hueso, ni tuve acceso a suficiente información, ni el talento e inclinación del biógrafo para poder presentar una historia adecuada. En cuanto a las hermanas de leyenda, envueltas en superlativos y ascendidas al plano mítico, también resultaron inaccesibles para mí. Me di cuenta, también, de que tal deificación era peligrosa: era el mismo impulso que había creado a nuestro tirano, convirtiéndolo en un dios. Irónicamente, al transformarlas en un mito, volvíamos a perder a las Mirabal, desechando el desafío de su valor como algo imposible para nosotros, hombres y mujeres comunes y corrientes.

De manera que lo que se encuentra aquí es a las Mirabal de mi creación, inventadas pero, espero, fieles al espíritu de las verdaderas hermanas. Además, si bien investigué los hechos históricos del despotismo de Trujillo durante su régimen de treinta y un años, en ocasiones me tomé libertades, cambiando fechas, reconstruyendo acontecimientos y dejando de lado personajes o incidentes. Pues yo quería sumergir a mis lectores en una época de la vida de la República Dominicana que creo que, en última instancia, sólo puede ser aprehendida por la ficción, para ser redimida por la imaginación. Una novela, después de todo, no es un documento histórico, sino una manera de viajar por el corazón humano.

Es mi deseo y esperanza que mediante esta historia ficcionalizada pueda hacer que se conozcan las famosas hermanas Mirabal. El 25 de noviembre, día de su asesinato, es observado en muchos países latinoamericanos como el Día Internacional Contra la Violencia Hacia la Mujer. Como es obvio, estas hermanas, que lucharon contra un tirano, son un modelo de la mujer que lucha contra toda clase de injusticias.

¡Vivan las Mariposas!

A los que me ayudaron a escribir este libro

Bernardo Vega
Minou
Dedé
Papi

Chiqui Vicioso
Fidelio Despradel

Fleur Laslocky
Judy Yarnall

Shannon Ravenel
Susan Bergholz

Bill

La Virgencita de Altagracia

José Almánzar Alcántara, por conferir un sabor dominicano
a la excelente traducción al castellano
de Rolando Costa Picazo

mil gracias

Minerva Mirabal, de William Galvan, *Las Mirabal,* de
Ramon Alberto Ferreras, así como también el poema "Amén
de mariposas", de Pedro Mir, fueron muy útiles, pues proporcionaron datos e inspiración.